Scrittori italiani e stranieri

Antonella Cilento

Morfisa

o l'acqua che dorme

ROMANZO

MONDADORI

Dello stesso autore in edizione Mondadori
Lisario o il piacere infinito delle donne

www.antonellacilento.it
www.lalineascritta.it

librimondadori.it
anobii.com

Morfisa
di Antonella Cilento
Collezione Scrittori italiani e stranieri

ISBN 978-88-04-68556-2

I edizione gennaio 2018

Morfisa

A Paolo

... E tutt'a un tratto, senza alcun preavviso, accadde. Una terribile esplosione squassò il mare vicino a noi: era un fiotto d'acqua, il fiotto di una balena, possente, enorme, spumeggiante, una tromba d'acqua che ci bagnò dalla testa ai piedi facendo ribollire il Pacifico intorno a noi. E il rumore, quel suono incredibile, il branito primordiale, un respiro oceanico, il respiro del mondo. Questa fu la prima sensazione; assordante, accecante; e subito dopo ecco emergere la balena. Era una *humpback*, una megattera, una delle balene più grandi; e iniziò a risalire in superficie proprio dalla nostra parte, a sei metri dalla barca, perché i cetacei sono animali curiosi e vogliono conoscere gli estranei. E così dapprima abbiamo visto emergere il muso, che si rituffò subito nell'acqua; e poi iniziò a scivolare fuori tutto il resto, in un'onda immensa, un colossale arco di carne sulla superficie dell'acqua, carne e ancora carne, lucente e scura, gomma e pietra insieme, e a un certo punto ecco passare l'occhio, un occhio rotondo e intelligente che si fissò su di noi, uno sguardo intenso dagli abissi; e dopo quell'occhio commovente continuava a passare balena e poi ancora balena, un muro muscoloso irto di crostacei e ciuffi di alghe, e alla fine, quando ormai eravamo senza fiato di fronte a tanta immensità, l'animale sollevò in alto la coda gigante per rituffarla in verticale con elegante lentezza; nello spostare la sua tremenda mole non sollevò la minima onda, non provocò nessuno spruzzo, non si sentì alcun rumore oltre al dolce bisbigliare di quella carne monumentale che accarezzava l'acqua. Quando scomparve, subito dopo essersi immersa completamente, era come se non fosse mai stata lì.

ROSA MONTERO, *La pazza di casa*

... Sentii un brusco abbassamento dell'orlo della barca, a destra, dietro di me, come se qualcuno vi si fosse aggrappato per salire... il volto liscio di una sedicenne emergeva dal mare, due piccole mani stringevano il fasciame... sorrideva, una leggera piega scostava le labbra pallide e lasciava intravedere dentini aguzzi e bianchi, come quelli dei cani... si lasciò scivolare nella barca: sotto l'inguine, sotto i glutei il suo corpo era quello di un pesce, rivestito di minutissime squame madreperlacee e azzurre, e terminava in una coda biforcuta che lenta batteva il fondo della barca.

GIUSEPPE TOMASI DI LAMPEDUSA, *Lighea*

O venerande torri campanarie di Santa Maria Maggiore e Santa Maria a Piazza; o tre vetuste strade parallele, che foste già quelle della primitiva Napoli greca, e poi della ducale; o antica Santa Restituta; o monastero di San Marcellino, dove era il pretorio dei duchi; quante volte mi piace aggirarmi tra voi e contemplarvi, ricordando che tra voi vissero e vi contemplarono i Sergi e gli Atanasi, gli Stefani e i Cesari, e tutti quegli altri miei concittadini che favoleggiarono di Virgilio, o della mosca che liberava Napoli dalla pestilenza, o dell'uovo che rendeva inespugnabile l'omonimo Castello, o del cavallo di bronzo posto innanzi al Duomo che guariva i cavalli infermi; o della grotta che quel mago poeta aprì verso Pozzuoli; e intanto si scambiavano tra loro notizie sulle intenzioni e le mosse dei Saraceni e su quel che preparavano i Pandolfi e i Landolfi, e tra timori e speranze, avvisavano ai ripari, alle sortite predatrici e alle rappresaglie!

BENEDETTO CROCE, *Storia del Regno di Napoli*

Io sono Morfisa

«Chi è quell'individuo?»

L'anziano maître si liscia la giacca con la mano per mascherare il fastidio. Parla a voce bassa, il servizio è in corso. «È un mese ormai che viene qui...»

Il giovane cameriere sussurra la risposta senza guardarlo, attento alla sala: «Chi? 'O professore?».

«Quel relitto, un professore?»

E si sporgono per un istante verso la ringhiera della terrazza panoramica dell'hotel, brulicante di turisti a colazione. A un tavolino, intorno al quale si è formato il vuoto, siede uno gnomo abbronzato in caffetano d'oro, un fez rosso in testa, l'indefinibile età di una giovane mummia.

Al mercato nessuno lo noterebbe, somiglia a un vecchio ruffiano, a un materassaio egiziano, ma in un ristorante di lusso è come un pugno in un occhio.

«Maître, un minuto e se ne va. Il professore Contostefano prende solo un caffè da noi, tutte le mattine...»

«Lo so» l'interrompe il vecchio, arricciando i baffi tinti. «Lo so che se ne va. Il problema è che viene... Perché proprio qui?»

«Dice che fa la guardia al mare» sussurra il cameriere stringendosi nelle spalle mentre riempie un piatto di filetti di trota. «Dice che aspetta a una...»

«Ah. E tene voglia 'e aspetta'!» sbotta il maître sorridendo ai clienti inglesi che lo fissano.

Ignaro dell'attenzione suscitata, il professore scruta l'orizzonte.

Non riesce ad abituarsi al cambiamento: i palazzi, i giardini, perfino il profilo della costa sono per sempre mutati. Solo il vulcano, le isole e Castel dell'Ovo appaiono ancora quasi identici a come li ha visti la prima volta.

Credeva di aver abbandonato l'attesa, dopo tanti anni, ma ogni cosa nella vita è abitudine, anche gli errori. Se uno sbaglio si ripete finisce con il diventare uno scopo. Le mani divorate dall'artrite si stringono intorno a un manoscritto incartapecorito.

La aspetta per riprendersi un'ennesima volta il maledetto uovo o per rivedere l'unica persona al mondo che lo ricordi ancora giovane? È finita l'età delle bugie. Sfoglia il volume con delicatezza: le miniature d'oro brillante sono brunite, l'inchiostro purpureo è diventato violetto.

Ormai è un mese, nonostante i calcoli accurati i segnali mancano. È il momento di tornare a casa e morire.

«Si alza, ha pagato» annunzia vittorioso il cameriere, tornando dal servizio al tavolo accanto al professore, ma il maître ha appena il tempo di levare gli occhi al cielo sospirando «'Assa fa' a Dio!» che «*Merde!*» esclama furiosa la bionda francese cui è stata servita la trota.

Uno stormo di gabbiani le ha rubato la colazione.

Il cameriere e il maître accorrono: «Madame, ci scusi, non succede mai...».

Non fanno in tempo a soccorrere la francese che al tavolo accanto un grasso moscovita lancia un urlo disumano, tenendosi la mano destra da cui è stato appena staccato un dito. Il sangue schizza sulla tovaglia di broccato bianco. «Il mio anello!» si lamenta il russo. «Il mio diamante!»

Il professore, che stava per prendere l'ascensore, si blocca, il volto trasformato.

Compulsa il manoscritto e recita a voce alta: «"Sorelle, vedrete li segni da la follia baccante ne li omini e ne le bestie..."».

Fa per tornare sui suoi passi quando un altro incidente scoppia al lato opposto della terrazza: una cameriera ha aggredito due giapponesi.

Il maître, sudato, contatta invano la reception mentre, ciascuno dal proprio cellulare, i turisti digitano il numero della polizia o dell'ambasciata.

Il professore esulta: «"... l'Acqua riporta lo Ovo ne lo jorno in cui lo munno se ammazza a vicenda." È oggi! Avevo ragione: è oggi!».

«*Mais c'est une apocalypse!*» urla la francese correndogli incontro per prendere l'ascensore.

«*Oui, madame! Jour de chance!*» si frega le mani il professore e, mentre dietro di lui l'ascensore si paralizza, zeppo di turisti in fuga, imbocca le scale dell'hotel continuando a declamare e ridendo: «"... Su questo foglio io, Morfisa degli Isauri, scrivo a le Buone Femmine del Ducato di leggere, ca se no si cresce stolte e si rimane brulle, come li campi quando non si seminano. Liggete... liggete molto San Virgilio!"».

Sbuca nella hall che sembra un invasato: gli sono tornate le energie della giovinezza.

Profittando dell'irruzione a sirene spiegate della polizia, il professore svicola, diretto al mare.

«È oggi, oggi, o morirò, per i Santi Medici!» dichiara a un invisibile pubblico, ma subito è costretto a chinarsi per scansare un lancio di mattoni contro le vetrine delle boutique sul lungomare.

Si guarda intorno: i passanti sembrano in massa e all'improvviso impazziti.

Chi svelle i dissuasori dall'asfalto, chi scolla i sampietrini, chi sottrae armi alle guardie giurate delle banche. In pochi istanti tutta Santa Lucia è preda di assalti incontrollati ai supermercati, ai ristoranti, alle oreficerie. Come in un bombardamento, il professore scansa correndo corpi che si schiantano ai suoi piedi lanciati dai balconi. Su via Partenope già i morti non si contano e si beve sangue, con la faccia sporca della morte altrui, ballando allegramente. Il professore arranca, il vecchio libro miniato stretto al cuore.

«Dove vai, Teofanès?»

Si volta, allarmato. Nessuno più da anni lo chiama così. Eppure nessuno ha pronunciato quella frase.

Siede a terra dietro un cassonetto e si copre la testa con le mani. Ha perso anche il fez.

È la peggiore delle apocalissi da quando la insegue.

Sgrana gli occhi in tempo per scansare la rasoiata di un invasato ed è allora che finalmente la vede.

Spunta dalla Fontana del Gigante, proprio di fronte all'hotel. Nera, storpia ma ancora giovane.

Una vajassa, vedendole in testa una corona d'oro, le liste di perle alle tempie e la veste azzurra, urla: «'A maronna! 'A mamma scura! Miracolo! È venuta!».

Subito una torma prende di mira la Fontana e a grappoli s'innalzano sulle statue per afferrare la Madonna che si dibatte. La tirano giù, se la passano di spalla in spalla.

Invano il professore le fa cenno, cercando di farsi vedere.

Dalle impalcature dei palazzi di Santa Lucia braccia si tuffano nel vuoto per tirarla dentro i balconi: ognuno ne vuole un pezzo, un brandello di vestito, una perla.

«Guardami!» grida Teofanès.

La Madonna allora si volta e lo riconosce, alza un braccio in cui porta infilata una gabbia di metallo, corroso come un reperto dell'antica Roma. Qualcuno nella folla urla: «'O stuorto! Aizammo pure 'o stuorto!». E afferrano per il caffetano Teofanès, innalzandolo fino alla Madonna.

Così vicini dopo tanto tempo, si fissano, a bocca aperta, cercando le parole, mentre sotto di loro i corpi ondeggiano.

Poi, un urto spezza l'incanto: dalla gabbia sgangherata fa capolino un uovo rosso.

Teofanès ringhia: «È mio!», il volto deformato in una maschera di ossessivo desiderio, e afferra la gabbia. La Madonna ruggisce: entrambi tirano la gabbia in direzioni opposte.

La folla sbanda, in bilico sul lungomare: oltre gli scogli galleggiano cadaveri, lavatrici, automobili.

«Lascialo!» ordina la Madonna a Teofanès, ma il vecchio gnomo non molla.

Allora, puntando i gomiti, si spinge oltre le braccia che la mantengono, chiude gli occhi, prende un respiro e si tuffa in mare, la gabbia ancora infilata al polso.

«Nooo» grida Teofanès disperato. «Nooo.»

Pesci argentei le circondano i piedi storti, le sollevano la gonna azzurra e fluttuante, le disegnano intorno una spirale. Le braccia si allargano, le mani si mutano in pinne. I piedi si sciolgono in una gigantesca coda. Si lascia emergere, per un tempo infinito, guardando la luce avvicinarsi.

Il mare diventa tiepido, l'oceano d'aria è vicino.

Allora, con un colpo della sua coda potente, salta, il dorso incurvato, e nella sospensione contempla i mondi che conosce e governa: il lungo muso è di donna, il ventre ha i seni.

Eccomi, pensa.

Io sono Morfisa.

MILLE ANNI FA

Istruzioni di Lettura per le Diaconesse
e le Apostole di San Virgilio
dalla Biblioteca del Ducato di Napoli,
redatte da Morfisa Ducissa
a dispetto de li monaci caconi Longobardi,
che leggono solo le Storie di Santi

Sorelle!

Lo tempo de la Memoria finito è: prima ca tutte le Sibille muoiono lascio qui Istruzioni e ricordi a le Femmine che vogliono imparare l'antica Arte dell'Acqua, a noi tramandata da Sibille e Custodi. Le trascrivo, di sotto a lo *Romanzo di Alessandro* tradotto da Pietro Cènnamo, ca mi è zio e non se n'accorge.

Sappiate, innanzitutto, che l'Acqua dorme.

Dormono le fontane, i mari e i fiumi. E, se è ghiacciata, l'Acqua sogna. L'Arte dell'Acqua è l'Arte delle Storie. Tutto si muta e tutto si trasforma: le donne in pesce, i pesci in uccelli, gli uccelli in bestie e le bestie in pioggia o in nuvole. Sicché, se saprete l'Arte, saprete anche tutte le Storie de lo mondo e li destini de li uomini e de le donne. Senza sosta le Sibille hanno camminato di terra in terra sin da la più buia antichità per consegnarci l'Arte.

La figlia di Noè predisse la diaspora de le lingue e la tragedia di Babilonia. Didone, infelice amante de lo vigliaccone Enea, presagì le guerre puniche. Dafna, figlia de lo mago Tiresia, vide la nascita di Roma ed Erofila, che vaticinava infuocata da lo dio, morì svanendo in aere, così che lo fumo suo fecondò l'erba che mangiavano le pecore e da li loro intestini potevano essere letti i vaticini.

Poi vennero la Sfinge, che ingannava, e Cassandra cui

nessuno credeva. Infine, toccò a la Sibilla Cumana, che annunziò il parto della Vergine Maria, tutte le eruzioni de lo vulcano Vesuvio, lo avvento de lo Messia Nostro Signore, la caduta di Roma e, di recente, anche la caduta di Napoli, facciamo le corna.

È lei che raccolse l'Arte in nove libri ma sbagliò, perché tentò di venderli al re Tarquinio, notoriamente tirato di manica come lo padre mio Giovanni, e Tarquinio si rifiutava di comprarli.

A ogni rifiuto la Sibilla ne bruciava tre, finché il re si rassegnò e comperò li ultimi tre rimasti, che senza quei volumi Roma non sarebbe mai diventata ciò che fu. Poi l'Imperatore dei Romei, Costantino, fece bruciare ancora due libri senza capire che consumava lo tempo della Sapienza e de lo Regno suo.

L'ultimo libro lo portò qui, a Napoli, San Virgilio, poeta e uomo buono, tanto che l'apostolo Paolo in persona, grande spregiatore delle Femmine, venne a piangere sulla sua tomba, disperato di non poterlo battezzare, poiché a centinaia i Pagani si convertivano leggendo la sua poesia.

Ora, poiché l'Acqua dorme da molto, molto tempo, Voi dovete risvegliarla: scorrendo Essa vi mostrerà lo passato, lo presente e lo futuro e, se sarete sue Devote, presto vi muterete ne le bestie e ne le piante, avrete ali, pinne e zampe, governerete lo Mare e lo Fuoco.

L'Arte si apprende ne lo Sogno: non trattenetevi, non siate avare, non siate modeste, che è virtù che piace solo a li monaci caconi.

Fate sogni grandi.

E leggete i Tragici perché l'Arte deve essere rapida ed efficace: se siete aquila, beccate, e che i nemici vostri facciano la fine di Prometeo. Se siete pesce, nuotate e non approdate mai, o farete la fine de le Sirene, vedi Partenope, vedi Nisida.

Dimenticavo: i Poeti sono tutti da leggere ma, se per sbaglio vi mutate in asino, non date retta a lo poeta Apuleio, che non ritornate femmine mangiando rose...

1

«Ghiòrghe, chiama il nostro poeta, fallo salire sul ponte. Ci siamo.»

«Artemio, lo sai che è già sul ponte... Vomita aggrappato alla murata da quando abbiamo lasciato il Bosforo...»

«Ancora?!»

Lo strategòs Artemio Coniata fissò il suo drungario, Ghiòrghe, lisciandosi la barba folta e ricciuta. Quindi si batté allegro una mano sulla pancia.

«E abbiamo viaggiato scansando il meltemi... Cosa gli sarebbe successo se avessimo veramente beccheggiato?»

«Teofanès sostiene di aver ormai vomitato anche l'anima e che perciò sbarcherà a Napoli da pagano e miscredente» rise, un nodo di corde fra le braccia, Barda, il governatore cretese.

«Qualche diacono locale penserà a riconsegnarlo a Cristo» tagliò corto Artemio e, poiché era un uomo forte e piantato, aggiunse: «Speriamo che a noi diano invece da mangiare e da bere come si deve: preferirei passare all'altro mondo satollo...».

Sul ponte tutti risero, persino i rematori, mentre il dromone Calipso s'incuneava nelle bocche di Capri e il mare scorreva quieto sottobordo.

Il fantasma dell'uomo che era stato Teofanès Arghìli comparve alle spalle di Artemio, traversando le fila di marinai, goti, unni, slavi e siriani.

Lo strategòs, voltandosi, lo apostrofò: «Amico mio! Come andiamo quest'oggi? Vedi, il lungo viaggio volge al termine: ecco il Ducato di Napoli che ti aspetta!».

Teofanès, che al suo meglio aveva un'acuta voce femminea ed era arrotondato di tenera pinguedine, avanzò magrissimo, i capelli unti, le orbite bluastre. Stentava a reggersi in piedi.

«Guardate!» esclamò Barda indicando un branco di animali dal pelo lucido che schiamazzavano intorno alla nave. «Sirene!»

«Sono foche» lo corresse Ghiòrghe. «Le chiamano monache. La gente di qui non le caccia mai.»

Teofanès, prossimo a svenire, in piena estasi mistica, non vedeva né lo strategòs, né il drungario, né il governatore ma, al loro posto, scorse i beati arcangeli, Michele, Gabriele e Raffaele, circonfusi di larghe ali azzurre, verdi e viola, le spade al fianco scintillanti nel sole meridiano, che gli sorridevano. Tuttavia, il dialogo fra gli arcangeli lo confondeva.

«Sirene, foche, monache: al momento ne infilerei a dozzine... Tre mesi di mare: datemi terra e donne!»

«Lavati la bocca, che qui c'è un messo delle Sacre Imperatrici!»

Quindi, bonari, gli arcangeli gli vennero incontro, sorreggendolo.

«Di nuovo... Dategli vino e miele, che torni fra i vivi.»

Teofanès, steso a terra, bevve e rivide le facce abbronzate dei tre ufficiali.

«Grazie» mormorò rialzandosi. «Vado a prepararmi...»

Mentre, sbandando, scendeva sottocoperta, Artemio Coniata e Ghiòrghe sogghignarono, Barda scosse la testa.

«Esalerà recitando il Filioque...»

Nel buio della cabina, infilò una lunga camicia bianca di lino ricamato, indossò l'abito rosso e oro e il mantello con l'effigie imperiale, mise al dito l'anello con il sigillo delle Auguste, quindi si rimirò in una lastra di piombo lucidata. Era troppo pallido: i peli neri della barba sembravano alberi secchi nella neve. Afferrò la scatola di carminio e con l'indice e il medio si disegnò due bei pomelli rossi, quindi si pulì la mano in uno straccio.

«Finalmente, grazie a Dio e alla Teotokòs!» disse al se stesso obliquo riflesso nello specchio. «Adesso potrò finalmente dedicarmi alla mia nuova opera...»

E guardò con sconsolato affetto il rotolo di fogli che conteneva la bozza del poema che solo di poche righe al giorno aveva proseguito dalla sua partenza, a causa del mal di mare. I suoi eroi giacevano accartocciati e rattrappiti, il suo Omero in folio, malamente compulsato, reggeva una lampada rosa dalla salsedine, la sua dignità, faticosamente conservata nel giardino sul Bosforo, a Palazzo, lungo le strade di Pera, non la rintracciò: doveva aver vomitato anche quella. Sogguardò il cofanetto dei doni delle Auguste per il Duca di Napoli, i suoi preziosi avori licenziosi, la teca con la reliquia di san Pantaleone e sospirò.

Tutta la sua vita era oltre quel mare, lontana, irraggiungibile, come il suo amato, maledetto, Costantino. Frugò nel baule dei vestiti e trovò una mano fica di smalto: eccolo l'ultimo regalo di quel disgraziato, un pugno stretto con il pollice esibito fra l'indice e il medio, volgarissimo gesto riferito ai loro congiungimenti. Un pensiero impudico gli mostrò Costantino nudo, alle terme, che gli imboccava ciliegie.

Gli mancavano le mani dell'amico, la sua pelle, il sorriso amaro che gli avrebbe di certo riservato vedendolo intento al superstizioso rituale: strofinò accuratamente il pollice della mano fica, la baciò, sputò per terra e la ripose in tasca. Quella volpe di Costantino adesso se ne stava certo in panciolle a scrivere (senza mal di mare) la storia delle due Auguste e del vecchio Imperatore Basilio, sterminatore dei Bulgari, e a far l'inchino all'Imperatore Monomaco e alle due vecchie Imperatrici, Zoe e Teodora, che i Santi Medici li avocassero tutti in cielo, loro e questa missione a Napoli. Ah, tornare ragazzo, tornare ai tempi della scuola! Per un istante rivide la classe del maestro Niceta: ecco un piccolo se stesso, goffo, grasso, tozzo, figlio di madre vedova; ed ecco Costantino, nato in un sobborgo da famiglia antica ma decaduta, preso in giro perché balbettava.

«P-p-p-psello!!» lo deridevano i compagni.

Che classe coraggiosa: figli di potenti protospatari, di ben introdotti protonotari e inamovibili cartofilaci, di strategòi gloriosi, tutti in prima fila a sbeffeggiare i figli di soldati semplici, di diaconi in minuscole parrocchie, di volgari mercanti, di semplici panettieri e poveri pescivendoli.

Un giorno, il vecchio maestro aveva chiesto chi conoscesse a memoria un canto dell'*Iliade* e Costantino aveva alzato la mano fra le risate dei ricchi. Figurarsi, il mediocre balbuziente con i sandali consunti. E invece, il silenzioso Costantino era partito così spedito che sembrava non doversi mai fermare: la sapeva tutta, l'*Iliade*. Intorno gli invidiosi s'erano ammutoliti (i magnanimi Achei, "dal ciel Minerva accorse", il procelloso Iddio, Cretesi, Teucri, Illiri, un brivido ignoto per il nudo Achille che si veste) finché, mentre lui passava indenne il terzo canto ("e tutto gli plause il campo acheo"), avevano ripreso a mormorare: «P-p-p-psello!» e lui s'era bloccato. La classe di nuovo sghignazzava.

Era stato allora che Teofanès, rimproverato perché ciondolava sempre i piedi, anche lui calzato di pelle consumata, aveva spinto con il sinistro un vaso di papiro a terra, mandandolo in frantumi. La classe s'era voltata e Costantino d'un balzo aveva riconquistato i versi.

Aveva recitato il poema intero, rifacendosi d'ogni errore, finché il sole era tramontato, i compagni che cadevano dal sonno, Niceta che gridava al prodigio – sette anni e tutto Omero a memoria!

Alla fine, esausto, s'era girato e gli aveva rivolto un largo sorriso che aveva fatto arrossire Teofanès.

Non era bello, Costantino, ma a lui era sembrato magnifico. Determinato, come Teofanès non sapeva essere, disposto al sacrificio, capace di sistemare con la bocca quelli che volevano far valere le ragioni delle mani, magro, debole e minuto, non avrebbe vinto alla corsa una tartaruga – pure, metteva mille miglia fra sé e chiunque non gli piacesse grazie ai libri, gli stessi che Teofanès consumava, avido.

Il sodalizio nato quel lontano giorno sulle macerie del vaso di papiro era perciò proseguito stilo alla mano e poeti a fior di labbra, fra grandi discorsi sul futuro: Teofanès sognava d'essere poeta, di eguagliare e anzi superare Omero e Virgilio; attendeva, invece, Costantino un destino da avvocato, lo doveva alla famiglia, ma gli sarebbe più piaciuto d'esser monaco e ancor più lo attiravano gli agoni, i dibattiti dove, appena iniziava a discutere, inevitabilmente vinceva.

Un mattino, s'era seduto accanto a Teofanès e gli aveva raccontato il sogno fatto la notte: «C'erano un pappagallo e una gazza che mi cantavano all'orecchio e io parlavo e parlavo, e li superavo, e li vincevo, poiché le mie parole erano più forti delle loro!».

Forse era stato ascoltando quel sogno che Teofanès, abitato invece da parole volatili e vanesie, nate per velare paure e dispiaceri, s'era definitivamente innamorato di Costantino come di uno schermo che potesse separarlo dal mondo e, insieme, custodirlo.

Costantino aveva imparato presto a custodire gli altri, prima sua madre, poi se stesso: ora, aveva sempre il braccio levato a difendere il compagno. Belli erano i pomeriggi all'aperto durante i quali Costantino recitava i sofisti, mentre Teofanès aspettava un suo sorriso. Già si vedevano in Costantino Psello il venerato insegnante, il celebrato cancelliere a corte, lo storiografo, il mondano, il consigliere imperiale, e tutto brillava in quella veste gialla e stazzonata che la madre non poteva mai cambiargli, nelle spalle dritte, fatte per occupare porte e sedie, per inquadrarsi bene nei ritratti, per sorreggere insegne sui mantelli.

Poi un giorno, alle terme, avevano ormai dodici anni,

mentre leggevano proibite favole milesie, si erano spogliati e appartati: Teofanès tremebondo, emozionato, Costantino solo curioso di quella curiosità propria dei predatori, che si chiedono quante cose nuove riusciranno a divorare in una sola vita.

L'amore era cresciuto così, sbilanciato: Teofanès, come una vibratile fanciulla, una delle principesse che si ostinava a perdere nelle sue sbilenche prove di poema; Costantino, ombroso e disinvolto, come chi sa che l'adolescenza è solo una prova dello spettacolo della vita.

Teofanès ebbe un sussulto: frugò nella cassa.

Erano ormai decine le copie di lettere che gli aveva spedito lungo il viaggio e alle quali non poteva avere risposta prima di approdare al Ducato. Frugò con forza cieca finché non si graffiò: «Ahi!». Si tirò la mano alla bocca per succhiare la goccia di sangue provocatagli dalla croce di radice di rubino, dono di sua madre Irene.

"Sii pio!" gli ripeteva la vecchia, tutti i giorni.

Teofanès non era mai stato pio: pavido sì, ma pio no.

Ecco, gli tornava in mente l'esclamazione delle serve di casa quando Irene aveva portato, tutta festosa, la notizia della partenza verso Napoli. Dov'era questa città? Dalle parti di Roma, qualcuna aveva detto, segnandosi, dove muoiono gli Imperatori. E Teofanès aveva tremato ripensando alla pagina dello storico Marcellino che narrava di Romolo Augustolo ucciso da Odoacre sulla collina di Pizzofalcone. E lui doveva andare lì? Ma i poeti stanno a casa a sognare, non vanno per mare come i loro personaggi! E dire che quando Teofanès era nato, dopo due giorni di tormenti, sua madre aveva deciso, contro ogni evidenza, che il neonato era una neonata e che tutti dovessero chiamarla Teofànu, eroina della giovinezza di Irene e Imperatrice del Sacro Romano Impero. Ce n'era voluto perché suo padre, Nettario, strappasse dalle braccia di Irene la cosiddetta Teofànu e dichiarasse al mondo, mentre un getto di urina disegnava arcobaleni iridescenti, che la bambina era munita di attributi maschili. Ciò nonostante, per lunghi anni, con la complicità delle donne di casa, Teofanès accorreva se chiamato Teofànu, uno scherzo diffusosi anche fra i vicini, finché, una volta, Nettario, inatteso testimone, gli aveva tagliato con la spada i capelli che Irene ogni giorno gli arricciava sui ferri.

Mormorò svelto una preghiera e intascò la croce, afferrò la scatola con i doni dell'Imperatrice e la reliquia che portava in dote alla sposa, si schiarì la voce con un colpo di tosse, si raddrizzò. Le dita tremanti, però, senza riflettere, tornarono a strofinare il pollice della mano smaltata di Costantino.

Al sole, sul ponte, si sentì rinascere: contemplò lo spettacolo delle colline verdissime, aspirò l'aria, che da salmastra si faceva dolce di uva matura, e ammirò lo scintillio di migliaia di tegole colorate su innumerevoli monasteri.

Tutto era quieto, i mulini ruotavano smossi da una leggera brezza, il cielo era azzurro come il manto della Teotokòs appena invocata – buon segno –, donne sorridenti salutavano l'arrivo della nave e molte barche davano voci liete verso il dromone.

«Mi riposerò in questa bellissima città, grazie a san Basilio» ripeté a voce alta. E strinse sotto il braccio i cofanetti dei doni.

Due ufficiali suonarono le trombe.

«Andiamo, poeta!» lo incoraggiò Artemio Coniata prendendolo sottobraccio.

Teofanès gli sorrise fiducioso.

Fu calata la passerella sul molo di lava, issati i vessilli di Bisanzio, disposti in due coorti gli armati. A terra, tutti gli sguardi si levarono verso di loro. E fu proprio mentre Teofanès Arghìli, poeta diplomato alla corte delle due Imperatrici, e lo strategòs Artemio Coniata, bella figura di generale d'altri tempi, facevano la loro trionfale e ufficiale discesa sul molo di Napoli, che qualcuno urlò: «Vottàte!».

E sulla pietra nera di lava calò dalle reti il pescato di un'intera flottiglia di trabacchi, attraccata proprio insieme ai Bizantini. Capitombolarono sui piedi degli astanti calamari, triglie, orate, spigole, palamidi, ricciole, alici, murene e scorfani e, ultima, saltò fuori la testa mozzata di una donna. Arrivò rotolando, come un'innocua palla, proprio sui piedi del poeta, causandone il repentino moto all'indietro e sporcandogli di salso le belle babbucce purpuree, anche quelle dono di sua madre, scampate per miracolo a quattro mesi di vomito in mare.

Teofanès fissò le orbite vuote del teschio mangiate dai pesci, le labbra livide, le guance verdi e scavate, i capelli ancora stretti in una treccia che nemmeno il mare aveva saputo sciogliere, color dell'oro brunito, e ingoiò a fatica un rigurgito. Intorno, i pesci guizzavano, l'argento imminente della morte, le branchie arrossate, i ventri gonfi di sforzo, le bocche spalancate da cui l'immaginazione allertata di Teofanès vide fuggire mille minuscoli Giona.

La scorta armata che scendeva dal dromone si fermò, i pescatori urlarono, i monaci di un vicino convento, che sporgeva maestoso sul mare, si affacciarono, le lavandaie e le mercantesse si fecero vicine.

La testa decapitata sorrideva, il sangue rappreso sulle incrostazioni di alghe, come un'orribile Gorgone: a sorpresa, forzando la lingua smangiata dai granchi, un serpente d'acqua scivolò fuori dalle labbra morte.

«'O capitone!» fece uno dei pescatori.

E subito, dietro di lui, una voce di donna, poi due, poi tre: «'A morte è prena! È benuta a sgrava' ccà!».

Come se una cortina di teatro fosse stata tirata, istantaneo un fitto corteo di velate iniziò un lamento: chi si batteva il petto, chi si strappava i capelli, chi, come un'ossessa, si gettava a terra piangendo e urlando.

«Che dicono?» chiese, confuso dalla locale pronunzia del greco, Artemio Coniata.

«Che la morte è incinta e ha partorito» tradusse un funzionario togato, quindi una donna che portava anfore le lasciò cadere e strillò: «'A capa 'e Crisorroé! 'A Ducissa!».

«Crisorroé?» ripeté Artemio e poi, rivolto a Teofanès: «Non si chiama così la ragazza che devi...?».

Ma Teofanès non rispose, si vomitò sulle belle scarpette purpuree, barcollò e bisognò farlo sedere.

2

"Anche nascosto sotto il tappeto, il piede del tempo ti schiaccia", così diceva sempre sua madre Irene.

Teofanès, seduto a guardare il proprio vomito sulle scarpe, di colpo ricordò se stesso bambino in compagnia di suo padre, trascinato a forza nella Cisterna Basilica di Costantinopoli, il più grande deposito d'acqua dell'Impero, a pescare di frodo, in barba al diacono custode. Sentiva ancora l'eco delle loro voci perdersi nel buio e Nettario che gli raccontava di visitatori della Cisterna addentratisi nel bosco di colonne con le barche e usciti a forza di remi, impazziti di paura, poiché sul fondo della Cisterna abitavano, esiliate, Menadi, Furie, Arpie e Gorgoni, risparmiate da Cristo Nostro Signore quando era sceso in terra. Mentre la voce sconnessa di Nettario godeva nel far tremare suo figlio, il piccolo Teofanès si era sporto dalla barca e aveva visto con i propri occhi sotto il pelo dell'acqua due enormi teste di Gorgone semisepolte dal fango, una capovolta, l'altra poggiata di lato, schiacciate dalle possenti colonne di Costantino. In tutto l'Impero la parola "Gorgone" indicava le maghe che mutavano forma e divoravano i bambini. Un verso di Sofocle le definiva "venerate dal tremendo sguardo". Gli occhi delle due statue sembravano vivi.

Nettario aveva riportato Teofanès a casa che delirava, febbricitante, e da allora il sensibile ragazzino aveva mostrato un'insistente fobia dell'acqua.

Questo non l'avrebbe mai confessato ad Artemio Coniata, che ora lo guardava disgustato.

«Non hai mai visto un cadavere, poeta?»

Il lato terribile e oscuro della vita si era mostrato a Teofanès quand'ancora non aveva cinque anni: ogni notte si risvegliava nel suo letto urlando di terrore, mentre gli occhi di Nettario, le pupille luccicanti nel buio come quelle di una belva, lo fissavano.

Quindi, il padre saltava per la stanza, sghignazzando e urlando. Sopraggiungevano, allora, armate di padella, Irene e le donne di casa. Nettario sbavava, delirava, correva in cortile a spiumare le oche, afferrava e azzannava i conigli ben pasciuti nella loro gabbia. A volte, inseguiva sua moglie brandendo una falce e un punzone a due rebbi: «Fermati, che t'impongo la croce!» urlava, simulando di infilzare il forchettone nelle abbondanti natiche di Irene e di usare la falce come scavino per la farcitura. Così ogni notte, finché non cadeva, abbattuto a colpi di pentole dalle serve.

Ecco suo padre, ecco il compagno e padrone di sua madre.

Quando Nettario era comparso sulla scena della vita di Irene in qualità di marito d'occasione, la figlia del presbitero Iohanne, precoce vedovo di Ignatia, femmina priva di qualsiasi afflato carnale, era ormai destinata a restare sposa di suo padre, che tanto l'aveva amata da imprigionarla nella sua biblioteca fino ai trent'anni. Ormai Irene non era più appetibile per alcun uomo e il siriano Nettario, cresciuto in armi, recitatore instancabile di lirici sboccati, redento dopo una serie di capitomboli dai seducenti nomi – Degna, Apollonia, Amaranta – che invano nobilitava paragonandoli alle cadute di Saulo sulla via di Damasco, era stato, sulle prime, un amante focoso. Ma, trascorsi pochi anni, si era un giorno risvegliato inseguito da santi, reliquie e preghiere, e aveva minacciato di ritirarsi come Simeone Stilita su una colonna dalle parti di Alessandretta. Teofanès ricordava sua madre spiare con angoscia le confessioni del marito con l'igùmeno Metròfane, grazie a un foro praticato ad arte nella parete.

«Vuoi partire? E parti!» gli urlava dopo. «E più lontano vai, meglio è!»

Ma non appena Nettario minacciava di mettere in pratica le sue intenzioni, Irene gli si aggrappava alle vesti e piangeva, recitando sant'Agostino. Era durata sette anni quest'atroce commedia, fino a che Nettario, nella chiesa dipinta di angeli verdi, dove diceva messa insieme a Metròfane, era stramazzato a terra senza un lamento, aspirato via dalla Grazia Divina. Tuttavia, Teofanès aveva continuato ogni notte della sua vita ad aver paura di risvegliarsi pazzo come il padre.

Diventare un poeta. In fondo era stata colpa di Costantino e di quella lunghissima esibizione sull'*Iliade*.

Era allora che aveva iniziato a scrivere poemi, perché la follia familiare non gli restasse attaccata addosso, finisse sulla carta e gli acquistasse la gloria che, inabile com'era a ogni attività bellica, non avrebbe altrimenti raggiunto.

Nonostante le guerre, infatti, mai l'astro del romanzo era stato così rifulgente nella Grande Città, mai così produttiva la poesia e così copioso l'esercito dei letterati, tutti impegnati a favolare di castelli e draghi, di amori contrastati, pirati e santi, storie senza calendario, poiché il tempo dell'Incarnazione è fermo e priva di ogni senso la realtà: tanto era avverso al cambiamento l'Impero dei Romei quanto lo era il segreto regno di letture coltivato da Irene e Teofanès, rimasti soli in casa negli anni dopo la morte di Nettario.

Mentre la città organizzava le proprie fondamenta su strati di reliquie di patriarchi e santi rubate a ogni angolo del Mediterraneo, Teofanès aveva deciso sin da bambino che, riguardo alle avventure, sfrenate o ambiziose che fossero, assurde e complicate, l'importante era non viverle affatto, nemmeno per sbaglio. In segreto sperava che, occultato fra sillabe e rime, fra rotoli, fogli e pergamene, il tempo e la morte si dimenticassero di lui, immortalando le sue parole, seppur mediocri. Perché Teofanès sospettava d'essere un mediocre poeta e la cosa, mai ammessa nemmeno con se stesso, un po' lo consolava, considerando che l'ambizione è parente della consunzione e, quindi, cugina dell'estinzione.

Cosa c'era di meglio che morire meno vivendo altre esistenze? Un romanzetto o due, brevi trame distese senza fatica, amori idilliaci e contrastati incastonati in una versificazione artificiosa e alla moda che gli garantissero lo status riconosciuto di poeta. Copiare, accumulare un po' di citazioni adatte alla conversazione, pascersi della totale mancanza di fantasia, concentrarsi sulla ripetizione: ecco un mestiere sicuro e di soddisfazione, lo stesso di Eliodoro, Giamblico, Antonio Diogene, Luciano, Achille Tazio, Caritone, Senofonte, Longo. Sì, certo, Tertulliano lo tormentava ma subito Catullo lo raddolciva: si suddivideva fra quelli che amava e imitava, e quelli che detestava, amara ma necessaria medicina.

Trascorreva lunghe giornate, fino al calar del sole, a scrivere e leggere. Poi, c'erano le letture ad alta voce a sua madre, che castigava nei suoi scritti ciò che egli stesso non aveva già purgato o nascosto, poiché Teofanès, nelle sue avventure, era, di volta in volta, più furbo che nella realtà, più bello, e ci voleva poco, più abile e coraggioso di quanto mai avrebbe osato tentare, ma anche malvagio oltre il limite consentito dall'osservanza. E quando la crudeltà gli sfuggiva nel verso, ecco subito Irene protestare, turbata: «Pregherò per i tuoi cavalieri... Sono dèmoni pagani!».

Lunghi, estenuanti pomeriggi di letture dei versi del figlio, per altrettanti lunghi anni, inutile antidoto o sedativo della vita, avevano coltivato in Irene la convinzione che in casa sua abitasse un nuovo Virgilio.

Senza considerare, poi, che l'amicizia amorosa con Costantino Psello, destinato a essere sempre il migliore in ogni attività del pensiero, pretendeva che in Teofanès risorgesse in improvvise tempeste l'ambizione poetica: più lui si perdeva fra fantasie di cavalieri, guerre, viaggi e maghi, più Costantino accumulava nozioni di diritto, storia, geografia, scienze e medicina. Prediligeva l'alchimia, i dèmoni e gli oroscopi: "Tutto è utile" ripeteva. "Tutto serve a scacciare le superstizioni, a tornare al sapere saggio degli Antichi!"

Irene era entrata, poi, nelle grazie dell'Imperatrice Zoe, tormentata dal marito, l'Imperatore Romano, che voleva a tutti i costi un figlio. Vanificati i tentativi di ingravidarla – impacchi, tisane, digiuni, esorcismi e magie, di tutto s'era tentato – Romano s'era concesso amanti ed eunuchi, ché in fondo aveva sempre preferito gli uomini.

Zoe detestava quel marito che suo padre le aveva imposto, strappandolo peraltro alla sua legittima moglie: era sempre malato, non faceva che edificare chiese a spese dell'Impero sperando di guarire.

Un mattino, Irene s'era impuntata: aveva insistito perché Teofanès non andasse a lezione da Niceta e l'accompagnasse a Palazzo.

Forse una bizza, forse sapeva cosa sarebbe accaduto: questo Teofanès non l'aveva mai capito. L'aveva lasciato ad aspettare presso la grande piscina, dietro il sipario dei tappeti, sullo sfondo delle sontuose colonne e dei mosaici. Qui, mentre il ragazzo s'annoiava, l'Imperatore era entrato e s'era gettato, nudo e festoso, nell'acqua aromatizzata coi fiori. Subito, come generati dalle colonne, dieci schiavi s'erano tuffati su di lui. Teofanès aveva visto distintamente le braccia e le gambe del vecchio Romano che si dibattevano, aveva udito i gemiti soffocati dell'agonia e scorto i corpi lucidi degli schiavi che tenevano sommerso a forza l'Imperatore. Poco dopo, Zoe Porfirogenita era andata di persona a controllare che il marito fosse morto: Teofanès non avrebbe mai più dimenticato il viso soddisfatto e colmo di piacere dell'Augusta, quello di un gatto che si lecca i baffi, l'acqua lustrale gettata contro le mura di calce riarse di sole, la paura che gli aveva impedito di respirare e la fame tremenda che l'aveva travolto dopo quel lugubre teatro.

E stava ancora ingozzandosi di dolci al miele, nel tentativo di riaversi, quando l'Imperatrice era stata, a sorpresa, poche ore dopo, mandata in esilio dal suo giovane amante, Michele.

Tutto aveva raccontato a Costantino, che lo ascoltava famelico: «Di nuovo l'acqua, capisci? Di nuovo l'acqua!» ripeteva sconvolto Teofanès, ripensando alla Cisterna Basilica e a suo padre.

E il destino doveva ancora spingerlo verso la pericolosa acqua poiché, conclusesi in pochi anni le manovre del debole Michele e quelle di suo fratello, l'eunuco Orfanotrofo, Zoe e la sua sorella minore, la monaca Teodora, erano salite al trono e sua madre Irene era salita di grado a corte, come confidente di Zoe, che mitigava i passati disastri matrimoniali e numerose complicazioni adulterine con una sfrenata passione per la profumeria: lei e Irene trascorrevano insieme l'intera giornata a tubare e distillare essenze – sandalo, rosa di Rodi, muschio, rododendro, bergamotto, dìttamo, narciso, occhio di pavone, aglio d'oro, garofano, latte di gallina – mentre l'Impero avanzava e si restringeva, soprattutto si restringeva, come le gengive dell'Imperatrice e di Irene, prossime ormai ai cinquanta, termine ultimo della vita terrena femminina.

E, una bella mattina di primavera, Irene aveva profittato della raggiunta felicità delle Auguste per elogiare le doti artistiche del figlio, poeta e narratore d'avventure.

«Avventure?» aveva detto la vecchia Zoe, che era bassa e vanitosa e portava altissimi calzari rossi sotto la veste di porpora per sembrare alta, le palpebre gonfie a causa degli effluvi delle essenze distillate a ogni ora del giorno e della notte. «Che legga, dunque!»

Un Teofanès tremante, avvilito e consapevole che l'opera che avrebbe tanto voluto scrivere era ancora lontanissima da lui, aveva obbedito. Al termine, la vecchia gli aveva rivolto un sorriso, molto raro, dicevano gli introdotti. E pochi giorni dopo, ecco la pergamena sigillata e decorata, con la proposta ufficiale. Una missione, un'importante missione, vitale per l'Unico Impero: trasportare un utero fresco a Costantinopoli dal Ducato napoletano.

Teofanès sulle prime si era infuriato inveendo brutalmente contro sua madre: «Donna, quando imparerai a star zitta?!». Le fece il verso: «"Mio figlio è un grande vate..." Te l'avevo chiesto io, forse?».

Poi aveva implorato, indecoroso, inumidendole senza ritegno il grembo di lacrime: «Come posso partire? Non sono io la tua piccola Teofànu?».

Quindi, era corso a cercare, in lacrime, l'unico che avesse mai amato, il suo adorato Costantino. Gli s'era gettato ai piedi, abbracciandogli le caviglie. Costantino, sorridente, laconico, gli aveva solo battuto una mano sulla spalla: «È bene così, amico mio. Siamo diventati adulti. Anche Platone lo dice: si è amanti finché si è giovani. Ora tocca essere uomini. Del resto, te l'avrei detto oggi o domani: sto per sposarmi».

Teofanès si fece venire la febbre, corse a urlargli sotto le finestre la sua disperazione, si strappò le vesti: «È colpa tua, è colpa tua se scrivo!».

Ma Costantino aveva risposto ridendo: «Coraggio, coraggio: beato te che vedrai il vinoso mare di Ulisse... Come mi piacerebbe essere al tuo posto! E invece guarda: un nuovo astro sorge e io gli devo fedeltà».

Sì, perché così poco era durata la presenza solitaria di due femmine sul soglio della Magnaura e già c'era un nuovo Imperatore, ennesimo sposo di Zoe, Costantino Monomaco, che aveva per amante una prostituta bellissima. Maria Sclerena, che contendeva il potere alle due Imperatrici.

Non ripetibili furono le parole che Teofanès rispose all'amante, per di più in presenza di Irene, che svenne, così gli toccò anche portarla in spalla fino a casa. E a braccia fu portato anche lui, qualche settimana dopo, sulla nave che salpava verso Creta, mentre Irene si scioglieva nelle copiose lacrime della separazione, e forse dell'addio.

Mentre rimetteva l'anima lungo il Mediterraneo, Teofanès ripeteva i versi dell'*Iliade* che il suo amato conosceva a memoria, maledicendo il suo amore e promettendogli di tornare e impedire il matrimonio: partiva per portare una sposa all'Impero, ma sarebbe tornato per impedire a una sposa di finire nel letto di Costantino.

3

Dal vicino convento uscì in quell'istante, portata a braccia da un monaco, un'icona venerata, il volto consumato, gli occhi d'argento. Il mormorio ne portò il nome: «'A Maronna 'e ll'ummira...» e qualcuno tradusse: «Skià, skià, la Madonna delle Ombre».

I veli delle donne si alzarono in un unico vento, mentre il popolo del porto si dava voci e il coro luttuoso oscurava il cielo azzurrissimo.

«Teofanès? Teofanès!»

Si riscosse: Artemio lo sovrastava parlandogli ma non riusciva a ritenere una parola dello strategòs, esattamente come non aveva saputo trattenere il vomito.

«... Se la Ducissa è morta, la nostra missione è terminata. Non possiamo certo portare in sposa al cugino dello zio della nipote della Sebasté Sclerena un cadavere...»

«E cosa diremo?» piagnucolò Teofanès.

«Basterà tornare dalle Auguste e spiegare loro che la sposa è indisponibile. Se ne troverà un'altra. Però, prima di ripartire, bisogna capire come è morta. E come mai la sua testa ci rotola ai piedi proprio il giorno del nostro arrivo. È una minaccia? Non siamo ben accetti? Su, su, basta svenevolezze, devi farti animo, poeta... Occorre incontrare subito il Duca Giovanni.»

E lo sollevò di peso.

Intorno a loro era tutto un conciliabolo greco, latino e longobardo. Teofanès si sentiva sconsolato come le Marie sotto la Croce: cosa gli era venuto in mente di accettare questa missione? Farsi trascinare dal centro del mondo, dalla città delle città, faro di civiltà, fortezza della cristianità, seconda Roma, in questo avamposto barbarico, da tempo perso ai confini dell'Impero?

«Ah, ecco finalmente qualcuno della guardia...» esclamò Artemio Coniata.

Un drappello di soldati del Ducato avanzava condotto da un militare magro e nervoso: febbrili occhi verdi erano segno sicuro di parentele barbare, il naso a uncino era, invece, una firma latina.

«Siete voi i responsabili di questo sfregio?» attaccò.

La truppa del dromone bizantino si schierò in difesa, Artemio alzò una mano.

«Siamo gli emissari delle due Auguste Imperatrici Zoe e Teodora, voi chi siete?»

Il militare, oscurato dall'ombra larga del bizantino, si presentò agguerrito: «Sono Ausilio Attore, strategòs del Divo Ìpato Giovanni e responsabile della guardia alle mura cittadine».

Coniata s'irrigidì: la carica di Ìpato era concessa solo dalle due Auguste Imperatrici.

«Siamo qui per condurre sposa a Costantinopoli la Ducissa Crisorroé. Costui...», e indicò Teofanès, ridotto a uno straccio, «è il messo delle Auguste che impalmerà per procura la Ducissa.»

Attore lo ignorò e si rivolse ai pescatori: «Chi di voi è responsabile di questo pescato?».

«Song'io...» ammise di malavoglia un uomo che a Teofanès sembrò una delle scimmie che a corte divertivano le Imperatrici.

«Dove hai gettato le reti oggi?»

«Dal lato di Capri.»

«E ti eri accorto di aver tirato a bordo la testa?»

«No, solo adesso...»

Intanto, le lavandaie del convento si avvicinarono, avvolsero la testa in panni puliti e la deposero in una cesta.

Attore intimò ad Artemio e Teofanès: «Seguitemi subito e senza gli armati».

I soldati bizantini, i feroci Unni, i cupi Bulgari e gli scuri siriani si schierarono intorno al loro comandante.

«Senza scorta non veniamo» rispose fermo Artemio Coniata. «Ci state accusando di omicidio.»

Un gruppo di vecchie velate di rosso, staccatesi dal coro funebre, iniziò a mormorare: «È stata 'a balena, è stata 'a balena... Ciorta a nuie...'O pistrice immane...».

«Parlate di un mostro?» chiese Teofanès, districandosi nello strano accento.

«È 'a punizione p' 'e peccate...» annuirono le sdentate.

«I peccati di chi?» insisté Teofanès.

«Dell'umanità, è ovvio» sogghignò una voce femminile al suo fianco, giovane e limpida.

Una donna dai capelli lucidi e ricci, le orecchie ornate da due enormi cerchi di rame, le braccia scoperte, li fissava.

«Abbiccànna... Donna Maria Merenda...» si diede di gomito la folla mentre si ritirava come la risacca per farla passare. Con un cenno della mano Donna Merenda fece zittire femmine e nacchere.

«È così che accogli i messi delle Auguste, Attore? Cos'è questo disordine? Siate i benvenuti, sono la cognata del Duca.»

Una delle prefiche le portò il cesto: Maria Merenda svoltolò le stoffe scacciando le mani che si offrivano di farlo al suo posto.

Il canto riprese, sommesso. Sul volto della donna si dipinse l'orrore. Levò due dita tremando, cosa che, era evidente, doveva succederle di rado, e carezzò con delicatezza la fronte in via di decomposizione.

«Crisorroé...» sussurrò.

Piccoli bracieri passarono di mano in mano.

«L'ho vista appena due giorni fa... Era partita con le sue donne e sua zia Basilissa per il convento di Rovigliano...»

«E dov'è questo convento?» chiese Teofanès.

«Su un'isola, al largo di Castellammare... Andava per pregare sulla roccia dove sua madre fu rapita dagli Arabi...»

Alla parola "Arabi", benché sussurrata, i pescatori, le lavandaie, le vecchie, le mercantesse, persino i soldati di Ausilio si segnarono.

Teofanès ammutolì. E la cosa peggiorò.

«Con il vostro dromone avete fatto rotta proprio stanotte davanti Rovigliano, non è vero?» insinuò Ausilio Attore.

Artemio, a denti stretti, rispose: «Sì. Il nostro governatore potrà confermarlo».

Dal ponte Barda il cretese annuì, suo malgrado.

Maria Merenda intervenne: «Si giudicherà in Senato. Intanto, non ho notizie di mia sorella Basilissa. Né delle donne che accompagnavano mia nipote...» E, rivolta alla gente sul molo, chiese: «Qualcuno le ha viste tornare?».

I pescatori scossero il capo.

«Insistiamo per essere ricevuti...» fece allora con voce esitante e, per quanto gli riusciva, ufficiale, Teofanès. «Verremo senza scorta, per dimostrare che non siamo in alcun modo responsabili di questo orribile assassinio.»

Artemio Coniata lo fulminò con lo sguardo.

«Non prendo ordini da te» sibilò, ma, a quel punto, la cognata del Duca fece un cenno di assenso, Ausilio Attore sfidò a occhi stretti i Bizantini, come se potesse affogarli con lo sguardo, e non restò che accodarsi alla processione.

Mentre i bracieri venivano sollevati, i santi monaci issarono l'icona della Madonna delle Ombre, Maria Merenda volle prendere il cesto con le sue mani e, dietro di lei, s'incodarono le donne e le prefiche velate di rosso.

Suonatori di nacchere e tamburi, comparsi quasi per prodigio da case e capanni, si aggiungevano a ogni passo lungo la strada e, come un fiume, l'intero popolo del porto lasciò buoni ultimi i soldati napoletani, gli strategòi e Teofanès.

4

«Mi devi perdonare, Artemio, ho dovuto far valere la mia autorità... In fondo, reco il sigillo delle Imperatrici...»

Artemio Coniata l'ignorò, avanzando a passo sicuro.

Teofanès affannava, il cofanetto dei doni strizzato sotto il braccio e l'altra mano a tormentare, superstiziosa, ora la mano fica, ora la croce di rubino.

La salita dal mare all'arce della città, il Monterone, era lunga.

Le mura di cinta del Ducato erano alte, ma più alte ancora erano le colline alle loro spalle. Il mare era invece fittamente presidiato da torrette, mulini, conventi. Un aereo colonnato di pini marittimi, i piedi nella terra nera e le chiome svettanti nel blu, incanalava l'andamento della processione. Teofanès ne aspirò l'aroma resinoso.

«Capisco che ne andasse della nostra sicurezza, avevi ragione a volere che i soldati ci seguissero, tuttavia...» insistette per ottenere perdono.

Ma lo strategòs replicò con voce cupa: «Se in quel Palazzo io e te saremo assassinati e la mia nave e i miei soldati non rivedranno Costantinopoli, a cosa ci servirà il tuo sigillo imperiale?».

Teofanès ingoiò amaro.

Coniata proseguì: «Siamo venuti qui per recuperare un antico alleato, così invece rischiamo di farci un nuovo nemico».

Teofanès non rispose.

«Questa città è davvero inespugnabile» mormorò Coniata. «E hanno ben cinquemila soldati. Per questo hanno resistito ai Goti. Battono moneta propria, hanno sostituito sul metallo i nostri Imperatori con il volto di un santo martire locale, Gennaro...»

«E quanto vale questa moneta?» chiese Teofanès, sollevato dal cambio di argomento.

«Quanto solidi e bisanti. Forse di più.»

Un mendicante che tendeva la mano, butterato e curvo fin quasi al terreno, s'aggrappò alla veste di Coniata che senza sforzo lo ributtò fuori dalla processione.

«La scrittura curiale di questa città dicono sia la più criptica al mondo. Pochi sono in grado di leggerla. Ho sentito dire che al vescovo di Roma questo dà molto fastidio. Per di più i Napoletani commerciano con Arabi, Franchi, Ebrei...»

«Benché gli Arabi abbiano rapito la moglie dell'Ìpato. Hai ascoltato Donna Maria Merenda?»

Artemio guardò sogghignando Teofanès: «Bello fare il politico, eh, poeta?».

«No, per san Basilio e per i Santi Medici!» squittì quello.

«Certo, perdere uno sposo o una sposa capita. Anche la nostra Augusta Zoe in gioventù è andata fino a Bari per sposare Ottone di Germania e all'arrivo ha saputo che era morto» riflettè Artemio.

«Già, ma non trovò una testa mangiata dai pesci! E al ricco parente della Sebasté Sclerena nessuno prescriverà il convento come l'Imperatore fece con la povera Zoe...»

Artemio rise: «Che dici, poeta, il convento agli uomini?».

Teofanès tacque pensando ai vent'anni di reclusione dell'Imperatrice: forse Despòine e Sebasté ignoravano la sorte delle più povere, che litigavano a fatica la vita alle rocce, al mare e alla prepotenza dei maschi designati da Dio a governarle.

Le donne che aveva incontrato a ogni scalo della Calipso, a Salonicco, in Argolide, a Creta, nel Mani, lungo le coste dell'Adriatico e del Tirreno, vestivano di nero, vivevano come capre, erano precocemente invecchiate sotto il peso delle sporte di grano e degli otri d'acqua; di continuo le vecchie richiamavano nel buio le giovani che osavano mostrarsi alla luce del sole, perché peccato è vedere ma soprattutto farsi vedere, come dice Tertulliano. Peccato è il teatro, peccato è l'immagine dipinta, peccato è la donna, poiché Dio vede anche oltre il velo delle vergini. Al loro posto parlavano padri, fratelli e mariti.

E non aveva trovato donne nei conventi cui avevano chiesto alloggio. Tutte le chiese e i romitaggi, anche sull'isola più sperduta dell'Egeo, vantavano belle icone o apocalissi dipinte sulla roccia, perché la voce dei Vangeli fiorisce anche nei deserti, ma donne niente. Il tempo delle diaconesse, pari agli igùmeni agli occhi di Dio, stava passando per sempre.

Invece, gli parve che le laure, i conventi femminili napoletani cui stavano passando accanto, fossero parecchio più sfacciate di quelle di Costantinopoli: sulle mura facevano bella mostra di sé éroti travestiti da angeli, leoni funerari mutati in evangelisti, tori, cinghiali e lepri cristianizzati. Succosi pavoni erano trasformati in figurazioni del Cristo, satiri e sileni lussuriosi cambiati in dèmoni, Diane Trivie vestite da pie madonne. Qui le monache si mostravano, erano affacciate al loro passaggio: eleganti e accompagnate da serve. E le piante, che esplodevano dalle sacre case, erano rigogliose oltre la decenza.

Crisorroé poteva avere forse dodici anni, pensò, era già vecchia per l'Impero: a Costantinopoli si andava spose anche a cinque o a sette, pronte per lo stupro di mariti di trenta o quarant'anni.

Le bambine morivano di parto o di violenza, benedette dai preti. Teofanès tremò all'idea che tutte le donne erano, in fondo, sue mancate sorelle, che reclamavano per lui un destino analogo al proprio, quello che sua madre Irene gli aveva riservato, il destino di Teofànu. Sì, era grato a Dio d'essere nato maschio.

Il canto funebre del corteo crebbe: stavano passando accanto a un cimitero, dai buchi delle catacombe esalava umido fetore. Teofanès si coprì la bocca con il mantello: se sopravviveva a quella giornata, si disse, aveva materiale per scrivere non uno ma tre romanzi!

«Ci siamo!» annunciò Artemio Coniata.

Il corteo si era arrestato davanti a una grande porta: terminavano qui boschi e orti, masserie e grotte. La città, stretta fra belle mura, si squadernava in vicoli e strade, ornata di altissime torri e numerosi campanili; chiese a decine, ville, giardini e fontane. Rumorosi vichi e trafficate trasende traverse traboccavano di venditrici, operaie e mercantesse, secondo il familiare uso bizantino. Un cavallo di bronzo rampante, identico a quelli che ornavano l'Ippodromo della Grande Città, li accolse sull'arce. Si accedeva al Palazzo del Pretorio traversando un paradisiaco giardino alla moda di Bisanzio pervaso da un penetrante odore di mosto. Un'immensa fontana zampillava, familiare.

L'aula delle udienze in cui furono sospinti era di un intenso blu, la cupola trapunta di stelle, l'Eterno immerso in una mandorla dorata, i santi cittadini, Nilo e Gennaro, coi nomi scritti sulle vesti, le aureole circonfuse di perle. Sotto, in un prato verdissimo le greggi del Buon Pastore pascolavano indenni fra belve feroci. Teofanès tirò un sospiro di sollievo: era proprio come stare ad Aghia Sofia o alle Blacherne.

Poi, però, vide l'Apocalisse: il mosaico abbondava di dettagli realistici e crudi, gli angeli armati di bilancia somigliavano a beccai armati di scure e bilancia. Il lavoro un po' rozzo di pittori locali o un avvertimento?

Coniata gli pizzicò un gomito: tre uomini di stazza poderosa, vestiti di ferro dalla testa ai piedi, li fissavano, le mani sugli spadoni.

«Variaghi o tedeschi?» bisbigliò Teofanès.

«Normanni» rispose Artemio. «Gente che cucina i cadaveri dei nemici e li offre come cibo ai propri mercenari. Antropofagi.»

Teofanès deglutì.

Somigliavano un po' alla muscolosa guardia dell'Imperatore, che proveniva dalla Norvegia e da altre terre del Nord. Uno di loro lo squadrò: aveva occhi simili a laghi, lunghe cicatrici gli percorrevano le braccia fin dove la cotta di maglia le mostrava. Un temerario brivido d'interesse traversò il poeta: non c'era volta nei bagni della Grande Città, quando incontrava una delle guardie imperiali, che non pensasse a ciò che, sin dai tempi degli apostoli, era stato condannato e che con Costantino egli praticava d'abitudine. Diaconi e vescovi si erano espressi a favore della chiusura definitiva di certi luoghi, esaltando il doppio felice esito della mortificazione della carne: puzza e castità.

Al centro dell'aula, Teofanès e Artemio si trovarono circondati da due ali di nobiltà locale: senatori, assessori, numerari, scolari, palatini, cancellari e cartofilaci. Teofanès riconobbe i cartofilaci, uguali in tutto a quelli dell'Impero: ecco la professione che Irene aveva sognato per suo figlio.

Una fitta schiera di religiosi faceva ala al trono, chi vestito di omofori disegnati a purpuree croci bizantine, chi con indosso una severa tonaca scura.

«Monaci della regola di Benedetto» gli mormorò in un orecchio Coniata. «Il vescovo di Roma ha potere, qui.»

In quel momento il trono, prima celato da due paraventi dipinti, si svelò e vi apparve seduto il Duca, vestito di un lungo manto purpureo che arrivava al pavimento e scivolava per tre gradini, in testa, sbilenca, una corona turrita, le guance dipinte di carminio.

«Crede di essere un Porfirogenito? La porpora è per gli Imperatori. Con quelle guance rubizze sembra il nipote idiota di Carlo Magno...» si lasciò scappare a mezza voce Coniata.

Teofanès si portò con vergogna le dita alla faccia e cancellò i pomelli tinti per mascherare l'astenia a bordo del dromone.

Anche se accanto aveva un seggio pieghevole in legno, di quelli utili sui campi di battaglia, il seggio ducale napoletano tentava, senza fortuna, la gara con quello imperiale della Magnaura, a Costantinopoli. Intarsi di marmo, mosaici d'oro, drappi rossi, un'aquila per schienale, due leoni per braccioli. A completare ostentazione e sfacciataggine, Giovanni indossava uno spadone foderato d'argento con il quale, era evidente, non aveva mai nemmeno schiacciato un topo.

Non degnò d'uno sguardo i Bizantini, si limitò a battere le mani: al suo ordine, due lunghi alberi di bronzo posti ai lati del trono fischiarono, i braccioli a forma di leone ruggirono – un ruggito che somigliava più a un belato. Il seggio decollò, facendo piovere acqua a catinelle sulle scale sottostanti, dove occulte canalette la reingoiarono. Quindi, due uccelli meccanici, posti alle spalle dell'aquila in pietra, gracchiarono come galline strangolate.

Artemio sogghignò: «Sul trono del Monomaco hanno messo anche un meccanismo per cambiare in volo le vesti all'Imperatore...».

Un sibilo tagliò l'aria, Teofanès alzò lo sguardo: una rondine fuori stagione si era intrufolata nell'aula e piroettava intorno al trono.

Qualcuno mormorò: «'A Gorgona, 'a Gorgona...».

Teofanès sussultò udendo, storpiato, il nome che lo faceva tremare sin dall'infanzia.

La rondine s'infilò dietro il trono: giunto quasi al soffitto, con un gran tonfo, il trono atterrò sconquassato.

Artemio scosse il capo sconsolato: «Provinciali...» bisbigliò.

Per quanto ridicolo fosse stato l'atterraggio, nessuno rise e il volto del Duca rimase impassibile e apatico.

Teofanès cercò con gli occhi la rondine, ma era scomparsa.

L'Ìpato si raggiustò sul capo la corona turrita e fece cenno a un monaco in vesti benedettine di parlare in sua vece.

«Dunque non parla un igùmeno ma un seguace del papa...» bofonchiò Coniata. «Sono proprio decisi a separare per sempre le due Rome.»

«Ci è giunta notizia di una grave disgrazia. Donna Merenda, vogliate mostrare al Duca la presunta testa di sua figlia» disse il monaco.

Maria Merenda si fece avanti, indignata: «Oderisio, questa *è* la testa di Crisorroé!».

«Il Duca vuol vedere con i suoi occhi, eccellentissima Maria. Si macchierà del peccato di Tommaso, se a te non dispiace...»

Teofanès fissò il monaco che rispondeva al nome di Oderisio: aveva lo sguardo obliquo quanto la mascella e ingannevoli occhi di vitella in un volto taurino.

Donna Merenda poggiò il cesto e aprì le fasce, con aria di sfida.

Il Duca si sporse, contemplò per un tempo lunghissimo i resti di sua figlia: Teofanès ebbe la fuggevole impressione che li guardasse con desiderio. Poi rabbrividì e si coprì gli occhi.

Nell'aula tutti calarono il capo in segno di lutto e scese un cupo silenzio, ma il Duca, con un improvviso voltafaccia, sbraitò: «Chi di voi è stato?!», e puntò il dito a caso, come a teatro. «Chi di voi mi odia così tanto?!»

Teofanès e Coniata si guardarono straniti.

«La mia figlia adorata! La mia amatissima figlia! Il vivo ricordo della mia Eudochia! Chi me l'ha voluta togliere?!»

Il Duca Giovanni sembrava in preda a una crisi maniacale: tremava, lame di saliva gli piovevano dalla bocca.

Oderisio monaco tossicchiò.

«Augusto...»

Si fa anche chiamare Augusto, nemmeno fosse l'Imperatore di questa città, pensò Teofanès, e dovette pensarlo anche Artemio, poiché sollevò perplesso le sue pesanti sopracciglia.

«... Augusto, mi riferisce Ausilio Attore» un gesto col capo e la mano, un sorriso viscido al nervoso strategòs, che ricambiò ossequioso, «... che sono qui, in quest'aula ducale, appena arrivati e testimoni dello scempio, gli emissari delle Imperatrici di Bisanzio, venuti per il matrimonio, ahimè, di tua figlia...»

Il Duca annaspò con un braccio nell'aria come un cieco.

«Dove sono costoro?»

Teofanès prese un bel respiro, fissò per un momento le sue povere babbucce purpuree macchiate, si tirò su la veste e fece un passo avanti, seguito da Artemio.

«Eccoci, Eccellentissimo Duca Giovanni» disse, procedendo alle interminabili presentazioni che il protocollo richiedeva. «Siamo dolenti della disgrazia incorsa alla tua famiglia ma vogliamo ugualmente consegnarti i doni che le Serenissime Auguste Imperatrici Anàsse del grande e Unico Impero di Cristo ti inviano.»

Con prudenza aprì la cassettina da cui saltarono fuori i tipici doni vanesi e spendaccioni della Porfirogenita: un cavalluccio marino fossile custodito nell'ambra, una lunga collana di smeraldi africani, un pettine d'avorio inciso a driadi e puttini.

Oderisio monaco arricciò il naso. Teofanès cavò dall'astuccio un'ampolla di finissimo vetro.

«E questo è il sangue del venerato san Pantaleone» aggiunse, «morto in Bitinia, patrono dei medici, che fece risorgere un ragazzo morso da un serpente, ridiede la vista ai ciechi...»

Qualcuno tossì vigorosamente nell'aula. Il Duca fissò un vecchio, vestito blu.

«Perché interrompi, Rufolo?»

«Il sangue di san Pantaleone l'abbiamo noi a Ravello...»

Teofanès si voltò, inorridito per l'irrispettosa osservazione, ma Coniata lo invitò a proseguire levando le sopracciglia.

«Altri più grandi doni sono a bordo del dromone, Augusto, ma non li abbiamo trasportati per evitare che la guardia ci seguisse e si verificassero malintesi...»

Artemio alzò gli occhi all'Eterno sospirando e Teofanès seppe di aver sbagliato ancora.

«Malintesi?!» tuonò il Duca, sputacchiando. «Mia figlia è morta e voi mi parlate di malintesi?! E mi portate doni, per giunta!»

«Non potevamo sapere, Eccellentissimo...» arretrò confuso Teofanès.

«Augusto» precisò secco Oderisio, «il titolo del nostro Duca è Augusto...»

«... Augusto» si corresse Teofanès, protraendo un inchino che ormai gli procurava male ai reni. «... In ogni caso noi non ne siamo responsabili... Torneremo a Bisanzio con notizie luttuose, le Auguste ne saranno dolentissime...»

E fu in quel momento che, affannando per la corsa, entrò un messo.

«Che succede?» chiese indignato Oderisio.

Ausilio Attore gli si parò davanti facendo ondeggiare il mantello. Il soldato provò a parlare ma non poté concludere la frase poiché nell'aula del Pretorio fece irruzione, seguito da una schiera di armati, un imponente Quaid arabo.

Un mormorio di terrore percorse il pubblico, che si ritrasse come poco prima aveva fatto il povero Teofanès.

Il Quaid, con studiata lentezza, conquistò il centro dell'aula. Velato di blu, la barba nera intrecciata di bianchissime perle che si carezzava con una mano carica di gioielli, gli occhi bistrati, osservò con distacco Giovanni cadere seduto sul trono di marmo.

«Voi... voi, qui?» balbettò il Duca.

Il Quaid si guardò intorno senza fretta. Incrociò gli sguardi di Coniata e del poeta, tornò a fissare Giovanni e poi, senza preamboli: «Mi avevate promesso una sposa e mi dicono che è morta».

Nel silenzio gelato del Pretorio, si avvicinò alla cesta e con la punta della scimitarra alzò le bende.

«Già. Non è più buona per il mio letto, un vero peccato.»

Teofanès fu preso da una rabbia incontrollabile.

«Augusto! Chi è quest'uomo? E perché dice di aver diritto a vostra figlia, quando voi l'avete promessa a Costantinopoli?»

Il Quaid, che nel Pretorio tutti sembravano conoscere molto bene, si voltò verso di lui squadrandolo dall'alto in basso, con la stessa attenzione che avrebbe concesso a un coleottero.

«Chi aveva promesso cosa ai Rum? E tu, chi sei?» Quindi, vedendo anche Artemio e riconoscendo la sua corazza: «Ah, ecco. Un generale bizantino...».

Artemio Coniata fronteggiò a testa alta il disprezzo dell'arabo. Un giovane ufficiale della guardia araba sguainò la scimitarra.

«Inchinatevi al Potente per Grazia di Dio oggi signore di Siracusa, Catania e Palermo!»

Il Duca, vergognoso, teneva gli occhi fissi a terra: ora non gli partiva il trono, non gli cantavano le aquile né gli belavano i leoni sotto le mani.

Artemio sussurrò a Teofanès: «Non fosse stato per la flotta del generale Maniace che presidia le Calabrie, costui ci avrebbe tagliato la rotta durante il viaggio. Ha preso tutta la Sicilia e rubato la moglie a un suo pari: gli eserciti si combattono sull'isola, il Califfato sta perdendo il controllo».

«E noi?» chiese con un fil di voce Teofanès, che in realtà non voleva sapere affatto ciò di cui domandava.

«L'Emirato di Bari è caduto grazie al generale Leone Opo, ma presto cadrà anche questo di Sicilia grazie a Maniace, vedrai...»

Non ebbero il tempo di approfondire la complicata geografia politica dell'isola, poiché nell'aula entrò un nuovo ospite, cappello e mantello ricamati di verde.

«Ah, ecco, ci mancava pure il principe di Salerno!» sentirono esclamare Maria Merenda.

Di nuovo l'aula fu percorsa da mormorii e agitazione. Magro, basso e nervoso, il salernitano sibilava, come chi vuole ottenere per forza attenzione: «Cattive notizie, ho saputo... Sono appena sbarcato...».

Donna Merenda ignorò sia Oderisio che Giovanni e gli si rivolse, melliflua: «Gisulfo, cognato caro, che gioia inattesa vederti qui... Tuo padre Guaimario lo sa? Ti manda in viaggio solo? O sei venuto per vedere tua sorella Sigilsgheida?».

«Mio padre sa che sono qui per prender moglie... Cosa che, pare, ora non mi riuscirà più» disse Gisulfo sfilandosi un guanto, indifferente.

«Ma a quanti hai promesso mia nipote!» sbalordì Maria.

Il Duca, letteralmente risucchiato dalla sua bella veste di porpora, era come assente. Un breve, imbarazzato silenzio, e poi una voce dal fondo dell'aula tuonò: «Anche a me, Raul Drengot signore di Altavilla, conte di Aversa e signore di Ruenna, era stata promessa Crisorroé».

Era il normanno che aveva turbato il povero Teofanès.

Maria non si tenne più e si rivolse al Duca come fossero in privato: «Giovanni, e agli Ottoni non hai mandato una missiva?! Si offenderanno che tu li abbia esclusi da questa lotteria!».

Oderisio monaco protestò: «Come ti permetti, donna, di esprimerti così alla presenza del Duca! Fai ironia sul sacro vincolo del matrimonio?».

«Si chiama sarcasmo» precisò Teofanès, subito pentendosi della correzione scolastica che gli era sfuggita, e quando davvero le cose sembravano non poter peggiorare, ecco salire dalla schiera delle prefiche velate di nero un grido: «È stato il pistrice immane a uccidere la Ducissa!».

«Sciocchezze.» Una vecchia, cadente e canuta, avanzò fra le prefiche velate di rosso. Solo adesso Teofanès vedeva con chiarezza che le donne erano schierate in due fronti, uno rosso e uno nero. La vecchia aveva l'aspetto di una sacerdotessa, somigliava ai ritratti delle Sibille che il poeta aveva visto nelle chiese.

«La balena è innocente, protegge la città. Invece questa è la punizione per i tuoi peccati!», e puntò il dito contro il Duca.

«Ma di che balena parlano?» chiese Artemio.

La vecchia apostrofò il navarca: «Non l'hai avvistata, bizantino, mentre facevi rotta verso Napoli? Il pistrice è un immenso animale che divora il pescato, capace di alzare onde alte come basiliche, i cui schizzi orizzontali colpiscono anche i naviganti più lontani e le isole che si stagliano all'orizzonte. La gente, qui, lo chiama balena. Ma non è responsabile della morte di Crisorroé».

«Bugiarda! Bugiarda!» infuriarono le donne velate di nero.

«Che sciocchezze sono queste» tossì Ibn-ath-Tumna, signore di Siracusa.

«La colpa abita in questa stanza» tuonò la vecchia Sibilla. «E non c'è stato un solo omicidio ma molti! Dov'è nostra sorella?» accusò puntando il dito verso Giovanni, che sbiancò ulteriormente. Accanto alla vecchia un'altra, quasi identica ma ancor più canuta, avanzò.

«È vero, non la troviamo più da giorni...»

«Janare! Idolatre! Voi difendete i mostri! La Gorgona si zuca il Duca nostro! Ce lo fa ammalare!» urlarono allora, avanzando, tutte le vecchie vestite di nero.

«Ma chi sono queste donne?» esclamò Teofanès.

Donna Maria Merenda indicò: «Le velate di nero sono Sangennare, devote del martire Gennaro, le velate di rosso sono Virgiliane, devote di Virgilio».

«Publio Marone?» allibì Teofanès.

«Sì, santo, mago e protettore di Napoli.»

Le Sangennare si scatenarono.

«Femmine immonde! Eretiche! Vi mangiate i feti e date in pasto alle madri i loro aborti!»

«Che sciocchezze!» protestò una Virgiliana. «Solo se un figlio può uccidere la madre lo aiutiamo a morire. E le puerpere mangiano la placenta per riprendersi dal parto...»

Le Sangennare si strapparono i capelli.

«Pagane, fattucchiere! Vi monacate per masticare il lauro! Gogghe e Magogghe!»

«Voi invece ve la fate coi medici salernitani che ci vogliono morte!»

«Siete voi che fate comunella con le medichesse di Amalfi che fanno partorire senza dolore, quando è scritto: partorirai con dolore! Messaline!»

L'agitazione cresceva come un'onda: Teofanès, stringendo al petto il sangue di san Pantaleone e i doni dell'Imperatrice, si riparò dietro le spalle di Coniata, che, come il Colosso di Rodi o il Faro di Alessandria, era bersagliato da opposte maree di femmine indignate.

«Ma insomma! Tu sopporti questo?» proruppe il Quaid rivolgendosi al Duca Giovanni, e ordinò ai suoi soldati di afferrare le vecchie. Il tentativo ottenne il solo effetto di accrescere l'agitazione. Il primo a perdere il controllo fu il principe salernitano: «Questo è un agguato bello e buono! Tutti qui, l'arabo, il normanno e io! Ci vogliono uccidere, queste streghe!» singultò, mettendo mano alla spada.

L'arabo, il normanno e gli strategòi lo imitarono, seguiti dai soldati napoletani. Teofanès si maledisse: almeno, fossero stati lì anche i soldati della Calipso!

Poi, mentre la folla cercava urlando vie di fuga, il trono del Duca esplose schizzando senza controllo verso il soffitto.

Le aquile gracchiarono per l'ultima volta, i leoni belarono inceppati: l'acqua schizzava ovunque, causando un repentino fuggi fuggi. Il Duca, rannicchiato, si teneva con le mani la corona. E mentre gli angeli dell'Apocalisse dipinti sui muri guardavano un anticipo della fine suonata dalle loro trombe, ecco che una voce, femminile e profonda, si srotolò sulla bolgia come un ricco tappeto: «Cognato, cosa capita?».

L'aula si voltò a guardare una monaca bruna, altissima, gli occhi brillanti, il naso affilato: la donna più bella che Teofanès avesse mai incontrato.

«Sorella, allora non sei morta!» esclamò Maria Merenda.

«Cosa fai tu qui, Basilissa?!» Il Duca si era rialzato di slancio dal pavimento allagato e puntava il dito a uncino contro la monaca. Un rozzo smeraldo, all'improvviso libero dalle altre dita della mano, gli pencolò dall'indice, ridicolo.

«Esco ora dalla mia laura, dove sono rimasta a meditare tre giorni» rispose quieta Basilissa.

Che bella voce, pensò Teofanès, che canto di usignolo.

Quindi, una sorta di illusione ottica, simile a quella che Teofanès aveva avuto sul dromone scambiando marinai per arcangeli, duplicò la bellissima apparizione. Non era un miraggio, ma un'altra donna, in carne e ossa, molto somigliante alla prima, solo, più vecchia e severa, vestita di un lungo abito fuori moda, in voga forse ai tempi di Giustiniano. Tutta l'aula si voltò verso di lei. Le Sangennare arretrarono, le Virgiliane si inchinarono. Teofanès pensò che fosse entrata una regina.

Maria Merenda, senza dir nulla, raccolse la cesta, traversò l'aula e mise sotto il naso delle due donne il cranio della morta.

Basilissa gridò, riparò contro il muro, pallidissima, s'aggrappò a uno dei tappeti, che si strappò, e cadde con lei sul pavimento.

L'altra, dopo un lungo silenzio, con controllata furia disse: «Continueremo questo discorso in Senato».

«Non discuto con le femmine» sentenziò il Quaid.

«E infatti con voi non intendo discutere» ribatté la donna, quindi alzò un braccio, senza voltarsi, e la guardia napoletana circondò gli Arabi.

5

Ora che poteva osservare da vicino i senatori, Teofanès riconobbe nei vecchi seduti lungo le pareti foderate d'indaco del Senato napoletano il ritratto dell'antico Impero.

Chi indossava il naso lungo di Augusto, chi somigliava all'Imperatore Massimino, tutto mascella e muscoli, chi aveva il mento sfuggente di Tiberio, larghe le tempie, stolta l'espressione, chi le guance larghe di cibo come Vespasiano, altri nervosi e barbuti come Nerone, pochi dal volto intelligente, come Adriano o Traiano. Molti fra i convenuti erano mori, segno dell'antica presenza vandala sui litorali.

Questo concistoro di anziani dal collo lungo, il torace piegato dagli anni, era del tutto sottomesso non al Duca o a Oderisio monaco, ma alla donna anziana e bella che stava tenendo banco. Un obliquo sguardo di vendetta lampeggiava sul volto del Duca e sedato odio filtrava dagli occhi di vitella di Oderisio monaco: la tremebonda Teofànu, nascosta nell'impacciato Teofanès, vibrò di timore.

«Davvero, Giovanni, avevi promesso a tutti il matrimonio?»

Il Duca calò appena la testa in debole segno di assenso.

«Un Ìpato si esprime a parole, non a gesti. Sei forse muto?»

Giovanni ebbe un moto di fastidio e s'inalberò, subito trattenuto dalla paura e dalla vergogna: «Non dovevano andare così, le cose...» mormorò.

«Non c'è alcun dubbio...»

Maria Merenda sbottò: «Cara sorella, l'Augusto Duca ha promesso la mano di sua figlia a tutto il Mare Nostrum. L'hanno richiesta il signore di Siracusa, emissario del Califfato d'Egitto, il signore d'Altavilla, già nostro ospite per merito del vescovo di Roma e, come sai, conte di Aversa per concessione del precedente Duca, Sergio... Persino nostro cognato Gisulfo è qui per la stessa ragione. E gli unici che aspettavamo, gli emissari delle Auguste Imperatrici di Bisanzio, assistono muti a questo indegno negozio! Peccato che, avendo a troppi promesso una mano, ora non resti a Giovanni da consegnare a chi la vuole una testa...».

Teofanès avvertì il tono ironico nella voce di Donna Merenda e lo vide riflesso nel volto severo dell'autorevole sorella anziana: una bella serie di duchi doveva essersi succeduta a Napoli dai tempi eroici del vescovo Atanasio, e non tutti di conclamato valore, a giudicare dal fastidio che Donna Merenda esprimeva per la presenza dei Normanni e il facile sberleffo cui era sottoposto Giovanni.

Il Duca ebbe un vile moto d'accusa contro la cognata più giovane, la monaca Basilissa: «Tu! Tu non eri in viaggio con mia figlia?!».

Sembrava gli dispiacesse che all'eccidio fosse scampata la bella cognata. Basilissa, dopo lo svenimento, si era tolta il velo e sedeva, pallida ed elegante. Teofanès la contemplò in totale adorazione: i capelli lunghi, color dell'atrabile – l'umore che regolava le follie umane –, il volto affilato, il mantello nero sulle spalle, vezzi di perle nemmeno troppo nascosti sotto la tunica, aveva labbra morbide che s'arrossavano spesso al posto delle guance. All'ombra di lunghissime ciglia sostavano pensieri che Teofanès immaginò non propriamente di santa, ma nemmeno terreni: era il ritratto di una chimera.

«All'ultimo istante mia sorella ha avuto un malore e ha lasciato che Crisorroé partisse con le serve.»

La cognata anziana, di cui nessuno osava pronunziare il nome, puntò il mento contro il Duca: «Giovanni, non vedo né i padri né i fratelli di Colossa, Aloara, Teodosia, Taziana, Eudossia e Placidia. Dove sono le famiglie delle compagne di Crissoroé? Piangiamo la morte di sei giovani e di tua figlia e tu, invece delle madri, hai convocato ogni sorta di nemici e di presunti amici? Oltre ad aver perso mia nipote sta anche per scoppiare una guerra?».

Il principe salernitano, seduto in un angolo del Senato, s'incupì. I Normanni si guardarono l'un l'altro. La voce risuonava sulle pareti di marmo stridente come una mola.

«Tu sai benissimo, Giovanni, che in accordo con il Senato abbiamo scritto alle Auguste Zoe e Teodora, oggi signore unite all'Imperatore Costantino Monomaco», e fece un segno di omaggio verso Teofanès e Artemio Coniata, come a far capire che anche in quella desolata periferia del mondo le notizie della nuova dinastia erano giunte in tempo, «per dare in sposa tua figlia a un Porfirogenito, così che il nostro Ducato, da due secoli lontano dalla sua naturale madrepatria, si riunisca formalmente all'Unico Impero. È stato difficile», e di nuovo parlò rivolta agli ospiti bizantini, «portare in salvo questa terra quando l'Impero non è più riuscito a difenderla: per anni il Ducato ha fatto fronte alle incursioni more, mentre la foce del Volturno veniva colonizzata dagli Arabi come un sesso infetto.»

Il paragone disturbò Oderisio e fece tentennare gli igùmeni mescolati ai senatori.

«Siamo arrivati al punto, però, di poter liberamente commerciare con i nostri nemici e di riceverli, come è accaduto oggi con il Quaid, perché abbiamo un grande esercito. Abbiamo salvato Roma quando Bisanzio mancava. Ma quel che conta è che ci siamo sempre sentiti Greci e che orgogliosamente scriviamo e parliamo il greco. Noi abbiamo conservato i libri dal Vivarium delle Calabrie, noi mandiamo monaci a convertire le isole del Nord. È nostro desiderio tornare

Romei a tutti gli effetti e, a questo scopo, eravamo felici di stringere un'unione di sangue. Di qualunque altro accordo il Duca abbia stretto, questo Senato è all'oscuro. È così, o no?»

La donna rivolse lo sguardo intorno sfidando uno per uno i vecchi. Teofanès vide che anche Giovanni, molto debolmente, cercava lo sguardo di alcuni alleati. Oderisio, invece, finse di guardare una macchia sul suo scranno.

«Non sapevamo!» dissero ad alta voce in molti, guardando con disgusto Giovanni.

Questo Duca non durerà, pensò Teofanès e vide dall'espressione dello strategòs che anche Artemio doveva coltivare lo stesso convincimento.

«Allora io, Blactu Sparano dell'antica famiglia degli Isauri, dichiaro sotto la mia diretta protezione la delegazione bizantina.» La donna levò le lunghissime dita dal tavolo d'onice che presiedeva e le stese verso di lui e Artemio.

Così devono essere gli artigli della Sfinge, pensò Teofanès. Dal bordo d'argento sbalzato del tavolo alate bestie pagane gli sorrisero.

«La nostra famiglia è sfuggita alla furia iconoclasta, anche se siamo cugini dell'Imperatore Leone, che la scatenò. Mai ci siamo mischiati col nemico ma tu», e puntò il dito contro Giovanni, «hai voluto sposare una longobarda di Salerno. Hai messo al mondo un'altra femmina quando al Ducato serviva un maschio. E passi. Ma che diritto avevi di vendere la tua primogenita a tutti?»

Proprio in quel momento, come evocata, sulla soglia della sala color indaco apparve, stringendo una neonata, la seconda moglie del Duca. «Sigilsgheida... Mancavi all'appello» ironizzò Maria Merenda.

Bassa, tozza, grassa per la recente gravidanza, la testa fasciata, la principessa salernitana non sembrava intelligente. In questo era simile a suo fratello Gisulfo, pensò Teofanès, preda di un sincero pregiudizio etnico.

«Drosu è troppo piccola, portala nella sua stanza. Le innocenti non dovrebbero presenziare» ordinò Blactu, ma Sigilsgheida guardò il marito per trovare conforto alla sua presenza.

Giovanni le fece cenno di sedersi.

«Cognata, queste sono mia moglie e mia figlia!» protestò.

«Allora, cosa diremo alle Auguste e all'Imperatore?» riprese Blactu, ignorandolo.

Teofanès parlò d'impulso, eccitato all'idea di parlare dinanzi al normanno e a Basilissa: era affamato, spaventato, voleva che quell'ostile riunione finisse in fretta. «Sono certo» azzardò, «che se spiegheremo all'Imperatore e alla Despòine il grande desiderio del Ducato e dei suoi abitanti di tornare nell'abbraccio dell'Unico Impero, il Difensore degli Apostoli e le due Anàsse comprenderanno e un matrimonio mancato non sarà d'ostacolo...»

«No, no! Un matrimonio ci vuole!» interruppe isterico il Duca Giovanni. «Una sposa ci sarà... Ho un'altra figlia, in fondo», e guardò Sigilsgheida e Drosu che canterellava fra le sue braccia.

«Ma è troppo giovane...» obiettò Teofanès. «Questa bambina è appena venuta al mondo...»

Di nuovo s'immaginò nei panni della piccola Teofànu: poteva evitare a Drosu il destino delle femmine?

Il Duca si alzò e puntò Blactu, con sguardo di sfida: «Crissorroé, cognata cara, non era l'ultimo dono della mia perduta moglie, Eudochia... È un'altra la figlia di cui parlo».

Teofanès vide come in un sol corpo levarsi in piedi Blactu, Basilissa e Maria Merenda. Un mormorio inquieto percorse l'aula.

«Ti ha dato di volta il cervello?» disse rauca Blactu.

Il Duca l'ignorò e, rivolgendosi a Teofanès: «Avrai Morfisa, la mia secondogenita, in sposa».

Il mormorio si mutò in sommossa. Teofanès vide l'allarme ruggire nella schiena dello strategòs. Coniata era in piedi.

«È impossibile» disse infine uno dei senatori, un vecchio

vandalo, calvo, una cascata di ricci neri sulla nuca. «Non puoi mandare sposa la Teotokòs!»

Teofanès spalancò la bocca: la madre di Dio? Chi voleva mandar sposa la madre di Dio?

Mentre il dibattito infuriava, la salernitana con sua figlia infilò prudente la porta. Blactu governava la tempesta, Basilissa stringeva pallida i pugni e Maria Merenda faceva roteare le braccia come pale, tanto che un paio di senatori caddero a terra.

Teofanès rivolse gli occhi al soffitto: dieci teste di Gorgoni reggevano gli archi. Gli sorrisero oblique, come le loro gemelle nell'acqua della Cisterna Basilica, quando era bambino; come la testa crinuta di pesci di Crisorroé. Un lungo brivido l'attraversò.

Istruzioni di Lettura per le Diaconesse
e le Apostole di San Virgilio
dalla Biblioteca del Ducato di Napoli,
redatte da Morfisa Ducissa
a dispetto de li monaci caconi Longobardi,
che leggono solo le Storie di Santi

Apostole,

quando si abita lo corpo de lo pesce, i pensieri sono lenti, e lo cuore batte enorme e lontano.

Mutare forma è mutare Anima.

Questa notte, dopo aver letto a lungo l'*Historia* di Santo Brandano, che salì su un'isola e vi accese uno foco credendola di terra e scoprì invece ch'era balena, sono scivolata in mare, ne la mia nera forma di pesce.

Vagavo fra fosse e relitti e co' le pinne sollevavo la sabbia e pettinavo le alghe. Poi, giacché ho un solo orifizio per respirare, mi sono spinta in alto: Sorelle, c'è godimento a galleggiare la notte, come isola mobile! Poiché da pesce vedo male, seguo le luci delle barche e devo avvicinarmi per capire.

Stanotte, però, non c'erano pescatori ma una nave.

E da la nave uomini armati assalivano una barca piccola.

Ho udito urla disperate. Larga, una pozza di sangue ha macchiato lo mare: sono cadute in acqua molte teste, sento ancora i tonfi, come se sassi fossero gettati ai pesci, e poi, come mele in una botte, sono riaffiorate, una a una.

Colossa, troppo magra per lo suo nome. Aloara, figlia di una longobarda e versata ne la cura de le rose. Teodosia, destinata a ereditare campi e chiese. Taziana, innamorata di un giovane soldato. Eudossia, uscita da lo convento. Placidia, sempre allegra.

Le mie compagne di gioco.

E poi l'ultima testa: sorella mia, nata nell'oro, Crisorroé!

Nata da la stessa madre, parte di me: eri morta.

Ho pianto lunghe lacrime di balena, che in mare nessuno vede, poi la rabbia mi ha travolto: il mio bramito ha riscosso gli assassini. Hanno armato le vele, si sono attaccati a li remi.

Li ho inseguiti fino al porto, invano. Salvi erano ormai ne la darsena.

Ho dormito a lungo finché, dimenticati luogo e tempo, mi sono svegliata ne lo mio letto...

6

"Amato Costantino,

ti scrivo oggi finalmente da Napoli. Siamo arrivati stremati dopo il lungo viaggio e ad attenderci c'era un'orrida sorpresa. Il Ducato è un covo di vipere, di certo tu sapresti meglio di me districarti fra fazioni e caratteri, io posso al massimo trarne spunto per dei versi: se sopravvivo ne verrà fuori un poema immortale..."

Lo stilo si spezzò. Imprecando, ne scelse un altro dal mazzo, le dita macchiate d'inchiostro. La stanza era ariosa e profumata. Sul soffitto si rincorrevano leoni e tori alati. Teofanès era finalmente seduto su un letto, comodo, come da mesi non gli capitava.

Credeva che, dopo una giornata come quella, avrebbe dormito della grossa: la stanchezza terribile del viaggio, lo stomaco sottosopra, la vista della morte e le tensioni politiche, nuove e incomprensibili, che muovevano il Ducato avrebbero certamente consegnato anche un eroe dei suoi romanzi al letto.

Per altro, mentre Artemio Coniata era tornato a dormire sul dromone, a lui era stato offerto di riposare fra colonne, cespugli di rosa, fontane di marmo verde: la casa di Blactu.

E sul tavolino, che ora usava per scrivere, c'erano frutta, latte, pane. Niente, gli era impossibile prendere sonno.

Rimise mano alla lettera: "Amato Costantino, hai ricevuto le mie lettere? Ne ho spedite da Atene, da Creta, a ogni approdo messenico, da Corfù, da Brindisi e non so più da quanti altri porti. Qualcuna ti è arrivata? Scrivimi qui, adesso, sono ospite della casa più bella del Ducato, della cognata del Duca Giovanni...".

Anche il secondo stilo si spezzò. Afferrò il terzo, furibondo.

"Ti sei già sposato, traditore? Non ti perdonerò mai se non mi hai atteso! Chi sposi? Qualche scipida fanciulla bionda? Una circassa tutta fianchi? Maledizione a te se proverai con lei anche solo un'oncia del piacere che hai provato con me..."

A questo punto non poté proseguire: gettò lo stilo contro la parete, affondò le mani macchiate d'inchiostro nella massa di lettere mai finite e le strappò facendole a brani, ululando come un cucciolo. Affannato, guardò il mare dalla finestra: forse altre navi erano attese al porto; forse una lettera di risposta da Psello poteva averlo raggiunto a sua insaputa. Con il cuore improvvisamente lieve all'idea che le parole dell'amico fossero ad attenderlo, si rivestì e uscì nonostante l'ora tardissima.

Il caldo estivo saliva dalle strade deserte del Ducato.

Un'immensa luna rischiarava i tetti e sontuose ombre, portate da nuvole argentee, velavano ogni tanto il golfo, come sipari. Sul mare nugoli di lanterne segnalavano i pescatori al largo.

La faccenda del pistrice immane gli riaffiorò alla mente mentre ammirava la superficie iridescente del Tirreno: gli parve persino di intravedere il mostro tuffarsi al largo di Capri, l'occhio disumano che rifletteva la forma piena della luna.

Una balena, una Teotokòs, ovvero una Madonna, vecchie Sibille: ma dove era capitato? In quale inferno lontano dalla luce di Dio?

Ricordò di un episodio ai tempi della scuola: Costantino era entrato un giorno in aula turbato e silenzioso. Ripetutamente sollecitato, aveva infine raccontato che la cantina della sua casa, di notte, era stata devastata. «Ladri o malfattori» aveva esclamato il maestro Niceta, ma poi Costantino aveva descritto gli otri di vino svuotati e riempiti di sterco di capra, le derrate di grano sparpagliate, il formaggio sbocconcellato. «Ah» avevano esclamato i compagni, «sono stati gli Esclusi, hai ricevuto la visita del Lontano!» E subito erano fiorite chiacchiere sulle apparizioni degli antichi abitanti delle foreste e dei monti, delle divoratrici del mare e della Bella delle foreste. Nessuno dei compagni osava nominare in modo diretto gli antichi dei e i semidei: coloro che Cristo aveva disconosciuto e relegato nell'oblio, come si diceva delle creature della Cisterna Basilica, tornavano per dispetto. Ora, che il mare ignoto di questa ignota e ostile città nascondesse un enorme pesce, forse una balena, e chissà quali altri misteri pagani, lo fece per un istante tremare come da bambino, ma la notte era così tiepida e calma, la città così silenziosa, che i piedi si mossero da soli e, una strada dopo l'altra, giunse oltre la porta Cumana, dove iniziavano le *insulae extra moenia*.

Pini e edere nascondevano le masserie. Ovunque erano ruderi antichi. Teofanès si figurò ne uscissero crudeli Imperatori, come dalle pagine di Tacito, o prostitute rosse di capelli, come quelle che ossessionavano il suo Giovenale. Si udivano gorgogliare fontanelle. Dai pozzi veniva l'eco di rane e di cicale. Dove un tempo erano terme, sorgevano ora torri dotate di strette feritoie.

La collina del Monterone, le basiliche di Santa Restituta e della Stefania, il Palazzo Ducale erano oscurati, al momento.

Un orto, che non conosceva steccati né proprietari gelosi, carico di vigne pronte alla vendemmia, di larghe lattughe, giovani zucche e alti cespugli di finocchio, lo chiamò. Basta pensare alle figlie del Duca, alle teste mozzate e alle balene assassine. Basta pensare ad Arabi, Normanni e Longobardi. Basta anche sognare e disperarsi per Costantino. Che bella uva, si disse. E assaggiò.

Stava staccandone un grappolo, quando udì le voci. Soffocate e insieme acute, invisibili nel buio.

Ci fu un rapido correre, un trafficare impetuoso, quindi un tonfo. Qualcosa gli cadde pesantemente addosso. Teofanès, temendo l'agguato, urlò. Ma la voce gli si bloccò in gola perché la bocca era stata otturata da stoffe. Mulinò le braccia, non sapendo cosa spostare, qualcosa di goffo ed enorme lo impediva, frugò fra le vesti che l'avvolgevano, umide: era morbido, ma cosa? Avvertì carne, un seno di donna. Ritrasse subito la mano: il diavolo, uno spirito pagano, chi lo stava assalendo?

Di nuovo le voci ridacchiarono.

«Spostatela, su.»

«Bel colpo, Atanasio!»

«Questa era proprio grossa!»

«Altro che digiuno, queste mangiano...»

Teofanès arretrò scavando solchi con i piedi nella terra, facendo leva sul sedere e sui gomiti.

«Rivelatevi, spiriti!» disse con voce malferma.

Di nuovo risate.

«Due piccioni con una fava!»

«Ma chi è?»

«Uh, 'o bizantino!»

Teofanès adesso intravedeva gli spiriti: erano bassi, corti di braccia e di gambe, vestiti come cristiani e non come dèmoni. Uno gli si avvicinò fino a farsi quasi vedere; alle sue spalle, un altro portava una lampada.

Bambini. Erano bambini.

«Ma cosa fate qui fuori di notte?» chiese affannato.

«Eh... 'o bizantino chiede cosa facciamo!»

«Ahahah!!!» risero in coro.

Ma quanti erano? Dieci? Dodici?

«Oè, sbrigatevi che se ne avvicinano altre!» urlò una voce in sordina dal limitare dell'orto.

«Preparate i sassi!»

Uno dei bambini, quello che si era avvicinato per primo, decise di dare qualche spiegazione all'intronato Teofanès.

«Fratello, stiamo giocando.»

«Tu ti chiami Atanasio?»

«Sì, è il mio nome.»

«E a cosa giocate, per san Basilio?»

«Colpiamo le monache.»

Teofanès scosse la testa, sicuro di avere disturbi alle orecchie.

«Come hai detto?»

«Abbattiamo le monache!» ripeté Atanasio ridendo. «Quelle, di notte, volano. Guarda anche tu.»

E alzò il viso e il braccio, il dito indice puntato verso il cielo. Teofanès stralunò: davvero il cielo era pieno di esseri volanti che sembravano uccelli, ma erano molto più grandi.

«Dio mio!» urlò. «Ma cosa sono?!»

«Te l'ho detto» spiegò paziente Atanasio. «Sono monache. Di notte, con la luna piena o la luna nuova, volano. E stanotte è luna piena. E noi le catturiamo.»

Indicò in basso due compagni che maneggiavano una rete da pesca montata su due lunghi bastoni e altri due che con un cesto pieno di pietre avanzavano fra le lattughe. Le pietre venivano lanciate, la sassaiola era visibile come una piccola battaglia ora che la luna si era svelata. E la rete, dietro, ne afferrava ora una, ora un'altra di quelle curiose bestie volanti.

Teofanès voltò il corpo che gli era caduto addosso.

Il viso di una donna molto giovane spuntava dal velo monacale. Il seno che aveva toccato – arrossì fino alle midolla – era davvero uscito dalla veste scomposta.

«È morta?» chiese al bambino, come se fossero cose da chiedersi ai bambini.

«Certo che no. Dormono fino all'alba e poi, quando tornano alla ragione, rientrano nelle laure. Non ricordano mai niente.»

«Ma come possono volare? È magia!»

«Questa» rispose Atanasio stringendosi nelle spalle «è una città molto magica. È meglio che ti abitui.»

Corse via, mentre i suoi compagni continuavano a colpire le monache volanti e a catturarle fra lazzi e risate.

«Ma i vostri genitori non dicono nulla?» urlò dietro ad Atanasio. E questi, girandosi appena ma senza fermarsi: «A volte, solo se li svegliamo!».

Ma dalle feritoie delle torri o dalle case antiche nessuno si affacciava, come se la città fosse immersa in un sonno inesorabile che coglieva tutti gli adulti e teneva svegli i bambini.

Il cielo, adesso, era fosco di monache che Teofanès distingueva bene finalmente, volavano aggrappate a rami di albero, le fronde che facevano da coda, come aquile o falchi di immense dimensioni.

«Dio ci liberi!» si segnò Teofanès, sgambettando rapido fuori dall'orto ma senza riuscire a smettere di guardare il cielo.

S'intrufolò nel buio dei viottoli che portavano al Monterone, nella zona che la luna non illuminava, e ogni tanto si voltava a guardare la battaglia dei sassi. Poi s'impose di non voltarsi più e salì fino all'ingresso della basilica dove poche lanterne facevano eterno lume. Ora il silenzio era completo e voltandosi ancora, come per l'ultima volta, scorse il cielo deserto e i giardini e gli orti, in basso, privi di esseri umani. Forse aveva sognato tutto? Attraversò una porta che recava l'effigie di Ercole, si trovò in un crocicchio, fra case dagli scuri ben serrati. All'incrocio del trivio, una bella fontana di marmo gorgogliava.

Era qui una laura femminile, ricavata da un antico edificio: due colonne con i simboli di Artemide ornavano ancora la soglia e una Madonna di pietra mostrava sulle ginocchia offerto il bambino sacro in segno di comando. Accanto era una casa più piccola, squadrata e nera, su cui Teofanès lesse: "Dominae Romaniae".

La fontana recava scolpita su una lastra una civetta e una sirena marina con doppia coda di pesce dai cui seni, sollevati con le palme delle mani, sgorgava l'acqua. Teofanès si fermò a lavarsi il viso e, in quel momento, vide accanto a sé un'adolescente velata e snella. Una monaca della laura, pensò, e chinò il capo in cenno di saluto. La figura gli indicò una conchiglia poggiata sul bordo di pietra: voleva bere? Teofanès la prese, raccolse un po' d'acqua e gliela porse.

«Sorella, cosa fate qui sola di notte? Questa che vedo è la vostra casa?» domandò.

La luna era scomparsa, non era possibile distinguere il volto della sconosciuta.

«È una strana città, questa...» ridacchiò nervoso il poeta. «Ho appena visto altre monache volare. I bambini dicono che è normale. Anche voi, sorella, volate?»

Ma di nuovo la giovane non rispose.

«Chiedo perdono, non mi sono presentato. Mi chiamo Teofanès Arghìli, vengo da Costantinopoli...»

La luna ricomparve dal ventaglio di nuvole.

Il velo che cadeva pesante sulla monaca non impediva di vederle il corpo appena sbocciato.

«Chi siete?» insistette Teofanès.

La ragazza gli si fece vicina con le mani, bianchissime, gli prese una mano e la portò al velo, che, senza il minimo sforzo, cadde. Nessuna testa era sul collo, segato di netto: un foro mostrava la colonna vertebrale spezzata, le carni, il sangue. Teofanès urlò, arretrò, inciampò, cadde. E continuando a urlare si ritirò ancora a forza sui gomiti, sudando di paura.

«Perché non mi aprono?» chiese una voce femminile.

Teofanès si voltò a cercare la padrona della voce. Non c'erano altri che lui e il mostro decapitato. Si alzò lungo una parete e vide l'interno della fontana. Era nell'acqua la testa che aveva appena parlato. Sotto il getto della sirena Teofanès scorse il volto di una fanciulla dai tratti eleganti, gli occhi di brace, lunghe ciglia, guance rosee.

«Fammi aprire, voglio entrare...» E dicendo così, la testa si mutò in un cranio mangiato dai pesci, la lingua rosicchiata dal granchio, un capitone fuggì dalla mandibola nuda.

«No, no!» urlò di nuovo Teofanès, coprendosi gli occhi di fronte allo spettacolo del mattino che si ripeteva. Si voltò e con una mano cercò nella tasca la mano fica per opporla alla visione. L'alzò verso la fontana ma il pollice della mano si spezzò. Cercò, frenetico, la croce di rubino.

«Ho sete» disse la testa.

La mano della morta, diafana e marcia, gli sfiorava una spalla. Teofanès con mano tremante prese la conchiglia una seconda volta, l'immerse, ma l'acqua gli cadde. La reimmerse e di nuovo non ne rimase goccia. La terza volta si fece forza e lanciò l'acqua sulla morta mentre la luna svaniva dietro le nuvole.

Proprio in quel momento un corpo in fuga urtò il povero bizantino che di nuovo urlò di spavento. Un uomo, avvolto fino alla testa in un mantello, rotolando a terra imprecò: «*Vaque! Merde!*».

«Chiedo perdono... ma... avete visto... quella...? Avete visto anche voi...?» implorò Teofanès aggrappandosi al mantello dello sconosciuto.

L'uomo se lo scrollò di dosso e si rialzò: Teofanès riconobbe la mole consistente di Raul Drengot.

«Voi...?» mormorò.

La faccia di Drengot era controluce, la chioma rossa invece brillava, falsa aureola intorno alla testa. Dal trivio, che sino ad allora era rimasto silenzioso nonostante le urla del bizantino, venne un rumore di porta che si chiudeva. A Teofanès parve per un istante che la porta fosse quella della laura.

«Aiutatemi! Questa città è infestata! Monache che volano, la Ducissa morta... L'ho appena vista...»

«*Vous êtes ivre*... Siete ubriaco, tornate a casa» disse secco il normanno, e mentre si riavvolgeva nel mantello Teofanès vide al suo fianco oscillare una grande bottiglia di vetro.

«No, no, non ho bevuto altro che latte stanotte... Voi, invece...», e indicò la bottiglia.

L'altro ebbe un moto di spavento, nascose il vetro alla vista del bizantino, che insistette: «Vi prego, se avete del vino datemene una goccia, non ho più sangue nelle vene...».

E allungò le mani così rapidamente che Drengot non si poté scansare, ma la sensazione fu inattesa: il vetro scottava. Teofanès squittì di sorpresa e raccapriccio: né vino né acqua erano dentro la bottiglia ma un corpo di donna, perfettamente formato. Occhi neri e tristi, come quelli di Basilissa, lo fissavano fra lunghi capelli che velavano un minuscolo seno.

«Voglio morire!» disse la prigioniera.

Teofanès, la bocca spalancata, lasciò andare la bottiglia e Drengot, rabbioso, la richiuse sotto il mantello.

«Per tutti i santi, ma cosa è quella...?!»

Ma Drengot già correva lungo la strada, svoltava e spariva. Privo di ogni forza, Teofanès si adagiò sul bordo della fontana delirando. Svenne o si addormentò. Solo all'alba, risvegliandosi gelato, si trascinò a fatica fino alla casa di Blactu. Trovò ad attenderlo uno dei servi, il lume levato: «Che fine avete fatto? Credevamo vi avessero ucciso!» lo accolse l'uomo.

«Poco ci è mancato» esalò Teofanès e, riconquistato il suo letto, si addormentò di nuovo, non prima di aver puntellato la porta con un baule.

7

«Abbillòca, 'a quarta isola! Se vere bbono 'ncopp' a Santa Restituta!»

Le voci risvegliarono Teofanès, che si alzò traballando, ancora sotto l'effetto della difficile notte, delle monache volanti, del fantasma della Ducissa e della donna nella bottiglia. Si alzò cercando aiuto, spiegazioni: cosa lo aspettava, adesso? E la sposa, che in realtà era una Madonna, promessa dal Duca, quando l'avrebbe conosciuta? Doveva stilare una lettera per le Auguste? Lettere, ma certo! Ecco cosa voleva fare la sera prima: Costantino. Bisognava correre al porto, verificare l'arrivo delle lettere. E poi consultarsi con Artemio Coniata. Si affacciò alla porta della stanza: la vasta casa di Blactu e il suo bellissimo cortile sembravano del tutto deserti, mentre un fiume umano percorreva le vie. Dalla luce del sole capì che l'ora era già molto avanzata.

Appena uscito, il formicaio lo risucchiò: sembrava l'Apocalisse, per i Santi Medici! Cercò di farsi spazio, urlò che era diretto al porto ma nessuno gli dava retta. Si trovò, in breve, sotto un campanile quadrato: le scale erano strette e, in salita e in discesa, il traffico fittissimo. Bambini, donne con la sporta, mercanti, persino due vecchi che pretendevano di portare su l'asino con loro. Fra incerti appigli e maniglie di carne, Teofanès fu sputato in cima, accanto a due enormi campane di bronzo, una specialità del Ducato, tanto che persino il nome veniva da lì, dalla Campania. Quindi, vide il golfo, azzurrissimo, e l'orizzonte puntellato di dita che lo indicavano. In effetti, oltre alle isole di Capri, Pitecusa e Procida, un quarto promontorio sembrava spuntato nottetempo, proprio fra Capri e Ischia, piatto come una pietra liscia. Un contadino rivestito delle forme di formaggio che vendeva lo pressò e l'afrore di muffa del cacio gli procurò violenta nausea.

«È 'a balena ca s'è magnata 'a figlia d' 'o Dduca! 'A luna chiena! Fa sgrava' 'o mare» gli confidò.

Teofanès assentì tenendosi lo stomaco. Una vecchia, il naso coperto di porri, disse la sua: «Scimità, è colpa dei Mori! Quelli hanno acciso alla Ducissa piccerilla, pròpeto come s'arrubbaieno a sua madre! E i santi mo' si so' vendicati e hanno cambiato la nave dei Mori in un'isola! E poi si sa, le isole so' dei santi e i santi volano spesso a Napoli. Pensate che una volta so' andati 'nfino in Sicilia a se pigliare le spoglie di un frate, arrubbate dai Saraceni... E poi, quando stanno di umore allero, fanno le gare per spassarsi e spostano a Pitecusa, spostano a Procida...».

Qualcuno alle spalle di Teofanès ebbe a protestare, iniziò un tafferuglio.

«Nun' 'e state a sentere a 'sti janare! 'E vecchie portano seccia! So' jettatrici!»

Di nuovo, l'onda umana si mosse per scendere dal campanile e trascinò con sé Teofanès: per fortuna la calca spingeva verso il porto. Teofanès si lasciò trascinare, arrivò semisvenuto al molo dove era attraccato il dromone Calipso, si tenne in piedi solo nella speranza che una lettera di Costantino lo avesse raggiunto o anticipato a Napoli, conoscendo lui la destinazione finale del viaggio.

«Chella è na nave, t' 'o dico io!»

I pescatori che annodavano le reti sotto il dromone scrutavano l'orizzonte indicando l'isola mobile. Teofanès vide, oltre il mulino che presidiava un molo gemello, la corta nave degli Arabi, circondata da militari. Dunque, la prescrizione di Blactu si era mutata in un autentico sequestro. Gli parve persino, ma era di certo un'illusione dovuta alla stanchezza, di veder passeggiare sul ponte il Quaid.

«Nun so' 'e Ravello... E manc' 'e Salerno» discutevano i pescatori.

Teofanès inciampò in una gomena. Si accovacciò, cercando di sciogliere il piede. Una donna carica di panni, probabilmente una lavandaia del vicino convento, esclamò: «Uh, Gesù, santa Candida e san Gennaro! Vuo' vere' ca so' Bizzantine?».

In quel momento Artemio Coniata apparve sul ponte del dromone.

Il più vecchio fra i pescatori scrutò lo strategòs, sputò e disse: «Mo' pare che so' amici, ma 'e Bizzantine, antico tempo, trasetteno 'a Napule d' 'a Bolla. Passaieno p' 'e vasche 'ell'acqua, per l'acquedotto, e facetteno stragge 'e Napoletani. Stupraieno 'e femmene, appicciaieno 'e case...».

Teofanès conosceva la storia del generale Belisario: era una delle storie preferite di suo padre, anzi, era proprio quella che Nettario insisteva a raccontargli mentre lui tremava guardando le teste delle Gorgoni, il giorno in cui erano scesi a pescare nella Cisterna Basilica.

«'O Papa dicette a Belisario che Napoli si doveva ripopolare, e facette veni' 'e Vandali...»

«E addiventajemo tutte nire cumme 'a sta bella figliola!» scoppiò a ridere un pescatore muscoloso pizzicando le natiche alla lavandaia.

«Uèèè! Ciòncate 'e mmane!» urlò quella, picchiandolo con la cesta.

Teofanès ne profittò per sgattaiolare sul dromone.

«Buongiorno poeta, ben levato... Che ti è successo? Non hai dormito stanotte? Noi stiamo per salpare» lo accolse Artemio, scuro in volto.

«Salpare? E per dove?» stupì Teofanès.

«Andiamo a Rovigliano, a vedere dov'è finita la famosa barca che portava la Ducissa e le sue sei donne.»

«E credi di trovarla? E quest'isola mobile, questa balena?»

Coniata sogghignò: «Mi meraviglio di questa città di pescatori e marinai, dovrebbero sapere che esistono i miraggi. È il caldo, l'umidità. Con il tramonto non la vedrai più. C'erano molte nuvole, stanotte».

«Già» sospirò Teofanès, e si trattenne dal raccontargli delle monache volanti, del fantasma di Crisorroé e della bottiglia con dentro la donna in miniatura per timore d'essere preso in giro, come avrebbe fatto con lui Costantino.

«La cosa migliore, fino a che non capiamo chi ha ucciso la Ducissa, e a quale scopo, è che tu te ne stia a riposare in casa della cognata del Duca. Dormi, mangia e non fare sciocchezze...» sorrise Artemio battendogli forte la mano sulla schiena. E poi, battendosi una mano sul fianco: «Dimenticavo: è arrivata una lettera per te».

Scese a terra tenendo la lettera stretta al petto e guardò il dromone manovrare per uscire dal porto e allontanarsi, piccola Costantinopoli in terra incognita, prima di aprirla. Rosso in viso, tremante, Teofanès prese con due dita il plico che portava il sigillo inconfondibile di Psello, le doppie croci e san Nicola.

"Amato Teofanès,

ti penso avventuroso fra marosi e porti: da oggi, però, non scrivermi più a casa di mia madre, ho deciso di farmi monaco. Vado in un monastero della Bitinia, cambio nome..."

Gli occhi di Teofanès sgranarono. Il cuore mancò un colpo.

A fatica proseguì.

"... ho chiesto di essere ribattezzato con il nome dell'arcangelo Michele..."

Sbandato, il cielo azzurro che gli ronzava sulla testa, il dromone ancora visibile ma lontano, Teofanès barcollò: Costantino non si sposava ma si faceva monaco. Perso per sempre, chiuso in un convento! Pallidissimo, a una fontana si bagnò il viso e prese a vagare senza vedere dove andasse, la barba nera spugnata e gocciolante sulla veste.

Sotto un edificio turrito, affollato di questuanti, fu scambiato per un mendicante e strattonato dalle guardie.

«Chi sei? Cosa fai qui!»

«Dagli qualcosa, non vedi come è ridotto? Pare un fantasma...» lo difese uno che era magro come una lisca di pesce e incurvato come un albero maturo.

«Non voglio niente» mormorò Teofanès.

«Dite tutti così!» lo spinse via la guardia.

La lisca umana lo aiutò a risollevarsi.

«Grazie... Ma chi abita qui? Perché tanta calca?»

«Sei straniero se non conosci i più ricchi del Ducato, gli esattori, Sergio e Maria Gemma Erario, cognati del Duca...»

«Altri cognati...?» stava domandando Teofanès, quando una donna formosa e ingioiellata si affacciò a una finestra; dietro di lei un uomo pingue, volgare.

«Monete, monete!» urlarono i questuanti e qualcuno fra loro: «Zezzuta! Mariuolo!».

Teofanès si trascinò fuori dalla bolgia.

Accecato dal sole, sbandò. Questa era l'ora del dèmone meridiano, quando il calore si staglia piatto e le ombre scompaiono. Non c'era ombra in quella città, nonostante torri e tende: anche a Costantinopoli aveva spesso avuto paura di incontrare un antico spirito nell'ora più calda. Un violento capogiro quasi lo stese a terra: si appoggiò a una parete da cui le pietre spuntavano puntute, vide l'arco di una bottega e vi si riparò. Un lungo tempo impiegarono i suoi occhi per ritrovare la vista ma, quando iniziò a distinguere le cose, sobbalzò: sospese a un arcosolio decine di bottiglie e fiale di diversa dimensione oscillavano appena, tintinnando delicatamente a causa dei freschi spifferi provenienti da una cantina, che il buio non rivelava ma Teofanès immaginò profonda e incunicolata. In ogni bottiglia era, ridotto di dimensioni, un animale: un minuscolo gatto, un molosso in miniatura, un'aquila, un tonno, un bue e altre bestie che Teofanès non aveva mai visto al mondo.

«Vi piacciono?» gracchiò una voce al suo fianco. «Le vendo a buon prezzo, sapete...»

Teofanès non riusciva a vedere a chi appartenesse la voce: riflessi di specchi, baluginii di ampolle, qualche costola di libro tinta d'argento che luccicava gli impediva di mettere a fuoco il proprietario (o era una donna? Dalla voce non era possibile distinguere) della bottega. Si riparò gli occhi. Inutile.

«Vendo anche molte altre specialità: per esempio le istruzioni per percorrere le città restando sempre all'ombra... Una cosa utile, specie di questa stagione...»

Teofanès balbettò qualcosa.

La voce proseguì: «Ma se vi piace la magia della riduzione, sappiate che posso fornirvi anche cose più rare... Di recente ho tentato anche con i corpi umani... Non sempre riesce... Spesso ho bisogno di cavie...».

E il poeta si sentì palpare il braccio da due dita ossute, che lo saggiavano come si fa con le carni commestibili o con le serve: schizzò via dalla bottega a gran velocità, l'energia recuperata tutta in un sol colpo, e s'arrestò solo quando ebbe messo sufficiente distanza fra sé e quel luogo. Era lì, quindi, che avevano ridotto la donna della bottiglia?

Camminò per un tempo indefinito: la paura allentava la presa, rimontava la tristezza. La lettera di Costantino si era accartocciata nella mano ed era diventata di marmo. In una piazza vide uno stadio: il pensiero gli fuggì subito al Grande Ippodromo di Bisanzio, alla colonna di bronzo sormontata da sette serpenti, alle gare imperiali viste con Costantino. La nostalgia divenne struggente, scoppiò a piangere. Intorno allo stadio la folla si accalcava in attesa di una gara di corsa. Le mete di bronzo e granito luccicavano, alti pannelli di marmo dichiaravano i vincitori della stessa gara nei secoli: nulla faceva pensare che il Ducato fosse in lutto per la morte di Crisorroé.

Qualcuno gli batté sulla spalla: un tale, con braccia così lunghe che le mani gli ciondolavano quasi alle ginocchia, lo puntava ora con un occhio, ora con un altro. Era strabico.

«Mio signore... state bene?»

Teofanès si passò la mano che chiudeva la lettera sulla faccia umida di acqua e pianto.

«Chi sei?»

«Sossio, eccellenza, mi manda la mia padrona, Blactu. Era preoccupata per te... Ti ho cercato dappertutto!»

«Si corre spesso, qui?» chiese, assente, Teofanès guardando la fila degli atleti che stava per disporsi sulla linea di partenza. «Non ha detto san Paolo che dobbiamo essere atleti di Dio e non correre per corone mortali e corruttibili?»

«Scusa, signore, sono scemo. Non mi danno nemmeno i soldi per fare la spesa...» sorrise il servo, mostrando sotto gli occhi strabici denti radi e divergenti. «Ma alle gare la mia signora viene spesso: guardate come sono belli... La bellezza dispiace a Dio?»

«No. Ma la modestia gli piace di più» rispose Teofanès, le labbra tremule perché quella era una delle frasi preferite di Costantino. O doveva cominciare a pensare a lui come a Michele? Non riusciva, era impossibile.

Quindi si rammentò che l'amato quella frase l'aveva pronunziata ubriaco, una notte, a Pera, in casa di una pòrne, famosa per essere sia donna che uomo.

«Quello è Gregorio Orefice, figlio dell'orafo più ricco della città...» spiegò Sossio indicando con un dito, divergente come i suoi occhi e i suoi denti, un giovane pronto al via.

«... E quello è Sergio Ferrario, uno spadaro, ma la sua famiglia si occupa anche delle acque: piscine, pozzi, acquedotti... Latrine belle come le loro ce ne vuole a trovarle!»

Teofanès contemplò l'erede delle latrine: un ragazzo dai lineamenti fini, molto muscoloso, uno che doveva sverginarne a decine, certamente destinato a far fallire l'azienda di famiglia.

«... E quell'altro è Stefano Pantaleo, figlio di monaco e nipote di igùmeno. Tengono parrocchie a decine in famiglia, ma lui vuole partire militare, vuole venire a servire l'Imperatore a Bisanzio. E quello...»

La voce di Sossio si era interrotta di colpo. Teofanès si voltò a guardarlo in viso.

«Che ti succede?»

Il braccio del servo era teso a indicare nel vuoto, la bocca spalancata.

Teofanès seguì l'indice. Nella fila degli atleti si era appena sistemata una ragazza. Lunghi capelli annodati dietro la nuca, la veste legata alle gambe per non inciampare, le guance color ciliegia, sottili braccia nude.

«Qui le donne partecipano alle gare di corsa?!» esclamò il bizantino.

Sossio fissava l'apparizione imbambolato.

«Quella che stai guardando nessuno la conosce. Ha già gareggiato qui in città ma ogni volta, dopo la gara, scompare e non si fa in tempo a chiederle il nome.»

Teofanès si voltò: un uomo robusto e sorridente lo guardava benevolo, a braccia conserte.

«Buona giornata, straniero, il mio nome è Teotista Pascale, sono un ricamatore.»

«Il Signore sia con te...» rispose distratto il poeta.

Il suono di una tromba li richiamò: sul palco ducale Teofanès riconobbe Ausilio Attore che dava il via. Di colpo, il rumore coprì ogni cosa. La corsa durava tre giri: al primo giro era in testa Ferrario, il più bello e il più forte. Al secondo Ferrario era stato raggiunto da Pantaleo. A metà del secondo, in terza posizione, nello stupore generale, era la ragazza. All'inizio del terzo giro li aveva superati tutti. Dalla seconda metà del terzo giro alla fine correva sola, come portata dal vento. Vinse nel tripudio collettivo e senza affanno, quando si fermò a prendere la corona da Ausilio Attore non era nemmeno sudata. Intanto, le voci s'incrociavano, elettrizzate, e Teofanès udì nuovamente la temuta parola: «'A Gorgona, 'a Gorgona!».

Quindi, suonarono le trombe, esplosero gli applausi, Ausilio Attore allungò un braccio verso la vincitrice ma la corona di acanto cadde: nessuna testa l'accolse.

«È svanita!»

«Ma no, è corsa via!»

Si cercò invano nelle strade, nelle barche, nei mulini.

La ragazza era scomparsa.

«È fatta d'aria!» esclamò Sossio, riprendendo facoltà di parola.

«La prossima volta» disse Teofanès, «la voglio guardare meglio. Mi metterò accanto alle mete.»

Il servo sogghignò: «Sarà pure 'na Gorgona, ma che cosce...», e diede di gomito al poeta, che allibì.

Lungo tutto il tragitto che conduceva verso casa di Blactu, Sossio, che era, sì, l'ultimo della casa ma assai bene informato, propalò al depresso Teofanès, cui nulla importava salvo di Costantino e del monastero in Bitinia e di come tornare a Costantinopoli, una mappatura dettagliata della nobiltà più vicina al Duca.

Dunque, c'erano quattro sorelle, Blactu, Basilissa, Maria Merenda e Eudochia, quest'ultima era stata la prima moglie del Duca, poi rapita dagli Arabi. La famiglia degli Isauri, secoli prima, aveva portato in dote dal Bosforo una vasta collezione di icone scampate alla furia iconoclasta e questa grande ricchezza aveva finanziato il potente esercito napoletano.

Le vecchissime zie delle sorelle isauriche erano a capo della fazione delle Virgiliane: erano in tre, donne colte, sagge ma temute, si diceva praticassero la magia (e Sossio le nominò con percepibile timore). Le vecchie avevano nome Pitru, Maru e Teodonanda. Teofanès apprese che quella che aveva udito parlare il giorno prima in aula era Pitru e la sorella di cui si lamentava la sparizione si chiamava Maru. La potenza magica delle tre vecchie era legata, secondo Sossio, alle loro origini: un tal Leone monaco, Ìpato del Ducato di Gaeta, signore di San Pietro a Patierno, e una profetessa di nome Genziana. Sossio nominandoli fece le corna.

«Comunque, le vecchie abitano in vico Triafata, in una casa dove non entra mai nessuno... Si saranno perse la sorella nelle cantine!» sogghignò scimmiesco Sossio e poi, facendosi bello della sua padrona: «La signora mia è potente! Da sola può armare venti navi e fare la guerra a Salerno e Amalfi!».

Alla parola "guerra" Teofanès fu tormentato per un istante dalla sua missione e domandò: «Ma la seconda figlia del Duca chi è? Ho sentito dire che la chiamano Teotokòs...».

Sossio si segnò alla greca tre volte.

«La Teotokòs non si nomina! Mai! Male a chi lo fa!», e appuntò gli occhi strabici, prima uno e poi l'altro, dritti nella faccia di Teofanès: «È santa! Protegge la città!».

Non ci fu più verso di tornare sull'argomento. Invece Sossio spese il tempo restante fino alla casa di Blactu per nominare e sparlare delle famiglie napoletane, tutte imparentate fra loro, tutte ostili le une alle altre da quando due secoli prima il Ducato era diventato ereditario ("I parenti so' serpenti!" esalò) e nominò gli Erari, che Teofanès aveva appena intravisto alla finestra prima di finire nella mostruosa bottega delle bottiglie, gente che limava le monete d'oro per arricchirsi e che rubava le case alla sua brava e santa padrona.

«Se la fanno con tutti, anche con questi barbari normanni! Datemi retta: questa gente presto ci governerà! Guardate quelle mezze tacche dei Capece: neanche due generazioni fa il nonno di Amalia Capece era il nostro mugnaio...» soggiunse, come se lui non fosse un servo bensì un pari della sua amatissima padrona.

Blactu lo aspettava seduta in giardino. Si stava agghindando e sembrava assai più giovane e desiderabile del giorno avanti.

Diede un rapido sguardo all'aspetto malconcio di Teofanès.

«Devi riposare, messo delle Auguste. Domani ci sarà il funerale di Crisorroé. Attendiamo che il tuo strategòs e i nostri, partiti con due navi dopo di lui, ci riportino un legno, un abito, insomma notizie delle donne che viaggiavano con lei... Ora mangia e cambiati, stasera c'è una grande festa.»

«Una festa?» allibì il bizantino.

«È la festa della Madonna delle Ombre, l'Odigitria.»

Teofanès rammentò la grande icona che li aveva preceduti il giorno prima salendo al Pretorio.

«Le donne vengono a chiedere figli, le vergini cercano marito, le coniugate si procurano svago» spiegò asciutta Blactu.

«Lasciate traviare le vergini e sollazzare le mogli?» chiese stranito Teofanès.

Blactu scosse le strisce di granati e lapislazzuli che una serva le intrecciava nei capelli.

«Mio giovane amico, siete nuovo alla politica, è chiaro. Come pensate di tenere a bada un popolo se non ne rispettate le tradizioni? Questa festa era qui da prima di Roma. Forse la trovò Ulisse visitando l'Averno... Il giorno dopo tutte vanno nella basilica e il passato è cancellato.»

Si contemplò in uno specchio da mano.

«Poi, per dirla tutta, mentre voi uomini fate la guerra, componete poemi e discutete del sesso degli angeli, noi che dovremmo fare?»

Istruzioni di Lettura per le Diaconesse
e le Apostole di San Virgilio
dalla Biblioteca del Ducato di Napoli,
redatte da Morfisa Ducissa
a dispetto de li monaci caconi Longobardi,
che leggono solo le Storie di Santi

Quando volete che la Dea Artemide vi possegga, addobbatevi con la tunica piegata tre volte sopra la cintura, scegliete lo mantello leggero, se è estate, di lana, se è inverno.

Li sandali hanno da essere di cuoio morbido e feltro.

Fate la caccia co' lo cane molosso e li cani veloci, in compagnia de la civetta. O fate la corsa, come la nobile Atalanta.

Io faccio spesso la corsa, Sorelle, giacché sono nata co li piedi storti. L'Arte dell'Acqua me li rende sani.

Nel sogno, piego i ginocchi come un cavallo, nitrisco, sudo e sbuffo. Lancio di lato liberi li capelli, come criniera al vento, e prima scivolano asciutti su la schiena e dopo diventano coda, treccia zuppa di sudore. Immaginate di sentire le dita dei piedi su la suola, le mani affondare ne la polvere, l'aria che, sbuffando dal naso, fa li buchi in terra.

Apostole, dovete pensare che la meta di bronzo è vicina, anzi che voi stesse siete la meta. Quando lo maestro di gara alza la mano, pensate d'essere già arrivate: che le vostre cosce macinino lo terreno come la mola il grano, che lo ventre vostro si contragga come quello de li cani che inseguono la lepre.

Siate corpo, siate giovinezza. E che nessuna mela d'oro rotolando vi rallenti: non vi fate imbrogliare da li maschi!

Non date retta a quelli che vi dicono: perderai te stessa.

Correte e vincete: e quando tutti vi cercano per lo premio, fuggite, andate per case e vicoli, salite oltre le torri.

Bello è, dopo la corsa, mutar le gambe in artiglio, lo viso in becco, le braccia in ali.

Siate aquile, siate falchi o, se vi aggrada, merli.

Oggi, mutata in aquila, mentre volavo in cerchi sopra Napoli, ho visto un coniglio, l'ho puntato, l'ho predato.

Non credevo che l'avrei mangiato, e invece!

Su una rocca, ai bordi di una grotta, felice, ho fatto lo crudo pasto. Io sono Potente.

8

«Diteci, signor poeta, di cosa parla il vostro nuovo poema?»

Teofanès gongolava sul carro pieno di giovinette che lo portava alla festa dell'Odigitria: assiepate, velate, rivestite di collane e fiori, le Napoletane avevano cantato e battuto nacchere e zoccoli per quasi tutto il tragitto: mai Teofanès si era sentito tanto Teofànu come durante questo corteo impudico di vergini.

E da un tratto non facevano che interrogarlo sulle sue creazioni letterarie: la vanità di Teofanès faceva la ruota come i pavoni nel giardino delle Auguste.

«Sì, sì, diteci, diteci: e in che metro componete?»

«Trimetri, esametri, distici, anacreontici... Mi piace cambiare. Tratterò...», e qui inventò, poiché della sua poesia s'era persa traccia lungo il Mediterraneo, «... della leggenda pagana di Titone come esempio della superbia degli antichi.»

«Che capitò a Titone?» chiese una svogliata bene in carne, che sbocconcellava uva dalla partenza.

«Chiese l'immortalità ma dimenticò di domandare l'eterna giovinezza. Invecchiò e si ridusse a tal punto che gli fu concesso di diventare cicala. E così cantò per sempre.»

L'ammirazione aleggiava sulla strada profumata di mare e mosto e cullava Teofanès, d'improvviso dimentico di guai, misteri e amori traditori.

La svogliata sospirò: «Pare proprio la storia della Sibilla Cumana. Poiché tutti l'avevano dimenticata si fece piccola piccola e finì a vivere in una brocca».

Il poeta sobbalzò: la bottiglia con la piccola donna che chiedeva aiuto e la visita alla spaventosa bottega dove erano in vendita creature ridotte invase con prepotenza la sua immaginazione.

Si fece scuro in volto.

«E comunque» concluse la grassa svogliata, «a me piacciono di più i romanzi...»

Poi, un mormorio di eccitazione si diffuse per i carri.

«Eccoli! Eccoli!»

In vista di un'alta collina a picco sul mare, nell'ombra, fra i fuochi, tre uomini grossi come montagne di ferro parlavano fra loro.

«Guardate, il conte normanno!»

«Sembra un pirata!»

Scese di furia dal carro, le Napoletane presero d'assalto i Normanni allungando le mani: «Che strano scudo! Che spada spessa! Ma che stoffa è questa?».

Il cinguettio copriva quello degli uccelli al tramonto.

«Signore, signore! Ma non stavamo andando a una festa sacra?» le redarguì Teofanès, un po' offeso che l'attenzione prima dedicatagli si stesse dissolvendo.

Incrociò lo sguardo di Drengot, d'istinto gli osservò la cintura. Drengot seguì la traiettoria dei suoi occhi, fraintendendone la ragione, e rispose alle Napoletane: «Signore, signore, con calma. Per le belle donne sono sempre a disposizione».

E calcò la parola "donne", come a dire che altre voglie non ne considerava. Teofanès imbarazzato arrossì.

«Però vedo che il messo di Bisanzio è tornato a casa sano e salvo, la scorsa notte. Me ne rallegro.»

Teofanès stava per rispondere quando una mano lo strattonò.

«C'è il vino!»

Donna Maria Merenda, emersa dalla folla femminile, gli

porgeva allegra un boccale. Alle loro spalle comparve Blactu, deridendola: «Sorella, vieni a far becco tuo marito?».

«È tutta invidia la tua! Io un marito ce l'ho...» E corse via. Teofanès, il vino in mano, rimase preda della signora degli Isauri: «Il marito di Maria è un filosofo. Sua moglie si occupa dei contratti, degli acquisti, delle vendite e Pietro coltiva le belle lettere...». Quindi, scrutando Teofanès, non tanto preoccupata di averlo indirettamente insultato, quanto conquistata da una nuova consapevolezza, concluse: «Proprio come voi, ora che ci penso. Dovete conoscerlo». E, dopo una pausa: «Voi sapete che io sono vedova?».

Il poeta ingollò un lungo sorso di vino, sperando di non entrare nei dettagli matrimoniali dell'Isaurica.

«Ho avuto un felice matrimonio. Giuseppe, pace all'anima sua, era un autorevole navarca, come il vostro Artemio. Ed era di origini macedoni, come il compianto Imperatore Basilio. Prometteva di vivere anche lui settant'anni e invece... Quindici anni fa, una battaglia in mare, ai tempi in cui Napoli divenne longobarda.»

«Questa città è stata longobarda?» chiese allarmato Teofanès. Mai una buona notizia, da quando era sbarcato.

«Oh, per un breve periodo: l'Imperatore tedesco si accordò con i Capuani e il Duca di Spoleto s'intrufolò a Napoli, rapì il nostro Duca e la città restò senza governo... Uno dei Pandolfi di Capua ci amministrò ma in breve tornammo a essere Greci. E poi sono arrivati questi Normanni...» concluse, pensierosa.

Teofanès stava per domandare ancora ma Blactu, fissando la montagna, indicò un tumulo accanto alla grotta: «Quella, vedete, è la tomba del poeta Virgilio».

La fila che li precedeva si fermava incessantemente a raccogliere rami di piante cresciute sul tumulo.

«È lauro» spiegò Blactu. «Vuole la leggenda che sia nato con il poeta e cresca dove lui è morto. Da secoli, ogni anno e più volte l'anno, la popolazione lo taglia e lo mangia o ne fa infusi. È la pianta dell'ispirazione divina, chi la mastica ha le visioni, ascende al cielo. Provate: chissà che non vi ispiri un nuovo poema...»

Li interruppe Maria Marenda, la testa carica di fiori, saltellando fra loro come una bambina: «Andiamo, andiamo: tuffatevi nella festa! Però voi, Teofanès, domani dovete leggermi i vostri poemi! Mio marito vi aspetta: sapete che ha tradotto *Il romanzo di Alessandro*? Lo portò un monaco dalla vostra Grande Città! Oh, non vediamo l'ora di ascoltarvi: storie nuove, finalmente! Storie d'amore, spero...».

Poi, senza attendere risposta e sventolando intorno a sé il mantello che le copriva la veste, si rivolse a Blactu tirandola per la manica: «Sorella cara, cosa fai ancora qui: nella grotta si canta e si balla! La vita passa e nessuno si bagna due volte nella stessa acqua!».

«Eraclito!» esclamò Teofanès, ma già nessuno gli dava più retta.

Dalla cripta venivano urla sfrenate, il frastuono di un autentico baccanale, sembrava ne dovessero saltar fuori satiri, sileni e ninfe. Una mano gli si posò sulla spalla.

«Guarda, guarda, il poeta bizantino!»

Teofanès si voltò trovandosi davanti il ricamatore incontrato quel mattino allo stadio. Era ubriaco fradicio.

«Vi ricordate di me? Teotista Pascale!» Si batté la mano sul petto. «E questo è il mio amico e collega tintore, Marino Pittulo!»

Il tintore aveva un'aria seria e arcigna, la bocca storta in un disgusto perenne. Una fanciulla seminuda seguita da una compagna corse fuori dalla cripta mostrando alla luna le pudenda.

«Bevete, bevete!» Una pacca sulla spalla e Teofanès vuotò un secondo boccale. Due giorni senza dormire e adesso tutto questo vino: la notte gli oscillò intorno.

«Subito il terzo!» fischiettò il tintore, e gli sostituì il boccale.

I tintori ebbri discutevano dell'aumento di prezzo del rarissimo bisso filato dalle conchiglie di Ischia. Si erano aggiunti a loro due uomini bassini e allegri, doppi bracciali ai polsi e una mantella bianca, ebrei egiziani, rifletté Teofanès.

«Achimelek! Ezechiel! Fratelli cari!»

«Com'è vero che il lavoro e il cibo prendono il posto delle donne con l'andare degli anni: quand'è che vi buttate nelle danze?»

La musica ora saliva a colpi di cembalo dalla montagna.

«Ah, la Vecchia Giudecca è uno dei posti più interessanti di Neapolis, dovete visitarla! Il fiume Sebeto scorre sotto le botteghe, uno spettacolo! Tutti noi setaioli e lanaioli siamo al Vicolo Dodici Pozzi...» brindò Teotista piazzandogli in mano un quarto boccale. Parlava e ballava, due ragazzi molto giovani armati di tammorre facevano ressa intorno a loro.

Dalla grotta vennero fuori cerchi di donne e uomini danzanti. Teotista incrociò i passi con un ragazzo truccato da donna.

«... Anche perché per filare, cardare ci vuole acqua! Acqua per tutti a Napoli! Ai monasteri, a chi coltiva e a chi fa industria! Siamo una città ricca!»

«*Psallere et saltare elegantius quam necesse est probae...*» biascicò ebbro Teofanès.

«Comeeee?» chiese Teotista.

«I versi preferiti di Costantino! E ora se ne va in monastero... Mi leggeva i poeti scostumati, sai? Studiava i dèmoni e l'alchimia... Si è dimenticato delle terme...»

«Anche le terme, sì! Ce ne sono di bellissime a Baia!» rispose ballando il tessitore, senza capirci un'acca.

Una ragazzina prese sottobraccio Teofanès che non poté più esimersi dal ballare a sua volta.

«E poi, se volete conoscere la vostra fortuna...»

Teofanès inciampò e la ragazza lo abbracciò. Si scostò in tutta fretta.

«Voglio tornare a casa...» scoppiò a piangere Teofanès.

«Al vico Triafata, il vicolo dei tre destini! Lì, per due monete, diventate basilèus e patriarca, Alessandro Magno o Cesare!»

«Io voglio indietro Costantino!» ululò il poeta.

«Ma sì, ma sì, potrai chiedere anche di diventare l'Imperatore d'Oriente!» rispose Teotista, sempre capendo una parola su tre. Ora inseguiva il posteriore di una procace trinettara ma, prendendo sottobraccio Teofanès, che ormai considerava un amico, gridò: «Al vico dei Dodici Pozzi c'è una bella fontana dove una sirena caccia acqua dai seni...».

«Ci sono stato questa notte!»

«Finché le esce acqua dalle poppe il vulcano non ci distruggerà...»

Ma in quel momento Teofanès smise di dargli retta: aveva visto entrare nella grotta la ragazza che aveva vinto la gara di corsa.

«Guardate!» esclamò indicandola a Teotista, ma quello stava baciando appassionatamente la trinettara.

Teofanès infilò sbandando l'ingresso della grotta.

La penombra era infuocata: la folla vi si contorceva, ballava, cantava. L'atleta correva di qua e di là: la vide per un istante accanto ai Normanni, quindi finì in un angolo affollatissimo.

Un uomo dal ventre prominente, la testa cinta di rose e pampini, i cui tralci gli scendevano sulle spalle a simulare capelli di donna, gli occhi bistrati e il viso dipinto, danzava mostrando i seni: «... 'E zizze, 'e zizze!» cantava.

Poi sculettava esibendo, cucito sulle natiche, un fallo dorato: «... 'O culo, 'o culo!».

Intorno a lui alcuni indossavano mascheroni e si muovevano a ritmo suonando le nacchere.

Il panciuto mostrò un pube coperto di pelo di coniglio.

«È bella 'sta fessa, è bella 'sta fessa!»

Teofanès, spalle alla parete di tufo, provò a scostarsi dalla scena, ma qualcuno gli ficcò in mano un ennesimo boccale di vino.

Bevve senza nemmeno pensare. Un nuovo figurante travestito da gallina, tutto impiumato, si unì alla rappresentazione armato di un fallo di legno rosso con il quale batteva contro il fallo dorato dell'altro. Si urlavano, intorno a Teofanès, formule che intuì essere magiche. L'odore nella grotta stordiva, nei bracieri bruciavano a mucchi le foglie del lauro, gruppi di vecchie cantavano litanie incomprensibili.

«Accattateve 'a crisòmmola, è l'urtema della stagione, siente che uòsimo, siente che addòre! Avviammo 'o semmenzaio! Accattateve 'e fiche... 'E cachisse, 'e pastinache deritte deritte, v' 'o tengono sempe allerta... verza, cavulicìore, aglio e cicoria...»

Teofanès alzò lo sguardo: il soffitto della grotta era immenso e si perdeva in un'oscurità densissima. Su una parete brillava la figura di una Madonna dal viso nero, il manto rosso sul fondo irregolare della parete rocciosa, gli occhi fissi.

«Santa Maria Odigitria...» pregò, invocando aiuto.

Sudava senza sosta. Per un momento, fra le ombre della cripta gli parve di riconoscere Artemio Coniata, che schioccava nacchere incoronato di pampini. Quindi fu certo di vedere Costantino, in abiti da monaco, che si accoppiava con una giovane greca.

Gli urlò contro, furibondo: «Vai con lei?! Eh? Vai con lei?!».

Chi invocava Demetra, chi la Mamma Schiavona, chi si accoppiava lungo le pareti, giovani e vecchie, con uomini di ogni età.

Poggiandosi a una parete su cui si aprivano due grossi fori udì un frammento di conversazione che le pareti dell'antro portavano a lui da un canale scavato nel tufo.

«Cosa ne facciamo adesso della vecchia? Perché non rompi la bottiglia e l'uccidi?»

«No, devo consegnarla a Roma...»

«Ti fidi troppo di quella puttana... È una strega.»

Teofanès si sporse per vedere chi parlasse: i Normanni, per niente ubriachi, confabulavano nascosti dalla roccia.

«Bisogna ucciderle tutte, anche le altre vecchie, per togliere loro ogni potere.»

Un conato di vomito che non riuscì a espellere lo fece svenire.

La voce che udì, dopo un tempo indefinibile trascorso in un limbo acquoso, diceva: «Mettetelo sotto l'albero».

Una figura aureolata aveva parlato. Gli pareva avesse la voce tagliente di Blactu.

«Grazie Despòina, grazie Anàssa!» biascicò.

Ora sentiva il vento del mare. Perse di nuovo i sensi. Quindi, chissà quanto tempo dopo, riaprì gli occhi. Era ancora notte fonda. Impiegò lunghi istanti a riprendere lucidità aspirando l'aria fresca. Poi, dalla grotta vide uscire la bella atleta: «Ehi, tu!!!» le urlò.

La ragazza correva leggera, come allo stadio: salì sulla collina, sparendo di volata nel folto del bosco.

«Ma come fai a camminare senza lume?!» le urlò dietro Teofanès, tentando di rialzarsi. «Aspettami!»

Mentre i suoni dell'orgia si attutivano rimbombando sulle rocce e si facevano distanti e deboli, Teofanès, ubriaco, s'arrampicò lungo la parete rocciosa, si stracciò la veste, si graffiò il viso, cadde e, infine, spuntò in una radura, stravolto.

Nel monte in quel punto si apriva una fessura, grande abbastanza da far passare un uomo per volta, i bordi dipinti, come gli occhi di una donna, di azzurro e oro.

Antichi tintinnaboli, oscene forme falliche suonavano al vento. Si affacciò con prudenza: un lontano bagliore, forse un braciere, oscillava nel corridoio roccioso. Sul soffitto, qualcuno aveva dipinto una spaventosa mano rossa. Strisciò a tentoni lungo le pareti: briciole di tufo gli s'infilavano sotto le unghie, polvere di pietra gli insozzava la schiena. Come nella cripta, tripodi bruciavano foglie di lauro e mucchi odorosi formavano un golfo nella grotta.

Qui, nello spazio cavo, era un tabernacolo, alto come un letto, la cui base arrivava quasi alla testa di Teofanès, composto di quattro colonne, sormontato da un'iconostasi meravigliosamente dipinta. Sopra, una massa di stoffe ravvoltolate emanava un leggero ronfare. Voti d'argento d'ogni forma, pance, sessi, braccia, teste e gambe, barche e case, brillavano lungo il tabernacolo e infissi nella roccia. Nell'ombra, qualcosa di bianco si mosse: l'atleta, la mano destra poggiata a una delle colonne, lo fissava. Gli occhi inumani squillavano nel buio. Anche l'oro sulla tunica luccicava, irreale. Teofanès ricordò gli occhi dei giaguari dell'Imperatrice Zoe all'ora dei pasti.

«Chi sei? Che posto è questo?» chiese.

L'atleta arretrò dietro il tabernacolo. La grotta sprofondava nel buio e dal fondo veniva vento umido. Ma non ci fu risposta perché dalle lenzuola qualcuno sbadigliò e si alzò prima una mano, stretta a pugno, quindi un braccio, corto, di bambina, grassottello, che si stiracchiava, infine una grande acconciatura di trecce nere, perle e corallo. Ultimo spuntò un viso, tondo, di bambina, la pelle scura di araba.

Si stropicciò gli occhi e sparse il bistro sulle guance sonnolenti. Quindi, di scatto, buttò fuori dal letto i piedi: due monconi gonfi e storti, inutili per camminare.

Ora la bambina fissava Teofanès che vide, invece, dietro di lei, svanire l'atleta. Alzò un dito per indicarla quando la bambina strillò come un maiale sgozzato: «Vattènne, vattènne, vattènne!!!». E iniziò a tirargli addosso di tutto: pietre, caccavelle, statuette, uova sode, frutta marcia, tazze, bastoni. Teofanès si coprì il volto, arretrò. Ma non terminava la varietà di oggetti che gli si sfracellavano sulla schiena e sulle gambe. Corse via e si ritrovò all'aperto, ansante.

Un'upupa cantava.

«Aiuto! Aiuto! Costantino mio, aiuto!» urlò, ma nessuno c'era ad ascoltarlo. Cercò affannosamente la strada da cui era venuto, fra i cespugli, non la trovò, si poggiò piangendo a un albero. Ancora si lamentò, ululò alla luna e poi, quasi senza accorgersene, vinto dal vino, sprofondò nel sonno.

9

Si risvegliò che era quasi l'alba.

Decine di rondini, fuori stagione come quella che era apparsa nel Pretorio prima che il trono del Duca crollasse, fischiavano in cielo. Un canto umano saliva dal bosco. Si affacciò nella radura e vide avanzare una lunga processione dal sentiero che al buio, poche ore prima, aveva cercato invano. Uomini e donne, anziani e bambini salivano pregando e cantando, diretti all'ingresso dipinto della grotta. Un uomo d'età avanzata, che camminava a fatica poggiandosi a un bastone nodoso, gli si avvicinò.

«Stai male, forestiero?»

«Dove... dove andate tutti?» balbettò Teofanès.

«Veniamo a chiedere la grazia alla Signora che Cammina. Sei anche tu qui per questo?»

«Chi?»

«La Teotokòs. La Despòina Morfisa. La Salvata dal Mare.»

Morfisa. Teofanès era stupefatto.

La seconda figlia del Duca, tenuta in una grotta?

«Ma la sua faccia... i suoi piedi...» disse senza nesso.

«Andiamo, vedrai che ti basterà vederla per stare bene. Alzati, fratello.»

Teofanès si lasciò condurre nella fila e lentamente, mentre il sole cresceva, varcò di nuovo l'ingresso della grotta.

Un gruppo si affollava sotto il tabernacolo. La luce pioveva, ora, da un'apertura nel soffitto: un unico raggio di sole fra le radici degli alberi batteva sull'acconciatura preziosa di Morfisa.

Il volto della bambina appariva dolcissimo: a tutti sorrideva e con pazienza mormorava qualcosa nell'orecchio dei pellegrini. Carezzava la testa ai bambini, abbracciava chi piangeva.

Teofanès fissò la grande icona sul baldacchino e riconobbe la Madonna delle Ombre, quella portata in processione al porto, la stessa che, in altre forme, aveva visto dipinta la notte prima nella cripta.

Sul manto della Teotokòs, il mafòrion, erano tre stelle, una sulla testa e due, una per spalla, a indicare Maria Vergine prima, dopo e durante il parto. La Madonna, dipinta nella forma della dolcezza, glycofilùsa, teneva fra le mani un bambino quasi svanito, il capo posato sotto il suo mento, solo gli occhi apparivano estranei: ritagliati da qualche antica pittura e applicati alla tavola, denunziavano il Dio ignoto nel corpo della Vergine che guardava i pellegrini indifferente dal fondo dorato.

Si ritrovò all'improvviso in presenza della Teotokòs. Alle orecchie della bambina scintillavano un'alfa e un'omega d'oro, gli angoli delle labbra, increspati, erano coperti di una leggera peluria nera: tirò fuori i piedi deformi e glieli sventolò in faccia.

«Vuoi calzarmi le scarpe?»

Sotto il tabernacolo erano un paio di babbucce purpuree, simili a quelle donate al poeta da sua madre, ricamate di oro e lapislazzuli, molto consumate. Teofanès fece il gesto di prenderle, incerto, mentre i due monconi di piede ballonzolavano dispettosi sotto il suo naso, ma come si piegò ebbe una pedata in testa.

I pellegrini ridevano: «Eccoti servito! Non si toccano le scarpe della Madonna! Lassa sta 'e scarpetelle...».

Morfisa ridacchiò, starnutì e si soffiò rumorosamente il naso nel manto di seta. Tutti i braccialetti che portava ai polsi tintinnarono.

«Se non hai niente da chiedere, facci passare» sbottò un pellegrino alle spalle del poeta.

Teofanès uscì dalla fila. Stava arretrando verso l'ingresso della grotta quando Morfisa esclamò, perché tutti sentissero: «Bizantino, levatelo di testa: io non ci vengo con te a Costantinopoli».

Al che, il popolo della grotta si agitò: «Chi se vò purta' 'a Mamma nostra? Accirìmmolo! Facìmmolo felle felle!».

E si voltarono armati di ciotole e bastoni per linciarlo, sicché Teofanès prese la via del bosco di gran carriera.

A lungo non vide che alberi e cespugli e sassi, e prese fiato solo quando fu sulla spiaggia del Ducato.

10

«E voi pensate ch'io porti al nipote del cugino della Sebasté Sclerena una ragazzina storpia e nera?!» urlava al centro dell'aula del Pretorio Teofanès, le vesti strappate, i capelli arruffati.

Oderisio monaco lo guardava disgustato, il Duca Giovanni mostrava la solita espressione vagamente idiota. Si baloccava sul trono in riparazione: un paio d'artigiani erano stati mandati via alla chetichella all'ingresso del poeta.

Entrarono in quel momento Ausilio Attore e Artemio Coniata e quest'ultimo, visto lo stato del poeta, intervenne: «Cosa accade? Cosa credi di fare?» sussurrò, stringendogli il braccio. L'altro rispose strillando: «Ah, sei arrivato finalmente! L'hai finita di ballare alle feste! Non dovevi essere in mare, stanotte?». L'espressione dello strategòs s'indurì ma Teofanès continuò, esaltato: «Accade, mio generale, che il Duca ci ha proposto in sposa una trovatella esposta e venerata in una grotta come Madonna, una specie di profetessa, che di notte è invasata e cammina anche se ha i piedi storti! E, aspetta, non è tutto: è araba!».

Lo strategòs guardò Giovanni: «È vero, Augusto, quel che dice il messo dell'Impero?».

Il Duca levò lo sguardo appannato. Era come fissare un lago torbido.

«Mia figlia Morfisa ha molti doni. E a dispetto dei suoi piedi, la sua salute è eccellente. È perfettamente in grado di dare figli a chi la sposerà, possono testimoniarvelo i medici. Ne farò venire anche da Salerno, per dimostrarvelo. È noto che siano i migliori di ogni regno, senza nulla togliere ai medici dell'Impero...»

«Ma come fa a essere sua figlia!» urlò ancora Teofanès. «E poi lei non vuole venire a Bisanzio! Me l'ha detto! I pellegrini che l'adorano volevano uccidermi!»

«Perdonate» interruppe Ausilio Attore, spostando i suoi occhi verdi di longobardo dall'uno all'altro e incontrando quelli obliqui di Oderisio, «ma abbiamo novità da Rovigliano e prima del funerale forse l'Augusto andrebbe informato...»

Il Duca balzò in piedi, un tremito gli percorreva il braccio poggiato sulla testa leonina: «Ebbene?» incalzò.

Ausilio fece un cenno ad Artemio che annuì e prese a dire: «Ieri sera abbiamo trovato il convento delle monache di Rovigliano intatto. La badessa ci ha riferito che Crisorroé, vostra figlia, non è mai approdata da loro, né hanno avvistato la barca che avrebbe dovuto portarla. Hanno invece visto, o creduto di vedere, un mostro marino, così si sono ritirate in preghiera per scongiurare ogni disgrazia. Poiché il viaggio era andato a vuoto, abbiamo fatto rotta verso Napoli e al largo di Capri abbiamo trovato i resti galleggianti di un naufragio.»

Ausilio fece cenno alla guardia che presidiava la porta dell'aula e questi, a sua volta, a qualcuno che Teofanès non vedeva: entrarono tre soldati con tre ceste fra le braccia.

«Ecco cosa abbiamo ripescato.»

Da una cesta venne fuori l'icona lignea di san Gennaro.

«È l'insegna della barca» mormorò Oderisio.

«E ci sono anche altri pezzi, come vedete: uno scalmo, frammenti di remo...»

Teofanès guardò il legno azzurro e verde e l'immagine dorata del santo.

«E nelle altre ceste?» chiese Oderisio al posto del Duca, che tremava sempre più visibilmente.

«Ecco...» mormorò Ausilio, nervoso anche più del solito. «Perdonate, è un brutto spettacolo...»

Dalla seconda cesta resti umani di vario genere ricomposero per un breve istante le ancelle di Crisorroé. Anche la terza mostrò, identico, lo strazio.

«Quel che non hanno mangiato i pesci...» concluse Artemio. Teofanès distolse lo sguardo. Non aveva più la forza di provare nausea, due lacrime invece gli rigarono il viso.

Il Duca taceva. Ruppe il silenzio la voce fredda del monaco: «Un'idea su chi possa essere stato?».

«Non abbiamo trovato insegne di alcun genere, né arabe, né salernitane, né amalfitane» riferì Ausilio e Artemio proseguì: «Chiunque sia stato non ha lasciato traccia».

«È stata la balena!» esplose finalmente il Duca, come se avesse aspettato la conferma dagli strategòi per dire quel che in fondo aveva sempre pensato. «C'è un mostro che ci minaccia! Abbiamo bisogno di aiuto! È la condanna che cade su Napoli e sul Ducato!»

Oderisio parve cogliere la palla al balzo: «Ricordate, Augusto, che il vescovo di Roma ci aveva avvisato?».

«Lo ricordo!» rispose l'altro febbricitante. «Ci servono navi da Roma! Subito!»

«Siamo più che difesi...» obiettò debolmente Ausilio.

«Ne sei certo?» gli chiese insinuante il Duca.

Ausilio non rispose.

«Il papa ci aiuterà!», e poiché nessuno osava controbattere: «E adesso si proceda al funerale! Di tutto il resto» concluse rivolgendosi a Teofanès, «parleremo dopo la veglia.»

Uscì dall'aula seguito da Oderisio.

11

In poche ore, come se non aspettasse altro, la città fu listata di porpora per il lutto. Teofanès era tormentato dalle domande. Cos'era questa trappola in cui stava cadendo, questo turbine di eventi che gli toglievano il sonno, non gli lasciavano il tempo di mangiare e lo spingevano a bere? Non si riconosceva più, stava forse impazzendo come suo padre?

Tornò a casa di Blactu, si lavò, si rivestì, chiese della padrona: dormiva ancora, dopo la festa. Stirò con le mani e con un libro quel che restava della lettera giunta dalla Grande Città: Costantino gli aveva scritto il mese prima. Ormai doveva essere già in Bitinia, in convento, perso. Altre lettere sarebbero arrivate? Ah, se fosse stato lì, con lui: di certo avrebbe saputo cosa fare. Doveva portare una sposa a Costantinopoli, quale che fosse, ecco cosa doveva fare. Tornare quanto prima e cercare Costantino.

Scrutò con melanconia l'involto che era diventato il suo faticato poema, cui non aggiungeva una riga da settimane. Eppure, le avventure gli si affastellavano in testa man mano che l'inghippo napoletano cresceva. Bisognava che la missione finisse e in fretta, che si giustificasse un suo rapido rientro, ma per questo occorreva sapere meglio, sapere di più... A chi poteva chiedere di Morfisa?

Ed ecco che, mentre si tormentava consumando il pavimento della stanza e mordendosi le nocche, gli venne in mente chi di certo non era venuto alla grotta, la sera prima: la bellissima e pura monaca, l'incantevole Basilissa, l'unica che aveva visto piangere per la morte della beneamata nipote. Sì, doveva andare da lei.

Uscì in gran fretta.

Il trivio oltre la porta d'Ercole, la fontana della sirena e la laura protetta dalle antiche colonne di Artemide avevano tutt'altro aspetto a quest'ora del giorno. Anche la piccola casa nera delle Dominae Romaniae sembrava meno minacciosa.

«Buona donna, la badessa Basilissa abita lì?» chiese a una vecchia oberata da una sporta di erbe.

«Là sta! Cu 'e femmene rumene int' 'a Donnaromita», e tirò dritto.

Altri ricordi d'infanzia, altri racconti di sua madre affiorarono: centinaia di nobildonne erano fuggite dalle terre del Danubio ai tempi dell'Imperatore Basilio, lo sterminatore dei Bulgari, padre delle Auguste. Si erano rifugiate oltre l'Impero, un po' ovunque: alcune, dunque, avevano trovato ospitalità a Napoli.

Bussò. Venne ad aprirgli una vecchia. Aveva l'occhio destro glauco, larghe sopracciglia d'aquila e zigomi taglienti come un'ascia. Sì, una rumena senza dubbio.

«Bizantino, cosa vuoi qui?»

«Mi conosci?» si stupì Teofanès.

«Ti ho visto al Pretorio. E sento la puzza dei Bizantini da lontano» disse la vecchia in omaggio all'antico odio etnico.

«Desidero essere ricevuto dalla badessa.»

«Vieni a infastidirla nel giorno del funerale di sua nipote? È molto turbata, sta riposando. Vai via.»

«Dille che devo parlarle della sua seconda nipote, Morfisa.» La rumena strinse l'occhio buono, stirò le labbra in segno di disappunto: «Torna più tardi», e gli sbatté la porta in faccia. Invano Teofanès bussò e ribussò. Allora, pensò che poteva trovare una via dal giardino e aggirò la casa.

Da Donnaromita si levavano canti di preghiera.

Dietro, una porta dava su un fioritissimo giardino. Teofanès sperò di aver trovato la casa giusta: forzò la soglia, che non era fermata, ed entrò.

Non si aspettava il disordine dei cortili interni: colonne spezzate, cespugli incolti. Tende, lenzuola, abiti ad asciugare. Bacili riversi, anfore di olio e vasi di semi. Da tempo nessuno riordinava quell'ala della casa. Sul lato più buio del cortile vide una porta dischiusa, si affacciò con prudenza: la stanza era ornata da un grande mosaico che ritraeva le stagioni in girotondo. Estate era panciuta e abbronzata, primavera aveva il capo cinto di fiori, autunno era un sileno ubriaco e inverno, gli occhi fissi sullo spettatore, era un falciatore dal cui cappello uscivano rami secchi.

Lo sguardo era freddo e feroce.

Solo allora intravide i due corpi. Nudi, affannati, un uomo e una donna si strappavano le vesti e si spingevano l'uno con l'altra. Teofanès si acquattò, studiando il modo più rapido di uscire dall'impiccio, poi, però, vide qualcosa che brillava, sul pavimento. Una bottiglia. Strinse gli occhi nella penombra.

Era la piccola donna, la stessa bottiglia di due notti prima.

Aprì la bocca e levò la mano per farsi notare dalla prigioniera ma la luce del cortile, variando, rivelò il contenuto: la donna era morta, gli occhi riversi, la mascella rilasciata, le braccia contro il vetro, abbandonate. Teofanès si coprì la bocca per non urlare.

A urlare, invece, era adesso la coppia: Raul Drengot, tutto cicatrici e pelo rosso, aveva, piantate nelle spalle, le unghie di Basilissa. Eccitato, confuso, aspettò che l'atto si compisse. Quindi, con estrema prudenza, sgattaiolò fuori dal cortile, in strada.

Scese al vico dei Dodici Pozzi, si fermò ai banchi delle filatrici di lana, spiò le donne ebree che tenevano i bachi da seta in seno, sedette accanto al fiume Sebeto, ripassò dalla

Giudecca e solo dopo molto tempo si decise a tornare alla laura e bussare alla porta della rumena.

La vecchia si affacciò ancor più rabbiosa: «Di nuovo?!».

Questa volta però Teofanès la spinse via, furioso, ed entrò, subito rincorso dalla creata. Spalancò porte, alzò tende, finché, tranquilla e immota, Basilissa non si manifestò.

«Che succede? Cosa cercate?»

«Voi» annaspò Teofanès. «Ho domande da farvi.»

Strano: solo ora che la vedeva senza abiti da monaca ma in camicia e mantello si accorgeva che la badessa doveva avere più o meno la sua età, scarsi venticinque anni.

La stessa età di Costantino.

«Non è una giornata adatta alle domande. Fra poco ci sarà il funerale di mia nipote» esitò sfiorandosi il collo, come se parlasse di una parte di sé, di qualcosa di intimo. «L'inverno arriva per tutti, non è vero?» aggiunse. «Per mia nipote è arrivato troppo presto.»

Alla parola "inverno" la scena vista poco prima nella sala dei mosaici, Basilissa nuda, Drengot che la possedeva, risalì alla gola di Teofanès come un conato.

«State bene? Porta da bere» disse Basilissa alla rumena che sostava sulla soglia, indignata.

«Non è nulla, colpa della festa... questa notte...»

Basilissa sorrise remota. I capelli sciolti somigliavano a neri serpenti: per un lungo istante Teofanès la vide come le statue pagane di Atene, era come un'Eumenide. Sì, provava un vero turbamento ed era la prima volta che gli capitava per una donna. L'immagine di Costantino e la rabbia nei suoi confronti si sovrapposero al desiderio. La rumena versò vino a entrambi.

Nell'atto di bere un polso di Basilissa si snudò e una caviglia tintinnò sfuggendo alla veste scura in un luccichio d'oro: un bracciale da piede, segno delle donne perdute, cui però era sospesa una minuscola croce di smalti rossi e blu. Teofanès sudò.

«Mia nipote mancherà a me come a nessun altro in questa città.»

«Era cresciuta con voi?»

«Sì, l'ho cresciuta io dalla morte di sua madre. Io le ho insegnato a leggere e scrivere, a pregare, a badare ai suoi doveri. Era suo destino entrare in convento.»

«Ma la prima figlia del Duca, era naturale forse che...»

«Si sposasse? Non vi nascondo che il vostro arrivo era da me molto temuto. Non sono andata a Rovigliano con lei perché ero turbata. Crisorroé sperava di farsi monaca, come me, ma si era rassegnata al matrimonio, così aveva espresso il desiderio di vedere il luogo dove sua madre era stata rapita. Voi non sapete cosa significa perdere una sorella, per matrimonio, e poi per rapimento, e dopo perdere anche una nipote cui si è terribilmente affezionati. Adesso non faccio che pentirmi di non averla seguita. Fossi stata con lei, forse...»

«Sareste morta come lei e le serve» soggiunse Teofanès. E a lui sarebbe dispiaciuto oltre misura, stava anche per dire, ma si trattenne.

«Era una fanciulla ubbidiente, non aveva mai negato nulla a suo padre», e qui Basilissa ebbe una lunga esitazione, poi proseguì: «Lo subiva, come tutte noi. Io l'ho sollevata dagli obblighi cui spesso era asservita suo malgrado».

«Obblighi?» Ormai Teofanès beveva dalle sue labbra, il vino che ingoiava era una penisola liquida di Basilissa.

La religiosa distolse lo sguardo, posò il bicchiere su un tavolo, guardò a lungo nel vuoto, non rispose. Poi tornò a fissare Teofanès, che a fatica – avrebbe continuato la contemplazione come la preda incantata dal serpente – si sentì spinto a giustificarsi per aver evocato pensieri dolorosi: «In verità, sono venuto per chiedere di Morfisa».

Basilissa alzò le sopracciglia.

«Mio cognato è un pazzo. Lo dissuaderemo.»

«Questa notte... Questa mattina» si corresse vedendo la

malizia balenare negli occhi della badessa, «sono stato per caso alla grotta e ho visto... la bambina.»

Basilissa si strinse nelle spalle.

«Ha tredici anni. Non è più una bambina.»

«Ed è anche storpia.»

«È nata così.»

«Ma è nera! È araba!» protestò Teofanès, senza energia però: ogni protesta era nulla davanti alla lusinga della bellezza.

Basilissa si alzò, prese un fazzoletto dal tavolo, lo tormentò e lo posò. Tornò a sedersi. Teofanès si sentì addolorato di averle provocato ricordi che sembravano dolorosi. La luce delle lanterne la colorava di ombre, le frasi si manifestarono a scatti, punteggiate di interruzioni brusche e sotterranee.

«Cosa sia successo a mia sorella Eudochia dopo il rapimento nessuno lo sa. Lei non ha mai potuto raccontarcelo. Giovanni credeva fosse già incinta quando è partita per Rovigliano. Così ha detto a tutti. E quando è stato raggiunto l'accordo con i rapitori per la sua riconsegna, è scoppiata una battaglia in mare. Eudochia non è sopravvissuta, i Mori sono stati sconfitti dalle nostre navi e su un relitto, legata all'icona che avete visto nella grotta, era questa bambina che avrà avuto non più di quattro o cinque mesi di vita... Indossava una veste ritagliata dall'abito che Eudochia portava il giorno del rapimento, a Rovigliano. E le sue collane, il suo anello di sposa erano cuciti nella veste. Non potevamo dubitare che fosse sua figlia.»

«E perché la tenete in una grotta, allora?» esclamò sbalordito Teofanès.

La rumena fece un gran rumore nella stanza accanto: l'incanto delle ombre s'interruppe, Basilissa uscì a vedere che non fosse capitato qualcosa, Teofanès detestò la rumena ancor più per avergli sottratto quella Circe.

Per lunghi minuti non si udirono voci, il poeta poté guardarsi intorno, distratto: sulla sedia che Basilissa aveva occupato era caduto il fazzoletto che maneggiava. Lo tenne fra le mani, se lo portò al naso: l'immagine di Costantino si confuse con quella della badessa. Fu per caso, quindi, che gli occhi gli caddero su uno stipo di stile egizio che il corpo desiderato della badessa gli aveva nascosto.

Qualcosa luccicava. Si avvicinò, con due dita spalancò la fessura. La bottiglia con il piccolo cadavere era lì.

La cosa, dentro, iniziava a decomporsi.

Un rumore di porte lo fece sobbalzare, tornò a sedere, il cuore in gola.

«Alessia ha rotto un vaso. Sta diventando vecchia e non ci vede bene, l'ho dovuta aiutare» disse la donna. Guardò distratta lo stipo e chiuse l'anta, quindi sedette a sua volta. Teofanès deglutì. Bisognava riattaccare subito l'argomento, nonostante la piccola donna morta gli urlasse dentro.

«Vorrei davvero sapere perché Morfisa, che il Duca dice essere sua figlia, è creduta Teotokòs, la Madre di Dio» riprese, non senza sforzo.

Basilissa sospirò.

«Perché arrivando a bordo di un'icona tutti la credettero miracolata. E perché una volta a terra chi la prendeva in braccio guariva.»

«Come sarebbe?»

«La prese in braccio la moglie del navarca che l'aveva riportata a Napoli: era una donna condannata, da mesi si aspettava la sua morte, e rifiorì. La prese in braccio un muto e parlò. Un cieco le tenne la mano e tornò a vedere. Una donna che desiderava restare incinta e non riusciva le baciò uno dei moncherini e sgravò dopo soli tre mesi. Devo continuare?»

Teofanès se ne stava zitto, a bocca aperta.

«Fa miracoli. Il popolo la vuole esposta.»

«E il Duca non ha avuto esitazioni a riconoscerla come figlia propria?»

«Nessuna esitazione.»

«Eppure ora la vorrebbe dare in sposa a uno sconosciuto a Costantinopoli, una bambina che non può camminare e che fa miracoli...»

«L'ho già detto. Gli faremo cambiare idea.» Teofanès capì dalla freddezza che ora emanava dalla badessa che il tempo lì dentro era scaduto. «Devo prepararmi per il funerale» concluse Basilissa.

Teofanès si congedò fra mille dubbi, percorso da brividi come se avesse la febbre.

12

Se i mosaici del Pretorio erano sembrati a Teofanès degni della Magnaura, quelli di Santa Restituta erano addirittura un sogno: intorno al Cristo Pantocrator ruotavano ippogrifi e serpenti marini, verdi delfini e il celeste Impero delle stelle. Era come entrare in un immenso giardino popolato di pavoni. Il fiume oceano con tutti i suoi pesci brillava fra nuvole di smeraldo nel cielo d'oro. Avanzò incerto sul pavimento lucido di marmo verde e porfido: un forte vento soffiava da terra, i tappeti sbattevano lungo la navata, le vesti si avviticchiavano alle gambe dei fedeli. Anche la fiamma nei vasi d'oro, disposti lungo l'intera basilica come al funerale di un Imperatore, oscillava.

I presbiteri basiliani e i monaci di Benedetto componevano un nero cerchio intorno al feretro di Crisorroé e delle sue donne.

All'improvviso le nuvole oscurarono le strette finestre.

Oderisio apparve in abito vescovile e salì le scale del pulpito, che era sorretto da un drago verde con lunghi artigli femminei e ali rosse. Sotto il drago la storia di Giona era scolpita e dipinta a colori vivaci.

«Che dire, non c'è una corona da toglierle dalla testa come ai re, ma, indubbiamente, non è rimasta che la testa...»

Teofanès si voltò per vedere chi avesse bisbigliato l'infamia e si trovò faccia a faccia con il principe salernitano. La bocca obliqua e il lungo naso a becco di Gisulfo lo puntavano: «Allora, bizantino, chi porterai alle tue Auguste come sposa dell'amante dell'Imperatore? La storpia?».

La mano di Artemio Coniata trattenne Teofanès dal rispondere, mentre Oderisio iniziava la funzione. Da sotto al pulpito Ausilio Attore spiava le donne, quelle della famiglia in prima fila; dietro, le Virgiliane e le Sangennare che si guardavano in cagnesco. In alto, avvolte nel cielo d'oro dei mosaici che nascondeva il gineceo, s'intuiva numerosa la presenza delle monache. Teofanès immaginò lì, nascosta, Basilissa.

«I Siracusani non hanno ancora lasciato il porto» gli bisbigliò Artemio nell'orecchio. «Ibn-ath-Tumna è stato ricevuto dal Duca, oggi. Insiste per incontrare la seconda figlia, dicono.» Il poeta aprì bocca per esclamare qualcosa ma fu anticipato da un grido che veniva dal gineceo.

«Incestuoso!»

La parola echeggiò larga in Santa Restituta. I presenti guardarono verso i paraventi che scorrevano alti, nelle logge in mezzo ai mosaici.

«Assassino!»

Il Duca, confuso, guardava verso l'alto.

A un cenno di Oderisio, i soldati salirono al gineceo. I presbiteri, vedendo i soldati per le scale, protestarono.

Le voci dal gineceo crescevano: si videro i soldati irrompere e le donne agitare le braccia. Chi aveva parlato, una vecchia senza dubbio, ora taceva.

Fu in quel momento, mentre tutta Santa Restituta aveva gli occhi rivolti al gineceo, che Teofanès notò qualcosa muoversi nella cupola della basilica. Ai piedi del Cristo Pantocrator, sotto il fiume d'acqua che scorreva dalla mandorla del Cristo a irrorare il paradiso e inondare gli inferi, l'evangelista Giovanni, in forma di aquila, stava battendo le ali.

Teofanès si stropicciò gli occhi e strinse le palpebre: possibile che fosse ancora sotto l'effetto del vino del giorno avanti?

L'oro brunito delle tessere che componevano il piumaggio dell'aquila reale si gonfiò, colò lungo la parete e inghiottì una delle colonne dell'iconostasi. E poi, di colpo, stridendo, l'aquila si staccò dalla parete e volò per la navata. La folla finalmente vide.

«Da dove è entrata?!» si udì gridare.

L'aquila picchiò sul Duca e lo beccò al collo.

Urlò Teofanès, urlò la folla.

«Uccidila!» ordinò stridulo Oderisio rivolto a Drengot. «È la Gorgona, è la strega!»

Mentre il Duca cadeva tenendosi la gola, l'aquila ruotò minacciosa due volte intorno a Oderisio, che si coprì il volto, puntò Raul Drengot, che sguainò la spada, e si tuffò nella storia scolpita di Giona, dove l'acqua del mare ruggiva, mutando le ali nella coda della mostruosa balena che ingoiava il profeta.

Per un momento la balena fu viva al centro della navata.

Acqua salata schizzò sugli astanti, poi la pietra reingoiò l'apparizione e il disegno tornò per sempre inanimato.

Scese nella basilica un silenzio fragile come cristallo.

Quindi, uno dei paraventi lignei del gineceo forzato dai soldati precipitò al suolo, rivelando uno stormo di donne urlanti, a braccia levate, e Ausilio Attore che alzava, feroce, la spada.

Il legno finì nei bracieri e prese fuoco.

A quel punto, fra nuove ondate di grida, una vecchia monaca volò.

Teofanès mormorò fra sé, sconcertato: «Ma come, non volavano di notte?».

Sembrava un gabbiano, o forse un airone.

Per un tempo che sembrò eterno la monaca si librò nell'aria e c'era chi cantava, chi pregava, chi piangeva. Molti chiusero gli occhi, invocando l'Eterno.

Una freccia tagliò l'aria sibilando. La vecchia monaca squittì, si portò le mani al ventre. L'arco che aveva scoccato la freccia era quello di Raul Drengot. Il corpo cadde, sfracellandosi in mezzo alla folla che si ritirava inorridita.

Piangevano ora le monache del gineceo e le Virgiliane in basso, mentre tacevano minacciose le Sangennare: Teofanès percepì che erano pronte all'assalto, si tenevano le mani posate sulle cosce, la schiena curva.

«Voi tutte che vi fate chiamare Virgiliane: il vescovo di Roma vi condanna come eretiche!» intimò Drengot.

«Arrestatelo!» ordinò un senatore anziano.

«No!» vietò Oderisio e Ausilio gli fece immediato scudo: «Ha ragione, devono essere debellate!».

Le Sangennare fecero schioccare la lingua sotto il palato e ulularono: era un suono di guerra. Le Virgiliane si disposero in cerchio, pronte a difendersi. Il Duca, inaspettatamente, ordinò: «Arrestate il conte di Aversa».

E a un suo cenno i soldati presero il normanno. Scoppiò un tafferuglio: pugni, schiaffi, spade. Il disordine ebbe la meglio. Teofanès si coprì la testa e si rannicchiò contro una colonna.

Così era stato anche a Costantinopoli il giorno in cui Zoe era diventata Imperatrice: quella volta era nella chiesa delle Blacherne, un corpo gli era caduto accanto sgozzato, si era accodato alle femmine che si chiudevano nel gineceo. Molto tempo dopo, l'aveva trovato nel chiostro Costantino e gli aveva raccontato esaltato dell'uscita di Teodora dal convento, della folla che si placava.

Ora, più la paura cresceva nella chiesa, più Costantino gli mancava, come manca un arto perso in guerra, come un organo vitale. Si tappò gli occhi e pregò di morire in fretta, senza sofferenze. Mentre i Napoletani cercavano vie di fuga, l'incendio appiccato dal paravento ligneo divampò, divorando tappeti e infissi. Ci volle un tempo infinito perché la basilica venisse svuotata. Arrivarono dal dromone bizantino anche i marinai di Coniata: poco alla volta tutti uscirono e i resti mortali di Crisorroé e le cassette con i frammenti delle sue serve rimasero soli, accanto al corpo morto della vecchia volata giù dal gineceo, diafana e schiusa sul pavimento di marmo come un fiore di stoffa.

Il timoniere Barda e il drungario Ghiòrghe sollevarono di peso Teofanès e lo portarono in piazza, all'aperto, quindi rientrarono, poiché tutti aiutavano a prendere acqua dalle fontane vicine.

Accasciato contro il piedistallo equestre al centro della piazza, le lacrime che gli offuscavano lo sguardo, sulle prime Teofanès non riconobbe Maria Merenda che gli porgeva una tazza d'acqua.

«Stai bene, poeta?»

Il fuggi fuggi di servi e lettighe infuriava intorno a loro.

Distinse il Duca, il vescovo Oderisio, il principe salernitano e i Normanni, scortati da un quadrato di armati, che si dirigevano verso il Pretorio. Gli igùmeni, i senatori, i funzionari si radunarono, invece, facendo scudo intorno a Blactu.

«Devo andare da mia sorella» disse Maria Merenda.

«Chi era la monaca che il normanno ha ucciso?» chiese con un filo di voce.

«La seconda Sibilla, Teodonanda. Bizantino, purtroppo ora ho fretta, ti lascio però nelle mani di mio marito. Pietro!» chiamò la mercantessa.

Un ometto avanzava quietissimo nell'inferno della piazza, le braccia allacciate dietro la schiena. Basso ma di bel portamento, la calvizie nascosta da uno zucchetto di foggia ebraica, occhi grandi e melanconici, il cartofilace Pietro Cènnamo si avvicinò con tutta calma.

«Moglie, cosa succede mai, qui?»

«Sciocchezze, marito mio» sogghignò Maria. «Durante la veglia funebre della nostra povera nipote... alla quale tu mancavi: dov'eri? Il Duca è stato beccato al collo da un'aquila e Teodonanda è stata uccisa dal normanno.»

«Drengot?» sbiancò il cartofilace. «A questo siamo!», e alzò le braccia al cielo.

«Ascoltami e capisci bene, marito: ti consegno il messo

delle Auguste, il poeta Teofanès. Vedi di non smarrirlo, portalo al sicuro» sillabò Maria Merenda e con il marito si fecero un cenno d'intesa. Quindi si allontanò verso il Pretorio, dove era entrata Blactu.

Pietro Cènnamo si strofinò le mani.

«Poeta, eh? Amico mio, che disgrazia conoscervi!» esclamò e fece le corna con le dita della mano destra.

Teofanès allibì.

«Oh, non vi stupite. Se vi dicessi: che piacere, che gioia conoscervi e poi le cose non andassero bene? Già vedete in che modo c'incontriamo...», e fece un cenno alla piazza in fiamme. «Io invece comincio al contrario: è stato un vero guaio incontrarvi e spero vi rivelerete per me un fratello! Vi porto in un luogo che vi piacerà, seguitemi. Del resto credo proprio che questo incendio lo spegneranno anche senza di noi.» E trascinò via dalla bolgia lo stranito Teofanès.

Da un giardino fiorito dove non c'era anima viva e regnava il quieto chioccolio delle fontane, sotto un cielo che ormai tuonava e annunciava tempesta, entrarono in un'antica basilica dedicata a san Giovanni e da lì, tramite scale di pietra e scalette di legno, nella vasta Biblioteca del Ducato.

«Vedete, questa è tutta la mia vita: qui lavoro, mangio e dormo. Qui ho tradotto *Il romanzo di Alessandro*. Vi piacerebbe vedere la copia originaria venuta dalla vostra città?»

«Forse dovrei parlare con Artemio...» protestò debolmente Teofanès: i volumi e i rotoli erano così ben ordinati, l'odore così familiare, gli scrittoi pronti a essere usati e già impegnati in numerosi lavori di copia e ornamento, l'odore delle mestiche e degli inchiostri così rassicurante, che quasi non pensava più agli ultimi e complicati eventi cui aveva assistito.

«Artemio chi?»

«Lo strategòs che mi ha portato qui... Mi pare che in questa città stia per avvenire una catastrofe...»

«Vero, vero... È probabile, anzi è quasi sicuro...»

Pietro Cènnamo lo condusse lungo interminabili corridoi e dedali di stanze. A ogni scaffale Teofanès frenava ed esplodeva in festose esclamazioni: «Ma questa è la storia di Achille! E questa è la storia di Bertrando il Romeo! Oh, ma che bella copia di Florio e Plaziaflora! C'è persino la tribolata storia di Apollonio di Tiro...».

Trascorse del tempo, Teofanès non avrebbe saputo dire quanto. Certo, non stavano mai fermi. A ogni parete erano centinaia di meravigliosi manoscritti e le stanze si incuneavano dentro altre stanze. Ogni volta che il poeta voleva fermarsi a leggere, Pietro lo tirava per il braccio e lo portava avanti.

I corridoi dopo un po' si erano mutati in scale e non facevano che scendere. Umidità, muffa, odore di scantinati mai arieggiati, lumi sempre più fiochi: Teofanès si rese conto che non solo aveva perso la nozione del tempo ma anche la strada. Da solo non sarebbe mai uscito da quella biblioteca.

«Amico» chiese incerto, «ma dove stiamo andando?»

«Credevo voleste vedere il manoscritto originale del *Romanzo di Alessandro*, che ho tradotto.»

«Sì... certo... ma dove lo tenete?»

«Lo custodisco qui, in una delle stanze segrete, insieme alle icone più antiche della città e ai papiri greci...»

«Nella muffa?!» esclamò Teofanès.

Il ritratto scolpito nella pietra dell'ennesima Gorgone lo scrutò, la lingua penzoloni e i capelli di serpe, da una parete fiocamente illuminata.

«Scusate, ma soffro al buio e sottoterra... Preferirei tornare in superficie, vi dispiace?» E si voltò per risalire.

Il cartofilace l'afferrò per un braccio: «Di lì vi perdereste, seguitemi, vi accompagno da questo lato». E lo spinse ancor più giù, in un cunicolo oscuro. I fantasmi degli dèi negati, il ricordo infantile della Cisterna Basilica e quello recente della bottega con gli animali ridotti a larve fecero ribellare Teofanès.

«Che intenzioni avete? Lasciatemi!»

Ma la presa del cartofilace era salda. L'innocuo Pietro Cènnamo parlò suadente: «Intenzioni?», e intanto sfilò una torcia dall'appoggio nel muro. «Nessuna intenzione salvo accoglievi, credetemi...»

Dal fondo del cunicolo Teofanès udì un indistinto vociare. «Aiuto!!» strepitò, ma Pietro gli fece uno sgambetto e levò la torcia per colpirlo.

«Nooo!» urlò Teofanès coprendosi il volto.

«Cosa fai, idiota?!»

Mai la voce di Donna Maria Merenda era parsa così dolce al povero poeta come in quel momento. Teneva suo marito per il braccio. Alle sue spalle si levava un mormorio, simile a un canto. Teofanès intuì bagliori di luce.

«Moglie cara» si scusò il confuso Pietro Cènnamo, «perdonami, credevo che volessi liberarti di lui quando me lo hai consegnato, prima...»

«Ci hai messo un'eternità! E ricordati che abbiamo bisogno dell'Impero! Alzati, bizantino, e scusa questo sciocco di mio marito.»

Teofanès tremante si lasciò aiutare.

«Credo di aver diritto a qualche spiegazione...»

Maria Merenda sospirò.

«Sei arrivato nel bel mezzo di una resa dei conti, come hai potuto capire. E forse meno sai meglio è per te. Siamo tutti in pericolo, anche tu.»

Il coraggio da leone che albergava in Teofanès ululò: «Nessuno oserà toccare un messo del Grande Impero!».

«Come no, poeta, infatti stava per ucciderti persino quel filosofo di mio marito...» sospirò Maria Merenda.

Pietro Cènnamo si fece piccolo piccolo sotto lo sguardo critico di sua moglie.

«Ormai è qui... Cosa diranno le altre?» squittì il cartofilace.

Maria Merenda rifletté fissando il volto pallidissimo del poeta.

«E sia. Sei nella casa dei Tre Destini, assisterai ai Misteri, poi decideremo cosa fare di te.»

Implorando l'aiuto dei Santi Medici, di san Pantaleone, delle Auguste e sperando, soprattutto, che Artemio si accorgesse della sua sparizione, Teofanès si rassegnò a seguire i suoi carcerieri.

Dell'ambiente in cui entrò non intravide nulla. Solo, dalla temperatura che mutava ebbe la sensazione di essere in una grande sala. Anzi, il buio la rendeva immensa.

«... San Virgilio, san Platone, santa Ninfa, santo Nilo, sant'Eustachio, sant'Aristotele, san Teodoro...»

Teofanès annusò l'aria: farina. A ondate, gettata da mani invisibili, la polvere imbiancava corpi nudi che apparivano e sparivano. Un pube di donna, vecchi seni penduli, volti velati che risucchiavano, respirando, la stoffa. I corpi vibravano al ritmo di un'ossessiva cantilena: «... san Foca, santa Dafne, santa Maria Mater Domini, santa Diana, santa Patrizia...».

«Ma cosa accade qui?» bisbigliò Teofanès a Pietro.

«Questi sono i Misteri, amico.»

Il poeta sussurrò spaventato: «La Chiesa condanna queste pratiche da secoli, dai tempi in cui san Pietro sconfisse Simon Mago!».

Poco distante Teofanès udì Maria e Blactu confabulare.

Si decideva certo del suo destino, tese l'orecchio ma la spiegazione dottorale di Pietro, partita a spron battuto in risposta alla sua obiezione, gli impedì di ascoltare.

«... Sì, sì, i Misteri sono condannati e Napoli è una delle prime città del mondo a essere diventata cristiana, però è anche una città assoggettata a Roma per ragioni fiscali...»

«... santa Cloto, santa Atropo, santa Lachesi...» proseguiva intanto la litania.

Una delle donne velate con un lungo coltello tagliò un filo di lana rossa.

«... Il patrimonio dell'apostolo Pietro è immenso e, anche se durante le guerre con i Goti è stato riassegnato a chi lo curava, cioè ogni campo al suo coltivatore, di fatto il vescovo di Roma crede che Napoli e il Ducato gli appartengano.»

«Ma l'Impero...» obiettò debolmente Teofanès, ipnotizzato dal rito.

«Sì, certo, la Dominante», e Pietro inchinò la testa verso Teofanès in segno di rispetto, «ha fondato i ducati di Napoli, Roma e Ravenna ma ora li ha persi... Quante volte i senatori romani si sono rifugiati a Napoli, e tanti ci sono rimasti a vivere.»

«... Sant'Aletto, santa Megera, santa Tisifone, sante Benevole...»

Nell'aria si udì un sibilo: le donne menavano alla cieca rami fronzuti di lauro.

«Roma vuole tornare a risplendere, rivuole indietro le terre e vuole staccarsi dal vostro imperiale sostegno. Per questo deve separarsi dalla Grande Città anche secondo teologia. I nostri monasteri basiliani, le nostre Sibille, le nostre credenze sono un problema...»

Qualcosa scivolò, invisibile, fra i piedi di Teofanès e lo morse a un piede: il poeta strillò.

«Che succede?» chiese in sordina Pietro mettendogli pronto una mano sulla bocca.

«Bestia... schifosa...» mormorò soffocato il bizantino.

«Eh, siete impressionabile... Non è che io non vi capisca, ma voi dovete capire Napoli: in fondo è l'unica città, in questo mondo prossimo alla fine, dove un poeta può diventare santo. Non fosse stato per Virgilio...»

«Che idea, portare costui nei sotterranei...» Teofanès si voltò al suono noto e tagliente della voce di Blactu. «Chi spiegherà alle Auguste che il loro messo è impazzito? Ci toccherà rimandarglielo con la lingua tagliata o instupidito da un fendente sul cranio!»

Il poeta si tolse a forza la mano di Pietro dalla bocca e piagnucolò: «Voglio tornare a casa...».

La luce intermittente dei bracieri gli rivelò vicini i profili di Maria Merenda e della vecchissima Sibilla di nome Pitru: somigliavano alle Gorgoni della Cisterna Basilica.

Teofanès invocò silenziosamente i Santi Medici.

Maria Merenda sfilò da una borsa una bottiglia e la mostrò alla vecchia e alla sorella. La lisca e i capelli del piccolo cadavere che il poeta aveva scorto in casa di Basilissa strapparono a Pitru un brivido: «Ecco dov'era quella svanita di Maru... Quante volte le ho detto di non giocare nell'antro delle terme... Chi è stato? Perché la Custode delle Acque non l'ha aiutata?».

«Drengot» bisbigliarono all'unisono Maria e Teofanès.

Le donne si voltarono a scrutare il poeta.

Maria aggiunse: «La vecchia Euplea è stata sopraffatta».

Pitru si rivolse a Blactu e Maria: «Lo sapete, vero, che vostra sorella ci ha tradite e deve morire?».

Le due assentirono.

Teofanès guardò incredulo le tre donne: davvero progettavano di uccidere Basilissa? Le sue stesse sorelle?

E poi, all'improvviso, un lampo dilagò nella cripta, come se mille stelle si fossero accese tutte insieme, rivelando gli antichi affreschi delle volte: civette, Gorgoni, làmie. Altissime grida, strepiti e minacce irruppero nel sotterraneo, i bracieri fumanti di alloro vennero rovesciati.

«Che succede...?» mormorò, ma nessuno gli rispose. A decine donne armate di bastoni e torce fecero irruzione nella casa dei tre Destini.

«Morte alle monastrie greche! Morte alle pagane Virgiliane!» Le Sangennare vestite di nero aggredivano e colpivano. Due Virgiliane con un tonfo caddero nel loro sangue accanto a Teofanès. Udì Pitru urlare: «Portate il poeta al suo dromone e fate che parta subito! L'uovo è lontano e la città cadrà!».

«Che significa?» urlò Teofanès, ma Pitru era svanita nella mischia e già Pietro lo trascinava per un braccio, seguito da Maria.

Pietro strillò per sopravanzare le grida: «Come, non vi hanno informato che questa città si regge su un uovo?».

«Non spiegategli troppe cose!» tuonò poco distante la voce di Blactu.

Invano Teofanès tentò di rallentare la rapidissima risalita in superficie. Sbucarono nel vico Triafata – ecco, i Tre Destini che davano nome alla casa – poi attraversarono vico Iudeorum, passarono per la scuola talmudica, e un vento sapido di spezie e puzzo di lana cardata e lino esalò dalle case dei linaioli ebrei fino alla porta d'Ercole.

Armate di tutto punto, le donne che avevano scelto la regola di Benedetto e il martire Gennaro scendevano lungo le tre grandi vie parallele, che segavano la città da levante a ponente, e lungo l'infinito dedalo di vichi, vicàli e trasende che tagliavano la città da settentrione a meridione.

Confluivano vocianti in vico Triafata da porta Donnorso e da porta Romana, da vico Ficariole e da vico Due Amanti, da vico Vergini e da vico Sole e Luna, decise a far piazza pulita delle Virgiliane sull'esempio dato al mattino in chiesa dal normanno Drengot.

Per fuggirle occorreva cambiare strada di continuo e a Teofanès sembrò di visitare tutte le chiese del Ducato: passarono accanto a San Gennaro Spogliamorti, a Santa Maria in Cosmedin, a San Pietro ad Aram, a San Giorgio ad Forum secondo un itinerario insensato. Risalirono il vico dei Dioscuri, dove le colonne corinzie dicevano ancora della grandezza romana, e superarono Sant'Eutimio e Sant'Eufrasia. L'orda di femmine si era radunata a Santa Maria Rotonda, dove un tempo si celebrava Cerere, e premeva su San Gregorio Armeno, dove le monache del cenobio greco si erano barricate.

Infine, ripararono in un orto vicino Forcella, attendendo che le Sangennare scemassero. Videro passare a cavallo Oderisio monaco, incappucciato, che le incitava.

Nell'orto regnava un inatteso silenzio, tanto che l'affanno dei tre fuggitivi faceva rumore come la pala di un mulino. Si affacciò allora dalla casa buia un'ombra e chiese con voce profonda chi avesse violato la sua proprietà.

«Cannabario, sono io, sono Pietro» bisbigliò il cartofilace.

«E chi porti? Non sei solo...»

«Porto Bisanzio.»

Dalla dimora di Cannabario si vide brillare la luce di un braciere, il cui quieto ardore ricordò teneramente a Teofanès sua madre e, insieme, l'incendio di Troia. Le voci che echeggiavano dalla strada, amplificate dai palazzi e dalle mura sacre delle trenta diaconie napoletane, lo fecero sentire di colpo come Andromaca in fuga, sebbene avrebbe preferito, e molto, sentirsi Enea.

Sicché, mentre confuse fantasie letterarie lo eccitavano – ora, pensava, avrebbe saputo raccontare dal vivo un assedio e non per interposta voce di deceduti poeti – lo pressava un dolore di pancia che minacciava di scaricarsi improvviso e indecoroso nelle sue braghe.

Cannabario si manifestò: l'ombra da cui brillavano occhi iniettati di sangue occupava intera il profilo del pino che proteggeva l'orto. Accanto a lui un'ombra invece magrissima e spettrale sussurrò: «Dove li nascondiamo, padre, in dispensa?».

I capelli di Teofanès si drizzarono: ecco una voce che di certo apparteneva a una delle làmie di cui tanto si parlava in quella maledetta città. Immediate si presentarono alla memoria le leggende cretesi preferite da Costantino: principesse che di giorno digiunavano e di notte divoravano cavalli.

«Non occorre» rispose Pietro. «Portaci al pozzo.»

Un varco fra le piante si aprì: Cannabario li attendeva all'imbocco di un largo pozzo, arrotolando fra palmo e gomito possenti corde. Quando furono vicini strinse tre cappi. Teofanès fece per scappare, Pietro lo trattenne.

«Dove vai? Stai tranquillo, sono le corde migliori della città, Cannabario le fabbrica per il porto...»

A fatica il poeta si lasciò imbrigliare e calare nel buio muffito del pozzo, certo di stare per morire affogato. In fondo a esso l'acqua invece a stento gli arrivava alla caviglia e numerose vie si aprivano nella terra. In silenzio ne seguirono una che, dopo poco, fra cortili e ballatoi, spuntò in prossimità del porto. Il molo e la darsena erano immersi in una nube d'acqua. La tempesta, annunciata al mattino, era infine arrivata e a secchiate l'acqua si rovesciava sulla città. Lunghi fulmini saettando precipitavano al largo e illuminavano più isole di quante Teofanès avrebbe voluto vedere.

«Ecco la tua nave!» urlò Pietro per sopravanzare il fragore dei tuoni. «Salpate! Salpate tutti stanotte stessa!»

E corse via con Maria, coprendosi a malapena con uno dei loro mantelli. Teofanès li vide scomparire oltre le mura. Guardò la Calipso, scossa dalle onde che infuriavano, e si diresse verso le lampade che segnalavano il ponte coperto oscillare nel vento.

Ma una nuova orda di Sangennare dilagò intorno al monastero del Salvatore tagliandogli la strada: maledicendo il suo destino, Teofanès risalì trasende e vicoli senza guida, il ventre dolente, scivolando di continuo all'indietro sui lastroni di basalto.

Si ritrovò in prossimità di Donnaromita senza accorgersene. Le Sangennare erano anche lì. Prese a spallate la porta del monastero sperando che qualcuno gli aprisse.

La voce furibonda della vecchia rumena tuonò: «Tornate domattina!».

«Sono il messo delle Auguste!» implorò il poeta.

Le invasate alle sue spalle si avvicinavano e gli parve di udire anche gli zoccoli del cavallo di Oderisio.

La porta si schiuse. L'occhio glauco di Alessia lo mancò, quello buono lo scrutò, carico di odio e sospetto.

«La badessa non è qui...» disse.

«Non mentire!» strepitò il poeta.

«Ti dico che non c'è!» E fece per richiudere l'uscio.

Teofanès frappose un piede al battente, la porta glielo stritolò.

Lacrimando, chiese: «Ma perché mi odi tanto? Io a te non ho mai fatto niente...».

Alessia si indicò l'occhio glauco: «Sai cosa fece il tuo Imperatore Romano, che di certo veneri, come tutti i tuoi compatrioti? Non gli bastò vincere il nostro esercito, né uccise i soldati sconfitti, no... ne rimandò a casa diecimila, ciechi, un solo occhio buono ogni cento lasciò, così che non si perdessero. Mio nonno era uno degli occhi che tornarono a casa. Perché non dimenticassimo, tolse un occhio alle sue figlie e disse loro di toglierlo alle figlie che avrebbero avuto. Ti basta, bizantino?».

Teofanès rabbrividì. Se prima aveva temuto d'essere divorato o impiccato nell'orto di Cannabario, ora si vide bollire nella pentola della rumena, che su di lui vendicava trascorse persecuzioni e morti Imperatori.

No, in quella casa era assai meglio non cercare ricovero. Si voltò per andarsene, il passo incerto, quando Alessia, assai inaspettata, lo richiamò.

All'improvviso docile, la rumena gli sorrideva, per quanto le era possibile formulare un sorriso, la bocca storta e il naso raggrinzito: «In fondo, che diritto ho di punire te per colpa del tuo Imperatore... Perdona i capricci di questa vecchia, bizantino. Andiamo, ti porto da lei... Seguimi, è nella città bassa».

Doveva fidarsi? La vecchia, forzuta e grossa il doppio di lui, aveva mutato parere troppo alla svelta.

Poi, l'infuriare dell'assalto delle Sangennare lo convinse.

Sotto la sferza del temporale, ripresero il vano periplo cittadino, passarono davanti allo stadio vuoto, nella piazza dove sorgeva il palazzo dei ricchissimi esattori, gli Erari, quindi Teofanès riconobbe l'ingresso dell'antro dove erano diretti.

Frenò di colpo mentre Alessia procedeva zoppicando.

«Vecchia, dove mi porti? Quella è la bottega di un mago!»

Nel buio i pochi denti della rumena scintillarono in un sorriso: «Lei è qui».

E senza aspettarlo entrò.

Dalla porta dischiusa Teofanès vide filtrare la luce. Si affacciò: le bottiglie piene di animali morti tintinnarono. Stava per ritirarsi quando vide levarsi fiamme da vico Triafata. S'infilò dentro a rotta di collo, rotolò sul pavimento e di nuovo, come il giorno avanti, gli fu impossibile distinguere le cose: troppi riflessi, accecanti, come se il sole fosse rimasto custodito fra specchi, fiale e lamine d'argento.

La terribile voce gracchiante, né maschile né femminile, parlò e due dita d'osso lo tastarono: «Guarda chi c'è...».

«La cosa migliore è far sparire anche lui. Verrà bene ridotto, non credi?»

Alzò la testa a fatica. Su di lui troneggiava un uomo di pelo rosso.

«Se lo farai a misura della vecchia Sibilla sarà perfetto. Ma questa volta non dovrai farti sottrarre la bottiglia dalle tue sorelle: a Roma chiedono prove che siano tutte morte. E un messo bizantino in più gli piacerà di certo.»

Teofanès voltò la testa per vedere: solo il collo gli si muoveva ancora, il corpo era paralizzato. Sotto il tavolo uno specchio rifletteva i corpi di coloro che parlavano: accanto a Drengot, era Basilissa, giovane e bella, come sempre, ma le sue dita, che lo tastarono di nuovo, erano ossute, di vecchia.

«Devi considerare, però, che morto costui resta nel nostro porto la nave imperiale... e il suo strategòs...»

La voce di Drengot incalzò: «Dimmi la verità: il bizantino ti piace? Se stai esitando come hai fatto con la tua Crisorroé solo perché te la tenevi nel letto...».

Teofanès provò ad aprire bocca, gli fu impossibile.

«L'hai uccisa e non ho fatto storie» s'inferocì la voce stridula di Basilissa.

«Sicuro, perché a letto preferisci me» sogghignò il normanno.

Qualcosa s'infranse. La furia di Basilissa si era scatenata:

Teofanès vide ondeggiare tavoli e bottiglie, come se un terremoto stesse scuotendo le pareti. Fiale, arnesi, volumi iniziarono a cadere. Cercò di alzare un braccio a coprirsi la testa. Era la fine, bisognava rassegnarsi: se fosse stato docile avrebbe sentito meno dolore? Stava salutando Costantino, sua madre e tutti i suoi stolti sogni di grandezza, quando vide dai lastroni del pavimento filtrare, prima timida poi sempre più abbondante, dell'acqua. Da dove veniva? Era come se il mare stesse risalendo dalla pietra. Prima gli s'inzuppò il vestito, poi l'acqua gli arrivò alla bocca, quindi al naso. Sollevò il collo in uno sforzo estremo. Il corpo adesso era più libero.

«Ma che accade?!» sentì gridare sopra di lui.

L'acqua irruppe dagli scaffali, colò dalle pareti, allagò recipienti e scale. Da lenta divenne irruente, era un fiume, era una cascata.

In breve, Teofanès si trovò a galleggiare.

Si dibatté per nuotare. Una bottiglia gli galleggiò accanto: una piccola figura ammiccò. Con una mano Teofanès la prese.

«Nuota, stupido!» le sentì dire.

Non fosse stato assurdo avrebbe detto che quella era di certo la nera Morfisa. Forse Basilissa aveva rimpicciolito anche lei?

Un'onda lo sbatté contro un muro, lasciò andare la bottiglia e nuotò, d'istinto, come fanno i cani. L'acqua lo rovesciò in strada.

In continui conati l'intero antro veniva risputato nel vicolo.

Scansò un pesante tavolaccio, botti che rotolavano: quando anche il corpulento normanno e la grassa rumena ricaddero accanto a lui, latrò e, senza più esitazioni, sgattaiolò inseguito dal temporale, correndo disperato verso il mare. Il mal di visceri lo tormentava.

Una fitta nebbia, però, gli impedì di trovare la via del porto. Fradicio di pioggia, le braccia intorno al ventre, immaginò di far la fine dell'eretico Ario e morire in una latrina espellendo d'un botto gli intestini. S'intrufolò in una grotta in prossimità del mare e si liberò. Era ancora pervaso dal sollievo quando: «Usurpatore!» si sentì urlare contro, mentre la diarrea gli scorreva fra le gambe. Una sorta di granchio umano gli saltò sulla schiena, facendolo cadere nell'acqua lorda delle sue stesse feci.

«Come osi violare il mio terreno?! Questo è il mio campo! Solo io lo posso concimare!»

Inorridito e lercio, il cuore che gli usciva dalla bocca e dal naso, Teofanès arretrò verso una parete, ma il granchio lo percuoteva con pugni e calci. Poi, come aveva iniziato, l'essere – magro all'estremo e dotato di una lunghissima barba – si addentrò in un anfratto dove il mare emanava una luminescenza innaturale, come il sudario di una vergine, e pesci colorati guizzavano nel basso fondale. Il granchio si accovacciò e defecò.

«Questo è il mio campo. Io lo concimo e dunque è mio. Più lo concimo, più cresce il mio raccolto» proclamò. «Non sei mica il primo stasera, sai? Ho dovuto sventare un attacco di Mori! Cercavano la grotta della Teotokòs. Ce li ho mandati, così lei li concia per le feste...»

Teofanès si bloccò: «Vuoi dire Morfisa?».

«Proprio lei! Ah, che soddisfazione se quella li fulmina sul posto!» scoppiò a ridere il granchio.

Vuoi vedere che alla fine gli Arabi portavano via a lui la sposa per Costantinopoli? E questa assurda avventura, questo viaggio in una terra spaventosa che avrebbe distrutto la pazienza di Ulisse, questa ridicola messinscena di provincia per inseguire la quale aveva lasciato il suo comodo letto, le braccia dell'amato Costantino – che i santi lo fulminassero – e la pace del suo giardino, a cosa sarebbe mai servita se il Quaid e i suoi gli sottraevano la sposa? Due spose perse in pochi giorni erano troppo, persino per il pavido Teofanès. Senza riflettere, uscì e corse a gambe levate verso la cripta di Morfisa.

Le guardie del Quaid circondavano già l'ingresso.

Sulla collina la nebbia era più rada, la pioggia aveva edificato una seconda foresta di rami di cristallo. Costeggiò in silenzio la radura dove lampeggiavano scudi e spade musulmane, quindi si arrampicò sulla collina. Avrebbe trovato il punto esatto?

Dall'alto vedeva le torce dei soldati, accese nonostante la pioggia. Sotto di lui scorreva il corridoio della grotta. Spostò alcuni cespugli: ora una fievole luce saliva dal terreno, l'apertura dalla quale aveva visto entrare il raggio di sole che pioveva sul tabernacolo di Morfisa.

Si distese pancia a terra, poi si spinse in bilico su un cespuglio nodoso che oscillava sul foro. Non solo si udiva, e grazie alla cavità ogni parola era limpida e amplificata, ma si vedeva anche, sia pur dall'alto, chi era dinanzi al tabernacolo.

Ibn-ath-Tumna sedeva a gambe incrociate davanti alle babbucce purpuree della Teotokòs. Di Morfisa vedeva invece ciondolare fuori dal tabernacolo i monconi di piede. Le voci erano alte e furiose.

«... Non vorrai restare qui?!» stava dicendo il Quaid.

«Con quale diritto vieni a reclamarmi! A chiedermi di lasciare la mia casa?»

«Il Ducato cadrà, è solo questione di tempo. Seguimi a Siracusa, è un ordine. Sono tuo padre e qui ti espongono come se fossi una statua pagana!»

«Mi cerchi solo perché ora il Duca vuole mandarmi a Costantinopoli! E avresti sposato mia sorella, se non fosse morta!»

«Tu sei nata nel mio palazzo, mi appartieni.»

«... Nata da un rapimento e da uno stupro.»

«Tua madre era contenta di essere stata presa!»

«Assurdità!»

«Il Duca l'avrebbe ripudiata e lei lo sapeva. Anche io non prenderei nel mio letto la moglie finita in quello di un altro...»

«Tuttavia Giovanni poteva uccidere anche me e non l'ha fatto! Non vengo a morire nel tuo harem, reclusa a vita!»

In quel preciso momento il cespuglio che sorreggeva Teofanès cedette, la roccia sbriciolò e il poeta cadde urlando sul tabernacolo. Credette di vedere Ibn-ath-Tumna alzarsi di scatto e snudare la scimitarra, quindi fu ravvolto di sete colorate, batté la testa e perse i sensi.

Istruzioni di Lettura per le Diaconesse
e le Apostole di San Virgilio
dalla Biblioteca del Ducato di Napoli,
redatte da Morfisa Ducissa
a dispetto de li monaci caconi Longobardi,
che leggono solo le Storie di Santi

Sorelle,

sappiate che lo segreto dell'Arte dell'Acqua è chiuso ne lo Ovo.

Su di un Ovo nato da lo mare erano fondate le antiche città e tutte, a poco a poco, sono cadute per incuria e malvagità.

Anche Costantinopoli cadrà dopo Roma, lo tempo è vicino. La tradiranno li Cristiani stessi. Ultima resta Napoli, senza corona, destinata a lunga schiavitù. A le Sibille e a le Custodi tocca proteggerla. Lo Ovo de Napoli è lontano ora che io vi scrivo queste righe, perché fu nascosto in previsione di questi tempi molto grami. Se lo Ovo però troppo a lungo sosta lontano, Napoli cade. Se lo Ovo viaggia, lo tempo e li omini impazziscono. Sorelle, vedrete li segni della follia baccante ne li omini e ne le bestie: l'Acqua riporta lo Ovo ne lo jorno in cui lo munno se ammazza a vicenda.

Ogni mille anni le Sibille possono partorire lo Ovo ma è difficile praticare questa magia e tornare a lo mistero de la nascita. Stanotte, per esempio, mi sono fatta tuorlo.

Prima, si vede solo luce opaca: avete le mani chiuse su lo ventre vostro, ripiegate su lo petto, le gambe rannicchiate. Li piccoli piedi sono storti, non se ne vedono le dita e anco le mani sono appena due monconi. Invece avete una gran testa, deforme e piegata da uno lato. Ne le fessure chiuse su la faccia, li occhi si stanno ancora formando e una specie di corda vi lega a lo mondo.

A me pareva d'essere né felice né triste: ero nutrita, eterna e muta. Tutto era perfetto, niente mutava. Mangiavo, nutricata da me stessa. Un Dio benevolo mi teneva tiepida. E sognavo: ero rondine, aquila, balena, atleta.

Ma a l'improvviso lo Ovo s'è fatto stretto, lo corpo mio premeva per sortire, voleva rompere lo guscio, mancava l'aria, soffocavo. Avevo qualcosa di cui ignoravo lo nome: paura.

La paura senza nome aumentava, riempiva lo Ovo.

E dava anche ordini: sentivo la sua voce, devi nascere, diceva.

Ma io mica lo sapevo cosa significava: nascere. Così, c'è stato un terremoto, un'onda: pericolo, morte, espansione senza controllo. Troppa luce e freddo, un freddo terribile. Mi doleva lo corpo, non potevo aprire li occhi. Ed ecco l'errore: m'è uscita una voce di serpente e non di donna! Mi scorrevo intorno, viscida e umida, a lo posto de le gambe avevo coda e squame, sgusciavo silenziosa ne la terra e mi nutrivo di vermi e lombrichi, immondi collemboli, mostruosi acari, turgidi coleotteri, svelte formiche e ragni, e talpe, e bestie che si pascono de li cadaveri e de le feci.

Ne vedevo i lucidi gusci, le antenne spezzate; strisciavo fra foglie marce e rami, nel pietrisco, ne la polvere. La fame mi ha allargato le fauci. Il muso umido e terrorizzato, le orecchie bagnate, il pelo liscio e salato, le ultime contrazioni de le zampe tenere: ho ingoiato un topo. Disgusto e schifo adesso, ma in pelle di serpente ero sazia, sono scivolata in una sala buia e mi apprestavo al sonno. Invece qualcuno mi ha scalciato e per difesa ho dato un morso. Dal sapore, l'ho riconosciuto: questo è lo piede de lo bizantino che mi vuole rapire...

L'ACQUA CHE DORME

1

Nitriti. Zoccoli contro il legno. Grida. Tonfi sordi. Fragore di tuoni. Dov'era finito? Ecco, era accaduto, il pistrice immane l'aveva infine divorato. Che sorte disgustosa, dentro una cavità nera e maleolente, dal fondo umidiccio, digerito da una balena.

La follia della morte, punizione per chi viaggia troppo lontano dal proprio luogo natio, l'aveva raggiunto.

Un frammento di sogno gli mostrò la temuta immagine del Cristo della domenica: Nostro Signore tormentato dagli strumenti dei mestieri, forbici, vanghe, spole da filatura, reti da pesca, e ai suoi piedi una coppia di accidiosi, che dormiva invece di andare in chiesa, troppo stanca per pregare.

«Chi non s'alza per la funzione della domenica è un peccatore!» lo sgridava da bambino la serva Efisia, colpendolo su un orecchio.

Nel sogno, lo conduceva da suo padre, Nettario, che aveva messo su un altare una rana pescatrice.

«Sono stato pescatore di pesci e non di anime» gridava battendosi, poi estraeva una falce dall'affresco e infilzava la rana pescatrice. Il sangue schizzava anche sul piccolo Teofanès, che fissava inorridito la doppia fila di denti del pesce, identica alla chiostra zannuta di Efisia. L'incubo proseguiva con l'ingresso in chiesa del normanno Drengot, che si stendeva nudo sull'altare.

«Che bella carne!» esclamava Nettario e iniziava a divorarlo: prima un dito, poi la mano, poi la natica soda...

Teofanès risorse in un mugolio di terrore, l'eco cavernoso del suo lamento rimbalzò fra stridori di cordami e un inatteso cigolio di paratie. Ovunque, puzza di pece.

Un vuoto colossale allo stomaco lo fece rigurgitare e gli confermò che il mal di mare si soffre anche a bordo dei pesci.

«Che schifo!» esclamò nel buio una voce femminile, che gli suonò nota quanto inattesa. Tremò di terrore. Dov'era?

«Soffri il mare, idiota?»

Per tutta risposta, a seguito di un nuovo beccheggio, Teofanès fu colto da un secondo conato.

«Ah, per santa Patrizia, sarà una lunga traversata!» sospirò la voce. «C'è tempesta, stenditi, o navigheremo nel tuo vomito. E poi ti verrà sete e non ci hanno lasciato acqua.»

Era al buio, gli doleva la schiena, aveva le braccia legate e così anche le mani, fissate a una catena che dai polsi arrivava alle caviglie. Era impossibile mettersi in piedi ma fece ugualmente un balordo tentativo. Rotolò nella melma umida della sentina.

Lentamente, con fatica, la gola gli era diventata rasposa, sillabò: «D-o-v-e s-i-a-m-o?».

«A bordo di una nave chiamata Zaynab.»

«N-a-v-e?»

«Be', quasi... È un adrumunum, la brutta copia del tuo dromone» sospirò la voce femminile. «Hai avuto la bella idea di farti rapire con me dagli Arabi, complimenti. Cosa credevi, che t'avesse mangiato la balena?» sogghignò.

Teofanès arrossì e fu lieto di non poter essere visto.

Si udirono di nuovo i nitriti.

«Cavalli» l'anticipò lei. «Viaggiano con navi cariche di cavalli. Se sopravvivono alla traversata, i soldati scendono già in sella.»

«E dove siamo diretti...?» Le parole ora gli uscivano più fluide. Sputò un residuo di saliva.

«Immagino a Siracusa. Ma con questo tempo non so se ci arriveremo. Studiano, studiano ma sempre nomadi del deserto sono. Se la nave pescasse di più, ora balleremmo meno e tu non vomiteresti.»

E infatti aveva appena finito di parlare che Teofanès diede di stomaco per la terza volta.

«Oh, che nottata!» sbottò la voce.

Seguì un silenzio interrotto da tuoni e fulmini a ripetizione.

«Andiamo, cerchiamo di rallegrarci. Sei un poeta, giusto?»

«Gnn...» bofonchiò Teofanès travolto dalla nausea.

«Bene! Allora raccontami una storia! Dài, dài, una storia! Una sola! Non farti pregare, se parli stai meglio, sono sicura!»

«Tu sei Morfisa?» sussurrò il bizantino a fatica.

Dal buio venne una risata soffocata.

«No, sono tua nonna. Cosa ti ricordi?»

«D'essere salito sulla collina sopra la tua grotta, d'aver sentito il Quaid dire d'essere tuo padre... E poi ha ceduto il ramo...»

«E mi sei cascato sul letto frantumandomi il tabernacolo! Sai cosa penseranno domani i soldati di Ausilio Attore? Che i Mori mi hanno rapito e hanno profanato la sacra grotta. Poi non ti troveranno o troveranno qualche pezzo del tuo vestito nella grotta e faranno due più due: il Quaid gli ha rapito il bizantino per fare la guerra e coinvolgere l'Impero. Una nave ci correrà dietro. Ci sta già correndo dietro, anzi.»

«Artemio Coniata...» sospirò con desiderio Teofanès.

«Chi è?»

«Era una sineddoche.»

«Eeeeh?»

«La parte per il tutto» esalò. «Desideravo che il mio strategòs venisse a prenderci con il dromone Calipso.»

«Ah, la tua nave!» ridacchiò.

Quindi s'interruppe, cogitabonda.

«Che c'è?» chiese Teofanès.

«Mi sbaglio. Nessuno ci correrà dietro, perché il Duca mio padre...», e calcò "padre" con disprezzo, «si è finalmente liberato di me...»

Nell'oscurità si udì lo stomaco di Teofanès rumoreggiare. Quindi un lungo silenzio, interrotto solo dalle bordate del mare, calò nella sentina.

«A che pensi?» chiese Morfisa. «Ancora alla nave? Lascia perdere, non ci contare! No, no... Tu stai pensando...», e poi, come se avesse visto nella mente del poeta: «Oh, ma che noia! Tu stai pensando a mia zia!».

Teofanès sobbalzò di spavento: la voce nel buio era forse la voce della sua coscienza?

«Santa Patrizia, quella donna è nata perché tutti pensassero a lei! Mio padre non pensa che a lei, tutti i senatori pensano a lei, il conte normanno non pensa che a lei... La fosca badessa! Una gatta morta!»

Un violento giramento di testa fece battere il cranio a Teofanès contro una paratia.

«Hai cozzato, poeta? Bada che ne hai poca di cervice, conservala...»

L'altro si lamentò: «Mi voleva imbottigliare! Come la vecchia Sibilla! Lei e il normanno hanno ucciso tua sorella!».

La voce ridacchiò.

«Lo so bene, l'ho visto. Ero in mare quando mia sorella è morta. E se non avessi allagato la bottega di mia zia ora non saresti qui. Però, adesso che ci penso, è stato un errore: se non ti avessi salvato non saresti stato rapito e non dovrei sopportarti...»

«Allora era vero! Eri tu nella bottiglia!» squittì Teofanès sentendosi mordicchiare un piede: c'erano topi sulla nave. «E come facevi a essere in mare e a vedere...» S'interruppe. Sudava: il pistrice, la balena, la Gorgona...

Morfisa fischiettò. La paura lo rese isterico.

«Perché ti dovrei credere, perché dovrei credere alle chiacchiere di una bambina...» disse, ma subito si frenò: litigare con una strega era pericoloso.

«Forza, vai avanti!» lo incalzò Morfisa, furiosa. «Una bambina araba, quindi bugiarda come tutti gli Arabi, e storpia, quindi scema. Un'imbrogliona, una che crede di fare i miracoli. E comunque femmina, il che rende superfluo ogni altro insulto...»

«Li fai?» la sfidò, debole, Teofanès.

«Cosa?»

«I miracoli.»

«Se li facessi non sarei qui, non pensi?»

A Teofanès venne il singhiozzo.

«Trattieni l'aria, che ti passa» sbuffò la Teotokòs. Poi, dopo un lungo silenzio in cui il singhiozzo del poeta risuonava come un metronomo, aggiunse: «Qualche volta immagino di essere un animale. Una balena, un'aquila, un serpente. Qualunque animale. Oppure sogno di avere lunghe gambe per correre...».

Teofanès non seppe contenersi: «Sei tu, quindi, quella che vince le gare allo stadio! Hic! La stessa che era nella grotta di Virgilio! Hic! Avevo ragione! Hic, hic, hic!».

Il singhiozzo incalzò.

In quell'istante un fulmine piombò in mare molto vicino alla Zaynab col fragore di una gigantesca fascina infranta. Dall'uscio della sentina un lume fece capolino accecando Teofanès: un marinaio baffuto, la lama ricurva che gli scintillava sul fianco, controllò che fossero ancora legati, quindi lasciò il lume sospeso a un gancio. Teofanès e Morfisa si guardarono, finalmente.

L'abito della piccola Madonna era sconciato, aveva il viso sporco e dai capelli in disordine pendeva storta la corona, i fili di perle annodati o spezzati. Sembrava una sirena appena pescata, sottratta a un festino in fondo al mare. Teofanès provò per lei pena e tenerezza. Morfisa se ne accorse e, infastidita, sbottò: «Ti avevo chiesto una storia».

«Hai ragione. Vediamo... C'era una volta un drago che teneva prigioniera una principessa in un castello le cui fontane gettavano gioielli...»

Morfisa sbuffò. «Oh, a chi vuoi che importi questa storia? È uno strazio...»

«Ma se non ho nemmeno cominciato!» protestò il poeta.

«E chi libera la principessa?» l'assecondò annoiata Morfisa.

«Un giovane e magnifico principe!»

«Figuriamoci! Che originalità!»

I cavalli nello scompartimento accanto scalpitarono nuovamente. Il lume ondeggiò.

«Vedi, Anàssa» protestò Teofanès, tentando di cambiar posizione per dare tregua al dolore di schiena, «la novella è un cavallo lanciato in corsa, se tu mi interrompi di continuo non potrò...»

Si udì, improvviso, un poderoso ronfare. Teofanès si voltò: Morfisa s'era addormentata. Le sue mani e le sue braccia scalpitavano, nitriva e agitava la testa come fosse una criniera. Pochi istanti e tornò sveglia.

«Mi prendi in giro? Dov'eri andata?»

Morfisa sbadigliò. «In un prato... Sognavo d'essere il cavallo di due bambini egizi che si amano fin dalla nascita e che sono stati separati alla morte della madre di lui. Una volta adulti, si ritrovano da sconosciuti nella casa di lei, che intanto ha sposato il re di Babilonia. Quando si accorgono l'uno dell'altra e ricordano la loro infanzia non possono più immaginare di separarsi, ma, scoperti dal re, sono condannati a morte. Poi, per un incidente, il giovane egizio uccide il re.»

«Che tragedia!» esclamò Teofanès.

«E viene il peggio, perché il giovane è messo in prigione a vita.»

«E la giovane amante?»

«Inizia a sognarlo. E lo sogna così forte che il suo sogno entra nel sogno di lui. E nel sogno, benché separati, essi s'incontrano.»

«E poi?»
«E poi accade che invecchiano nella realtà ma mai nel sogno, finché un giorno lei non si presenta e lui capisce che è morta.»
«No!»
«Così si lascia morire anche lui e si ritrovano nella vita eterna.»
«Questa storia è tristissima...»
«Poiché tu non ne sai raccontare, me ne sono raccontata una da me.»Teofanès aprì la bocca per protestare e poi la richiuse. Era vero, non sapeva raccontare storie. Solo copiare quelle già scritte. Morfisa continuò: «Comunque, ne ho una più allegra: narra di tre sorelle assire di famiglia modesta, una molto intelligente e giudiziosa e due scapestrate, che la famiglia vuole a tutti i costi maritare. La giudiziosa è corteggiata da un ricco proprietario sdegnoso e spregiatore delle femmine e le altre due da corteggiatori amabili ma scapestrati quanto loro. La giudiziosa promette di non sposarsi mai se deve finire nel letto di un signore tanto fastidioso, benché bello, e le altre fanno un gran danno fuggendo una con un soldato e l'altra con un pescatore».
«Sventate!»
«L'assira giudiziosa alla fine ottiene che lo sdegnoso si muti in amabile.»
«E le scapestrate?»
«Recuperate.»
«Curioso. Credevo, come al solito, lapidate.»
«Poeta, a te non piacciono le donne...»
«Dimmi, sinceramente, a chi credi che piacciano?» si stizzì Teofanès.
Morfisa mise il broncio.
Il temporale era ormai al suo culmine. Il fitto battere della pioggia contro il legno coprì le loro voci, divenne continuo e monotono, si sostituì a sogni e pensieri, oscurò ore e minuti.
«Ne ho altre due!»

Teofanès saltò su per lo spavento: s'era addormentato. La catena che gli teneva le mani e i piedi lo fece rotolare di lato, la croce di rubino di Irene gli si conficcò nel fianco e gli strappò un lungo lamento.

Morfisa lo fissava, pimpante.

«Per san Basilio!» urlò Teofanès, punto dal ricordo vivo di suo padre, Nettario. «Per stanotte niente più storie! Dormi e lascia dormire anche me!»

Si era risvegliato di umore pessimo e ora pensava furibondo alla promessa sposa di Costantino: si era congiunto a lei prima di farsi monaco?

«Anàssa, queste storie che mi racconti nemmeno il più sfrenato e illecito dei pagani le avrebbe mai scritte!» strepitò rancoroso. «Pregherò che ci separino, vuoi farmi morire nel peccato!»

«Oh, non morirai, poeta, non adesso, non in questo viaggio...» ridacchiò Morfisa.

E di nuovo il silenzio calò nella sentina. Teofanès aveva trovato una posizione che gli impediva di rotolare secondo l'andamento della nave. Detestava le donne ciarliere ma avesse avuto lui quella capacità di inventare romanzi...

«Com'è che conosci tante storie?» chiese, invidioso.

«A Crisorroé piacevano. Ce le raccontavamo sempre, da bambine. Dormivamo nella stessa stanza. Nostro padre, la sera, ci portava la Bibbia. Una sera iniziò la storia di Lot e delle sue figlie. Gli angeli visitavano Sodoma per avvisare Lot e sua moglie. "Dove sono quegli uomini che sono entrati da te questa notte? Falli uscire, perché possiamo abusarne!" chiedevano gli abitanti di Sodoma a Lot. E lui, pur di difendere i suoi ospiti, proponeva in cambio le sue giovani figlie. Un padre esemplare, no? Giovanni sogghignava: "Io non lo farei mai, non vi darei mai a degli sconosciuti". "Su, prendi tua moglie e le tue figlie che hai qui ed esci per non essere travolto nel castigo della città! Fuggi, per la tua vita. Non guardare indietro e non fermarti!" Mi figuravo l'angelo che gli abitanti di Sodoma avrebbero voluto stuprare e intanto mi accorgevo che nostro padre carezzava le gambe a Crissoroé. Lei non si sottraeva mai. Gli sorrideva. Era contenta. Aveva imparato a memoria quel brano e glielo recitava. Voleva sembrare intelligente, voleva piacergli.»

Teofanès levò lo sguardo su Morfisa e ricordò qualcosa, un'immagine, confusa, da anni cancellata. Bisbigliò la prosecuzione del brano biblico: «"... Quand'ecco il Signore fece piovere dal cielo sopra Sodoma e sopra Gomorra zolfo e fuoco e distrusse queste città e tutta la valle con tutti gli abitanti delle città e la vegetazione del suolo..."».

Era così che diceva suo padre al diacono Metròfane, quella sera? La sera in cui Irene non era a casa e la piccola Teofànu si era presa cura di spiare per conto della madre la confessione di suo padre e dal foro nel muro aveva visto i due uomini salire uno sulla schiena dell'altro, come gli insetti osservati in giardino, un'unica bestia a otto zampe. Era stato prima di conoscere Costantino. Come poteva aver dimenticato?

Morfisa continuò: «"La moglie di Lot, troppo curiosa, si voltava a guardare la distruzione e diventava di sale. Così Lot restava solo con le figlie. Nostro padre è vecchio e non c'è nessuno in questo territorio per unirsi a noi... Vieni, facciamo bere del vino a nostro padre e poi corichiamoci con lui, così faremo sussistere una discendenza da nostro padre..." Vedevo chiaramente la mano di nostro padre frugare sotto il vestito di Crisorroé, che gli si era stesa in grembo e recitava a memoria il seguito. "Se ho un figlio da te" diceva a Giovanni, "lo chiamerò anche io Moab, come la figlia di Lot fece con quello avuto da suo padre"».

Morfisa fece una lunga pausa.

Teofanès sentì la gola bagnata: non si era accorto di stare piangendo.

«Poco alla volta, Giovanni iniziò a portare Crisorroé nella sua stanza e mandava me a dormire nella laura. Incontravo mia sorella in convento, al pomeriggio, e anche lì spariva in una stanza, in compagnia di Basilissa.»

«E tu non hai mai detto niente? Non lo hai mai accusato in pubblico?» sussurrò Teofanès. «La gente ti rispetta, ti venera...»

Morfisa contemplò la lampada.

«Ogni notte entro nei suoi sogni come aquila e gli becco il fegato. Poco alla volta è dimagrito. Si sta ammalando. Ecco perché non vede l'ora di liberarsi anche di me...»

La porta della sentina si spalancò. Due marinai arabi tolsero loro le catene alle braccia e alle mani. Arrivarono l'acqua e due piatti di metallo con focaccia e carne secca.

Li guardarono mangiare in silenzio. Morfisa chiese: «Dove siamo?», ma i marinai non parlavano né greco né latino. Confabularono in arabo fra loro e uscirono, lasciandoli slegati.

«Perché tuo padre ti tiene qui sotto?» chiese perplesso Teofanès. «Che ci tenga me è scontato, sono un prigioniero. Andrei trattato meglio, se mi vuole usare come merce di scambio, è vero, ma tu... tu sei sua figlia.»

«Davvero credi che lo voglia far sapere ai suoi soldati?»

E qui ci fu lo scoppio. Un sibilo improvviso, un'esplosione, grida.

«Il fuoco greco!» esclamò Teofanès e tentò faticosamente di liberarsi i piedi. Morfisa lo imitò. Le bordate e le esplosioni continuavano.

«È il tuo dromone?» chiese lei.

«O Ausilio Attore... Speriamo!»

Ma dopo prolungati frastuoni e grida, un fragore maggiore dei precedenti sbalzò la sentina. Dalle assi di legno incatramato, poco a poco, iniziò a salire acqua. Il paglione si bagnò.

«Andiamo a fondo!» squittì Teofanès.

«Hai i piedi liberi?» chiese Morfisa.

«Sì!»

«Allora vai via! Io non posso camminare da sola!»

«Non ti lascio qui!»

Mentre l'acqua saliva qualcuno scese, invece, dalle scale.
«Eccoli!» urlò un soldato, la cotta di maglia fin sul naso.
«Chi siete?!» chiese Teofanès.
«Amalfitani» l'informò Morfisa.
«Alleati?» esultò Teofanès.
«Nemici» disse Morfisa.
«Oh, per i Santi Medici!» esalò il poeta.

2

La costa a picco scendeva come pieghe di una veste nel mare verde e spumoso: un porto armato e fitto di navi faceva da schermo a case colorate e castelli che si arrampicavano lungo la collina. Una barca li condusse al porto. Alle loro spalle l'adrumunum bruciava. Una squadra di Amalfitani aveva smontato le parti degne d'interesse. Su un trabacco che navigava parallelo videro una sontuosa bussola d'oro legata alle casse.

«Il Quaid più temuto del Mediterraneo ha ceduto così facilmente?» sussurrò Teofanès alla sua compagna di guai.

Morfisa scrutava i fumi che salivano dalla nave.

«Parliamo del futuro, se pure ne abbiamo uno, Anàssa: cosa dobbiamo temere da questi Amalfitani?»

Ma Morfisa non rispose. Fissava l'acqua agitata sotto la barca e per un momento, benché legata, si sporse così tanto che un soldato la bloccò per non farla cadere.

«Che volevi fare? Ucciderti?» la rimproverò il poeta. «Andar giù a fondo con le mani legate e quei... piedi?»

Entrarono nel porto: la flotta amalfitana era nutrita e potente, l'imbocco del golfo così stretto che passare fra i dromoni in armi metteva soggezione.

Al molo, Morfisa fu piantata su un asino, Teofanès, le braccia in ceppi, andava a piedi. La piazza era invasa di persone.

Una pacchiana in costume vivace corse a braccia levate verso Morfisa: «'A Madonna Scura! Quant'è bella! Benedìceme, Mamma Nera, benedìce a me e alli parenti miei!». Poi, al soldato che tirava l'asino con antica flemma: «Uh, Catà, sì tu? L'avite accise 'e Saraceni? Brave, brave! E mammeta cumme sta? Saluteme sempe a mammeta, Catà! Ma quant'è bella sta Marunnella!!! Chi songo 'sti prigionieri, eh, Catà? Chi so'? 'A Marunnella, 'a Marunnella...», e si segnava senza sosta.

«Uno è bizantino e l'altra napoletana» rispose il soldato annoiato.

«Bizantino?!» s'inviperì quella. «E quando ci ridate lo duca nostro?!» si accanì picchiando coi pugni l'inconsapevole e provato Teofanès.

«Quale duca?!» implorò il poeta. «Che vuole costei? Donna, non so di chi parli...»

«Donn'Amatruda dice che lo nostro duca è in esilio a Costantinopoli» spiegò meccanico il soldato di nome Cataldo, come se ripetesse una lezione mandata a memoria. «Voi lo avete catturato con la scusa che commerciava coi Salernitani. Ora che abbiamo un bizantino se chiediamo il duca in cambio forse ce lo danno...»

Teofanès lasciò ciondolare sconsolato la testa; intanto la pacchiana aveva intravisto i legacci ai polsi di Morfisa: «Gesù, e voi portate attaccata alla Mamma Nera?!» esplose. «Sconsigliati! Senzaddio! Dove la portate?! Catà, io c'ho dico a mammeta!», e si mise a picchiare il soldato.

«Amatrù!» si difese allora quello. «Tiene 'sti mane a posto! Nun te n'approfitta' ca te so' cainato... Stanno già 'ncopp'a lu santuario li parenti?»

«Scine, mo' saglio pure io...» si asciugò due lacrime la pacchiana di nome Amatruda.

«Pure li prigionieri vanno da li monaci.»

La pacchiana sembrò rianimarsi.

«Signora santa...», e baciò i piedi deformi di Morfisa.

«Vide, ca non ti portano a lu serraglio o alle carceri ma da li monaci di Santa Maria Olearia, ca songo bravi cristiani...» la rassicurò.

Iniziarono così a salire verso il santuario, l'asino con Morfisa e il soldato avanti, la pacchiana dietro, che cantava e parlava senza mai prendere fiato; e Teofanès ultimo, sotto il sole, ch'era rispuntato al termine della notte di tempesta. Dall'alto, nel mare che poco alla volta si calmava e prendeva miracolosi toni d'azzurro, il fuoco della nave araba filava una colonna nera e male augurante. A mano a mano che salivano, la strada si mutava in sentiero, in viottolo e in tratturo: saliva e piegava, piegava e saliva. Il mondo, ora, appariva per dettagli: un albero, un cespuglio, una pietra, una croce. Dai dirupi occhieggiava il Tirreno, azzurro, blu e verde; poi, di nuovo erano solo cespugli, fiori e ramarri. Rapidi frullavano via gli uccelli, le nuvole passavano sotto i piedi dei prigionieri. Teofanès inalò il vento soffiato dalle onde, lontane come tappeti volanti.

«Aà!» incitava l'asino il soldato.

Ora un contadino, ora un pastore con pecore e capre tagliavano loro la strada e li salutavano sempre allo stesso modo: «Cumpà, saglie, sa', ca lo paraviso sta cchiù 'ncoppa!».

In cima al monte, dove il cielo cominciava a essere tangibile e le terre verdi lavorate a terrazze formavano un abisso sul mare, Teofanès, vinto dalla fatica, declamò i Salmi: «"... Ravvolto di luce come in un manto, i cieli srotola come un tappeto, fabbrica con l'acqua i suoi terrazzi, per carro prende le nubi, remiga alato di vento, fa suoi angeli le burrasche, suoi corrieri i bagliori di fuoco..."».

«Che dici, bizantì?» chiese il soldato. Teofanès rispose, assorto: «"Suo è il mare, egli l'ha fatto..."».

«Bevi nu poco, va', che lu sole è forte pe' l'autunno» gli passò l'acqua Cataldo. «Vuoi bere pure tu?» chiese a Morfisa.

Morfisa rifiutò. Il soldato le guardò i piedi. Lei ricambiò lo sguardo. Cataldo si segnò e riprese a tirare il ciuccio.

La pacchiana cantava e parlava da sola, strappando fiori dal ciglio del sentiero.

«Ha due polmoni come un mantice» esalò Teofanès e Cataldo, pronto, rispose: «Pure la mogliera di Anastasio: quanno parlano 'nsieme accireno gli eserciti... Chillo, 'o parente nuosto, è schiattato 'e surdità!».

Quasi un'ora dopo, apparizione fra le rocce, ecco il monastero ricavato nel monte. Immensi olivi abbarbicati sulla roccia gli facevano corolla. La piazzola antistante l'ingresso era occupata da mendicanti accampati, venditori di semi e noci, le mani nere per l'acido gallico.

Più avanti era un cerchio di persone in lacrime.

«Amatrù, vaje, vaje...» disse il soldato.

«Scine, scine...» disse la pacchiana velandosi e piangendo forte ma, prima di andare, a Morfisa: «Madonna Scura, fance nu surriso a lu muorto nostro...».

Morfisa però guardava oltre, catturata dalla scena al centro del cerchio funebre: due vecchie in gramaglie strappavano i capelli a una terza donna, la moglie del morto, una contadina grassa e rossa, identica ad Amatruda. La contadina oscillava, il volto rigato di sangue, stringendo un involto fasciato come una gigantesca salsiccia, la salma del marito. Intorno le pacchiane si consolavano a vicenda.

«Anastasio era proprio nu paccu d'omme... Jer'overo, jer'overo! 'Nce purtava le fave chiatte... Jer'overo, jer'overo!»

Un monaco dal viso bruciato dal sole uscì in quel momento dal portone del santuario. Passò a fianco del cerchio luttuoso e si fermò a parlare con Cataldo. Teofanès li vide confabulare e fare cenni dalla loro parte. Il monaco non sembrava entusiasta del loro arrivo: indicava soprattutto Morfisa e diniegava con la mano. Poi fece di no anche con la testa e la lunga barba spazzolò l'aria. Il soldato però aveva degli ordini.

Furono sistemati in due diverse celle dotate di paglione. Entrambe affacciavano sia sulla corte del santuario sia sul mare. Teofanès guardò Morfisa sparire nella sua: avrebbe voluto dirle qualcosa, la ragazzina sembrava afflitta e il monaco più giovane e forzuto che l'aveva portata in braccio fin lassù non vedeva l'ora di posarla.

Chiusa la porta della cella, il tempo prese a scorrere a una nuova, inedita velocità. Saliva e scendeva il sole lungo la linea dell'orizzonte, mutava di colore il mare, lampeggiavano lontani i fulmini nella notte, ma splendeva la luce al mattino: era ormai iniziato l'autunno. I cori delle preghiere e dei canti salivano a orari regolari dalla chiesa scavata nella roccia, come una teoria di trine d'oro.

I primi giorni Teofanès, al tramonto, ripensava a sua madre, a Costantinopoli, lontana ormai quanto la sua aspirazione d'essere poeta: consumava fra le dita la piccola croce di rubino. La catena che la teneva si era infine spezzata e ora la conservava legata al collo con una corda di canapa sfilata al paglione su cui dormiva la notte. Privato del suo poema, rimasto nel baule in casa di Blactu, a volte lo rimpiangeva, lamentando il tempo sprecato in terra straniera e in sterile prigionia; talvolta ringraziava Dio d'averlo privato di quella fatua fonte di vanità, tanto più che la sua opera la ricordava scipita e insulsa.

Queste erano le occasioni in cui pensava con maggiore intensità a Costantino: sarebbe morto in queste terre lontane e, prima, avrebbe cambiato nome come il suo amato, per monacarsi. Finalmente una vita quieta e senza scosse, Irene sarebbe stata felice. Immaginava di prendere il nome di Antonio e condividere con Costantino, che portava il nome monastico di Michele, una grotta in castità. Lunghi giorni muti e umidi, il silenzio nudo della pietra, i corpi asciugati dall'astinenza, i pasti di muffe e bacche, quindi la vecchiaia, gli arti indeboliti dal freddo o frantumati dalle rocce, stampelle ricavate dai rami d'albero, fosse in attesa dei loro cadaveri. L'esaltazione mistica giungeva allora a culmini erotici che piegavano in due Teofanès: doveva essersi preso una qualche affezione renale, maledetto viaggio, maledetta prigionia!

Fra i bruciori d'urina, gli tornava alla mente la prima volta che aveva perso Costantino, quand'erano ancora studenti: partito all'improvviso per risolvere certi affari familiari, lo aveva lasciato nella più cupa disperazione. Passava le notti sotto la sua finestra, in attesa di vederla illuminata. Era poi tornato senza farlo sapere e aveva preso a frequentare un altro loro compagno di studi in odore di patriarcato sin dai banchi di scuola. Di certo andavano a letto insieme, i due politicanti. Costantino sosteneva di vedere il nuovo amico solo per studio, Teofanès ribatteva di saper bene di che studio parlasse.

Ma in altre ore della notte il bruciore portava con sé anche il desiderio di scrivere e poiché i monaci, benché lungamente richiesti, gli rifiutavano stilo e carta, a Teofanès non restava che immaginarsi frustrato Omero. Gli mancavano le storie di Morfisa: come faceva quella bambina a conoscerne tante? «I veri poeti sono vecchi» ripeteva il maestro Niceta. Come si spiegava, allora, che un'orfana tenuta in segrete e grotte, visitata da pellegrini e madri, avesse il dono delle storie? Poiché le era impedito di vederla, a ogni pasto Teofanès si figurava che dalla minestra di miglio mille piccoli occhi lo fissassero e che Morfisa si fosse fatta miglio per spiarlo. Era ormai molto dimagrito, le braccia erano senza muscoli, tutte pelle e ossa, il volto emaciato, gli occhi spiritati.

«Mangia, fratello» insisteva il monaco guardiano, un vecchio di nome Adriano – i monaci di Santa Maria Olearia erano tutti vecchissimi e distratti – che tre volte al giorno gli portava la minestra. Teofanès non rispondeva e quello se ne andava scuotendo il capo.

L'eco del chiavistello rintronava nelle orecchie del poeta per lunghi minuti, come una voce di cui non comprendesse le parole.

Finché una sera, dopo che Adriano era uscito per l'ennesima volta e aveva chiuso il chiavistello, il suono del metallo disse a Teofanès: aprimi, è facile. Si accostò alla porta e dalla finestrella aperta fece passare un braccio, così magro che poteva afferrare il chiavistello esterno, tiralo e aprilo! La porta si spalancò. Nessuno faceva la guardia e il convento dormiva profondamente. Teofanès trattenne a stento l'esultanza, cauto uscì, accostò la porta alle sue spalle e sgattaiolò prudente fino alla cella di Morfisa.

«Anàssa...?» chiamò sottovoce.

Dall'interno un mugugno. Dormiva, la bambina.

«Ti trattano bene?»

«Che fai qui? Come sei uscito?» lagnò Morfisa sbadigliando.

«Mi mancano le tue storie.»

«Va' a dormire, poeta...»

«Non posso...»

Dalla cella si udì sbuffare.

«Solo una, eh?»

Le ore passarono senza che il poeta le notasse: ecco le svolte che mai avrebbe immaginato, i personaggi che mai avrebbe creato, le avventure che nei suoi scritti morivano posticce, da Morfisa narrate con colore e sveltezza. Più lei raccontava, più lui s'illudeva di poter riprodurre ciò che udiva e si disperava di non aver con sé né carta né stilo.

All'alba, rientrò nella cella sfatto, chiuse il chiavistello con il braccio magro, così che nessuno s'accorgesse della fuga notturna, e cadde in un sonno agitato dai racconti di Morfisa. Anche la sera dopo, con il medesimo trucco, uscì e tornò alla cella della Teotokòs e al mattino, insonne e frustrato, s'incarogniva aspettando il nuovo calar della notte, quando cavalieri avrebbero volato sulla luna a cavallo di ippogrifi, Mori gelosi avrebbero ucciso giovani mogli cristiane, principi del Nord incontrato fantasmi di padri morti, foreste camminato e regine sollevato mani sporche di sangue.

Ma, dopo qualche giorno, Morfisa protestò che di notte

si dorme e che era stanca. In più, padre Adriano, una sera, tornò indietro dopo aver lasciato la solita minestra di miglio, preoccupato per la salute dell'anima di Teofanès, già così magro e, trovata la cella aperta e il prigioniero fuggito, corse alla cella di Morfisa.

Qui trovò il poeta in ginocchio davanti alla porta della mora: credendo si trattasse di lussuria, lo riportò di peso al suo giaciglio e lo chiuse dentro facendogli la guardia fino all'alba. A turno, nei giorni successivi, altri monaci sorvegliarono la cella, sicché Teofanès dovette rassegnarsi alla solitudine: poco alla volta, settimana dopo settimana, durante le lunghe notti azzurre dell'autunno amalfitano, la memoria delle storie impallidì.

Una sera, mentre dormiva della grossa, un botto contro la porta lo fece sussultare. Si alzò, raccolse d'istinto i suoi vestiti e si affacciò alla finestrella.

«Perseguitatemi e vi perseguiterò! Pungetemi e vi pungerò!» gridava padre Adriano, ch'era di guardia, il corpo scosso da convulsioni.

«Padre Adriano! Che avete?» chiese Teofanès, ma il vecchio ripeteva di continuo: «Io sono Legione! Io sono Legione!». Quindi, svenne sul pavimento.

Il poeta si affrettò a soccorrere il vecchio: allungò la mano come faceva sempre, aprì il chiavistello e rivoltò il monaco, che a stento respirava.

Dalla corte del convento salivano bagliori d'inferno, strepiti, urla.

Mentre padre Adriano si riaveva, Teofanès s'affacciò: una decina di monaci fronteggiava un cinghiale che, chissà come, era entrato nel convento. Chi lo inseguiva con un forcone, chi fuggiva e si riparava nelle stalle: la bestia, infuriata, passava sui fuochi spegnendoli, sventrava botti, strappava tende, raspava, le narici dilatate dagli odori che arrivavano a raffica – la paura, la minestra di radici rovesciata, la legna bruciata, l'umido dei catoi sotterranei, delle cantine, dell'olio che bruciava nelle lampade – ed esaltato dai frastuoni e dai pianti, gli armenti che belavano segregati, le giumente imbizzarrite, una gallina ovaiola scappata al canestro.

Invano i monaci tentavano di disorientare la bestia battendo le mani e percuotendo il terreno con i bastoni.

«Credete si spaventi per qualche colpo menato a caso?!» urlava un monaco. «Non è una vipera!»

Il cinghiale grugnì, scavò con lo zoccolo e si esibì in rapide corse da cui tutti fuggirono strillando, poi riconquistò il centro della corte e si guardò intorno.

Teofanès volse un'occhiata ai ballatoi: come temeva, la porta di Morfisa era spalancata. S'affacciò, il paglione era deserto. Chiamò invano il nome della ragazza, quindi scese le scale.

«È l'impuro!» gridava qualcuno.

«Devasta il campo del Signore!» strillava un altro.

«Lascia stare i nostri maiali!» minacciò un terzo.

Presso la stalla dove i maiali grugnivano, impazziti di paura, si stava ripetendo la parabola dell'indemoniato: i maiali si liberarono, corsero verso la porta di Santa Maria Olearia e si gettarono giù, nel mare di Amalfi.

A questo punto i piedi pensarono per Teofanès: costeggiò il muro, oltrepassò la cancellata, imboccò la porta. Una voce nella sua mente risuonava, insistente: Teofanès, forza, è il momento!

Chi parlava? Ora, come da una botte forata stavano sgorgando fuori dal cancello il cinghiale, i monaci e i famigli. Fuggirono i mendicanti, caddero le lampade, si oscurarono le torce.

Teofanès conquistò un sentiero e corse fino a che i polmoni non gli bruciarono. Quando si fermò, senza fiato, faccia a terra, scosso dalla tosse, era ormai nel folto. Un fruscio ferino lo insospettì: alzò piano la testa, anche il cinghiale era lì. Terrorizzato, si trascinò spalle a un albero, chiuse gli occhi, pregò che il cinghiale non l'attaccasse. Ma altro stava capitando, perché lentamente la bestia si raggruppò, muso a terra, il pelo irsuto si svuotò di carne, finché nell'erba non rimasero che ossa.

Quindi, dinanzi a un atterrito Teofanès, risorse, come fumo trasparente, Morfisa.

3

«Vattene via! Stai lontana da me! Strega, demonio, schifosa!»

Teofanès urlava nel bosco arretrando e sbattendo contro gli alberi, mentre Morfisa, seduta a terra come una bambola rotta, lo fissava ridendo.

«T'ho liberato e ti lamenti?»

«Puttana del demonio! Tu e le tue storie! Ci hai liberato per non raccontarmele più, è vero?» schiumò livido Teofanès.

«Poeta, bada a come parli, io sono la Teotokòs!» lo derise la ragazzina, e siccome il bizantino aveva iniziato a correre nel bosco buio, inciampando nelle radici, e si sentivano tonfi e imprecazioni, ridendo gli urlò dietro: «Dove vai? Ti fai male!».

Credeva d'aver messo sufficiente distanza fra sé e la figlia del Quaid, quando urtò un ennesimo tronco, che, però, non fece il sordo rumore del legno vivo ma produsse un echeggiante tonfo metallico. Teofanès, tenendosi il naso da cui sentiva scorrere sangue, tastò la cosa che aveva urtato. Bombata, fredda, bardata di filamenti in cuoio.

«Un albero di ferro! Santi Medici, proteggetemi!» pregò a voce alta. «In questa foresta straniera crescono piante di metallo!»

«Tu sei pizzantino scappato di convento che tutti cercano, sì?» fece l'albero. «Sono stato fortunato: se qvesta notte non scappavi dal monastero avrei dofuto farti uscire io!»

A sentirsi anche rispondere dall'albero, Teofanès tremò come una canna, inciampò e cadde in un rovo di ortiche.

«Sei una creatura della strega!» si difese con un filo di voce mentre saltellava sulle chiappe.

Nel buio, Teofanès si sentì stringere le braccia con le corde, e si ritrovò gettato con la pancia su una cavalcatura, a testa in giù.

«Ecco, ora ciuccio Otone ti porta. E andiamo a cercare anche la tua amica Matonna...»

La testa ciondoloni che sbatteva contro i cespugli, l'ombra dei piedi che ondeggiava oltre il ventre dell'asino, a Teofanès parve di svenire: lo stomaco premuto e i sassi erano peggio delle onde del mare. Per di più, la croce di rubino gli batteva a ogni balzo sul naso.

L'albero di ferro intanto cantava all'asino una canzoncina: «Otone coglione, ciuccione amicone...».

Poi udì una voce familiare.

«Eccolo qua! Una lo libera e quello subito si fa riprendere dal primo... cosa sei? Insomma, dal primo che passa!»

Morfisa, infuriata, era ancora dove l'aveva lasciata fuggendo: del resto, come avrebbe potuto muoversi con quei monconi per piedi? Eppure Teofanès aveva ancora più paura di lei che dello sconosciuto carceriere.

«Attento, demonio, che quella è un mostro peggiore di te! Tu vedi una bambina e invece è un cinghiale! No, è un pistrice! Anzi, un'aquila! E ti racconterà storie fino a farti impazzire!» urlò confusamente gonfiando il diaframma contro la sella.

Si udirono schiaffi e pugni suonati contro la corazza metallica: Morfisa si ribellava alla cattura.

«Puona... puona, pampina! Gorg no ti fa male... Ahia! Tu fa male Gorg, pampina!»

Seguì un tafferuglio di cui Teofanès non riuscì a intuire

l'esito, quindi qualcosa l'afferrò e lo scagliò a terra. Batté la testa, rotolò nella boscaglia.

«Scusa, pizzantino, ma Otone serve per signora che no cammina. Tu, infece, ha buone cambe... Adesso, faccio lume...»

Finalmente una lanterna squarciò l'oscurità della notte: l'albero di ferro, corazzato e armato, aveva una faccia da maiale e occhi cerulei di cui uno senza palpebra. Morfisa sull'asino, legata come un salame, sbuffava imbronciata.

«Prigionieri, mio nome è Gorg, mio compito è portarfi a Penefento!»

«E perché dovresti portarci... dove?» disse Teofanès, rialzandosi a fatica e scacciando un pensiero molesto: Gorg come Gorgone? Una maledizione, una ridicola maledizione!

«Benevento» precisò seccata Morfisa. «Questo deficiente ci porta a Benevento! È un longobardo.»

Un nuovo tremore percorse il corpo di Teofanès mentre Gorg lo aiutava a rimettersi in piedi e gli spazzolava la veste con mani grandi come pagnotte.

«Per ordine di Tuca Pantolfo Capotiferro e di grande Imperatore di Germania, io facevo posta a vostro convento. Tuca saputo che Amalfitani cattura... Napoli presto longobarda e voi ostaggi! Noi ora incamminiamo perché strata molto molto lunga.»

«Quanto...?» domandò disperato Teofanès.

«Almeno tre settimane.»

4

E il viaggio iniziò.

I piedi consumati da camminate lunghe come mai ne aveva immaginate in tutta la sua vita, Teofanès si fermava ogni sera, esausto, senza più nemmeno la forza di lamentarsi. Napoletani, Salernitani, Normanni, Arabi, Amalfitani, e ora Longobardi, erano stati più volte colpiti, nella sua fantasia, dai fulmini del Giorno del Giudizio: giacevano morti, annegati o straziati per mano degli angeli giunti in volo da Costantinopoli a soccorrerlo. Ora non ce la faceva neanche a pisciare in piedi, le sue velleità di poeta s'erano di colpo estinte. Morfisa, dal canto suo, non era meno stanca: cavalcare l'asino Otone era un tormento, con le gambe storpiate faticava a tenersi e di continuo cadeva. In cambio, una volta disarcionata, Otone mostrava una vera passione per i piedi storti della bambina, che annusava e leccava con lo stesso entusiasmo dedicato alle carrube che Gorg sfornava a manciate dal sacco.

La prima notte erano saliti verso un valico e l'avevano raggiunto quando ormai il sole era alto. Da lassù, il mare di Amalfi era un remoto triangolo celeste. Quindi, erano scesi verso valle e l'aria fina e fredda prometteva notti di tremori. Aggirarono Ravello, che di lontano s'intuiva fitta di archi moreschi, quindi intrapresero una discesa aspra e faticosa sul nudo versante della montagna. Lontani e azzurri, il Vesuvio e il Ducato napoletano rianimarono in Teofanès, momentanea, la speranza di rivedere la sua nave. Invece, giunti a valle, subito imboccarono una strada in penosa pendenza, che muoveva verso l'Appennino e che, ora dopo ora, il vento sferzava con maggiore violenza e la pioggia bagnava. Finché, un mattino, passato un ennesimo valico, si erano risvegliati immersi nella neve.

Dai calcoli confusi di Teofanès, giunto a Napoli a settembre inoltrato, ottobre volgeva al termine o forse era già novembre. Gorg mostrava abilità inattese: scansava i posti di guardia e le innumerevoli dogane, che a ogni rivolo sanzionavano il passaggio e avrebbero, a pagarle tutte, impoverito anche un Imperatore; evitava lupi, malintenzionati e burroni e soprattutto, cosa che dispiaceva moltissimo al bizantino, aggirava squadre armate: Napoletani o Amalfitani, di certo qualcuno doveva pur cercarli. Dov'era Artemio? Dov'era l'Impero quando serviva?

Benché avesse reperito abiti pesanti per i suoi prigionieri, li nutrisse con decorosa regolarità e avesse persino rintracciato un secondo asino per il malconcio poeta, fuggito però dopo una notte al laccio, Gorg non poteva impedire all'inverno incombente di ammalarli e stancarli.

E infatti, dopo quattro giorni di viaggio semisommersi dalla neve, mentre si chiedevano come avrebbero continuato, senza un carro, senza un aiuto, e litigavano intorno al fuoco spento, si accorsero che Morfisa non parlava più, nemmeno per insultare il suo carceriere. Gorg si avvicinò al mucchio di pelli in cui dormiva la sua preziosa preda: era bollente, il viso rosso di febbre, gli occhi chiusi, respirava a fatica.

«La tuchessa muore...» si disperò il tedesco.

«Dalle del vino!» ordinò Teofanès, ma la fiasca era vuota.

«Strega, perché ora non ti muti in un animale che non si ammala...» borbottò Teofanès.

«Serfe aiuto» scosse la testa Gorg.

Si guardarono intorno: non un'anima, non una casa, non un campo si distingueva nell'immensa distesa gelata, solo tronchi storti dalle cime pesanti di neve. Occasionali voli d'uccello rompevano il silenzio irreale, frullando fuori dai rami imbiancati.

«Ecco fatto, ora muore» disse Teofanès.

Gorg sollevò Morfisa che respirava rumorosamente, la poggiò sull'asino e, calpestati i resti della brace, s'incamminò.

«Dove vai?!» gli urlò dietro il bizantino. «Dove vai, non vedi che non c'è nessuno?»

Ma Gorg non rispose, solcava la neve con pazienza.

Teofanès si guardò intorno: se ora fuggiva, Gorg non l'avrebbe ripreso con facilità. Provò a muovere due passi nella direzione opposta alle montagne: ogni osso, ogni articolazione e tutti i muscoli gli dolevano. Solo, non sarebbe arrivato da nessuna parte. Si rassegnò a seguire il carceriere e la malata.

Era ormai notte di nuovo quando si palesò una montagna più alta e vicina, che si perdeva fra nuvole basse. Un'ennesima tormenta si preparava, il vento fischiava ininterrotto nel canalone bordato di cime. Con gli occhi semichiusi, le dita intirizzite, i piedi ormai insensibili, Teofanès intravide, lontana, una linea di fuochi che saliva verso il cielo. Erano lampade che oscillavano al vento e sparivano nelle curve di un sentiero. Anche Gorg si voltò a indicare col mento la processione.

«Di là!» ordinò.

La raggiunsero che la tormenta iniziava. Piegati rasoterra, pellegrini intabarrati, uomini e donne, a piedi e sui carri, con alla corda asini, maiali e cavalli, cantavano sommessamente. Un'antica mulattiera scivolava a fatica fra le guance innevate del monte. Gli ultimi notarono appena che a loro si univano il tedesco, il bizantino e la Madonna morente, ma da un carro una bambina bionda, avvolta in molti scialli, indicò Morfisa: «'A Marunnella...» disse e poi, a voce sempre più alta, strillando, in bilico per lo sforzo di farsi sentire: «'A Marunnella, 'a Marunnella!!!».

Qualcuno si voltò, altri uscirono dalla fila, tutta la processione in breve tempo circondò Gorg e Teofanès. Contadini e pastori chiedevano di vedere la Marunnella. Gorg alzò minacciosa una scure, al che tutti si ritirarono ma poi tornarono a sporgersi, a chiedere, a pressare. Teofanès pensò che quello era il momento propizio.

«È malata!» gridò. «Chi la può curare?!»

«Nilo monaco nce sta» disse uno. E poi tutti: «Sè, sè, Nilo monaco nce sta!».

Il mormorio risalì la processione e varcò la curva oltre la quale la fila di lampade spariva. Una folla sollevò Morfisa e l'adagiò sul carro dov'era la bambina bionda che per prima l'aveva notata. La coprirono e il carro fu fatto passare avanti, inseguito dal tedesco e dal bizantino, Otone alla corda. In cima al monte era una stramba dimora che somigliava a una chiesa: in secoli passati era stata certo un tempio e ora fra tende, trabiccoli lignei, muri di sassi somigliava piuttosto alla magione di un orco. Intorno alle sue mura i pellegrini formavano un cerchio orante.

A spintoni, Teofanès guadagnò la prima fila e vide Morfisa deposta ai piedi di un vecchio dalla testa liscia e scura: un egiziano o un siriano, sul petto una gigantesca lastra di ambra, collane di corallo e pietre dure.

Il monaco la guardò senza attenzione, chiedendo: «A chi appartiene?». E siccome nessuno rispondeva, la scoprì un poco e trasalì visibilmente: «San Virgilio!» esclamò, quindi toccò il viso di Morfisa, l'auscultò e poi dichiarò, ad alta voce, che tutti udissero: «Mùmia!».

E intorno le facce arrossate e bovine dei pastori e dei contadini ripeterono: «Mùmia... mùmia... mùmia...».

Il monaco sfilò una fiala dalla veste, la stappò, bagnò le labbra di Morfisa con un liquido nero e vischioso. Quindi, ordinò che la portassero dentro.

«Per stanotte» disse alla folla, «andate a dormire... Jate a ve coccare!» ordinò ai recalcitranti.

«Incubazziò, incubazziò!» gridò qualcuno.

«None!» rispose il monaco. «Stanotte nce sta la Marunnella a incuba'! Jate a le case vostre!»

«E 'a Marunnella?» chiese la bambina bionda dal carro.

«La sana san Virgilio, statti quieta!» promise in fretta Nilo monaco, alzando le braccia verso i pellegrini.

Poi, con un cenno sbrigativo, fece capire a Gorg e Teofanès di entrare.

5

Ah, povero poeta! Se da bambino aveva temuto di finir divorato da un mostro mezzo Gorgone e mezzo Irene, digerito da un corpo molle ma bello, fra le fauci senza gengive dell'Imperatrice Zoe, nemmeno nel suo peggiore incubo avrebbe mai immaginato l'impressione che gli fecero i mucchi di icone dorate, consumate, rigate di porpora, listate di verde che a decine lo fissavano dall'oscurità del tempio fra la neve.

Erano qui facce di santi numerose come l'appello chiamato il Giorno del Giudizio Universale, come se tutto il paradiso fosse piovuto in terra a causa del Diluvio. Le madonne, soprattutto, dolci, strabiche, rassegnate, insieme alle martiri peggio piagate, a una sant'Agata cui i seni sembravano spiccati or ora dal macellaio e a una santa Lucia con le cornee cavate di forza e offerte su un piatto, fiorivano come falciati fiori di Eva e, forse a causa della falsa luce delle torce, forse per l'ombra nera della cera consumata, sembrava tutte piangessero vere lacrime e sanguinassero di parto o mestruo.

Man mano che il monaco accendeva lumi, un immenso mosaico marino si rivelò abitato da mostri e uno era mezzo donna e mezzo pesce, la coda attorcigliata, le ali che battevano l'acqua. Da un albero del Bene e del Male pendeva un uovo tinto di rosso che doveva esser stato deposto da un drago.

Improvvise, tornarono alla mente di Teofanès le Pasque dell'infanzia e i pentoloni in cui bollivano bucce di cipolle rosse per tingere le uova della festa e in cui Efisia, ogni volta, minacciava di lessarlo.

Infine, un braciere allargò la visuale sul mosaico e apparvero le Sibille e un cinghiale, come se tutta la sua avventura a Napoli fosse illustrata in quella chiesa.

Intanto, Nilo aveva sollevato una botola, che esalò un potente odore di muffa e incenso, e vi calò una scala a pioli. Scesero, portando a braccia la malata. Un camino, ricavato nella viva roccia, sfrigolava: il tiraggio portava in basso l'eco della tormenta. Il resto della stanza era una grotta, opprimente e buia come le fauci di una bestia. Il calore arrossì di colpo le facce. Il monaco, intanto, si dava da fare: «Aggiate pacienza... Sto chieno 'e caccavelle int'a 'stu catoio! Cu licenza 'e san Luca, io pitto d' 'a matina 'a sera, quanno nun prevo, e accussì se sente l'uòsimo 'e muffa... Senza contare lu fieto di caprone di quelli zotici che vengono a sognare san Virgilio una notte al mese qui, a casa mia... Belle scuse pe' s'arriscalda' d'inverno e pe' fa' le schifezze co' le fimmene d'estate!».

Gorg sistemò Morfisa davanti al grande camino, mentre Nilo, a maniche alzate, poggiava sul fuoco due lunghi spiedi di lepri e, sulla cenere, due vassoi di metallo pieni di radici. Teofanès aveva visto sale per l'incubatio anche a Costantinopoli, ma mai così luride. Sedette a terra e alzò gli occhi al soffitto della grotta: un brivido di autentico terrore lo percorse. Sopra di loro era sospesa una selva di gambe, i piedi penzolanti. Impiccati.

Diede di gomito a Gorg indicando con il mento verso l'alto: il longobardo ululò di spavento. In quel momento uno degli impiccati spalancò gli occhi azzurri e fissò entrambi.

Strillò, il bizantino, mentre Gorg ad ascia spianata iniziava ad abbattere i morti.

«Fermo, fermo! Chisto è Gesù Cristo Nostro Signore!» intervenne Nilo. «Guarda, scimmiò: nun so' cristiani, so' di legno! So' statue! Chisto è san Leopardo, chisto è san Nicola...»

E a uno a uno indicò i manufatti: le gambe di legno, gli abiti dipinti o in stoffa.

«Ma quello... ha aperto gli occhi...» balbettò Teofanès.

«E questa è la mia specialità! Santa Lucia piange, san Lorenzo puzza 'e fummo, 'o Pataterno arape l'uocchie 'ncopp'a croce... Ma non faccio mica solo questo, eh? Faccio tuona' 'e nuvole, vendo lo tempo buono e lo tempo malamente, guarisco 'a lebbra, 'a 'nziria, 'a scrofola, 'e perucchie, 'e guaie, 'o maluocchio. Non disprezzano, 'n mano a me magnano pure 'e lupe e 'e lioni...»

«È strecone!» l'accusò Gorg tirando per la manica Teofanès. «Siamo in casa di maco!»

Nilo si mostrò offeso: «So' tempestario, diacono e monaco del Salvatore. Tu chi sì?».

«Non badargli» intervenne Teofanès. «È tedesco, non capisce bene...»

Nilo perse il cipiglio: «Vabbuò, doppo mi dicite, ora mangiamo... Grazie a Nostro Signore, siete accapitati bene: è la domenica che li pasture e li parulane me rienchiono la cantina! Accussì, stasera, nun se nghiotte sulo menèsta...».

«Sono giorni che digiuniamo... Grazie...» esalò Teofanès e si afflosciò su un paglione.

Nilo rimestò nel cibo che cuoceva.

«Eh, fratelli miei, ogni bosco è nu labirinto, ogni labirinto è nu bosco... Meno male che siete arrivati da me!» Poi, indicando Morfisa: «A essa l'aggio dato nu poco 'e mùmia, ma non ve prioccupate... È pe' fa' vere'... È pe' li parulani e li pastori ca nun capisceno niente...».

«Cosa è mùmia?» chiese Gorg, aspirando l'aroma del rosmarino che Nilo passava sulle lepri rosolate.

«Carne 'e catafero, sanghe 'e muorte accise... Cose accussì, ca riàlano 'a salute... Alla piccerella qua, però, bisogna dare da bere e da mangiare come si deve e soprattutto tenerla scavuràta. Ma vuie», e agitò una cucchiarella verso gli ospiti, «scunsigliate ca nun site autro, 'a quantu tiempo v' 'a state purtanno appresso?»

«Tre settimane» azzardò Teofanès. «Da quando questo longobardo ci ha trascinato via dalla casa di Santa Maria Olearia ad Amalfi.»

«Niente di meno?! Da Amalfi?!»

«E prima eravamo su una nave araba...»

«Maronna!» si segnò tre volte Nilo monaco.

Poi, guardando la ragazzina, mormorò: «È essa... È propeto essa...», e lanciò un'occhiata inquisitrice ai due sconosciuti. Teofanès abbassò lo sguardo: era opportuno o meno dare spiegazioni?

Mangiavano già da un po' in silenzio, quando dalla botola venne una voce.

«Sono tornato!»

Gorg ritirò fuori il coltello e si alzò per infilzare il nuovo arrivato. Nilo alzò una mano: «Calma, calma! Chist'è Eughènio, 'o guaglione che abbada alle galline!».

Un ragazzo pallido, con l'espressione ingenua dei cerbiatti, fece capolino dalla scala.

«Eughè, saluta 'e straniere...»

Eughènio scese con molta prudenza i pioli, spaventato dall'aspetto truce di Gorg e dal suo occhio feroce perennemente spalancato, quindi si mise a sedere in silenzio. Teofanès l'osservò con curiosità: indossava comuni stracci da pastore ma i capelli lunghi e neri, gli occhi e il viso da fanciulla erano così diversi dal sembiante dei locali pellegrini da renderlo irreale, come un'apparizione magica. Prese una ciotola e iniziò a mangiare. Sembra un giglio in un prato, pensò il poeta. Il custode di galline indossava una collana di conchiglie ma al dito aveva un anello ornato da un'aquila smaltata.

Al secondo boccone si accorse di Morfisa. Si alzò e andò a guardarla da vicino. Si segnò, contemplandola: il focolare diffondeva una luce estiva sul volto rosso di febbre della bambina. Nilo invano lo sollecitò a mangiare e gli offrì la ciotola. Eughènio si era seduto accanto alla bella addormentata e la fissava rapito. Che avrà mai da guardare, s'irritò Teofanès, spiandone intanto l'accenno di barba, il bel petto, gli alti zigomi.

«Chi è?» chiese, infine, Eughènio.

«'A Maronna» rispose Nilo, stringendosi nelle spalle.

La notte s'inoltrò mentre Gorg spiava Nilo, Nilo spiava Gorg e tutti e due, di nascosto, spiavano Teofanès. Poi, complici il cibo e il vino, la compagnia s'addormentò nella sala dove i fedeli si riunivano per essere visitati dal dio.

All'alba, Eughènio vegliava ancora Morfisa.

6

Quella notte, a causa della febbre che le si era alzata, tutti sognarono il sogno di Morfisa: sul fondo del mare, una balena nuotava senza riuscire a risalire. Si mutava in un'aquila, ma aveva perso le ali. Allora correva, era una giovane atleta, ma di nuovo si fermava: raccoglieva mele avvelenate. Da ultimo, divenne un cinghiale che si aggirava, ferito, nel bosco.

Teofanès si risvegliò sudato, farfugliando parole confuse: gli sembrava di udire ancora un lamento di animale. Tastò intorno a sé la paglia su cui aveva dormito, era solo. La litania veniva da fuori: risalì la scala a pioli, la chiesa era vuota e dal portone spalancato entrava nevischio portato dal vento. Gorg torreggiava in piedi, nella neve: pregava in una lingua sconosciuta e gettava manciate di farina nell'aria.

«Cosa fai?» chiese con prudenza il bizantino. La voce alle sue spalle invece lo sopravanzò con un urlo disperato: «Fetente! La farina mia!».

Nilo, sopraggiunto dal sentiero che girava intorno all'edificio, si sbracciava.

Terminato il sacco, Gorg scavò a mani nude nella neve e, quando gli sembrò d'aver fatto un buco sufficiente, si cavò dalle tasche due pani: un po' li sbriciolò, un po' li sotterrò così com'erano, interi.

Il monaco agitava un bastone senza trovare il coraggio

di avvicinarsi all'enorme tedesco: «Pure 'o pane s'è pigliato! Mariuolo!».

Un fuoco brillava sotto il nartece del tempio, acceso per tenere lontane le bestie durante la notte. Gorg lo raggiunse a grossi passi, seguito dall'accorato corteo del monaco e del poeta, e ci gettò dentro, cavando anche queste dalle tasche, due belle fette di lardo spesso.

«Mannaccia a te!» si infuriò impotente Nilo, mentre il lardo subito sfrigolava fra le fiamme. La furia di Gorg non era esaurita, però. Corse di qua e di là, spazzando la neve: sembrava cercasse qualcosa. Entrò allora di corsa nella chiesa, Nilo e Teofanès alle calcagna, si gettò nella botola, scavalcò Eughènio che si stropicciava gli occhi, destato dalle grida, steso accanto a Morfisa come due coniugi in una sepoltura. Nilo, seguito da Teofanès, si calò a sua volta nella sala dell'incubatio: Gorg, agitando le braccia come pale di mulino, tirò giù a manate le statue pensili di Nilo. Piovvero santi e patriarchi, madonne e cristi, gli inseguitori a fatica li scansarono. Un Cristo si spaccò, ne rotolò fuori qualcosa, si sentì un frangersi di vetri, Gorg raccolse un involto da terra e corse verso il fondo della grotta dove una tenda ne chiudeva il lato più oscuro. Gorg, strappandola, la varcò.

«Questo no!» urlò Nilo, lo raggiunse e gli assestò una grossa botta in testa. Seguì un tonfo. Teofanès ed Eughènio si affacciarono. Gorg era disteso in una stanza buia, che il poeta non aveva sospettato esistesse. Nilo ansimava, una padella fra le mani.

«Che ha fatto ancora?» chiese il bizantino.

«Voleva mettere le mani nell'acqua...»

A queste parole fu inaspettatamente Eughènio a scattare in avanti, affacciandosi oltre Nilo su quelli che, a prima vista, sembravano barili di vino.

Emanavano, nel buio, un curioso bagliore, come se avessero una stella dentro. Teofanès si sporse a vedere mentre Eughènio le ispezionava: se fuori erano di comune legno, dentro una superficie perlacea, come l'interno di una conchiglia, mandava sfarfallii bianchi e violetti. Non contenevano vino, era acqua, così scura che i due barili sembravano il fondo di un grande lago. Sinuosa, una carpa rossa, enorme, vecchia, fluttuava, apparendo e scomparendo. Il pesce fissò Teofanès come se lo conoscesse, quindi svanì e riapparve nella botte accanto. Teofanès si piegò a cercare un passaggio fra i due barili: non c'era.

Si voltò, confuso, verso Nilo ed Eughènio che confabulavano fra loro. «Meno male, non ha fatto nisciuno guaio...» stava dicendo il monaco.

«Che voleva fare?»

«Ma che ne saccio... Questi so' barbari... Non sia mai toccava l'acqua che viaggia!»

«L'acqua viaggia?!» chiese stranito Teofanès.

Nilo senza badargli si piegò sul corpo ancora inerme di Gorg, gli frugò nelle tasche capaci, dove aveva nascosto sia il pane che il lardo, alla ricerca di ciò che era caduto dalla statua.

«È intero! È un miracolo!» esclamò Eughènio.

Nilo teneva fra le mani un uovo enorme, rosso, identico a quello ritratto nel mosaico della chiesa.

«Mo' mi dovete dire chi siete» annunciò minaccioso. «E comm'ha fatto chisto bestione a truva' l'uovo nel nascondiglio dove l'avevo messo!» E indicò il Cristo che apriva gli occhi.

Teofanès lo sollevò: aveva una nicchia nella schiena e dentro la cavità era una gabbia di metallo, antica come se l'antichità fosse stata giovane ai tempi in cui era stata fusa. Nella gabbia era una bottiglia di vetro con il collo spezzato, i cui resti procurarono un brivido al poeta.

«Ho visto a Napoli una bottiglia identica a questa...» disse a mezza voce.

Nilo aguzzò le orecchie.

«Venite da Napoli, come sospettavo...»

Teofanès proseguì, come se parlasse in sogno: «Custodiva una piccola donna... Poi ho visto nella bottiglia una lisca d'argento... e un po' di capelli... Era morta».

Nilo lo afferrò per le spalle: «Ma che vai dicendo?!».

«La verità...» balbettò Teofanès.

Il monaco crollò seduto su uno dei paglioni che avevano usato per dormire. Eughènio lo soccorse.

«E oggi stu scimmione nce futteva pure l'uovo...»

Una frase che Pietro Cènnamo gli aveva detto di corsa, mentre andavano verso il mare, tornò alla mente di Teofanès: "Come, non vi hanno informato che questa città si regge su un uovo?".

«Ovvero, se l'uovo oggi si fosse rotto...» iniziò a dire senza sapere dove andasse a parare.

«L'apocalissi!» levò al cielo le braccia Nilo.

Da quando era nato, Teofanès aveva sempre sentito parlare di una ormai prossima apocalissi: era stato l'argomento privilegiato per intere generazioni mentre si avvicinava l'infausto millennio. Vista con gli occhi dei patriarchi e degli Imperatori di Costantinopoli la causa principale della fine del mondo era di certo la sfilza di papi romani in odore di scisma: prima l'antipapa Bonifacio, poi un sassone imparentato con gli Imperatori tedeschi, quindi un colto aquitano studioso di astronomia, divenuto mago dopo un viaggio nella mora Catalogna; infine, di colpo, il millennio era arrivato e non era capitato nulla.

E pur considerando le molteplici incarnazioni del demonio – donne, eretici, impostori – Teofanès mai aveva sentito dire che la fine dell'Impero di Cristo sarebbe giunta a causa di un uovo.

Stava riflettendo sulla questione, quando Nilo si alzò, raggiunse Morfisa addormentata, le prese una mano, le voltò il palmo verso l'alto e vi poggiò delicatamente l'uovo. Al contatto, il guscio divenne immediatamente trasparente. Teofanès ed Eughènio si sporsero, curiosi: comparve in miniatura una città, nera e turrita, battuta dal mare in tempesta.

«Miracolo!» urlò il poeta.

Poi la città si fece azzurra e il mare tranquillissimo.

Quindi, divenne rossa e dal monte che le cresceva alle spalle sboccò lava fino a ricoprirla.

«Il Vesuvio!» urlò ancora il bizantino.

Infine, scese fitta la neve e il mare divenne di ghiaccio.

L'uovo nuovamente mutò e Teofanès vide apparire piccole figure in movimento. Erano i personaggi delle storie che conosceva sin da bambino: Achille e il suo tallone, Ettore e Andromaca, Cassandra, cieca e veggente, Ulisse, Ercole, Edipo, Medea, Didone, Enea... Un'energia, una lucente forza, veniva dall'uovo: Teofanès fu certo che, se lo avesse guardato anche mille e mille altre volte, sempre nuove storie ne sarebbero sgorgate, pronte per lui, pronte per essere raccontate.

Si sentì forte, immortale, ingravidato di poesia come quando aveva ascoltato Morfisa nel convento di Amalfi, anzi di più. All'improvviso, una balena saltò fuori dalle onde contenute nell'uovo. Teofanès sgranò gli occhi e spalancò la bocca: ecco il romanzo che l'avrebbe incoronato aedo di Costantinopoli!

Le immagini iniziarono a mutare, vorticose: il mostro ingoiava un bambino, o forse un burattino meccanico, quindi una nera nave al comando di un capitano pazzo inseguiva la balena, bianchissima e immensa, e poi un vecchio, solo su una barca, cercava di pescare la balena a tutti i costi... Troppe storie, tutte in una volta: ci voleva tempo, ci voleva pazienza. Bisognava rivederle: se l'uovo fosse stato per sempre con lui, sempre suo, allora sì, allora sarebbe diventato il più grande, il più famoso, il più...

Ma, all'improvviso, l'uovo divenne prima opaco e poi buio: Nilo l'aveva tolto dalla mano di Morfisa.

«Questo...» iniziò a dire Teofanès.

«È l'Uovo di Virgilio» completò Nilo. «Noi lo custodiamo, in attesa di riportarlo a Napoli.»

«Ma io ho visto... storie... milioni di storie... non ancora scritte...» balbettò il poeta.

Nilo lo fissò, sospettoso: «Assai ne so' schiattati pe se piglia' le ova...».

«Le uova? Non uno solo?» chiese, lesto come una lepre, Teofanès.

«'O chiù antico s'arapette a Babilonia e nisciuno cchiù parlaie 'a stessa lengua. Po' se n'arapette uno ad Atene e nascette 'o filosofo Platone, n'ato ad Alessandria d'Egitto addò steva 'a chiù granda biblioteca d' 'o munno, n'ato ancora a Roma, c'addiventaio Impero. Tutte so' schiattate. Chisto è l'urtemo ancora sano... L'ovo de Napoli.»

«E, dimmi, chi depone queste uova?» chiese famelico Teofanès.

Nilo non rispose: una brutta luce brillava negli occhi del poeta.

Il discorso fu interrotto da Gorg, che era comparso delirante sulla soglia, una mano sulla testa, dove la padella di Nilo l'aveva colpito.

«Streca... Streca...» Aveva l'occhio ceruleo iniettato di sangue.

«Tutta notte... pesce... uccello... cinghiale...» si lamentò tenendosi le tempie.

«Che ti credevi di fare con le mie riserve di cibo?» lo rimbrottò il monaco.

«Tafo ta mangiare al vento, che si prentesse l'aquila... alla terra che si prentesse il cinghiale... e al fuoco, che si prentesse la ragazza che mangia mele... e all'acqua, per il grante pesce...»

«Anche io ho sognato...» scappò da dire a Teofanès.

Nilo guardò entrambi senza parlare, poi guardò Morfisa ed Eughènio.

«Mo' basta scemità. Ditemi perché avete la Teotokòs appresso a vuie, c'avessa sta int' 'a la grotta benedetta de Napule.»

Una piccola luce brillava ancora nella mano di Morfisa addormentata lì dove l'uovo era stato poc'anzi poggiato: Teofanès se ne accorse e all'improvviso capì, o gli parve di capire qualcosa.

«È lei! È lei che... anima l'uovo?»

Nilo incrociò le braccia.

«Bizzantì, tu adesso mi conti tutto per bene e da lo principio.»

«Ma...» protestò il poeta impaziente.

«Abbiamo tempo, che essa adda guarire.»

7

Nelle settimane seguenti la neve continuò a cadere.

Le nuvole avanzavano come sottili coperte sulle cime delle colline bruciate dal gelo. Il tramonto tingeva la notte di cobalto e, stagliate sul bianco, rapide viaggiavano le civette e rade le forme dei lupi. Mentre Morfisa guariva, la luna svanì e poi ricrebbe, di nuovo piena a illuminare i monti. A forza di vino e di miele, a forza di spezie, di mùmia, di rimedi e di cibo, la Teotokòs aveva iniziato a rimettersi. Se ne stava in disparte, spiata da Eughènio, che le portava da mangiare e da bere, senza mai avere il coraggio di attaccare discorso.

Chi invece non le dava requie era Teofanès, che di continuo le chiedeva delle storie e di come si raccontassero. Morfisa rispondeva sbadigliando e Nilo interveniva a scacciare il molesto bizantino a colpi di scopa. Teofanès avvertiva la presenza dell'uovo ma non riusciva più a trovarlo: invano aveva smontato statue e cercato nelle loro schiene, nelle loro pance, Nilo aveva cambiato nascondiglio. Smaniava per riavere l'uovo: annusava l'aria dell'alba, frugava, esplorava. Da quando le aveva viste, sentiva le storie aleggiargli intorno, come sogni dimenticati al risveglio, ma non poteva scriverle. Ogni volta che tentava, la testa gli si vuotava di ogni parola e poche, stentate righe lo fissavano dalla pergamena. Erano inutili, banali, orrende.

Non gli restava che camminare per sfogare la frustrazione: fu così, passeggiando nella neve, che si accorse della forra. Dietro la chiesa il dirupo ingoiava, fuggevoli, ombre violette di cervi, volpi, falchi. Eughènio ogni giorno vi scendeva portando con sé un cesto di becchime.

Lo aveva interrogato: «Chi becca quelle granaglie?».

Eughènio, indaffarato, sorrideva senza rispondergli.

Finché una mattina si era deciso a seguirlo. Il chiarore portava l'eco del sole già sorto, oltre i monti e il mare, sulla sua Bisanzio: Teofanès sospirò. Le rocce precipitavano nella forra, che a quell'ora era violetta e nebbiosa. La discesa apparve da subito difficile: rocce, arbusti, macchie di neve lisce e gelate su cui scivolare e rompersi l'osso del collo. Tenendosi con le mani e puntellandosi con i piedi, il poeta arrivò, più silenzioso che poté, al recinto. Se qui ci sono animali da cortile saranno facile preda di lupi e di volpi, pensò, che idea costruire un recinto lontano dalla chiesa dove è impossibile accendere un fuoco.

Teofanès si sporse sulla soglia del pollaio.

«Pi-ù, pi-ù, mangiate, su» ripeteva Eughènio, in una specie di cantilena, come se pregasse mentre gettava il becchime, cui rispondeva un mormorio antico. Nel buio il pollaio chiocciava e frullava. Poi, il sole superò la cima ed entrò finalmente nella forra: un raggio illuminò l'interno del recinto. Decine di minute facce di donna si voltarono a guardare l'astro nascente, tutte rivolte a Teofanès. Sul corpo piumato delle galline sorgevano lisci colli azzurrini che sbocciavano in teste di bambine crinute.

Erano Arpie: così le aveva viste mille volte su antichi mosaici. Di nuovo le Gorgoni della Cisterna Basilica riaffiorarono alla sua memoria facendolo tremare. Le zampe ungulate sul terreno rasparono e le minuscole bocche cantarono all'unisono: «Chi-chi-chièèèèèèè?!».

Eughènio si voltò di scatto incontrando lo sguardo allucinato di Teofanès. Le galline strillarono ancora e spiegarono le corte ali pronte ad assalirlo. Teofanès arretrò. Eughènio trascinò fuori il poeta, chiudendosi il cancello alle spalle.

«Cosa fate qui?» chiese senza alcuna rabbia. Sembrava incapace di provarne.

«Quelle... cose...» si scusò il bizantino.

«Sono Sirene» spiegò il ragazzo, tranquillo. «Le custodiamo per conto di san Virgilio.»

Le galline, intanto, facevano un gran baccano: sembrava di ascoltare una discussione al foro. Poi si misero a cantare: Teofanès non aveva mai udito alcuna gallina cantare. Era un suono sconosciuto e dolce, una melodia che portava al sonno. Teofanès cadde seduto e accanto a lui era un cesto pieno di uova. Senza farsi notare ne afferrò uno e se lo mise in tasca.

«Sveglia, non bisogna starle a sentire troppo a lungo» lo riscosse il ragazzo. «Risaliamo.»

Si arrampicarono lungo la forra e tornarono alla chiesa, silenziosi. Da lì, il canto non si udiva.

«Anche i lupi se ne tengono lontani» disse Eughènio.

Il poeta non riusciva a persuadersi di quel che aveva visto.

«Andate a dormire ancora un po'...» gli consigliò. «Avete una faccia...»

E si allontanò verso il retro della chiesa lasciando Teofanès piantato in piedi, al sole.

«Cosa mangiano?» chiese, prima che il ragazzo svanisse.

«Lauro, lo sanno tutti» rispose Eughènio, e solo allora Teofanès vide un cespuglio semisepolto dalla neve contro l'abside della chiesa, identico a quello che cresceva a Napoli sulla tomba di Virgilio.

8

Con il trascorrere dei giorni, Morfisa si alzò dal suo giaciglio. Nilo la spostava a braccia nella chiesa e la facevano sedere su un mucchio di paglia.

E mentre ognuno attendeva ai compiti di sempre, Eughènio fuggiva in chiesa e spiava Morfisa sotto il mosaico del pistrice, attraverso la fenestella confessionis, tra le figure di Aronne e Zaccaria, con la scusa di leggere a voce alta le Sacre Scritture.

«"O abitante dei giardini, le tue labbra sono come un filo scarlatto e il tuo parlare incantevole come uno spicchio di melograno, il tuo collo è come la torre di Davide, i tuoi seni come due caprioli che pascolano fra i gigli..."»

Arrossiva per aver troppo osato ma subito poi riprendeva: «"Le tue guance sono come aiuole di balsamo, scrigni di erba medica, le tue mani sono cilindri d'oro, il tuo ventre è un blocco d'avorio, le tue gambe sono colonne di alabastro..."».

Qui Morfisa ridacchiava e agitava i moncherini delle gambe. Eughènio, sempre più rosso in viso e tremante, proseguiva: «"Dimmi, o tu che il mio cuore ama, dove pasci il gregge? Dove lo fai riposare a mezzogiorno? I tuoi occhi sono colombe attraverso il velo, ma anche il nostro letto è florido: cedri, le travi della nostra casa, cipresso, il nostro soffitto! Alla tua ombra con gioia mi siedo e il tuo frutto è dolce al mio palato"».

A questo punto poi prendeva fiato, perché ogni tanto gli mancava: «"I tuoi capelli sono come un gregge di capre e i tuoi denti come pecore che salgono dal bagno, i tuoi germogli, un paradiso di melograni. Sei un giardino chiuso, una fonte sigillata. Baciami con i baci della tua bocca, le tue carezze sono migliori del vino..."».

Allora Morfisa rispondeva, citando gli stessi versi: «"Sono nera e bella perché il sole mi ha guardato..."».

Eughènio, rosso in viso, chiudeva il Cantico dei Cantici e correva fuori da una porta sul retro per non incontrarla.

Da quando aveva memoria, il mondo moriva: appassiva l'ortica, spezzava il fulmine gli abeti, marciva il ribes dopo l'estate, morivano i topi sotto le grinfie di civette e falchi. Una volta Nilo aveva distrutto una vipera perché non lo mordesse: si era macchiato di sangue il terreno. Quand'era molto piccolo, di un agnello aveva visto la morte senza capire cosa fosse fino a che, muovendolo con uno stecco, s'era accorto che il respiro era cessato.

E ora, ecco le labbra rosse di Morfisa, come il sangue della vipera. E i denti candidi nel buio della bocca. E gli occhi identici a quelli dell'agnello.

«Ti vedo, sai?» gli diceva lei ridendo. «Lo so che sei là dietro... Esci. Parliamo.»

«Te veco pure io...» ammoniva Nilo, che appena poteva prendeva il figlioccio per un orecchio e lo avvisava: «Nun te fa' veni' pe' capa cose strane, quella non è una femmina come le altre...».

Ma Eughènio non poteva smettere di pensare a Morfisa.

Finché una sera non l'incontrò in sogno.

Era in un bosco affacciato sul mare, alte corolle di pini facevano ombra e nell'acqua c'erano un polipo, una triglia e una razza.

«Questo è il bambino dell'acqua?» chiedeva la triglia.

«Sì, sì, quello salvato dai barili!» rispondeva la razza.

E il polipo: «E questa è la bambina salvata dal mare».

Morfisa gli si era seduta accanto. Com'era bella, che bei capelli, che riccioli, che ciglia, aveva le labbra increspate come onde. Il cuore, ora, gli batteva forte.

«Io vengo dal vento, dal mare e dal fuoco e corro sulla terra» aveva corretto il polipo Morfisa. «E sono sempre stata sola...» aveva aggiunto guardando di sottecchi Eughènio.

Eughènio aveva preso un gran respiro: «Anche io» aveva detto, e intorno il cielo, i pini e il mare risplendevano di giovinezza.

Si era risvegliato che tutti ancora dormivano: Morfisa aveva di nuovo la febbre. Capitava ancora, certe notti.

Le aveva asciugato la fronte, che era tonda, e le guance, che erano morbide.

«Ti vorrò per sempre bene» le sussurrò, e non sapeva di dove venissero quelle parole, perché nessuno gliele aveva mai dette e mai le aveva rivolte ad alcuno. Rassettò la coperta che Morfisa nel sonno aveva scalciato e attizzò il fuoco nel camino.

Morfisa, intanto, sognava anche lei: non era né balena, né aquila, né cinghiale. Era l'atleta che vinceva gare. Correva nel bosco, lo stesso che Eughènio aveva poc'anzi sognato. Dal folto, vedeva il ragazzo seduto sotto gli alberi e sentiva le voci dei pesci. Com'era bello: non aveva mai visto nessun uomo così bello. Aveva piedi sinceri, larghe dita ben formate, ingenue, fiduciose, aperte. Come sarebbe stato bello restare fra le sue braccia immobile, essere amata da un uomo con piedi bellissimi. Gli arrivò alle spalle, sfolgorante di corsa: «A nessuno piacciono i miei piedi» disse d'un fiato.

Eughènio si voltò sorridendo: «A me piacciono», e il sole l'aveva tutto indorato.

Allora mille lacrime le erano cadute dagli occhi sciogliendola tutta e al posto dell'atleta era rimasta Morfisa, proprio come era, i moncherini, nera, accovacciata a terra, ed Eughènio l'aveva abbracciata.

Sfebbrata, aveva riaperto gli occhi all'alba e, come nel sogno era stata l'ultima, la prima cosa che aveva visto era il viso di Eughènio chino su di lei.

«Io so far venire le tempeste... Mi ha insegnato Nilo!» disse arrossendo Eughènio.

«Allora mi farai vedere!» rise Morfisa e gli diede un bacio sulla guancia.

Eughènio si coprì il punto con la mano, spaventato.

«Te ne do un altro?» chiese lei e senza aspettare glielo schioccò sull'altra guancia. Stava per dargliene un terzo, quando Eughènio le prese il volto fra le mani e di slancio diede lui il bacio, questa volta sulle labbra, con il cuore che gli usciva dalle orecchie.

Quindi si stesero uno accanto all'altro tenendosi per mano, senza poter più dormire.

9

Nel sogno si tenevano stretti.

Morfisa aspirava il fiato di Eughènio, gli mordeva le orecchie, gli leccava una guancia. La lingua di Eughènio faceva casa nella sua bocca, le succhiava i denti; le sue ciglia le battevano sulle labbra.

Morfisa stringeva con i monconi delle gambe le reni candide di Eughènio ed Eughènio la possedeva come un delfino o un cervo. Morfisa era rivestita d'amore come un prato fiorito, Eughènio le scorreva dentro come un fiume: lei era letto e ciottoli, lui alghe e pesci. Che grande felicità. Il naso le aveva fischiato, improvvido, mentre Eughènio la penetrava per la terza volta e aveva riso quando lui aveva esplorato le piccole caverne che lei conosceva solo a occhi chiusi. Dalle labbra le era uscito un respiro di tramonto, un vortice di stelle, il suono di un vagito. Poi aveva spinto in alto la pancia ed era morta nell'oro. Per sempre avrebbe conservato nella memoria il lungo piacere turchino dell'alba, anche da vecchia. Nel dormiveglia, mentre la nudità esplodeva di chiarore, il sesso come un bosco sotto la coperta, vide l'unico indumento del suo amante, un anello. Un'aquila smaltata.

Subito riaffiorò il ricordo della mano di Crisorroé, bianca e nodosa nello sforzo di artigliare la veste ricamata a fiori, i minuscoli bottoni d'alabastro strappati alla lunga fila di occhielli sul fianco della gamba: era gravida, quel giorno lontano, era l'ultimo mese. Era incinta di Giovanni, del padre. Morfisa ricordò con esattezza i momenti: sua zia Basilissa che la portava a braccia con la serva Alessia, Giovanni pallido che si tormentava la barba. Crisorroé era sparita dentro Donnaromita, le sue grida si erano spente fra le mura. Era tornata a Palazzo molti giorni dopo, bianca, muta, debole: erano scomparsi il figlio e anche il suo anello.

Da quel momento il Duca annunciò che presto l'avrebbe data in sposa e la fretta di maritarla aumentò e aumentò...

Morfisa si levò a sedere, i piccoli seni penduli nella camicia, come le labbra, come i pensieri. Stavolta Eughènio si svegliò.

«Ho sognato che io e te... Sembrava vero ma non può essere... Nilo mi ammazzerebbe...»

«Nei sogni saremo sempre ciò che ci è impedito di essere» disse Morfisa e gli diede un bacio.

Ma la felicità giaceva, stracciata dal dubbio.

10

Intanto l'ossessione che tormentava Teofanès si era fatta cupa. Morfisa rifiutava di parlargli. Più vedeva i due ragazzi assorti in fitti dialoghi e in non meno densi silenzi, le schiene poggiate al muro esterno del tempio nelle giornate di sole, più pensava a Costantino e al suo poema. In altri tempi, avrebbe spiato i due innamorati per infiorettare di erotismi di maniera le vicende che inventava, ora desiderava solo impossessarsi dell'uovo. Non sognava, non pensava, non bramava altro. L'ansia gli cresceva dentro come una seconda pelle, lo tormentava, lo teneva sveglio la notte. Spesso guardava di nascosto l'uovo di sirena che aveva trafugato: non era diverso da qualunque altro uovo e non gli raccontava alcuna storia. Si era esposto a un rischio per nulla. Il vero uovo magico era ben custodito.

Era spiato, lo sapeva: Nilo lo teneva d'occhio sin dal mattino, quando trascinava dentro casa fascine di legno con l'aiuto di Gorg. Spiava lui e i ragazzi, scuotendo il capo. «Eughè, non fare guai che ti corco di mazzate!» urlava al suo guardiano.

Gorg protestava: «Tu difendi streca... Tu non cristiano. Tuo fighlio est incantato: lei succhia sua anima...».

«Eh, te piacesse e te fa' zuca' accussì pure tu...» mormorava il monaco.

Per meglio controllare Teofanès, se lo portava in giro, fra casolari e catapecchie, a visitare la diocesi. La neve iniziava a sciogliersi e rivelava stretti sentieri che sfociavano in mari di pecore.

I giorni trascorsi sul monte di Virgilio a Teofanès sembravano ormai diecimila: raffreddato, anemico, insonne, scrutava l'orizzonte su cui si ripeteva la solita giostra di falchi, nuvole e boschi a perdita d'occhio. Un mattino, mentre seguiva Nilo, gli prese la tosse e cercò riparo in un rifugio di pietra circolare, poco più di un tumulo. Oltre la soglia, nera nonostante l'abbagliante sole di montagna, brillava un focolare: stava per accovacciarsi accanto al fuoco, quando un bestiale mastichio gli fece drizzare i peli delle braccia. Si voltò, lentamente: un mucchio di stracci e capelli, qualcosa che somigliava appena a un essere umano, la schiena curva, ruminava ossa. Aveva fra le mani un cranio.

Teofanès spalancò la bocca per urlare, sbatté la testa e inciampò rovinosamente nella soglia. Steso nel nevischio, fra le bestie che brucavano, fu soccorso da Nilo.

«Ch'hai combinato, bizzantì?»

Teofanès indicò la capanna con dita tremanti.

Sulla soglia comparve l'orribile creatura, il dorso della mano a proteggere gli occhi dalla luce.

«Saturna! Ecco dov'eri! E il formaggio?»

La vecchia – ma era poi vecchia? Teofanès ne studiò la faccia rugosa, gli occhi suini, un tempo doveva esserci stata una donna sotto quelle scorie – gettò al monaco due sozze forme rivestite di cenere e ne ebbe in cambio benedizioni e una fiasca di vino.

«Tieni pròpeto nu cuore di leone!» sorrise Nilo, portando via Teofanès sottobraccio. «T'hai pisciato, eh? Famme vere', t'hai pisciato, o no?» e rise sgangherato, le collane di corallo che gli battevano sulla pancia. Teofanès camminava e si guardava le spalle, non sia mai la pastora li seguisse: gli ricordava i dèmoni che si diceva avesse fabbricato in una notte santa Sofia e che a Costantinopoli abitavano i pozzi, pronti a saltare sulla schiena dei bambini.

«Aggio canasciuto Saturna a Siponto» spiegò Nilo. «Saturna vede l'angeli ca bruciano. Me la so' portata: fa bono il formaggio e mi trova l'erbe pe' i colori. Accide a le capre, che lo rubio si fa co lo sangue loro, il giallo co' l'ovo...»

A quest'ultima parola Teofanès si rianimò: «Davvero?».

«Scine, ma non co' l'ovo de sirena ca ti sei fottuto profittando di quell'ingenuo de lo guaglione... Co' quello ti puoi fa' na bona frittata...»

Teofanès arrossì fino alle orecchie.

«Tu stai cercanno l'ovo de Virgilio, c'hai na fissazione, fratello bizantino: che ti credi di fa' co' quell'ovo?» lo incalzò il monaco.

Il poeta si tormentò le mani e poi, di slancio: «Io credo che contenga il segreto di ogni arte e che tu te lo tieni stretto perché ti fa dipingere meglio!».

«Te sì scemunito? Ma che vai dicenno?» s'indignò Nilo, arrestandosi.

«Per questo lo tieni qui! Se è vero che deve stare a Napoli, perché non lo riporti subito in città?» Il poeta afferrò il monaco per le braccia: «Se mi dai l'uovo ti prometto che sarai ricco! Di più, ti farò diventare patriarca! Io sono ben introdotto a corte, sai? Le Auguste mi daranno retta. E ho un amico capace di farti nominare eparca... Vieni con me nella Grande Città e farai fortuna!».

Nilo sogguardò il poeta, che aveva l'aspetto di un folle, si sciolse dalla presa e gli tirò un inaspettato ceffone.

«T'ha preso qualche dimonio lascivo? Che ti credi, che l'uovo ti fa diventare san Paolo, che scrivi le lettere a lo munno?»

«Non san Paolo» protestò Teofanès tenendosi la guancia, il monaco era di mano pesante. «... non sant'Agostino, ma Ovidio! Lucano! Virgilio! Omero!» delirò inciampando nel pietrame. «Voglio raccontare la verità come nessuno prima!»

«Sèèè» fischiò Nilo con l'abilità di un pecoraio. «La verità! Sulo Dio ave la verità! Lo munno è sogno, lo sogno che ognuno sogna...»

«E io voglio far sognare tutti, capisci? Voglio che le mie storie viaggino per tutti i regni e per tutti i secoli dei secoli...»

«Ammèn!» rise Nilo. «Tu te sì vevuto lo cervello, frato mio! 'O vero credi che l'arte sta in un ovo? Quella ce la dà Dio ma tu la devi studia', se no, senza fatica, tu non fai manco nu cestino! Fidate, te lo dice uno che dipigne da cinquant'anni!»

Teofanès si tormentò la veste che i rami e i rovi continuavano a strappargli: «È tutta la vita che scrivo, è tutta la vita che leggo...».

«E si vede ca nun sei bono, bizantì. Datti requie... Pure a capi' che simmo incapaci ce vò la grazia de Nostro Signore... Se insisti, sì vanitoso...»

«Dici che non ho fede?»

«Eehhh, guagliò, la fede è na buona cosa. Protegge li vecchi, li criaturi, i deboli, i malati, 'e scartellati... Ma nun sarrà poi ca pe' esse boni fedeli amma resta' tutt' 'a vita vecchi, criaturi, scartellati? Nun sarrà ca in attesa della vera vita doppo la morte noi ce perdimmo 'o dono di questa vita qua? Vedi a Saturna: lo marito suo la teneva pe' asino a fa' gira' la mola, l'accireva 'e mazzate. I frati di Siponto tutt' 'e matine la interrogavano: "Credi in Dio?". E Saturna sai che risponneva? "Ma se non m'ho potuto fidare di uno che vedo tutti i giorni, come me fido di uno che non vedo mai?" E quelli la corcavano di mazzate peggio del marito...»

Poi, voltandosi repentinamente a guardare Teofanès in faccia, aveva aggiunto: «Tu vuoi andartene, è vero? Però ti cachi sotto... Aspetti di trovare nu carruociolo, nu ciuccio, nu sordato napolitano... E invece sulo vecchi attisicati, vacche squartate... Saturna!».

E scoppiò a ridere. Teofanès avvampò. Nilo, senza smettere di ridere, gli girò intorno pizzicandogli la veste.

«'O poeta, 'o poeta!!! Stu strùmmolo!»

Lungo tutto il tragitto che portava alla chiesa, la beffa continuò, sicché Teofanès era alla fine di umore fosco e vergognoso. Umiliatissimo, si ritirò. Sì, doveva andar via da lì e tornare a casa da sua madre, ma a piedi non ce l'avrebbe mai fatta.

L'acqua viaggia. Che voleva dire? Questo pensiero luccicava ogni tanto nel suo cuore inquieto. L'acqua viaggia. Cosa c'era nei barili? Come poteva un po' d'acqua scura viaggiare?

Da quando c'era stata l'incursione di Gorg, Nilo presidiava giorno e notte la stanza dell'incubatio. Quando era fuori, chiudeva la botola con un arzigogolato lucchetto. Però, proprio quel pomeriggio, improvvisa si addensò una tempesta, come talvolta accade in montagna. Venne buio e i corpi si fecero fiacchi. Persino Nilo si assopì. Ammucchiati per stare caldi, Morfisa ed Eughènio sonnecchiavano, Gorg russava accasciato nel camino. Teofanès penetrò in silenzio la tenda, si affacciò sui barili, tolse i coperchi, scrutò nell'oscurità.

L'acqua viaggia. Da dove a dove?

L'acqua poteva riportarlo a casa?

La carpa sembrava svanita. Possibile mai che non fosse più lì? Era morta? No, in quel caso l'avrebbero mangiata. Tese una mano e con un dito agitò il liquido. Al tatto era denso come olio, eppure trasparente come l'acqua: ritirò la mano disgustato. Ed ecco, all'improvviso, generata dal fondo più lontano di una delle botti, comparire la carpa. Il pesce fissò Teofanès in modo umano, quasi riconoscesse il visitatore. Teofanès formulò un pensiero silenzioso: potessi portarmi lontano da qui, potessi farmi vedere Costantino. La carpa bighellonò nel barile, sparì in quello vicino, ritornò. Quindi, aprì la bocca e generò una bolla cristallina. Era una comune bolla d'aria, ma Teofanès si sporse a guardare meglio.

Erano gli occhi di un cane quelli che vedeva. Il levriero afgano fissava cupido un piatto di dolci spolverati di manna e lucidi di miele. L'aroma di rosa e il sentore dei baklava lo riportò a Costantinopoli: era davvero tornato a casa? Si guardò intorno: non era più nella stanza buia scavata nella roccia ma era circondato da libri e da pareti foderate di legno. Da una finestra si vedeva cadere la pioggia, sotto la pioggia era il mare bordato di pini, e nel mare una nave conosciuta: il dromone Calipso. Napoli. Una mano inanellata si allungò a carezzare il cane. La voce venne dal lato opposto: «Se voi dite che dobbiamo considerarlo morto e unirci alle navi nelle Calabrie io capisco, ma...».

«Non lo dico io, è un ordine di Leone Opo.»

Teofanès si voltò a guardare l'uomo che aveva parlato per primo: quello era il viso crucciato di Artemio Coniata. Il cane raspò il pavimento, nervoso.

«Il generale mi manda con comando diretto da Bari» aggiunse la seconda voce, che era cupa, cavernosa, con rari scatti acuti al termine delle frasi: Teofanès vide un volto abbronzato e rugoso, labbra sottili, occhi inutilmente dolci sopra un naso adunco. Un funzionario dell'Impero, senza dubbio.

«Matacena, io vi credo e però resto dell'idea che almeno un tentativo di recupero del nostro rappresentante imperiale vada fatto...»

Coniata era accorato. Teofanès provò l'impulso di baciarlo: era di lui che stava parlando! Si mosse per abbracciarlo ma era evidente che nessuno nella stanza lo vedeva o lo udiva. Matacena carezzò il levriero e gli lanciò un dolce alla rosa. Il cane lo divorò.

«Tentare, voi dite, ma avete già tentato. Teofanès Arghìli è stato rapito dai Saraceni, la sua nave è stata affondata dagli Amalfitani. Certo, due navi sono scampate e su di esse era il Quaid, ma non credete che se fosse a Siracusa o a Palermo ne avremmo già avuto notizia? Sarebbe merce per uno scambio diplomatico, e così anche la figlia del Duca. Lo stesso sarebbe se ad averli fossero gli Amalfitani, poiché abbiamo in ostaggio il loro Duca presso la Grande Città. Però, sono trascorse settimane, ormai, e nessuno si è fatto vivo, né con Napoli, né con l'Impero...»

Il cane tornò a chiedere dolci, Teofanès si tormentò le mani. Nello stesso istante il levriero con una zaffata entusiasta sollevò la polvere bianca di manna dai dolcetti e Coniata si alzò a passeggiare, teso, per la stanza. Teofanès ascoltò il pavimento di legno croccare sotto il suo peso. Lo strategòs si voltò a fronteggiare Matacena: «Altre due settimane. Solo due e poi partirò».

«Il fronte di guerra può aprirsi da un momento all'altro...»

«È inverno. Non si battaglia in mare in questa stagione. La diplomazia imperiale allestirà certo qualche ricco intrattenimento...»

E proprio quando Teofanès attendeva una risposta, la bolla svanì. Era di nuovo nella stanza dei sogni e oltre la tenda tutti russavano. Si sporse a controllare che Nilo fosse ancora assopito: si teneva la pancia e fischiava col naso.

Tornò ansioso alle botti. La carpa era ancora lì.

«Cosa devo dirti per...» sussurrò. «Una formula magica? Dài, pesce, fammi vedere ancora...»

E la carpa gonfiò una seconda bolla.

Adesso, era in un campo paludoso. Aveva i piedi in mezzo metro d'acqua fangosa e nel fondo gli parve di vedere la carpa sorridergli. Davanti aveva le mura di Napoli osservate da una prospettiva che gli risultava inedita: le guardie facevano avanti e indietro lungo i camminamenti, chissà se lì era anche Ausilio Attore. Uno schizzo fetido lo riportò alla palude: una lettiga rivestita di sete colorate campeggiava accanto a lui, sorretta dalle spalle di quattro forzuti in mezzo a quella desolata landa.

«Se tu vuoi il nostro appoggio, protospatario, devi pagare non bene, benissimo! E comunque nessuna cifra ci convincerà a mettere in vendita il Ducato!»

Riconobbe la voce indignata: era il ricamatore conosciuto allo stadio e incontrato alla grotta. Com'era il nome? Ah, sì: Teotista Pascale. Lo vide e accanto a lui erano anche Marino Pittulo e i due ebrei egiziani, Achimelek ed Ezechiel. E altri ancora, dietro di loro. Se ne stavano tutti a braccia conserte, le gambe nude nella fanga e, per quanto fossero più in basso della lettiga, fronteggiavano minacciosi l'uomo che dalle sete si affacciava: di nuovo, il protospatario Matacena.

Subito Teofanès si chiese se vedeva qualcosa che era accaduto prima o che accadeva dopo la scena precedente: s'affrettò a calcolare l'ora in base al sole. Prima aveva visto piovere e ora c'era il sole, le nuvole correvano spazzate via verso le montagne, eppure questo non era indicativo, il tempo mutava rapido sul Ducato. Era freddo, di certo era inverno, ma nessuno degli uomini a gambe nude sembrava soffrirne. Cos'erano quelle paludi? Teofanès si guardò intorno e vide altri uomini chini, al lavoro. Un miasma continuo saliva dalle acque. Questi erano i campi da cui veniva l'oro napoletano: il lino. Era nei lavatoi fuori le mura.

«Vi garantisco che la vostra lucrosa attività non ne avrà a soffrire» stava dicendo mellifluo Matacena. Una rana saltò schizzandolo.

«I lini che produciamo sono i migliori del Mediterraneo e non ci servono né il vescovo di Roma, né i Longobardi, né i Normanni e tanto meno i Bizantini per produrli: il Ducato è ricco grazie a noi. E soprattutto il vescovo di Roma non ci serve: gli Ebrei alla Chiesa romana non piacciono... Siamo abituati a convivere tranquilli con i Greci di Napoli, siamo un solo e antico popolo, che garanzie ci date, voi?»

Teofanès si premette le mani sulle tempie: il protospatario del generale Opo corrompeva gli Ebrei per conto di Roma? Cosa diavolo stesse capitando non fece in tempo a saperlo, poiché di nuovo la bolla si dissolse.

Restò nella stanza buia, gli occhi sgranati, le mani nei capelli.

Poi, la carpa fece un salto: disegnò un arco nell'aria da un barile all'altro e l'acqua scura schizzò sul viso di Teofanès che corse a vedere, come il gatto alla fontana. Ora, una terza bolla si stava gonfiando dalle labbra carnose del pesce.

Due giganteschi, rosei seni si affacciavano da un busto ricamato in oro e corallo, sollevati dalle palme arrossate della loro proprietaria.

«Me piace chist'ommo!» disse una voce che proveniva direttamente dalla fessura lattea. «Me piacìte, Matacé!»

La bolla si allargò e Teofanès precipitò dentro un abbaino fitto di tende e cuscini, su uno dei quali ronfava un gigantesco gatto rosso. I seni, il busto e le mani formarono la figura di una donna che non aveva mai visto prima: poteva avere l'età di Maria Merenda e, per qualche ragione che all'inizio non individuò, lo faceva pensare proprio alla mercantessa. Nera di occhi, ciglia e capelli, schiocche rosse sulle guance, labbra spesse e sporgenti, un'ombra di baffo che certo non dispiaceva a maschi più maschi di Teofanès, se ne stava semidistesa sulle ginocchia del solito e ormai ricorrente protospatario del generale barese Opo.

«Filé, sì na perzeca pizzuta!» insisté la lubrica.

Teofanès si interrogava sul senso della frase osservando la faccia lucida e obliqua del bizantino, le vesti scomposte ma non nudo, come aveva temuto di trovarlo. Una grossa pancia galleggiava sotto la veste, la mano inanellata inforcava il tubo argenteo di un narghilè di stile saraceno. Una nube azzurrina di fumo avvolse la visione.

«Mia cara Amalia» disse Fileno Matacena, «se tu mi garantisci l'accordo fra la tua famiglia e le altre del Ducato, ti garantisco che delle sorelle isauriche non sentirai mai più parlare...»

«I Capece sono io» sorrise Amalia infilando la mano sotto la pancia di Matacena. «E pure i Pappansogna, i Farricelli, gli Asinari...»

Disgustato, Teofanès distolse lo sguardo: chi gli aveva parlato di quest'Amalia Capece? Ah, sì! Sossio, il servo di Blactu: "... Neanche due generazioni fa il nonno di Amalia Capece era il nostro mugnaio", così aveva detto.

«Drengot e Gisulfo mi obbediscono, Giovanni è appena

una pedina: se le famiglie si accordano, il gioco è fatto» soggiunse Matacena, non troppo coinvolto dalle manovre insistenti della mano di Amalia.

«E 'o prevete?» chiese la Capece.

«Oderisio è la mano del vescovo di Roma...», e qui la parola "mano" ebbe un qualche effetto perché Matacena smise di parlare. Amalia invece insisteva: «Le voglio vedere morte a quelle...».

Matacena esalò un lamento.

«Te piace, eh?» chiese Amalia.

«Che fai qua dentro?!»

Due dita forti come una tenaglia lo tiravano per l'orecchio che da bambino gli faceva sanguinare la serva Efisia: gridando di dolore e di preoccupazione, Teofanès emerse dalla visione mentre anche la terza bolla si dissolveva.

«Pericolo...» riuscì a dire rivolto a Nilo monaco che, scuotendolo, lo fissava con il cipiglio rovente di Minosse.

11

La punizione che stava per cadere a suon di bastonate su Teofanès fu interrotta da un chiasso simultaneo che veniva dal cortile davanti la chiesa.

«Nilooo? Staie ccà? Niloooo, jesce a fora! Jamme belle, ca tu nun ce cacce, è 'o vero?»

Tutto un battere di tamburelli, un tintinnare di campanelli e bracciali, uno spernacchiare di trombe e trombette, trascinò all'aperto l'intera compagnia, perfino Eughènio, che portava in braccio Morfisa.

Un asino bardato di fusciacche gialle e rosse, tintinnanti corni di metallo ai fianchi, conduceva sul dorso una brunita forma bistrata e truccata, fiorita e velata. Teofanès lo riconobbe subito: era l'uomo coronato di rose che ballava nella grotta napoletana battendo le nacchere e ancheggiando. Il femminiello alzò il velo che gli copriva il faccione e apostrofò Nilo: «Uè, spurtigliò, 'o vuo' arapi' 'stu catojo? Nuie a te stammo aspettanno...».

«Cosa dice?» s'informò Teofanès, che Nilo continuava a tenere per l'orecchio.

«Mi dà del pipistrello» rispose il monaco e poi, rivolto all'uomo sull'asino: «Eufè, che vaje cercanno? State in anticipo, avite veni' p' 'a Candelora...».

Eufemio, o Eufemia, sghignazzò: «Uh, pe' santa Patrizia!

S'è scimunito 'o monaco! 'E perzo 'o cunto, spurtigliò? Dimane è Candelora!», e sbattè tutti i campanelli e i cornicielli.

«Addò? Manc' è Natale!» allargò le braccia Nilo, lasciando finalmente andare Teofanès. Poi, colto da un'idea aberrante, si prese le tempie con le mani e si rivolse al poeta: «Ma ch' 'e fatto? Hai guardato nell'acqua?».

Teofanès, tramortito, annuì, squittendo un: «Sì...».

Nilo lo afferrò per la veste: «E quante volte, disgraziato?».

«Tre... tre volte... Volevo vedere... Costantino... e invece...»

Nilo s'immerse in un rapido calcolo usando come pallottoliere il naso e le dita: «Tre volte... la luna... il sole... È stato isso! Tu sì stato, bizzantì! Siamo avanzati di due mesi!».

Dietro l'asino bardato, intanto, una folla di pellegrini identica a Eufemia avanzò: «Eufè, Eufè, santa femmena, ma quant'avimma aspetta'? S'accumencia o nun s'accumencia? Ce facimme 'e gravune...» gridavano.

«Putimme accumencia', spurtigliò? Chesti bizzoche s'arrevuotano...» chiese preoccupato il femminiello e solo allora, sporgendosi dal ciuccio, vide Morfisa fra le braccia di Eughènio.

«Uh, guardate, guardate!!! 'A Marunnella sta ccà! E che ce fa 'a Teotokòs ccà 'ncopp'?!»

Molti si avvicinarono commentando: «'A credèvemo morta!».

«Ma che vaje dicenno? Mica 'a Maronna po' schiatta'!»

«No, guardate! 'A Maronna è prena! È prena!»

A queste grida Nilo sgranò gli occhi: Eughènio faceva scudo con il suo corpo a Morfisa, ma il monaco corse ad aprirle il mantello. Era incinta. Davvero il tempo a causa di Teofanès non era trascorso invano! Nilo afferrò per la camicia il suo allievo.

«Mo' lo scotolea...» bisbigliò uno dei vergini.

«Cos'hai fatto?!» gridava Nilo.

«Niente... io... solo baci... quando mai... solo in sogno...»

E si voltò a guardare Morfisa, che si carezzava la pancia.

Ma il ceffone che stava per assestargli fu bloccato da Eufemia in persona.

«Spurtigliò, lassalo sta': chisto è nu segno! Ancora cchiù bella è a Cannelora, nun ce sta solo 'a Maronna pittata, ma pure 'a Maronna frisca! E pure prena, 'sta bella mamma!»

Il coro cominciò a ripetere: «'A Maronna frisca, 'a Maronna frisca! Essa propetamente, zizze e ossa!».

E il popolo dei femminielli si mise a cantare, a ballare e pregare: «Maronna Bella, fance sgrava' pure a nuie!» facendo risuonare tutta la montagna.

A turno accorrevano da Morfisa per toccarle la pancia.

«Io so' Anselma, 'e journo so' mascula e 'a notte so' femmena! Benedìceme, Maronna Frisca!» gridò la prima.

«Io so' Gennara, facetto 'o voto e me 'nsura' si addiventavo femmena cumm' a mamma mia! Maronna Frisca, famme 'a grazia!» si segnava una seconda.

«Luvàteve a 'nanze, io so' Maria, me vuleva fa monaca ma...» gridò una terza subito interrotta da una quarta: «... Ma nce piace troppo 'o fatto! Nunn' 'a dà retta, Maronna, ca chesta è nu caso disperato!».

E si sgomitavano le une con le altre, mentre dal fondo salivano i canti e le grida. Quando videro Gorg, poi, ci fu un vero caos.

«Guarda 'a chiste quant'è tuosto! Tuocc', tuo', è tutta carna bbona!»

Gorg, interdetto, si lasciava toccare, l'occhio feroce che ruotava dall'una all'altra. Morfisa invece rideva e batteva le mani: «Ci hanno trovato!» diceva ed Eughènio si prestava a portarla in giro facendo attenzione che nessuno le facesse male, perché le pellegrine le tiravano pezzi di veste e quasi l'avrebbero spogliata. Poi, però, iniziò il fenomeno opposto: tutte la rivestivano togliendosi di dosso collane e anelli, mettendole sulla testa fiori e buttandole in seno monete.

Scendeva ormai la notte e la processione aveva acceso candele e cantava: «Cannelora, Cannelora, fòra 'o vecchio e dint' 'o nuovo, fòra 'o mmale 'a dint' 'e case, vase 'e mmane a l'anno ca trase... Magnammo, e po' bevimmo, fin a che nce sta uoglio a la lucerna, chissà si a l'auto munno nce vedimmo...».

Nilo, intanto, rassegnato, era andato a preparare la chiesa per la funzione, non senza aver lanciato uno sguardo protervo a Teofanès, come a dire: dopo facciamo i conti.

Il bizantino davvero non si raccapezzava: due mesi avanti?

Le pellegrine lo travolsero, qualcuna lo palpeggiò.

Il ricordo di Costantino lo straziò ma questa volta, a differenza che nella cripta napoletana, un po' per confusione, un po' per disperazione, Teofanès si lasciò fare e fu la Candelora più bella della sua vita.

12

Per tutta la notte Morfisa sognò i sogni dei vergini ammucchiati nella stanza dell'incubatio.

Li conosceva per nome ormai: Eustachio, Anselmo, Gennaro, Patrizio, Nicola, Teodoro, Michele, Veladio, Egidio...

Ogni sogno, una preghiera: «Vulesse muri', mammà, vulesse sta cu' vuie... Santa Patrì, diciancello a chillu bell'ommo ca 'o voglio bbene... Nun me vattite, papà!».

Le voci dei vergini si erano mescolate a quella della creatura che portava dentro. Non sapeva se fosse maschio o femmina, per ora era solo un pesciolino azzurro. Lo vedeva nuotare intorno a un'isola verde e disabitata: arrivava il maltempo e il mare si alzava sulla baia, copriva le colline. Quindi, usciva il sole e l'acqua alta stagnava in piscine. Estate, sì, avrebbe partorito in estate.

In questa luce serena del sogno, mentre le api ronzavano, su una lunga striscia di sabbia bianca vide Crisorroé. Bella, vestita di lino, incinta, aveva alzato la mano indicandole con l'altra l'anello, l'aquila smaltata.

Si svegliò di soprassalto.

Eughènio dormiva ancora, la stanza era satura di odori corporali. In fondo, la tenda tirata rivelava una luce di perla.

Facendo leva sulle braccia, puntando i gomiti negli addomi dei vergini che esalavano lamenti, traversò un mare di membra, provocando improvvise fuoriuscite di gas intestinali. Arrivata ai barili, scalò due vergini assopiti e si affacciò: l'acqua, al momento, mostrava la superficie di uno stagno estivo, dorato di sole. La carpa, vezzosa, comparve, l'occhio grande, i baffi.

«Se metto i piedi nel tuo stagno» chiese Morfisa, «me li ridarai interi?»

La carpa rise, come ridono i pesci, sparando minuscole bolle iridescenti nel buio. Morfisa stese le gambe e affondò i moncherini nell'acqua. Né fredda né calda, era densa, la tirava in basso.

«No, non voglio viaggiare» disse alla carpa. «Vorrei solo sapere.»

La carpa allora le morse il polpaccio e ne spuntò una minuscola goccia del colore che gli orafi chiamano "sangue di piccione". Nella goccia perfetta del sangue di Morfisa apparve la visione.

Altre acque, le vasche termali di Tritoli, a Baia.

Una vecchia cadente dai seni penduli fino alle ginocchia, i capelli bianchi e lunghi, teneva in braccio un neonato.

Morfisa riconobbe Euplea, la Custode delle Acque.

Accanto a lei, la veste a fiori, ecco Crisorroé. E dietro di lei, Basilissa, velata di nero. Sua sorella si mordeva un labbro, pallidissima: grandi calamari neri le disegnavano gli occhi.

«Te lo consegno» disse Euplea all'Acqua.

Il bambino agitava le braccia e piangeva, minuscolo Mosè.

«Un momento!» gridò Crisorroé. Si sfilò l'anello a forma d'aquila, ci passò dentro un nastro, lo legò alla pancia del neonato. «E ora procedi...» disse a parole, ma, piangendo, cercava di riprenderselo.

«Non puoi tenerlo» la trattenne Basilissa. «È nato da Giovanni.»

«È mio figlio...» si lamentava Crisorroé.

Morfisa vide i liquidi occhi marini di Euplea aprirsi, ciechi.

Il rituale iniziò. L'acqua calda accolse il bambino che allargò la bocca e le dita delle mani mentre scendeva nell'oscurità.

Tornò dalla visione urlando.

Subito le fu accanto Eughènio, che si era svegliato e, non trovandola, era passato anche lui, piedi e gomiti, sui vergini ronfanti.

«Che hai, che hai?!» urlò a sua volta, scuotendola.

Qualcuno protestò.

«Ti ho visto morire!» disse lei.

«Ma se sono vivo...» rise il suo giovane amante.

«Ho visto quando sei entrato nell'acqua... Prima che Nilo ti trovasse... Ti ha trovato vent'anni prima di quando sei nato... Tu sei il figlio di mia sorella.»

Eughènio la fissò, le sopracciglia alzate. Scosse il capo: «Hai bevuto ieri sera e sei incinta, ti porto all'aperto».

Amorevole, la prese in braccio e scavalcò risvegliati e assopiti, s'arrampicò su per la scala, traversò la chiesa, i piedi nudi sul pavimento di marmo, e la depose sul prato, al sole.

Si era unita a suo nipote, il figlio che aspettava l'aveva avuto in sogno dal figlio di sua sorella. Morfisa si tenne le guance con le mani. Sulla forra blu del monte volavano i falchi, compiendo cerchi in attesa della preda.

La felicità è un dettaglio, ti distrai e la perdi, pensò afflitta.

13

«Nu successone, è 'o vero?» mormorò a fior di labbra Eufemia facendo l'occhiolino a Teofanès, muto per la vergogna e rosso fino alla punta dei capelli: i femminielli, all'alba, si erano sparsi nei campi dopo aver dormito nella stanza dei sogni e ora vagavano ebbri sotto l'azzurro cielo della montagna. Ogni volta che passavano davanti alla porta spalancata della chiesa si affacciavano, ridacchiando, ora con una scusa, ora con un'altra, a salutare il poeta con un frullare veloce di dita. Aveva perduto la sua non più fresca verginità numerose volte durante l'orgia notturna, non ricordava bene né con quanti, né con chi.

«'Sta storia adda ferni': 'e Normanne so' trasute 'e sicco e se stanno mettenno 'e chiatto!» concionava, nel frattempo, Nilo monaco. Di fronte a lui, sotto l'iconostasi, erano seduti anche Morfisa ed Eughènio. Avevano tutti ascoltato il racconto delle tre visioni avute da Teofanès. «Non si può più rimandare, dobbiamo andare mo' mo' a Napoli!»

«'A strada è longa e perigliosa. 'A Marunnella c' 'a po' fa'?» obiettò Eufemia lanciando uno sguardo alla pancia di Morfisa, sorridendole e facendosi il segno della croce alla greca.

Nilo tagliò corto: «Si doie Sibille anziane so' morte e la Maronnella sta qui, l'urtemo libro è in pericolo, la città cade da nu momento all'autro...».

«Ma come possiamo salvare un Ducato intero noi da soli? Come riprendiamo la città?!» protestò pavido Teofanès, che da un lato non vedeva l'ora di tornare a Napoli e riprendere la via di Costantinopoli, dall'altro non desiderava essere coinvolto in violenze, ma voleva a tutti i costi restare accanto a Morfisa e all'uovo per le ormai note ragioni.

«'A Maronna c'accumpagna! Napule è nuosta, nun'è né d' 'o papa, né d' 'e straniere!» proclamò Eufemia.

Il poeta mugugnò: «All'assalto con un esercito di sante femmine...».

Eufemia si voltò, provocatoria, mettendosi i pugni nei fianchi: «Mo' stu bizantino tene a dicere ncopp' 'e vergini, ma stanotte nce piaceva 'e...».

Nilo tentò di interrompere la lite mentre Teofanès avvampava, ma Eufemia protestò: «Spurtigliò, stai danno ricetto a nu senzadio... Nu senzadio ca però nce piace 'o...».

Teofanès s'incurvò di vergogna.

«Su, su, è solo nu poco cacasotto» ricusò il monaco. E poi, rivolto al poeta: «La bella Marunnella è una santa antica, anche se è piccerella. Tu capisci, bizzantì, che se togli alla città tutte le sue protezioni quella poi se ne cade? E io tengo una responsabilità. Non ci stanno anche i tuoi soldati imperiali nel porto?».

«Non so...» rifletté Teofanès.

Lo sperava, ovviamente, ma la carpa gli aveva mostrato la richiesta di Artemio Coniata di restare altre due settimane, non due mesi.

E se la Calipso fosse ormai tornata indietro? I vergini, però, dovevano saperlo.

«La mia nave, il dromone, e il suo navarca sono ancora in porto?» chiese speranzoso a Eufemia.

«Chillu bellu strategòs... Ha fatto storie e nun se n'è gghiuto. S'è 'nnamurato della cognata tosta...»

«Chi, Blactu?» sgranò gli occhi Teofanès, immaginando a fatica l'austero generale fra le braccia della terribile Isaurica.

A Eufemia venne un'idea: «Si v'accunciate comme a nuie, v'accumpagnammo!».

Eughènio si voltò a guardare prima il vergine e poi Nilo monaco.

«Noi... vestirci da donna?»

Morfisa ridacchiò. Teofanès si coprì il volto con le mani: come sarebbe stata orgogliosa sua madre Irene vedendolo alla fine vestito come la sua desiderata figlia femmina, Teofànu.

«E allora è addeciso: partimmo domani a matina» stabilì Nilo battendosi le mani sulle cosce e alzandosi. «Faremo come dice Eufemia.» Il vergine applaudì felice.

«E Gorg? Lui ci voleva consegnare al Duca di Benevento...» chiese, ansioso, Teofanès spiando il prato fuori dalla chiesa.

«Quanno maie... Chille, mo' è 'o fidanzato, mio...» fece Eufemia sventolandosi vezzoso con una mano. E indicò l'esterno della chiesa illuminato dal primo sole dove un Gorg ancora molto ubriaco e velato di rosa si esibiva in canzonette nella sua ostica lingua.

Mentre la riunione si scioglieva, Teofanès si volse a guardare Morfisa: aveva poco tempo per imparare l'arte delle storie e durante il viaggio non ne avrebbe avuto modo. Stava per rivolgerle la parola quando la vide nascondere la testa nel collo di Eughènio, che la teneva stretta fra le braccia. Era infelicità quella che aveva visto brillare negli occhi lucenti come mezzelune? Teofanès non ebbe il tempo di interrogarsi perché i preparativi incalzarono e l'alba era appena sorta quando la processione della Candelora si avviò diretta a Napoli, ilare e rumorosa.

Su un carro Nilo aveva caricato, con Morfisa ed Eughènio, i due barili dell'acqua che viaggia, opportunamente sigillati.

Il sorriso di Morfisa, mentre Eughènio salutava l'unica casa che aveva conosciuto nella sua vita, era, per la prima volta da quando Teofanès la conosceva, quello di una donna. Certo, la gravidanza: in fondo, cosa ne sapeva Teofanès di donne incinte, anzi, messe incinte in sogno e dunque ancora vergini come spergiurava Eughènio?

A guardia della chiesa e dei suoi strambi tesori rimase Saturna, che salutava dalla soglia, mentre Gorg dava il segnale di partenza, in mano la cavezza del ciuccio di Eufemia, che gli mandava baci orgogliosissima: «'O strategòs mio...».

I due mesi saltati a causa di Teofanès rivelarono alla carovana la primavera della campagna irpina: peschi e mandorli erano fioriti per il caldo improvviso, erbe aromatiche profumavano la strada e i primi conigli facevano capolino sul bordo delle vie in quell'aprile anticipato. I contadini, obbedendo a un'antichissima ritualità, inseguivano i femminielli per donare loro cibo e vino, agnelli e capretti, sicché, man mano che avanzava, la processione diventava sempre più lunga e fracassona. Quando avvistarono la piana della Liburia, ormai al confine con il Ducato, Teofanès immaginò d'essere già sul dromone Calipso e far vela per Bisanzio: presto avrebbe rivisto il suo Costantino, l'avrebbe convinto a non farsi monaco e a tornare suo amante. Pazienza per il mal di mare, i mostri marini, gli Arabi: l'importante era tornare a casa. E in qualche modo, ne era certo, lo avrebbe fatto con l'uovo, che lo avrebbe reso il poeta più famoso della sua epoca.

Intanto, la compagnia beveva e cantava, canti di chiesa e inni pagani frammischiati, e un gran sbattere di nacchere, tamburelli e campanelle sollevava sciami d'insetti, metteva in fuga lucertole e uccelli dai rami, rialzava schiene dai campi. Mai la vita era parsa a Teofanès più felice: gli sembrava d'essere sul carro di Tespi e antiche, proibite letture lo facevano dire: «"Nascere! Suprema sventura! Quel fiore che ti porge la fugace ora cogli sollecito e godi, perché questa è la sola felicità che ti conceda il fato!"».

«'E sentuto? Stu ciore, bellu mio, sta sempre ccà!» ridevano, sguaiati, i vergini.

«"Beato chi nel silenzio dei boschi agita i sacri balli"» rispondeva esaltato il poeta, agitando un ramo secco come fosse il tirso di Dioniso, «"... e con purificata anima celebra le orge della Gran Madre! Beato chi, giunto a tranquillo porto, più non teme le umane sventure e guarda sicuro le tempeste del fortunoso mare!"»

Al che, due o tre di quelli con i quali Teofanès doveva, immemore, essersi congiunto carnalmente sghignazzarono: «Poè, comme nce fermammo, 'e subbeto celebrammo!».

Verso sera, Eufemia ordinò che la processione si arrestasse su un poggio: «Siamo a Sant'Angelo in Formis!» annunciò.

Antiche mansioni romane si erano mutate in masserie intorno ai "formali", ovvero ai pozzi, da sempre abbondanti in quel tratto di bosco. Le pale di un mulino solcavano lente l'aria.

Una giovane con tre figli in braccio e due alle gonne, accompagnata da una torma di porcellini, corse incontro ai pellegrini.

«So' tornati, so' tornati! Ecco li figli de Virgilio!»

Si accamparono su una terrazza dove crescevano cipressi e ulivi fra le cui radici erano sontuose colonne abbattute, capitelli capovolti, leoni accucciati su infranti mosaici: si vedevano da lì boschi e acque, masserie e coltivi, paludi e monti a perdita d'occhio. I Campi Leborini. Teofanès si sentì come la statua di Costantino che contemplava il Corno d'Oro.

«Cosa sorgeva qui?» chiese.

«Nu tempio antico. Accuorto 'a Bella Artemide, poè, ca chella, 'e notte, caccia!»

Con un brivido Teofanès si voltò verso Eufemia, che già si era allontanata per organizzare tende e fuochi, e spiò i boschi che prima gli erano parsi di bellezza arcadica e ora gli parevano oscuri e arcani: certo, anche qui, non solo sui monti della Grecia, come si raccontava nella Grande Città, abitavano gli Esclusi, gli dèi dimenticati. In fondo, Morfisa gli sembrava una di loro, un curioso incrocio fra i vendicativi signori dei pagani e la Madre di Dio. Ma i pensieri d'infantile paura, la sensazione d'essere ormai preda di forze che erano al di fuori di ogni controllo, si disciolsero con la notte, quando si riprese a bere e a mangiare, e Teofanès mangiò e bevve assai più del necessario.

Dopo cena, i vergini si dispersero nel bosco per celebrare i piaceri della carne. Lanterna alla mano, Teofanès, ubriaco, si addentrò a cercare compagnia. Fece lume su un vecchio mosaico da cui cantavano ragazzini, le bocche per sempre aperte. Ridacchiò. Un esercito di lucciole gli fece il solletico. Canticchiò.

Mentre le fronde s'infittivano, cresceva l'ansimare degli amanti. «Dove siete, eh?» gridò. «Vi siete nascosti... Dov'è la Bella dei boschi?» Un tronco, che si divideva in tre alberi, gli sbarrò il cammino.

«Uuuuh, un trivio! Mi ci seggo sotto: se siete vicini, vi aspetto, o vergini!» avvisò. Ma nessuno rispondeva e anche le voci degli amplessi si erano spente nella verzura fitta e nera.

Finalmente, qualcosa frusciò nel buio.

«Eustachio? Chi c'è lì? Gennaro o Patrizio? Fiorelliniiii...»

Dalla penombra emerse un ringhiante molosso. Teofanès tacque di colpo e si strinse alla lanterna.

Il cane lo fissava, piantato con le zampe ungulate nel terreno.

«Veladio... Egidio... Non c'è nessuno...?» bisbigliò, la voce incrinata.

Una civetta stridendo gli passò fra i capelli.

«Povero me!» squittì.

Una fanciulla, armata di arco e faretra, mise una mano sulla testa del molosso. La lanterna illuminò i piedi dell'apparizione, calzati d'oro come quelli di Morfisa quando si mutava nella bionda atleta. È lei, pensò. Sta sognando.

«Morfisa, svegliati!» implorò.

Per tutta risposta, la fanciulla armò l'arco contro di lui.

«No, no!» gridò Teofanès, coprendosi il volto con le braccia.

Nel trivio irruppe un cinghiale.

Il molosso ululò e subito altri cani apparvero dal folto pronti ad attaccare. Si scatenò la caccia: il cinghiale caricava e infilzava con le lunghe zanne, i cani lo assaltavano e strappavano a brani lunghi peli neri, la cacciatrice lanciava frecce che spesso coglievano i suoi stessi cani o si perdevano fischiando nel nero della notte.

Teofanès, rannicchiato nell'abbraccio di una radice, assisteva dimenticato dagli uni e dagli altri, incredulo.

«Morfisa!» chiamò ancora, sperando di distogliere la cacciatrice dal cinghiale. D'improvviso tutti gli animali si fermarono e gli parve d'aver pronunziato chissà quale parola magica.

Un rombo cresceva dal folto del bosco, concreto, martellante, pericoloso. Poi, a ondate, gli alberi spillarono cavalli e cavalieri lanciati al galoppo.

Alte grida si alzarono dal campo alle spalle di Teofanès: in un amen tutto bruciava, anche il mulino era in fiamme e le donne chiamavano aiuto.

«Santi Medici!» implorò il poeta, rivolto all'albero che lo custodiva.

Un cavaliere lo afferrò al volo per la cintola. Si ritrovò a correre nella scomoda posizione che Gorg gli aveva reso familiare: intravide gli armati afferrare Nilo, Eughènio e Morfisa, altri legare Eufemia e Gorg, che si batteva come un titano, menando mazzate e abbattendo più d'un aggressore.

«A Berolassi!» gridò qualcuno.

E intanto le donne piangevano e l'odore delle fiamme riempiva il bosco. La processione, fatta prigioniera, si lamentava, caricata su carri e cavalli. Quindi, il drappello si gettò nel bosco di dove era venuto e, forse per il gran scuotimento, forse perché era già svenuto e sognava, a Teofanès parve di vedere la giovane arciera coi molossi accanto a una fontana, impotente, giacché il suo tempo, il tempo degli dèi, era per sempre passato.

14

Un giaguaro e un leone rincorrevano un'antilope.

Dalla bocca dell'antilope sbucava la testa della dea Giunone. Teofanès fissò confuso il corrimano scolpito.

Era all'aperto, era giorno, l'aria fumava d'olio cotto, le grida di un mercato rimbombavano per ogni dove.

Una cavea enorme e diroccata, alte porte e vasti vomitori che ingoiavano carovane di viandanti, come un tempo avevano ingoiato il pubblico dei gladiatori, era ricoperta di edere, ortiche e muffe: fra i fuochi accesi nella platea, Teofanès riconobbe i compagni di viaggio in catene.

Legato egli stesso, invano tentò di slacciare i polsi.

«Tomola tre, rotola venti...»

La voce che veniva dal seggio adornato del bel corrimano era monotona e precisa. Un curvo burocrate stava annotando la massa umana e animale che si amministrava in quel foro. Al posto del palco imperiale, sotto cui non correvano più né orsi né tigri, sorgeva una chiesa modesta, che scampanava incessante.

«Ma dove siamo?» chiese Teofanès.

«A Berolassi» rispose senza alcuna intonazione il burocrate. Teofanès levò lo sguardo: l'uomo, curvo sui suoi rotoli, non gli badava affatto.

«E cosa è Berolassi?»

Il burocrate alzò la testa, con l'aria di chi approfitta del fastidioso volo di una mosca per cambiare posizione.

«Il foro provinciale, un tempo detto Capua Vetere, poi longobardo, oggi normanno.» Quindi, colpito dall'accento del poeta, aggiunse: «Sei greco?».

Teofanès esplose: «Sono il messo delle Auguste Imperatrici di Costantinopoli! Sono stato rapito! Il Duca Giovanni mi attende! Liberami!».

«Come no» fece il burocrate. E tornò ai suoi rotoli.

«Tu» fece una voce sopra la sua testa.

Uno degli armati che la notte li aveva assaltati – ne riconosceva le insegne, adesso, erano le stesse di Drengot – lo afferrò per le braccia. Teofanès, preso come una tazza dal suo manico, lo seguì suo malgrado sottoterra: lunghissime file d'archi, infiniti corridoi disegnavano l'anfiteatro adattato a carcere giudiziario. C'era somiglianza fra quel luogo di detenzione e la Cisterna Basilica della sua infanzia. Gettato in un angolo, vide con sollievo accanto a sé, assai malmenati, Nilo, Morfisa ed Eughènio.

«Come state? E Gorg? Ed Eufemia?»

«Li abbiamo persi di vista» disse Nilo, che faticava a respirare.

«Andiamo, vi aspetta Proculo Cellario!» urlò uno dei soldati.

Tutto testa e niente spalle, lunghi piedi da lepre e dita ossute, il cellario li scrutò infastidito, come fossero pula nel grano.

«E adesso chi mi portate? Un monaco e una storpia! E quest'altro?», e indicò Teofanès. «Siete andati a pesca sui monti? Barbari analfabeti» sbuffò piegandosi sui rotoli.

Teofanès riconobbe il tipo d'uomo cui il cellario doveva appartenere, funzionari convinti d'essere, loro malgrado, il sale della terra, che si credevano re Salomone, conigli con lunghi piedi da preda. Un buon saltatore è sempre utile alla pesa delle anime per truccare la celeste bilancia. Parlava in latino con ostentazione e imprecava sottovoce in greco.

Proculo guardò Morfisa, che se ne stava rincantucciata, le urtò i piedi con un bastone: «La mora mandatela alle cucine. Anche se non può stare in piedi, sbuccerà verdura».

«Cammina e corre!» protestò Eughènio.

Proculo s'incuriosì.

«Con quei piedi deformi?»

Nilo intervenne: «Mio figlio è un ingenuo, signore, spesso sogna a occhi aperti. Ignoratelo, ve ne prego».

«Tuo figlio?» esclamò il cellario. «Ti credevo monaco.»

«Mia moglie è morta dando alla luce il ragazzo. Da allora pratico la castità.»

Ma Proculo ancora soppesava l'età di Nilo e quella di Eughènio: «Il romitaggio ti ha consumato. Forse sua madre era una pastora che hai sorpreso sulle rocce?» sogghignò.

«Oh sì, fratello, fu così. Assalito da un desiderio demoniaco assediai e vinsi una bambina. E questo ragazzo stolto ne è il frutto e la punizione» rispose in fluente latino Nilo.

Teofanès si morse le labbra.

«Che Iddio ti aiuti. E l'eunuco?»

Teofanès protestò: «Sono bizantino, non eunuco!».

Morfisa prese allora, inaspettatamente, la parola, anche lei in latino: «Questo è un mio servo. Io sono la figlia del Quaid di Siracusa e il bizantino è prigioniero di mio padre».

«Volete farvi beffa di Proculo!» esclamò il cellario, che amava riferirsi a sé in terza persona, consustanziando il Padre, il Figlio e lo Spirito Santo dei cellari tutti, obbligati a tenere l'ordine delle derrate e delle anime in un tempo privo d'ordine e di buon senso.

«Forse farei meglio a consegnarvi al boia...» meditò carezzandosi il mento.

L'idea, però, non fece in tempo a maturare perché le sbarre della cella si spalancarono.

«Ho trovato questi» disse un soldato.

Con rapido fragore, i due barili di acqua magica rotolarono sul pavimento della cella. Teofanès gettò un'occhiata a Nilo.

«Volevate anche nascondermi del buon vino!» esclamò Proculo. «Botti piccole...»

Le tastò e annusò, poi cercò di aprirle dall'alto ma erano così ben sigillate che i tentativi fallirono. Seccato, tirò un calcio a un barile.

«No...» esalò Teofanès.

«Dev'essere davvero buono se il bizantino, qui, ci tiene tanto... Lo hai portato da Costantinopoli? Non sarà migliore del nostro...» Quindi si sporse nei corridoi: «Portateli nella cella grande, sbrigatevi!» ordinò.

I quattro si scrutarono disperati: i soldati stavano per separarli da Morfisa, Eughènio si strinse, sia pur a mani legate, con ogni forza alla sua donna.

Teofanès si accorse della borsa che Morfisa portava a tracolla, una grossa borsa di paglia e lino. Ecco dov'era l'uovo. L'intuizione fu rapida. «Era ora che questa araba andasse alle cucine» esclamò disgustato. Il cellario gli porse subito attenzione. «Sono il suo servo, non vedo l'ora che sia lei a servire!» ribadì Teofanès, recitando per la prima volta in vita sua un ruolo come i suoi personaggi. La cosa, per pochi, idioti istanti, lo esaltò.

«Ci tieni troppo...» concluse Proculo, e spedì tutti insieme nella cella.

Nilo ridacchiò: «Bravo, bizzantì, non ti facevo furbo...».

Eughènio e Morfisa si abbracciarono. Poi, però, pensarono ai barili e calò un triste silenzio.

«Se li rivediamo voi obbedirete alla lettera a li ordini miei» disse Nilo.

«Ma...» protestò Teofanès.

«Vuo' campa', poeta?»

Il poeta ammutolì.

15

Rimasto solo coi barili, Proculo cercò una punta per spillare il vino. Aveva un bel bicchiere da parte per le giuste occasioni, non rare vista la sua frequentazione di salmerie: botti di vino e giare di olio, sacchi di grano, tome e grappoli di cacciagione erano frequenti, specie dall'arrivo di Drengot, da quando cioè Aversa era normanna e non si doveva più render conto al Duca napoletano. Tentò una volta, due e poi tre: la punta di metallo non penetrava il legno dei barili.

«Di che sei fatto? Dell'albero d'Ulisse?» borbottò a un barile. «E tu? Sembri di marmo...» disse al secondo.

Dopo un'ora di vani tentativi, Proculo sbottò di rabbia e prese a calci le botti, che si schiantarono contro la parete di pietra ma non si ruppero: i cerchi di metallo nemmeno si deformarono.

«Maledetti barilotti!» imprecò il cellario. «So io cosa fare di voi...» Passava lungo il corridoio Eustachio, il burocrate che Teofanès aveva visto per primo seduto nell'anfiteatro: Proculo lo detestava. Precisino, seccante, onesto, dove era Eustachio non si poteva rubare.

«Eustachio!»

Il contabile arrivò ciabattando, entrò e si soffiò il lungo naso che aveva sempre umido.

«Mi hai chiamato?»

«Guarda che bei barili di vino! Pare sia rarissimo, un bizantino lo portava al Duca di Napoli...»

«Allora, bisognerà renderlo al Duca» rispose meccanico Eustachio.

«Se lo mandiamo a Napoli gli uomini di Drengot lo intercettano e se lo bevono loro, quei senza Dio!» protestò Proculo.

Eustachio, che non amava i nuovi signori di Aversa, si carezzò il mento: era più importante che quel vino arrivasse al Duca o che non lo bevessero i Normanni? Perché i Drengot, Eustachio lo sapeva benissimo, fingevano di essere amici.

«Cosa proponi?» chiese al cellario.

«Bevilo tu, amico mio, alla mia salute!» E lo spinse fuori dalla cella coi due barili strofinandosi le mani per il dispetto. Quindi, uscì per andare nella chiesa di Berolassi a pregare e lasciò l'altro a carezzarsi il mento.

Eustachio Astarita era un uomo severo al punto che da bambino era soprannominato "Scrupolo". Chiamò un soldato e gli ordinò di seguirlo con i barili. Diretto al suo ufficio, si voltava ogni tanto per vedere l'armato che faceva rotolare i barilotti: ma avrebbe fatto bene al vino tutto quel movimento? Si teneva una mano con l'altra dietro la schiena e lasciava pendere la testa in avanti, sconsolato. È vero, detestava i Drengot: era fedele ai duchi. Anche se, questo Giovanni...

Fu tentato di aprire il suo sant'Agostino, che teneva sempre accanto ai libri contabili. Bere da solo quel vino come aveva suggerito Proculo era un'idea che lo disgustava: primo, perché era assai parco nel bere e, secondo, perché sarebbe stato un furto. E se avesse chiesto a Drengot di riportare i barili a Napoli, dove erano destinati?

L'idea gli sembrò risolutiva. Avrebbe scritto direttamente a un cartofilace di sua conoscenza, scrupoloso quanto lui, benché un po' svagato, Pietro Cènnamo, che era anche parente del Duca. Sì, avrebbe consegnato i barili a Drengot e avrebbe informato il Palazzo di chi li aveva portati, così che il normanno fosse costretto a consegnare vino e prigionieri al Duca.

Soddisfatto, si dispose a scrivere con grande lena, al punto che gli venne sete. Con la penna ancora fra le dita, sporchissime di inchiostro, sospirò: «Ora ci sarebbe proprio voluto un bicchiere di vino».

16

«Questi vanno ad Aversa» riferì un soldato fuori dalla cella.

Di nuovo Teofanès dovette alzarsi con i suoi compagni di sventura, farsi sballottare, trascinare, piazzare su un carro e ripartire. L'umore era tetro: Morfisa fu l'unica a addormentarsi, la borsa di paglia sul ventre, mentre il carro ondeggiava verso la contea normanna.

Ora il tempo era mutato: una lenta e inesorabile pioggia batteva sulle teste dei prigionieri ammucchiati allo scoperto e l'umidità risaliva dai campi a zaffate.

Suonavano le campane quando passarono le mura di Aversa, ancora in costruzione, attorno a un castello tozzo e robusto. Ciurme di ragazzini biondi correvano fra le greggi, vecchi fabbri ferravano cavalli; al riparo di una casa sgozzavano un maiale e, strazianti, le grida della bestia tagliavano l'aria. Eughènio s'intristì, Morfisa se ne accorse e gli coprì le orecchie con le mani.

Dentro il castello era sorta una chiesa nuova e poco distante era una chiesa molto più antica, fitta di colonne e capitelli, forse un monastero. I soldati parlavano la lingua franca e non sapevano una parola di latino. I prigionieri furono condotti nella sala capitolare.

La stanza era spoglia e triste ma, come Scrupolo aveva stabilito a loro insaputa, i barili erano lì. Teofanès capì che Nilo avrebbe applaudito se solo avesse avuto libere le mani.

Drengot comparve sulla soglia, accompagnato da una vecchia nodosa, il naso adunco, che avanzò brandendo un ramo e lo scosse tre volte contro il gruppetto. Quindi, puntò Morfisa e a labbra strette mormorò formule incomprensibili.

Drengot occupò il seggio ligneo al centro della sala, squadrò i prigionieri.

«Tutti vi credevano morti» disse. «Quindi sarebbe bene confermare la vostra scomparsa. Tuttavia, proprio stamane mi è arrivata copia di una lettera partita per Napoli, dove è annunciato il vostro arrivo e quello di due barili di vino...», e guardò i barili che se ne stavano quieti in un canto in compagnia di anfore, cassapanche e attrezzi provenienti da Berolassi.

«Dunque, non è più possibile farvi sparire come se niente fosse...»

Da una delle porte della sala emerse un nugolo di ragazzini biondi, litigavano per un cappello e si assembrarono proprio accanto ai barili. Drengot dedicò loro un'occhiataccia, il branco si paralizzò. Questi Normanni si riproducono come conigli, pensò Teofanès.

«... Tuttavia da Roma vogliono così.»

E senza perder tempo in discussioni snudò la spada e si avviò per tagliare la gola a tutti.

«È incinta!» gridò Nilo cercando di coprire Morfisa mentre Eughènio si slanciava in avanti, anche se legato. Teofanès si unì per forza, legati come erano da un'unica corda che passava attraverso gli anelli di ferro intorno ai polsi. Drengot ignorò la questione e calò la spada a spezzare la corda. I quattro si ritrovarono gambe all'aria separati, solo Morfisa e Eughènio erano ancora stretti l'uno all'altra. La borsa di Nilo rotolò e l'uovo rosso venne fuori.

Drengot in un lampo lo spaccò con la spada.

Nilo gridò.

Teofanès gridò.

Un lieve fumo rosso esalò dalle spoglie dell'Uovo di Virgilio e per un momento Teofanès avvertì vibrante l'eco delle storie che nel guscio erano contenute da migliaia di anni. Poi, tutto precipitò.

La vecchia strega gridava: i ragazzini si erano arrampicati inseguendo il cappello sui barili e, chissà come, ne avevano aperto uno. La luce perlacea ben nota si diffondeva nella sala, assorbendo ogni rumore.

«Ora! Corri!» ordinò Nilo a Eughènio, che lo guardò senza capire. «Adesso! Con lei, salta!»

Morfisa si strinse a Eughènio, Drengot calò la spada per finirli, Eughènio scattò, Nilo tese una gamba e fece cadere Drengot, Teofanès si issò a capire cosa diavolo stesse accadendo, Eughènio raggiunse il barile e con Morfisa ci saltò dentro.

E di colpo, due esseri umani adulti sparirono senza schizzi in un piccolo barile, mentre ogni persona, piccola e grande, nella sala del mastio assisteva immobile all'evento, gli occhi sgranati come quei pastori che una notte, pensando d'entrare in una stalla, vi avevano trovato un Dio appena nato.

L'istante successivo non trovò Drengot impreparato: invece di correre a guardare dentro il barile, ordinò ai soldati accorsi nella sala: «Cercateli intorno al mastio e anche fuori dalle mura. Ispezionate i pozzi, i fiumi, i laghi. Se li troverete, sarà vicino all'acqua. È vero, monaco?» aggiunse rivolto a Nilo, che scosse la testa guardando il guscio rosso dell'uovo in frantumi.

«Ormai è tutto inutile. L'apocalissi è incominciata...»

Drengot, furioso, gli menò un colpo di piatto al centro del petto, la piastra d'ambra antica che Nilo indossava si spezzò.

«Il bizantino» disse poi riconquistando una gelida calma, «verrà con te a Napoli, insieme ai barili che il cartofilace attende» e mostrò la lettera che Eustachio Astarita aveva inviato a Pietro Cènnamo. «Così lui e lo strategòs, che lo aspetta ancora dopo mesi con il suo dromone, se ne torneranno a casa e noi ci saremo almeno liberati dell'Impero.»

LA VOLPE E IL CAMALEONTE

1

La notte prima della riunione del consiglio il Duca Giovanni sognò quanto segue: a lungo aveva piovuto sul Ducato, così tanto che le torri si erano mutate in pozzi. Solo e vecchissimo, si era aggrappato a una zattera. Accanto a lui erano i cadaveri dei suoi fidi, Oderisio monaco e lo strategòs Ausilio Attore.

Per sopravvivere, novello Noè, li consumava a brani, masticandoli lentamente, anche perché i pesci non si lasciavano pigliare dalle sue mani artritiche. A ogni tramonto compariva all'orizzonte una balena e lo minacciava col suo occhio malvagio. Poteva udire la sua coda di pistrice battere l'onda, in attesa di divorarlo.

Di giorno, un'aquila solcava il cielo sulla sua testa lanciando strida terribili.

Poi una terra era comparsa, verde e coperta di vigneti. Nugoli di bambini facevano vendemmia e vedendolo gridavano: «Obbiccànno 'o muorto!».

Gli avevano portato una giara di vino novello e così aveva bevuto fino a ubriacarsi, steso nel prato, le gambe secche e il vecchio sesso al vento. Ridevano, ora, di lui i morti e i vivi: Oderisio, Ausilio, i senatori tutti, Maria Merenda e Blactu Sparano. Terribile sentir ridere di lui Basilissa, le perle alle tempie, i bellissimi seni che sobbalzavano soppesando la sua impotenza, la sua vecchiaia. E a ridere c'erano anche Amalia Capece e Gemma Erario col suo famelico marito, i Pappansogna e i Farricelli, pure lo strategòs bizantino e un tale, che non aveva mai visto prima, occhi scuri da toro, ciglia nerissime, calamari intorno alle orbite... Anzi, era quello che di tutti rideva di più.

Si era risvegliato fradicio di sudore mentre bussavano alla sua porta con insistenza. Oderisio monaco era entrato senza troppi complimenti.

«Augusto, un protospatario venuto direttamente da Bari chiede di voi.»

«Un altro bizantino? Ma sono peggio dei pidocchi!» aveva bofonchiato Giovanni.

Nell'aula del Pretorio, vestito in fretta, senza il conforto di una tazza di latte, si era ritrovato davanti con sommo sgomento l'uomo che lo derideva nel sogno.

Fileno Matacena, pesanti occhiaie scure, ciglia color ala di corvo, sedeva su uno sgabello sostenuto da tre infelicissime bestie scolpite, un asino, una scimmia e un cavallo. Lasciava girare i pollici, le mani intrecciate sulla fascia d'oro che gli tagliava la pancia velata di una ricca veste color rubino, in pericolosa competizione con la porpora del Duca. Un cappellino orientale era poggiato sulla testa da rinoceronte.

«Augusto...» mormorò, sollevandosi appena dallo sgabello.

Giovanni, tremulo, magro e arcuato, somigliava a un suo pallido sottoposto.

«A cosa dobbiamo la vostra visita?»

«Ufficialmente, cerco il messo delle Auguste.»

«Il poeta? L'hanno preso gli Arabi... Non ve l'hanno detto? Ormai sarà a Siracusa... Purtroppo.»

«Ripeto: ufficialmente sono qui per Teofanès Arghìli.»

Giovanni si agitò sul trono.

Matacena si sollevò puntando le mani sulle ginocchia e

lentamente prese a passeggiare per l'aula disegnando una diagonale.

«Ho lavorato a lungo con il generale Opo, in Puglia, e mi pregio d'essere uomo di fiducia di tanti, a Costantinopoli.» La pausa fu lunga. «Dunque, sono qui per l'Impero. Ma l'Impero, sia detto fra noi, in questo lato del Mediterraneo è destinato a cadere.»

Giovanni non riuscì a cancellare il ricordo di quell'uomo che lo derideva nel sogno. Si strofinò nervoso le mani.

«Se si considerano le forze in campo» procedette Matacena, «ovvero l'Impero tedesco, i Longobardi di Capua e Salerno, i Normanni, nuovi arrivati, e il vescovo di Roma, è evidente a chiunque che Costantinopoli rispetto a costoro è lontana, mentre i contendenti sono vicini e agguerritissimi...»

«Vedo...» mormorò insipido Giovanni.

Alle spalle di Matacena Oderisio si muoveva appena.

Il sapore delle sue carni consumate in sogno insorse nella bocca del Duca.

«È giunta l'ora che un nuovo potere si affermi e, sia detto con chiarezza, la velocità, la forza, la novità costituita dai Normanni gioca senza dubbio a loro favore. Il tempo dei Longobardi è finito. L'Imperatore potrà scendere quanto gli pare dalla Germania, ma l'Italia meridionale gli è estranea e se non è riuscito fino a oggi... Questa terra fertile reclama un re che la abiti, che la cavalchi con forza, non un governante che la sfrutti di lontano... E poi questo al vescovo di Roma non piace: vanta così tanti diritti sul patrimonio di Pietro...»

Giovanni notò che gli occhi da vitella di Oderisio e quelli da toro di Matacena brillavano della stessa luce. Tormentò con la mano sudata la collana di granati e smeraldi che indossava. Le gemme rimasero opache.

«Il Ducato è indipendente e fedele a Bisanzio» pronunziò debolmente il Duca.

Matacena sfazzolettò una mano oberata di anelli: «Oh, lo so, lo so... Oderisio mi ha riferito però che con Roma ci sono già accordi. Bisogna credere al futuro o soccombergli, Augusto... Non vorrete che la Storia rida di voi...» sorrise ambiguo.

Di nuovo l'incubo pizzicò Giovanni. Si rideva già di lui nel mondo? Il bruciore gli raggiunse l'ano e lo fece balzare in piedi.

«Cosa chiedete?»

«Le famiglie cittadine sono d'accordo con noi...»

Riecco la Capece, gli Erario e tutti gli altri che lo sbeffeggiavano nella vigna. Giovanni salivò.

«Basta che liberiate il campo da piccoli, insignificanti ostacoli... Le vostre cognate, per esempio. E quelle streghe che custodiscono le acque e si dicono fedeli di un poeta... Avanzi di un remoto passato pagano, sopravvivenze fantasmatiche...» Matacena si beò delle sue stesse collane, specie di un ciondolo cornuto che emanava lugubri bagliori bluastri. «Uccidiamole» concluse allargando le braccia, come se si decidesse di un felice matrimonio.

«E... Costantinopoli... che dirà?» balbettò Giovanni.

«L'Impero è lontano. Fra noi e la Grande Città ci sono il mare, le navi, le isole... Tutto ciò che l'Impero ha qui è una piccola barca, con un sol generale...»

Giovanni scese dal trono e impegnò la diagonale di Matacena.

«E a me? Cosa ne viene? Cosa mi resta in cambio del mio trono?»

Matacena concesse, premuroso: «Cosa chiedete?».

«Un ritiro accettabile per me, mia moglie e mia figlia. Una contea, un castello, molto oro. Lontano da qui.»

«Si può fare» assentì l'altro pensoso. «Un'isola vicino al papa... Che ve ne pare? Ponza, Ventotene...»

Giovanni si terse la fronte e annuì.

«Intanto, ecco una nostra alleata che ci faciliterà le ultime manovre...»

Entrò velata Amalia Capece. Si scoprì, sporse in avanti il petto, guadagnò lo sgabello lasciato libero da Matacena e tutta la sala, deserta salvo i tre uomini, sembrò ruotasse intorno alla sua presenza.

«Inzomma» fece la Capece, «nu poco 'e vacanza...»

Giovanni sorrise incerto alla nemica della sua schiatta.

2

«A onor del vero, qui chi comanda dovremmo essere noi.»

L'addetto alla riscossione delle tasse del Ducato, Sergio Erario, se ne stava disteso sul triclinio alla moda dei passati Imperatori masticando flaccidi loti. Il labbro pendulo, le mani goffe che, intrecciate sulla pancia prominente, facevano roteare pigramente i pollici, aveva assunto questa posa da diverse settimane, da quando, cioè, un ginocchio gli si era gonfiato. Gotta, avevano diagnosticato i medici salernitani, che sua moglie Gemma compulsava come un breviario. Scrutò senza interesse i cognati, Maria Merenda e Pietro Cènnamo che sgranavano, composti, i piselli, ultimi della fila di serve sgranatrici che dalle cucine arrivava nella stanza affacciata sull'orto. La visita ai cugini esattori delle tasse era un tributo obbligatorio mensile.

«Dovresti andare alle terme» suggerì Maria Merenda.

«Uh, le terme!» esclamò Gemma, alzandosi i seni con le mani e pulendosi i palmi sulla veste. «Superstizioni, fissazioni pagane!» e sbirciando Maria senza smettere di sgranare: «Pratiche invereconde, acque del peccato!».

Maria Merenda inarcò le sopracciglia senza distogliere gli occhi dai piselli.

«Le terme sono efficaci» soggiunse Pietro Cènnamo, come

sempre soave nella sua distrazione. «Che hanno da dire sulle terme i tuoi medici salernitani?»

Gemma Erario sbuffò, come chi è satollo, il sospiro sembrò un'eruttazione.

«Cugino caro, presto non avremo più bisogno di Sibille, sacerdotesse, serpenti di bronzo e mosche d'oro... Non c'è miglior cura per questo Ducato di un po' d'aria nuova...»

«Mi interessa, cugina: aria longobarda o aria normanna?» insinuò, sempre senza alzare lo sguardo dai piselli, Maria.

Gemma Erario poggiò rumorosamente il vaso dei legumi sul tavolo e sbottò: «Aria di casa nostra, cugina. Le famiglie napoletane al governo».

Pietro Cènnamo spalancò le braccia e allargò le mani al soffitto, un baccello gli cascò nella manica procurandogli solletico, si contorse. Il gatto occhiuto degli Erario, appostato in attesa di un pisello rotolante, drizzò le orecchie. Il baccello cadde a terra e il gatto si gettò sulla preda.

«Ma, Gemma mia, non è così da secoli? Non comandano già le nostre famiglie?»

Una manciata di piselli sgranati sfuggì dalle mani di Maria che si chinò sul pavimento a raccattarli, di modo che non si vide il sogghigno che le aveva deformato il viso. Sergio Erario gettò un nocciolo di loto al gatto e si carezzò la rotula gonfia.

«In effetti, si potrebbe dire così. Ma non sarebbe più giusto che la famiglia più ricca governasse sulle altre?»

Maria Merenda mise sul tavolo i piselli che le erano sfuggiti, una manciata alla volta, tentando di non farli rotolare. Il gatto ne arraffò alcuni e imbizzarrì nella guerra fra baccello, nocciolo di loto e piselli. La baraonda felina per un istante catturò l'attenzione di tutti.

«Chi ha più soldi ha più potere» dichiarò infine Maria Merenda da sotto il tavolo.

Gemma Erario con un sol ampio gesto delle braccia grassocce si accaparrò i piselli di Maria e li fece sonoramente tintinnare nel suo vaso. La cugina fissò il suo gesto e poi lei.

«Ovvero altri lavorano per la ricchezza di una sola famiglia» concluse la mercantessa.

Gemma si strinse nelle spalle, per quanto possibile dato il volume di carne fra seni e collo: quasi non si distinse il movimento tanto era grassa.

«Sono tempi difficili. Ora arrivano i Mori, ora i Normanni, ora i Longobardi, ora i Tedeschi... E non è meglio che i fatti nostri ce li guardiamo da soli?» e fece cadere nel suo vaso altri piselli recuperati da Maria.

Maria lasciò furiosa precipitare a terra tutti i suoi piselli, che rimbalzarono dappertutto.

«Avevamo l'aiuto di Bisanzio e ce lo siamo perso!»

«Che spreco...» mormorò ironica Gemma Erario.

«In ogni caso» gorgogliò suo marito Sergio, sedando sul nascere il battibecco, «Farricelli, Pappansogna e Ferrario sono d'accordo con noi.»

Maria Merenda si alzò in piedi, indignata: «In altre parole: tasse, sementi, maiali, spade e latrine» esplose. «I filosofi della città!»

«Hai sempre da ridire, cugina, ma i tuoi affari vanno come vanno perché noi raccogliamo le tasse, altri macellano e altri coltivano e qualcuno si preoccupa di fogne e armi, altrimenti tu cosa venderesti al mercato? Cosa spediresti sulle navi di tua sorella? E come acquisterebbe i libri tuo marito, per sé e per lo scriptorium ducale?» si stizzì la padrona di casa.

Maria spianò lenta lo sguardo lungo le pareti della stanza.

«E lasciati a voi stessi, vi preoccupereste ancora dei libri? Dei mosaici e delle pitture? Delle chiese e dei palazzi?» Indicò la parete dove un tappeto stazzonato e dai colori troppo vivaci denunciava l'avarizia e la volgarità dei padroni di casa. «Voi siete i maiali che i Pappansogna macellano...»

Gemma Erario si alzò oscillando la ciccia cresciuta a tasse.

«E dovremmo lasciare il governo a quell'inetto di Giovanni, che si trastulla con le femmine di casa anche quando gli sono figlie e cognate?!»

L'accusa cadde sul tavolo insieme al gatto, che colse l'istante in cui tutti erano in piedi per afferrare dai vasi altri piselli e correre giù, scappando per le scale, fra i gridolini della servitù, che aveva smesso di sgranare e assisteva, intenta, alla lite.

«Bisogna vedere chi è il maiale, qui...» soggiunse laida Gemma Erario, interpretando assai bene l'animale che nominava.

«Care cugine» interruppe di nuovo Sergio Erario, «è inutile che vi scanniate. E tu, Maria, sappi che chiunque verrà dovrà fare i conti con noi. È una garanzia anche per i tuoi commerci, una specie di gestione... separata. Si può dire così? Sì, si dirà così.»

E mentre Pietro Cènnamo alzava un dito pronto a citare forse Tacito, forse Svetonio o forse *Il romanzo di Alessandro*, Sergio fece un cenno ai servi che lasciarono passare una coppia di corpulenti armati.

«E questi chi...?» tentò di chiedere Maria.

I soldati afferrarono i coniugi.

«Cara Maria, tu e tua sorella invocate sempre il Grande Impero, ma dovevate pensarci prima di far scappare il bizantino, no? Quindi, prima questione, cugina amata: sopprimere il dissenso» sorrise gelido Sergio Erario.

Maria si dibatté: «Di cosa ci accusate?!».

Erario si carezzò la pancia.

«Di averci fatto la squisita cortesia di liberarci del messo delle Auguste, ovviamente.»

E con un cenno i recalcitranti coniugi Cènnamo furono portati alle galere.

3

«Sono trascorsi troppi mesi, devo tornare a Costantinopoli.»

«E ci lascerai sguarniti?»

Nel giardino dei Santi Marcellino e Festo, fra gli alberi di melograno in piena fioritura e i primi cespugli di basilico, Blactu Sparano e Artemio Coniata passeggiavano, bagnati dal sole.

«Ormai l'inverno è trascorso, non ho più alcuna scusa per non salpare. E se Teofanès fosse ancora vivo ne avremmo avuto notizia.» La voce di Coniata era piana, bassa, assai diversa da quella sostenuta che usava coi suoi uomini.

Blactu si tormentò la veste color del miele: sembrava ringiovanita. Si fermò sotto una pianta di glicine in piena fioritura. Tese una delle sue lunghe mani bianche e Coniata, dopo aver controllato che nessuno li osservasse, la prese fra le sue.

«Mi lasci sola...» lamentò.

Coniata la guardò con tenerezza.

«Hai molte navi, puoi prendere il comando.»

«Ci vuole un uomo, ci vuole un generale...»

«Ausilio Attore non ama il Duca.»

«È comprato. Ormai tutti i Napoletani stanno imparando cosa significhi essere comprati. È iniziata una stagione nuova, una stagione che non mi piace.»

Coniata l'abbracciò.

«Avrei detto il contrario... Sono stati mesi bellissimi.»

Blactu lo redarguì debolmente: «Tu scherzi ma vedi bene come si sta comportando Oderisio. E poi c'è questo Matacena, che sembrava venire a tuo sostegno, per l'Impero, e invece...».

Artemio Coniata storse la bocca.

«Uno scarafaggio si riconosce sempre, al primo sguardo. Vedrò di portarlo via con me.»

«È tardi. Sta tessendo accordi, tutti sono coalizzati, è impossibile fidarsi.»

Coniata l'attirò dietro il glicine e la baciò.

«Allora vieni via con me. Ho servito abbastanza l'Impero. Ho una casa che mi aspetta, il Bosforo ti piacerà. Restare a Napoli per te è rischioso.»

Blactu poggiò il viso sulla spalla dell'uomo.

«Vivere è rischioso.»

Artemio stava per baciarla di nuovo, quando una forma umana che somigliava a una scimmia o a un orso tagliò di corsa il giardino.

«Signora!» gridò Sossio. «Signora!»

Coniata uscì dall'ombra del glicine.

«Generale, signora!» corresse Sossio frenando.

«Che accade?» domandò imperioso lo strategòs.

Sossio si poggiò sulle ginocchia piegando le lunghe braccia, ansimante.

«Il bizantino...! Il bizantino è tornato!»

4

Nell'aula del Pretorio i senatori anziani giravano intorno a Giovanni al culmine dell'agitazione.

«È uno scandalo! Rischiamo la guerra!» si urlava ovunque.

Sigilsgheida con la piccola Drosu in braccio e il fratello Gisulfo al fianco sedeva all'ombra di una tenda.

Teofanès li vide sbiancare al suo ingresso, proprio come se fosse apparso un fantasma. Drengot lo teneva per un braccio ma era chiaro che la sua presenza creava imbarazzo: non era un prigioniero, eppure era indesiderato. A un cenno del Duca il normanno lo lasciò andare, Teofanès sbandò e il Duca gli andò subito incontro, premuroso. Prima che lo raggiungesse, però, Fileno Matacena gli tagliò la strada. Teofanès mosse un passo indietro per lo stupore: era spaventoso incontrare in carne e ossa chi aveva visto attraverso la bolla della carpa.

Matacena lo studiò, come si studia un pesce al mercato per valutarne la freschezza, quindi avviò la sua diplomazia.

«Eccelso rappresentante delle Auguste in questa terra lontana, lascia ch'io mi presenti: sono il protospatario Fileno Matacena, giunto in tuo soccorso da Costantinopoli per ordine dell'Imperatore Monomaco. Le Auguste e l'Imperatore ti sono gratissimi per i rischi che hai corso a causa di questa difficile missione. Ti partecipo quindi la loro gioia unita alla mia nel vederti sano e salvo.»

Teofanès incespicò ma, infine, rispose: «Salute a te, illustre Matacena. Sono io che ti ringrazio per questa accoglienza, per il soccorso e per le buone notizie che mi porti. L'interessamento delle Auguste e del Signore di Roma per me sono di grande conforto e mi provocano orgoglio, vorrei esserne stato più degno, poiché, come sai, la missione non si è ancora compiuta e mai si potrà compiere secondo gli iniziali desideri delle Auguste...».

Matacena sorrise e chinò il capo.

«Il Duca mi ha informato che nuovi modi sono ancora possibili e ho fiducia che i desideri degli Augusti saranno soddisfatti...»

Teofanès si chiese se Giovanni avesse descritto con esattezza la seconda figlia che stava proponendo al protospatario, ma non poté togliersi il dubbio poiché l'argomento cambiò in modo repentino e inaspettato.

«Sono però venuto a portarti anche un'altra buona notizia, che non ti anticipo e che ti aspetta nel giardino, qui accanto...»

Matacena s'inchinò davanti al confuso poeta.

La sala era traversata da mormorii, Giovanni lo fissò con occhi dardeggianti e, a un suo cenno, Drengot lo accompagnò sino alla soglia del giardino. Poiché Teofanès esitava, lo spinse dentro e gli chiuse la porta alle spalle.

Il giardino, racchiuso in un chiostro, era colmo di sole, si udiva chioccolare una fontana, un gruppo di bambini giocava in un canto. Teofanès si massaggiò i polsi e le spalle, quindi si trascinò fino a una panchina, come una lucertola stanca.

Fu allora che qualcuno gli fece ombra: infastidito, umiliato, alzò il viso a guardare chi fosse.

Impiegò lunghi secondi a recepire quel che gli occhi gli restituivano. Se li stropicciò, poi li sgranò. Tremava da capo a piedi. Con quel che restava della sua voce, disse: «Tu! Tu... qui?!».

Il fantasma di Psello era irriconoscibile: la barba più corta e con qualche pelo bianco, le rughe sotto gli occhi, le spalle quadrate avvolte nel lino bianco degli asceti. Era lui, era Costantino, ma tutto disegnava un uomo adulto ed estraneo, a parte gli occhi, unico ricordo dell'*Iliade* balbettata, il solo dettaglio che denunziasse il ragazzo prigioniero in quella forma austera.

Teofanès mosse un braccio per toccarlo, per controllare che non fosse un'apparizione.

«Costantino...»

L'ombra fece un passo indietro, la mano di Teofanès andò a vuoto.

«Mi chiamo Michele, ora. Credevo di avertelo scritto.»

Gli uccelli gridarono nell'orto, e anche i bambini intenti al gioco.

«Sei monaco...» commentò Teofanès indicando l'abito.

«Sono sposato. E ho una figlia.»

Costantino, o Michele, aveva fatto altri due passi indietro. Teofanès si sforzò di esser quieto: «E come si chiama?», ma la voce lo tradì.

«Stiliane.»

Trasporto, nostalgia.

«Tua moglie?» si soffocò Teofanès.

«No, mia figlia. È nata tre mesi fa. E io sono dovuto partire.»

Lo diceva, ne era certo, come se fosse colpa sua, di Teofanès. Gli sembrò, allora, di poter sperare: veniva ammonito perché il loro amore era così importante da lasciare persino una neonata a casa.

Era venuto solo per lui.

«Tu non sai quante cose mi sono capitate...» proruppe Teofanès, la voce pigolante e rotta, correndo incontro all'amico per abbracciarlo, subissarlo di confidenze, liberarsi finalmente di quei mesi assurdi e travagliati che ora, col suo inaspettato arrivo, s'interrompevano.

Psello si scostò ancora ma disse: «Lo so. E sono venuto a portarti indietro».

Il volto di Teofanès s'illuminò, allargò le braccia: sì, era come aveva a lungo sognato, ecco la benedizione, ecco il premio di tante tribolazioni! Ma perché la voce di Costantino, cioè di Michele, era così fredda?

Questa volta gli riuscì di afferrarlo: il lino candido e pulito, il profumo di un bagno appena fatto e sotto l'odore della pelle che ricordava. Poggiò la guancia sinistra sulla spalla dell'amico, che rimase però con le braccia inerti lungo il corpo.

Era questo l'uomo che a dodici anni gli aveva mostrato ridendo il pene, che gli carezzava la testa mentre leggevano romanzi, che masticava ciliegie fra un bacio e l'altro? Lo tenne con le mani ma si allontanò per guardarlo meglio in faccia.

Erano vicini a un arco, la luce gli tagliava il viso.

«Insomma, cosa succede?»

Psello lo fissò intensamente – e Teofanès sorrise con un angolo della bocca –, quindi si staccò di nuovo.

«Ora tu contrarrai il matrimonio per procura per il quale sei partito. Porterai con te la seconda figlia del Duca e tornerai con me a Costantinopoli. Qui, invece, resterà Matacena.»

«Non capisco...» balbettò Teofanès, felice all'idea di tornare e di tornare con Psello, ma perplesso sul senso di quel che aveva appena udito. «Vuoi che il Ducato cada? Perché Matacena vuole questo! Tu forse non lo sai ma io ho visto...»

«Matacena è ai miei ordini.»

La bocca del poeta disegnò una o.

«Cioè...»

«Il matrimonio lo contrarrai per far credere che tutto sia a posto con l'Impero, quindi lasceremo che i Normanni subentrino.»

«Ma che senso ha?!» strillò Teofanès, battendosi i pugni sulle cosce come un ragazzino bizzoso. «L'Impero non vuole Napoli come alleata? Questa gente desidera rientrare nella nostra orbita e tu...»

«L'Impero è più forte senza le terre di Roma. Non abbiamo bisogno di combattere qui: le frontiere orientali chiedono uomini. Lasciamo che il papa se la veda con questi barbari, non sono affari nostri.»

Teofanès non credeva alle sue orecchie.

«Così ha deciso il Monomaco?! E l'Imperatrice, che ne pensa?»

Psello si strinse nelle spalle, le pieghe del lino gli disegnarono una figura di santo.

«L'Imperatrice è vecchia. Lo era già quando eravamo bambini. Bisogna essere realistici. Lo scisma è alle porte e in questa parte di mondo ogni cultura è persa, sopravvive solo la superstizione. Questo lo capisci anche tu, non è vero?»

Lo afferrò per le braccia in un impeto d'antico entusiasmo che confuse Teofanès.

«Staccandoci da loro noi faremo di Costantinopoli la nuova Atene, la renderemo dotta, moderna: questo è il momento di rinascere, di studiare i filosofi, di rileggere i tragici...»

Il tono appassionato di un tempo risuonò fra le piante del giardino, solo che adesso Teofanès vi riconosceva un accento fanatico, un'ambizione sognata e personale. Ecco il giovane Psello bruciante di curiosità e roso di desideri dentro il cadavere dell'uomo adulto che deteneva un potere: era ancora il suo compagno quell'inutile, prostrato politicante? Tentò un appello a quel che di noto ancora era in lui.

«Tu parli così perché non conosci questa gente, queste terre...»

L'altro si ritrasse.

«Sì, sono stati mesi faticosi per te. Me ne dispiace, sapevo che non eri pronto. Ma dovevi essere proprio tu a partire.»

Teofanès gelò.

«Proprio... io?» Michele Psello volse lo sguardo in basso e Teofanès di colpo comprese. «Tu! Tu... hai deciso che io partissi?» Psello annuì appena. «Non mia madre... Non l'Imperatrice... Tu?!» Teofanès strinse i pugni e li levò contro l'amico di un tempo. «Sapendo che ti amavo e che avevo paura hai lasciato che implorassi e piangessi e pregassi... Tu... tu mi hai umiliato! Mi hai usato! Per le tue beghe di Palazzo, per le tue politiche mondane, per il tuo Impero!»

E urlando fuori di sé gli saltò al collo per strangolarlo.

Michele, o quel che restava di Costantino, sgranò gli occhi per la sorpresa e Teofanès ne contemplò da vicino l'alone ceruleo che circondava il grigio ferro delle iridi, vide il sangue iniettargli le orbite, udì la sua voce soffocare e il verso senza suono della bocca che si spalancava perdendo saliva, mentre la lingua, che spesso l'aveva leccato, cercava una via di fuga. Se avesse stretto ancora l'avrebbe ucciso: e questo non gli era mai capitato. L'ultimo gesto da rubare ai suoi personaggi, da far capitare nella vita reale. Michele si agitava, le pieghe dell'abito immacolato scomposte. Teofanès si ritrasse e rimase a guardarsi le mani. L'amico tossiva, rantolava.

Senza riflettere, si voltò e uscì furioso dal chiostro.

Istruzioni di Lettura per le Diaconesse
e le Apostole di San Virgilio
dalla Biblioteca del Ducato di Napoli,
redatte da Morfisa Ducissa
a dispetto de li monaci caconi Longobardi,
che leggono solo le Storie di Santi

Apostole e Sorelle,

sappiate che io ho assistito a la disgrazia vera de la nostra Arte. Mai avrei creduto che ne la mia vita dovesse capitare questa nefandezza.

Distrutto è l'Ovo di San Virgilio e scomparso è anche l'Ultimo Libro della Sibilla.

Ho visto co li miei occhi il dimonio normanno schiattare in terra l'Ovo con la spada mentre ero prigioniera ne lo suo Castello.

Di poi, in forma di balena mi sono tuffata ne lo barile di Nilo monaco e a lungo nuotai nell'acqua che viaggia: avevo dentro di me la Creatura addormentata e accanto a me l'Amato.

Lo so, l'Arte ci chiede di non portare mai con noi esseri semplici dentro l'Acqua. Ma come potevo abbandonarlo? L'Amato ha già compiuto lo medesimo viaggio ma a lo contrario, appena nato, e non ne ha memoria. Non crede a quel che io so, ch'egli è figlio di mia sorella, la perduta Crisorroé.

Sicché lo addormentai, sperando non morisse, e giostrai ne le acque profonde, dove giacciono rovine di torri e pinnacoli, piramidi e tori di pietra, sfingi e leoni.

Apostole che verrete, se l'Arte mi sopravvivrà, sappiate: ne la liquida Ade li antichi morti si mescolano a morti che verranno, i templi e le basiliche a forme ignote e future, poiché ogni cosa è morta o morrà.

L'acqua che dorme porta li canti de li delfini, il mormorio de le seppie che si accoppiano, la muta danza de le meduse.

Sorelle, non sono ancora capace di arrivare proprio ne lo tempo e ne lo luogo che desidero, però so che chi si tuffa insieme viaggia insieme e che chi ave lo stesso desiderio, o lo medesimo bisogno, spunta ne la stessa cittade o ne la stessa acqua.

Frangendo la roccia, da balena mi feci biscia e poi anguilla: temevo di morire e che con me morissero Creatura e Amato.

Infine, sbucai in una grotta dove l'acqua era calda: ero a Tritoli. Subito sentii voci e clangori di spada. Qualcuno urlava: «Dammi lo libro!». E altri gli rispondeva: «Vigliacca, traditrice!».

La mia zia strega e traditrice, Basilissa, era armata di pugnale e co lo suo amante e dimonio normanno voleva uccidere la venerata Euplea, Custode delle Acque, che si teneva stretto a lo petto lo Libro di San Virgilio. Chi tirava da una parte, chi da l'altra: lo Libro si strappava a brani, le pagine antiche e miniate cadevano ne lo lago termale. Euplea morsicò al polso Basilissa, che l'ingiuriò con parole mai da rivolgersi alle Anziane, quindi ordinò a lo suo amante e a li soldati normanni di metterla su la barca, perché i fumi delle grotte interne l'avvelenassero. Li pipistrelli, udita la minaccia, attaccarono li Normanni: pe' scacciare li topi volanti, quelli rovesciarono una torcia e le ultime pagine de lo Libro andarono in fiamme. Saltò allora dall'acqua, inaspettato, lo mio Amato Eughènio: afferrò al collo lo normanno.

Pensai: non ce la farà mai lo fragilissimo Eughènio!

La perfida Basilissa, barcollante, spaventata, recuperò il coltello e l'affondò a vuoto. Allora richiamai a me le forze e pregai di mutarmi senza indugio, perché in principio il mondo era Verbo e Vibrazione.

Così saltai fuori dall'acqua in forma di cinghiale e incornai li Normanni; quindi mi mutai in aquila: sbattei le ali, strappai le carni, beccai le membra. Terrorizzati, gli aggressori fuggirono in un cieco svolazzare di piume e setole.

L'Amato Eughènio sciolse Euplea dalla bara che i Mali Omini avevano composta per lei e la Custode, grata, strinse le fessure glauche delle palpebre e lo riconobbe come lo figlio de la mia sorella Crisorroé e pianse, che lo peccato commesso le era tornato in grazia.

Qui, tornai femmina, perché lo ventre mi pesava e presto avrei partorito. Allora, mentre mi sedevo su la nuda terra, ho visto ne lo lago termale la "V" di Virgilio battuta in foglia d'oro che annegava.

E così, Sorelle, adesso sono sola contro l'Apocalisse.

5

Oderisio contemplò lo scriptorium del Pretorio.

I volumi, i rotoli, le copie in corso, le miniature.

Sarebbero stati assai bene nel monastero di Cassino, ormai era questione di tempo. In un volume squadernato sul tavolo il copista stava illustrando la storia della volpe e l'uva: il verde della vite splendeva, la foglia d'oro stesa sul capolettera, la volpe quasi umana ancora da finire.

«Oderisio, ci hanno consegnato questo fratello con l'ordine di portarlo da te.»

Oderisio si voltò verso un giovane benedettino, sbarbato ed esangue, che spingeva con due dita la schiena di Nilo.

Un gran sorriso gli si dipinse in volto e allargò le braccia: «Finalmente» esclamò.

Nilo entrò nella luce della monofora.

«Ci hanno affidato lui e due barili che, sostengono, sono dotati di una qualche magia...»

Gli occhi di Oderisio lampeggiarono.

«Dove sono?»

«Da basso, nelle cantine.»

«Bene, va' con Dio.»

Mentre il monaco pallido usciva di scena, Oderisio fissò il carapace abbronzato e malridotto di Nilo: le collane di conchiglie, la lastra d'ambra spezzata, le vesti strappate.

«Non credevo ci saremmo più rivisti...»

«E chi ti voleva arrivede'!» rispose sprezzante il siriano.

Oderisio sogghignò, si lisciò una manica, sedette comodo lasciando in piedi il prigioniero.

«Eravamo ancora dei ragazzi quando le donne di vico Triafata ci chiesero di custodire i libri e l'uovo. Tu eri un provinciale appena arrivato, mentre io ero qui da sempre, con tutti i vantaggi d'appartenere a una ricca famiglia, eppure le tre Sibille e la Custode delle Acque trovavano più adatto te al compito.»

«Quelle tenevano naso» sorrise amaro Nilo. «E tu le hai lasciate uccidere tutte.»

«Oh, via. Pitru ed Euplea sono ancora vive, benché cadenti» minimizzò Oderisio.

Si alzò e fece un giro intorno a Nilo.

«Anche tu sei invecchiato. La vita di montagna?»

Nilo rimase in silenzio. Oderisio passò davanti a un altro volume che i copisti stavano illustrando: era un libro raro, un commento alla *Naturalis Historia* di Plinio.

In un angolo, il disegnatore stava tracciando una specie di drago o lucertola, la parola in greco indicava *kamàleon*, camaleonte.

Oderisio lesse ad alta voce: «"La natura anche dei suoi colori è veramente rimarchevole, dato che cambiano in continuazione. I suoi occhi, la sua coda e il suo corpo assumono continuamente il colore di qualsiasi oggetto gli sia più vicino, con l'eccezione del bianco e del rosso...". Una bestia rara, ma tu l'hai vista, scommetto. In Oriente si trova...».

Nilo l'ignorò.

«Volpi, camaleonti... I copisti dello scriptorium sembrava ti aspettassero quest'oggi: erano tutti intenti a disegnare un bugiardo. Un bugiardo come tutti i maghi. Il tempo delle leggende è passato, lo sai anche tu. Non è più un mondo adatto alla magia, questo. "Fai la grandine" ripeteva Pitru. "Sciocco, fai scendere la grandine!" Che scemenze...»

Nilo sorrise appena: «Eeh... Ci vuole fantasia, ci vuole fede pe' fa' lo tempestario. Tu diciamo che tieni altre doti».

«Oh sì» l'interruppe Oderisio, «doti preziose nel mondo che diventa ogni giorno più pericoloso. Sono un buon politico, lo sai.»

«Chesta nun è na qualità» scosse il capo il vecchio siriano.

«Eppure serve. Il vescovo di Roma l'apprezza.»

«A Roma so' bravi a rubare: s'inventano regole per i monaci, quando in Grecia è nato lo monachesimo. Tolgono le mogli a li preti co' la scusa che peccano ma, 'a verità, nci vogliono levare li figli e le terre. Vogliono lo scisma, così c'avranno na Chiesa tutta loro. Eh... li sanno fare bono li conti, a Roma. E tu sì sempre stato bono co' li conti, m'arricordo...» constatò Nilo.

Oderisio si strinse nelle spalle: «È vero, ma è la vita che procede così...».

«Ah! Mi credevo che era la volontà de Dio...»

«La volontà del vescovo di Roma che è l'unica volontà di Dio... Ma prima di aprire una disputa teologica con te in memoria dei vecchi tempi, e sai quanto mi farebbe piacere, veniamo al punto: mi devi un'ultima cosa...», e indicò la borsa di paglia da cui spuntava la gabbia di metallo che Nilo portava a tracolla.

«Restituisci la città, lassala a li suoi abitanti» rispose quieto il siriano. «Fai pe' na vota la cosa giusta.»

«Quella cosa» continuò Oderisio ignorandolo e, indicando di nuovo la borsa, tese la mano, «una volta consegnata porrà fine a ogni lotta. Non vorrai tu una guerra?»

Nilo strinse le labbra. Oderisio gli posò la mano sulla spalla.

«È solo un uovo. È una superstizione ma i Napoletani, che sono troppo greci per essere buoni cristiani, ancora ci credono. Dammelo e non te ne verrà alcun male.»

Il siriano si strinse la borsa al petto, sfuggì alla presa e si nascose fra i banchi dei copisti.

«Perché non te lo vieni a prennere?», e con agilità inattesa saltò su un bancone e alzò il braccio con la borsa verso il soffitto. «Vedimmo si ci arrivi, volpe!»

«Ti comporti come un bambino! Via, alla tua età...» lo rimproverò Oderisio e a sua volta saltellò goffamente in avanti come un grasso ragno. La porta dello scriptorium si spalancò, lasciando entrare un vecchissimo igùmeno, bardato d'oro, che guardò prima Oderisio, poi Nilo. Oderisio, imbarazzato, si ricompose.

«Padre Mitreo, che onore. Avete lasciato il monastero?»

La voce dell'igùmeno risuonò soffocata dall'età, come se uscisse da una profondissima anfora.

«Mai, fratello. Io *sono* il monastero. Sono venuto appunto per questo monaco... cui piace giocare come ai bambini, vedo...» Nilo abbassò un po' il braccio con la borsa, in segno di scusa. «... È un nostro confratello e tornerà con me al Salvatore. Ma scendi, di grazia!»

Nilo saltò giù lesto come una capra, si affacciò sul banco dove la volpe aspettava l'uva e lesto scivolò lungo la parete fino a padre Mitreo.

«Quest'uomo è stato arrestato per gravi...» protestò il benedettino. Il vecchio alzò la mano a interromperlo: «Fratello, ho poco tempo. Ne ho già parlato con il Duca».

Oderisio batté i piedi furente.

«No! Il Duca non può aver...»

Padre Mitreo scosse il capo: «Siamo dunque in un asilo: chi balza come un quadrupede, chi batte i piedi come un bambino bizzoso...».

Nilo ne approfittò bisbigliando all'offeso Oderisio: «Fai la grandine, mo', fratello...».

Oderisio s'incurvò come un toro, nonostante gli occhi di vitella.

«Quest'uomo e i suoi averi, tutti» continuò il vecchio Mitreo a voce bassa e ferma, «vengono con me a Megaride. Ti auguro una buona giornata, Oderisio.»

Lungo le scale udirono rumore di cocci infranti.

Nilo gongolò: «Poco carattere, poco carattere...».
Mitreo, invece, chiese: «Hai l'uovo, fratello?».
Nilo scosse il capo: «È andato distrutto, padre».
Il vecchio Mitreo sbandò.
«Ma come... che dici?»
«Sono stati li Normanni. E non hanno arreputato importante dirlo a Oderisio, si vede... Isso non lo sapeva e me lo cercava ancora.»
«Allora... l'apocalissi...»
«Fino a che è viva la Maronnella, forse...»
«Ah, la Teotokòs!» sorrise il vecchio. «Forse, allora...»
«Forse» sospirò Nilo.

6

Maledette le donne! Le madri che sanno troppo, le mogli che rubano gli uomini, le madonne nere che hanno il dono di raccontare storie!

Così si lamentava il poeta Teofanès Arghìli calciando pietre dalla strada e maledicendo Michele Psello.

Se hai pazienza tutto passa. Tocca alle donne sopportare. Disgraziate noi, figlie di Eva! Chiacchiere! Una donna, anzi due, una moglie e una figlia, gli avevano portato via Psello! Che ragione c'era, ora, di tornare a Costantinopoli?

Si toccò il volto: era forse diventato così sgraziato e brutto da non piacere più all'antico amante? La barba, in verità, era ancora folta e, ne era certo, ancora nera. Maledetto lui, che si era innamorato contronatura, anzi: maledetto lui che si era innamorato, e basta!

«Ah, se fossi nato donna! Ah, se fossi davvero nata Teofànu!» disse a voce alta, i piedi scorticati e dolenti per il lungo cammino.

Era giunto in un rione sconosciuto della città, nei pressi di una fontana che gorgogliava, lontana da ogni edificio. Né uomini né bestie erano accanto all'acqua che mulinava; una polla sotterranea la riforniva, disegnando grandi bolle in superficie. Stanco e infelice, andò a sedersi sulla balaustra di pietra. Un fregio antico e cocci di stoviglie colorate, tributi o forse spazzatura, luccicavano in un canto.

«Vedi» disse alla sua immagine riflessa, «non sono così brutto, infine!»

Allungò la mano, come Narciso, sfiorò la superficie liquida e, per un momento, l'acqua sembrò di ghiaccio: Teofanès ritrasse le dita. Che vita gli restava? Far versi mediocri? Assistere la vecchiaia di sua madre? Sposarsi per conservare le apparenze? E, peggiore prospettiva fra tutte, lavorare? Si vide precettore, notaro o, per i Santi Medici, cartofilace, come aveva sempre desiderato Irene.

Un pizzicore diffuso lo distolse, si guardò le dita: dov'era il suo palmo calluto, le unghie spezzate per le traversie recenti?

Al loro posto era un arto piccolo, roseo, femmineo.

Si alzò la manica: spariti i peli che gli erano spuntati intorno ai tredici anni, la pelle era liscia, candida. Si toccò il petto e trovò seni, si guardò fra le gambe e quasi cadde nell'acqua dalla sorpresa.

Chi era questa sconosciuta?

Sbarbata, occhiuta, dolciastra: ecco la figlia che Irene aveva tanto desiderato, ecco la vera immagine di Teofànu.

Gridò di spavento: anche la voce era molto cambiata.

Si affacciò allora dall'uscio di una torre che dava proprio sulla fontana una femmina dai ricci tinti di turchese, con grandi anelli alle orecchie: Teofanès se la ricordava, era una delle Virgiliane. Ma non erano morte tutte, sterminate da Oderisio e Drengot la notte in cui aveva visto i Misteri in vico Triafata? Chiunque fosse, era la sua sola speranza. Le corse incontro.

«Sorella, sorella, guarda cosa mi è capitato! Aiutami!»

Dalle finestre serrate della torre si udirono voci: «Che succede, Beccaia? Una nuova?».

«Anàssa» implorò Teofanès. «L'acqua della fontana mi ha mutato! Io sono un uomo! Sono poeta!»

La Virgiliana di nome Beccaia: «A volte capita, non temere, ho io il rimedio...».

«Sei una delle devote di Virgilio, è vero?» chiese per conforto il bizantino.

L'altra eluse la risposta: «Vendo la carne al mercato, un tanto al chilo... Entra» l'invitò aprendogli la porta della torre.

Le stanze ampie, come quelle di un grande palazzo, erano tutte ombre e risatine: distese fra tende e cuscini, fanciulle discinte si passavano ricchi piatti di frutta.

Teofanès ricominciò a raccontare la sua storia: «Dovete sapere...».

«La sappiamo, la sappiamo...» tagliarono corto le fanciulle, sempre ridacchiando. «Io ero garzone... Io ero giurista... Io ero soldato... Io ero pastore...» Le voci si accavallavano. «Tutte siamo arrivate qui allo stesso modo... A me nella fontana mi ha spinto per dispetto mia moglie... Io ci sono caduta perché ero ubriaco... Io avevo perduto tutto al gioco e non potevo tornare da mio padre...»

Teofanès tremò di paura contemplando i volti femminei e cercandovi i perduti segni della mascolinità.

«E tutti... tutte...»

«È così, è così...» chiocciarono le fanciulle, come le sirene nel pollaio sul Monte Virgilio, e intanto giocavano nei semi molli della frutta spaccata servita sui grandi piatti d'argento. «Vieni qua, devi imparare... Vieni a studiare: quando arrivano i clienti devi essere brava... Poi Beccaia ti venderà e dovrai soddisfare padroni e padrone, maschi e femmine, allo stesso modo...»

Teofanès guardò tutte quelle mani che oscenamente carezzavano la frutta simulando giochi di piacere.

«Prima o poi, per tutte arriva il campo del Moricino...»

«Il campo del Moricino...» balbettò Teofanès.

Aveva sentito nominare questo slargo fuori le mura dove si teneva mercato e che portava il nome degli Arabi.

«Dove si vende la carne?» chiese, con un fil di voce.

I riccioli blu di Beccaia sfavillarono nell'ombra.
«C'è a chi piace quella dei cristiani...» bisbigliò.
«... E delle cristiane!» ridacchiarono esilarate le fanciulle.
Venduto, anzi venduta al mercato delle schiave!
«Noooo!» strillò il poeta con la vocina di Teofànu, battendosi il petto e subito lamentandosi per l'inatteso dolore.
«Guardatela! Non sa di avere le poppe!» risero ancora più forte le prostitute e una, mostrando un lungo zucchino verde, comandò: «Su, su, è ora di far pratica pure con questo...».
Invano Teofanès e Teofànu tentarono di saltare oltre la porta e domandare aiuto.
La Beccaia e le compagne avevano sigillato ogni uscita, la sospinsero in una stanza, la vestirono di veli trasparenti e la chiusero a doppia mandata.
Piangeva Teofànu, disperata di non poter più tornare maschio e soprattutto di essere finita in una tratta di femmine, come capitava alle sfortunate eroine dei romanzi che sempre aveva letto e desiderato, sulla pagina, emulare. Non aveva mai pianto così in vita sua. Era così che piangevano le donne? Ecco perché spesso i fiumi portavano i nomi delle ninfe infelici, a furia di piangere si erano mutate in acqua.
Nessuna divinità e men che meno un eroe le fu di soccorso, però. Venne la sera, sorse la luna, oltre la porta udì un animato vociare. Uomini. Accostò l'orecchio alla porta sperando si trattasse dei soldati di Artemio o, quanto meno, di Napoletani cui chiedere aiuto ma, dalle risatine e dai versi osceni, capì che era in una nota e frequentata casa di appuntamenti, proprio come quella che un tempo aveva visitato in compagnia di Costantino a Pera, e che nessun cliente era lì nei panni di Teseo.
«Ce n'è di nuove?» chiese vogliosa una voce.
«Oh sì, proprio oggi, è arrivata una sventatella!»
«Ed è bruna?»
«Bruna e formosa, un'orientale!»

Teofànu si nascose sotto le lenzuola, imprecando forte come fosse ancora Teofanès.

A lungo udì conciliaboli e gridolini nelle stanze che si animavano accanto alla sua, o sopra – era finita in un vero palazzo dei piaceri –, finché anche i lamenti delle copule cessarono e, ormai sicura di non esser fra le prescelte, si stese sul letto, stremata, a cercare il sonno.

Era ormai notte fonda quando si risvegliò sentendo un corpo penetrare fra le sue lenzuola. Si ritirò terrorizzata.

«Non spaventarti, mio giglio» sussurrò una voce. «Sono qui perché mi hanno detto che anche tu sei straniera...»

Se prima aveva avuto solo paura d'essere stuprata, ora fu la voce che la pugnalò, inattesa: quello era Michele Psello, cioè il suo Costantino. Gioia, furia, paura si avvicendarono nella povera Teofànu. E poi indignazione: hai capito il monaco, l'onesto sposo, il padre nostalgico, il religioso letterato! Di nuovo per pòrne come a Pera, per donne e per uomini, che importava, e mai come questa notte rischiava, in realtà, di avere l'una e l'altro.

Se al mattino gli era saltato al collo per strozzarlo, ora, si disse, avrebbe chiesto aiuto alle lenzuola, l'avrebbe impiccato sul letto. Ma non era con la forza che avrebbe ottenuto questo o altri scopi, era pur sempre Teofànu.

Controllandosi a fatica, si schernì modulando la voce per impietosirlo: «Sono nuova, sì, mi hanno rapita... Ti prego, tu che sei un nobile signore e che mi pari onesto, liberami, ti prego...».

E intanto una ridda di pensieri le si accavallavano in cuore: farsi riconoscere? Rischiare di disgustarlo? O riavere l'amato con l'inganno per un'ultima notte di felicità? No, no, voleva ucciderlo. Ah, se erano stupidi i romanzi, e quanto più stupido era viverli, beffa raddoppiata e triste!

«Suvvia, non far la ritrosa, ti farò ricca, se vorrai...» insisteva il bavoso Psello, avvicinandosi, tentandola, sfiorandola.

Si era mai reso conto, Teofanès, di quanto fastidiosi fossero i maschi, e penosi, con le femmine? Il desiderio dell'amato che un tempo lo tramortiva ora rischiava, in questa sua versione mercantile, di disgustarlo. Finì col prenderlo a calci e a schiaffi, il tutto assai debolmente, per timore d'essere scoperta, o scoperto, così Psello, travolto dall'energica schermaglia, si fermò, ansante.

«In fondo, hai ragione tu. Cosa sto facendo. Sono solo un animale.»

Teofànu attese. Magari si era sbagliata. Era l'occasione per fare domande e ottenere risposte diverse da quelle che avrebbe ricevuto Teofanès.

«Sei sposato, mio signore?» tentò, prudente.

Psello annuì, le braccia ciondoloni, i piedi fuori dal letto.

«E hai figli?»

Di nuovo la testa che assentiva, sconsolata.

«E sei felice? Ami tua moglie?» Lo aveva chiesto e già si stava mordendo le labbra: se dal tono, se da un dettaglio si fosse capito che a chiederlo era un vecchio amico e non un'ignota prostituta...

Psello guardò nella penombra della stanza, fra i molti velari che avvolgevano il letto, verso una pozza solitaria creata dalla luna attraverso la finestra.

«U-u-una volta ho a-a-amato.»

Il cuore di Teofanès batté un colpo in meno. Non udiva balbettare Costantino, cioè Michele, da molti anni. Era di lui, del loro amore che parlava? Ci volle un vero sforzo per proseguire l'interrogatorio.

«Non è tua moglie? Era bella?»

Psello la guardò, Teofànu si velò il viso e si ritrasse nelle lenzuola.

«Strano a dirsi, ma ti somigliava. St-st-stanotte mi sembrava quasi di p-p-poter ripetere con te...»

Ma non arrivò a finire la frase perché Teofanès e Teofànu insieme gli erano saltati addosso. Esitazioni, dubbi, circospezione, tutto era crollato e l'odio svaporato. In un frugar di mani, di braccia, di pelvi e lingua, l'amore che da tempo era svanito dal cuore di entrambi, e anche la lussuria, lontana e persa, si rianimarono. Nelle mani di Michele erano i seni di Teofànu, e veloci le dita di Teofanès cercavano il sesso di Michele. A un tratto, però, furono le mani di Michele a trovare il sesso di Teofanès, non certo la vulva che s'aspettava, il che per un istante provocò agitazione: le guance di Teofànu erano ispide, qualcosa non tornava. Accortosi che la magia latitava nel momento meno opportuno, Teofanès non si fermò, né poté fermarsi Michele, sicché a volte l'uno penetrava la giovane sconosciuta, a volte i due amanti a vicenda si prendevano.

La notte fu lunga, la confusione indimenticabile e, proprio quando l'allentarsi della tenzone erotica avrebbe consentito di porre le domande rivelatrici che di certo tormentavano Psello, i soldati del Duca bussarono alle porte della torre.

«Che volete?» chiese ostile la voce di Beccaia. «Qui si lavora onestamente!»

«Veniamo per ordine del vescovo Oderisio. Tutte le donne di questa casa sono in arresto.»

E poiché Beccaia non volle obbedire, i soldati sfondarono le porte, il fuggi fuggi di femmine e clienti fu inevitabile, e repentino s'interruppe l'idillio, Michele infilando una porta segreta che doveva essergli nota, Teofanès correndo semplicemente in strada a rotta di collo, sottobraccio gli abiti da maschio che gli avevano tolto ma non sottratto, velato appena dalle vesti di seduzione che la Beccaia le aveva invece imposto per la notte.

Mentre si animavano le torri vicine, destate dal tafferuglio, raggiunse la fontana, livida nell'alba, incerto se tuffarsi e tornare uomo – ma non era certo che la fontana avesse il potere contrario – o restare donna per riconsegnarsi all'amato.

Che progetto disperato sarebbe stato quello di restare prostituta solo per rivedere Michele: come credere alle promesse di un cliente? E non lo aveva già ingannato una volta? E avrebbe mai avuto il coraggio di dirgli che la piccola prostituta con cui aveva goduto era invece il suo vecchio compagno di scuola, il negletto Teofanès? Di certo Psello avrebbe preso di corsa la via di Costantinopoli, e addio.

Interruppe i disperati pensieri del bizantino l'avvicinarsi di un carro. Una vecchia cadente teneva le briglie e al suo fianco erano un ragazzo assai bello e una bambina mora e incinta.

«Morfisa!» strillò stupefatto. «Morfisa, sei proprio tu?! Sono Teofanès!»

Il carro si fermò, la vecchia scrutò il poeta attraverso le bianche cataratte: «La conosci?» chiese alla ragazza.

«No, Euplea...»

«Che ti è successo, figlia? Ti hanno derubata, stuprata, abbandonata?»

«No, no! Cioè... quasi...»

«Però ha un'aria familiare...» disse Morfisa a Eughènio, che si strinse nelle spalle.

«La fontana... il pesce... sono io... sono Teofanès Arghìli...»

La vecchia lo scrutò.

«Dimmi, cosina, hai per caso messo le dita nell'acqua? Non ti sei chiesta perché a questa fontana non c'era nessuno e non ci bevono nemmeno gli uccelli? Questa è la Pietra del Pesce, muta chi passa in ciò che vuole...»

Dalle finestre della casa s'affacciò Beccaia agitando un pugno, mentre i soldati facevano rumore nelle stanze.

«Vecchia, ridammela, è roba mia, ormai!»

Euplea sorrise a Teofànu e a Teofanès.

«Ma no, costei ci serve, ora lo vedo. Sta' buona, Beccaia, per oggi rinuncia alla tua preda, presto ne avrai di nuove» disse.

Poi, rivolta a Teofanès: «Andiamo, bambolina. Monta sul carro. Andiamo al Pretorio, dal Duca, che cerca tutti voi...».

7

«Figlia mia, ben ritrovata!»

Riecco la temuta aula del Pretorio dove la sua vita era di continuo giocata ai dadi, pensò Teofanès entrando in compagnia della vecchia Euplea e di Eughènio, che recava in braccio la dolorante Morfisa, ormai prossima al parto.

Spiò i volti dei senatori e degli igùmeni che, richiamati dalla notizia che era corsa immediata lungo platee e trasende, arrivavano alla spicciolata: qualcuno l'avrebbe ben riconosciuto anche in vesti femminee, ma la folla era concentrata sulla giovane Teotokòs, e ancor più sul suo assai evidente stato gravidico.

Gli anziani mormoravano e si segnavano.

Solo il Duca, reso cieco dalle sue trame, non vi badò e corse incontro a Morfisa, troppo festoso per essere sincero.

«È giunta l'ora che il matrimonio si celebri, dunque! Disponete ogni cosa e che il messo delle Auguste impalmi per conto del parente dell'Impero la nostra seconda e prediletta creatura! Dov'è, dov'è il messo delle Auguste?»

Euplea avanzò lenta e si frappose fra padre e figlia: «Giovanni, chètati» ordinò. La voce era flebile per l'età, eppure Teofanès l'udi risuonare come una tromba nell'aula.

Solo allora il Duca, quasi Euplea gli avesse strappato un

velo dagli occhi, vide finalmente lo stato di Morfisa, stralunò e si mise le mani nei capelli.

«Chi è stato? Chi è stato, che lo ammazzo?!» urlò guardandosi intorno confuso, realizzando all'improvviso che la figlia era fra le braccia di un giovane sconosciuto.

Puntò il dito contro Eughènio.

«Tu!»

Il ragazzo indietreggiò. Euplea di nuovo parlò all'adunanza.

«Qualunque cosa sia accaduta a Morfisa il Duca Giovanni è l'unico responsabile. Ha lasciato che gli Arabi la rapissero, questo lo sapete. Ma ignorate, forse, che prima ha ingravidato sua sorella, Crisorroé, e che quando la giovane ha partorito, un anno fa, ha ordinato che il bambino sparisse. Questo ragazzo è il figlio di Crisorroé, questo è tuo figlio, Giovanni!» concluse mostrando all'adunanza il terrorizzato Eughènio.

Il Duca quasi nitrì per la furia: «Ma cosa dice questa vecchia megera?».

Dalla massa degli igùmeni a questo punto Teofanès vide Oderisio monaco avanzare lento verso Euplea: non c'era più traccia in lui del bizzoso vitello manifestatosi durante l'incontro con Mitreo né del frustrato allievo compagno di Nilo; ora l'astuto politico l'aveva rivestito completamente, come una spessa corazza.

«Euplea, sono anni che non ti vediamo. Ti credevamo morta.»

«Ti sarebbe piaciuto, monaco...» sorrise Euplea.

Oderisio rilanciò: «Quand'anche fosse vera la sciocchezza che dici, come potrebbe essere questo ragazzo che avrà... quanti? Sedici, venti anni? Come potrebbe essere il figlio di una donna morta che l'ha partorito lo scorso anno?».

Euplea si rivolse ai senatori ignorando il benedettino: «Questo ragazzo è il figlio di un orribile incesto, lo giuro, ma non ne ha colpa ed è puro come un giglio. Io stessa un anno fa ho provveduto a darlo alle Acque con l'aiuto della badessa Basilissa, complice del misfatto. Era un infante quando lo diedi al fiume termale e la magia lo ha riconsegnato a un nostro confratello sul monte Virgilio indietro negli anni, sicché è cresciuto prima d'esser nato».

Il prodigio e il Monte Virgilio passarono di bocca in bocca. Teofanès udì anche mormorare una parola che gli drizzava i peli sulle braccia, "uovo".

«Credevo allora di agire per il bene del Ducato ma ero cieca: io e le mie sorelle siamo sotto attacco. Ci vogliono morte i Normanni, i cattolici di Roma, il Duca. Due mie sorelle sono già defunte e proprio ieri quella serpe di Basilissa, cui tutto abbiamo insegnato e che ha volto al male ogni nostra arte, è venuta a Tritoli per assassinarmi in combutta coi Normanni. È stato in quel preciso istante che l'Acqua ha riportato vivo il giovane Eughènio nella grotta dove l'avevo sepolto e, per mia ulteriore vergogna, è stato lui a salvarmi la vita. Lui e la giovane Morfisa.» S'inchinò commossa la vecchia Euplea.

«Tu deliri...» mormorò pallido in volto il Duca. E intanto spiava Eughènio cercando indesiderate somiglianze.

«Quest'uomo... sarebbe mio padre?» chiese confuso il giovane, cercando conforto in Morfisa, che annuì abbassando gli occhi.

Giovanni si tenne la fronte come per un capogiro.

«Questo contadino... questo pastore... questo provinciale... ha ingravidato mia figlia e ora pretende anche di discendere dai miei lombi!»

Euplea precisò: «Pare sia colpa dei tuoi lombi se questa bambina sta per dare al mondo un figlio».

Senatori e igùmeni insorsero. Teofanès vide Drengot avanzare spintonando nella folla ma riconobbe anche – e ringraziò i Santi Medici – Artemio Coniata che, accompagnato da Barda e Ghiòrghe, si stava facendo spazio.

«Ecco il normanno che mi ha quasi ucciso!» dichiarò Euplea.

«Sono menzogne» ribatté Drengot. «Mi sono recato alle terme perché questa vecchia strega voleva uccidere la badessa.»

Un senatore l'interruppe: «Conte, Euplea non è una strega ma la più anziana delle Sibille, la Custode delle Acque della città. Portale rispetto quando parli».

«È lui il bugiardo!» urlò allora, inatteso anche a se stesso, con la sua nuova vocina, Teofanès.

Tutti si voltarono a guardarlo.

«Chi sei tu?» chiese il Duca accorgendosi per la prima volta della presenza semivestita di quella sconosciuta che era in effetti Teofanès.

«Voi non lo crederete... ma dovete: io sono il messo delle Imperatrici, sono Teofanès Arghìli!» proclamò allargando le braccia. L'abito di veli mostrò i seni; accortosi dell'incidente Teofanès si richiuse rapido e vergognoso.

Fra i senatori, nonostante la gravità dei fatti, corse qualche risatina.

Allora si rivolse ai Bizantini, implorandoli uno a uno: «Artemio! Generale, non mi riconosci?! Ghiòrghe, nemmeno tu? Mi hai tenuto la fronte per mesi in mare mentre vomitavo! Barda, Barda, non ti ricordi che passavo il tempo a scrivere lettere?».

Ghiòrghe s'accigliò: non aveva raccontato quel dettaglio a nessuno. Barda, invece, lo valutò con appetito: «Sei formosa, rotondetta, mi ricorderei se t'avessi avuta nel mio letto...».

L'aula intera ora rideva, scomposta.

Artemio, corrucciato, gli si avvicinò per guardarlo meglio, gli prese il mento con due dita, lo voltò da una parte e dall'altra.

«Sì, hai un'aria nota...»

Drengot ne profittò: «Lo strategòs di Costantinopoli apprezza le nobili napoletane e pure le prostitute...», e guardò nell'aula verso qualcuno che non trovò. Teofanès capì che cercava Blactu. Quindi proseguì: «Ma la Beccaia ti ha fatto bere troppo: guarda quant'è brutta!», e con la mano incitò di nuovo tutti a ridere.

Questa volta però più di un senatore s'indispose e uno

gli ribatté: «Conte, non cambiare argomento: tu hai assassinato con una freccia la vecchia Teodonanda al funerale di sua nipote, ti abbiamo visto tutti. Eppure non sei nelle prigioni ducali. Hai dichiarato che le devote di Virgilio, che sono l'unica protezione della nostra città, vanno sterminate. Perché non dovremmo credere a Euplea se dice che volevi ucciderla?».

Drengot agitò minaccioso il pugno contro il vecchio, ma proprio in quel momento a Teofanès venne un'idea: cavò dagli abiti che portava involti sottobraccio la croce di rubino di sua madre e la sventolò sotto il naso dello strategòs.

«Guarda questa, Artemio, non la riconosci?!» Lo strategòs prese la croce fra due dita. «Ecco i miei abiti...», e gli mostrò le vesti maschili che portava sottobraccio. «Sono io... sono io...» implorò il poeta, le lacrime agli occhi.

Quindi un urlo straziante si levò fino al soffitto a mosaici: Morfisa aveva iniziato il travaglio.

«Dove sono le zie di questa bambina?» chiese Euplea con tono vigoroso. «Dov'è Blactu? Dov'è Maria Merenda?»

«Maria e suo marito sono in carcere...» sibilò il Duca in risposta.

Euplea si erse come una belva, nonostante la sua età gli uomini intorno si ritirarono timorosi.

«Disgraziato!» esclamò.

Teofanès vide Artemio rivolgere lo sguardo all'ingresso del Pretorio.

Blactu era entrata nell'aula vestita d'un abito color della notte, che nel povero Teofanès produsse un turbinio omerico. Vide Morfisa e ordinò: «Che sia portata in una stanza per il parto!».

Le guardie tolsero la partoriente alle braccia del suo amato.

A questo punto un uomo che era stato in ombra, coperto dalla corte dei senatori, si fece avanti. Teofanès riconobbe il protospatario Fileno Matacena.

«Augusto, se questo ragazzo è davvero vostro parente, forse è il caso di custodirlo meglio...»

Eughènio tentò di seguire Morfisa ma una guardia lo trattenne.

«... Le sante monache di Donnaromita potranno conservarlo per noi» concluse Matacena e fece cenno ad Alessia, la rumena al servizio di Basilissa, che ascoltava nascosta dietro una colonna.

Alessia afferrò per un braccio Eughènio e con due soldati lo costrinse verso l'uscita. Passando accanto a Teofanès, lo squadrò, rallentò e gli bisbigliò in un orecchio: «Come femmina fai disgusto, sarebbe stato meglio ridurti e imbottigliarti: anche così conciato sento puzza di bizantino».

Quindi uscì zoppicando dietro le urla di protesta di Eughènio.

Teofanès implorò con gli occhi Artemio Coniata che rapido soggiunse: «Costei, con il permesso del Duca, la portiamo via noi, perché ci spieghi dove ha preso gli abiti che erano del nostro emissario, e se l'ha visto, e quando».

«Sia» concesse Giovanni.

Teofanès fu subito circondato da Barda e Ghiòrghe.

Barda gli pizzicò il sedere.

Alle loro spalle l'adunanza esplose di proteste e discussioni.

Il poeta si stava lasciando portare verso la Calipso attraverso il giardino del Pretorio, finalmente un po' sollevato, quando riconobbe la veste bianca di Psello che si avviava a passo svelto verso l'aula.

«Costantino!» gridò. «Michele!»

L'altro si voltò cercando la voce che lo chiamava e riconobbe la sua compagna – o compagno? – della notte appena trascorsa. Sgranò gli occhi per la sorpresa.

«Sei tu? Che ti è successo?» disse, trattenendosi dal raggiungerla.

«Io...» iniziò a dire Teofanès, ma la voce si perse nella piazza poiché la sua scorta non voleva e non poteva fermarsi: Artemio gli fece cenno di tacere e camminare.

Obbedì controvoglia e proseguì verso il porto, voltandosi ogni due passi all'indietro, e altrettanto fece Michele Psello.

8

Più tardi, nel giardino di Donnaromita il Duca e Matacena passeggiavano fra le lapidi spezzate e i capitelli antichi.

Il sole batteva inesorabile, eppure ogni tanto le nuvole provocavano un'ombra bluastra.

«Si avvicina il maltempo?» chiese Matacena.

«Se non ritroviamo quel poeta porterete voi Morfisa a Costantinopoli?» gli rispose con altra domanda il Duca, tormentato dall'incerto destino del suo regno.

«Io o Psello, che è più adatto di me» si strinse nelle spalle l'altro. «È fastidiosa per gli occhi questa luce...»

«I tempestari dicono che è prevista un'eclissi» rispose il Duca distrattamente. «Ma come giustificheremo la sua nuova condizione?»

«La verginità si ricuce» disse mellifluo Matacena. «E i figli indesiderati spariscono. Voi lo sapete bene...»

Il Duca arrossì violentemente.

«A volte, però, ritornano...»

«Già. Pare succeda.»

«Anche se non riesco a spiegarmi come quel che ha detto la vecchia delle terme non può essere del tutto falso... A che scopo lo direbbe?»

«Oh, solo per diffamarvi, com'è ovvio.»

«Però... quel ragazzo mi somiglia. E mia cognata Basilissa dice che gli ha visto l'anello...»

Matacena si pinzò i lati del naso con due dita e chiuse gli occhi per un istante, stanco.

«Quale anello?»

«Quello di mia figlia Crisorroé.»

«E come lo possiede? Qualcuno gliel'avrà consegnato. Forse la vostra nera Teotokòs...»

«No, quell'anello era caduto con lui... nelle Acque... un anno fa... Voi non sapete cosa sono capaci di fare queste donne...»

Matacena sospirò e sedette su un'ara capovolta che un tempo doveva esser stata sontuosa, movimentata da una lotta fra giganti. Una nuova nuvola oscurò il sole.

«Augusto, gira già voce in città che un vostro figlio, ricomparso dal nulla, sia venuto a reclamare il trono.»

Giovanni digrignò i denti.

«A voi ucciderlo, allora.»

«Oh, via, sempre queste maniere forti... Faremo di meglio, faremo di meglio...» sorrise il protospatario e alzò una mano a difendersi il volto. «Eclissi, dite?»

Grida e botti esplosero oltre le mura del giardino.

«Che accade?»

Alessia arrivò con il suo passo pesante.

«Perdonate, la Teotokòs ha partorito.»

«Il popolo festeggia, quindi...»

«Dicono che è un segno sacro: la Madonna che partorisce una seconda volta... Ma è un'eresia!» sentenziò la rumena, la bocca storta come un taglio d'ascia. «Quella strega ha partorito un bambino che stringe un uovo.»

Il Duca e Matacena rimasero in sbigottito silenzio.

Dopo lunghi istanti, Matacena chiese: «Un uovo... di gallina?».

«Molto più grande. Rosso...»

Matacena si stropicciò la fronte.

«E le avete mostrato... il figlio?»
«Sì. E non se n'è meravigliata. È un maleficio.»
Matacena si batté le mani sui fianchi.
«Vorrà vedere il padre di suo figlio...»
«Lo ha già chiesto.»
«Bene. E noi glielo faremo vedere. A tempo debito» concluse il bizantino e si alzò oscillando la sua grossa testa di rinoceronte.

9

Lo specchio di piombo che aveva riflesso la sua immagine l'ultima volta mesi prima, al suo arrivo a Napoli, mostrava adesso le delicate sembianze di Teofànu stravolte dalla stanchezza e dalla paura. Di nuovo chiuso nella cabina dove aveva viaggiato per mesi, invano Teofanès aveva cercato conforto fra le sue cose: gli abiti puliti nella cassapanca, ancora profumati di casa, i libri, il manoscritto del poema interrotto, tutto, dopo tante avventure, gli risultava dolorosamente estraneo.

Gli sembrava di disseppellire le spoglie di una vita smarrita.

Sfogliò il suo Apuleio: non era migliore il suo destino di quello immaginato per il protagonista dell'*Asino d'oro*. Era come se avesse portato con sé una profezia: non era mutato in asino ma in donna, tuttavia asini e femmine avevano lo stesso destino, venduti da giovani, sfruttati fino alla vecchiaia, sepolti.

Bussarono alla porta della cabina.

«Lasciatemi in pace» strepitò.

Non avrebbe sopportato altre risatine, altri untuosi corteggiamenti e nemmeno vedere le facce bianche di terrore dei soldati. Benché Artemio lo avesse condotto in incognito sul dromone, la voce della magia che lo aveva colpito girava come la notizia di un'epidemia mortale.

Per i Santi Medici, che quei deficienti lo riportassero in fretta a Costantinopoli e lo riconsegnassero a sua madre, almeno.

«Fammi entrare, sono Michele» disse una voce oltre la soglia. Teofanès balzò in piedi per la sorpresa. «Fa' presto, ho poco tempo.»

Teofanès e Teofànu, entrambi dubitosi, schiusero con prudenza l'uscio della cabina. Michele, rosso in viso, l'abito in disordine rispetto al suo solito, scarmigliato, se ne stava incerto sulla porta. Avanzò senza riuscire a guardarli in volto, né l'una, né l'altro. Vagò per la cabina nervoso: aprì distrattamente i libri, vide il poema e ne lesse un verso o due.

«Non l'hai proseguito?» chiese, sempre evitando il poeta.

«Chi cerchi?» incrociò, nervoso, le braccia Teofanès. «La prostituta di stanotte o il compagno di scuola?»

Michele s'accasciò su un sedile, la testa fra le mani. «Ma come è successo?»

Ora lo scrutava con apprensione. «La scorsa notte, io non sapevo... Mi sembrava di aver capito che... Non ho saputo trattenermi...»

Le sottili sopracciglia di Teofànu si arcuarono, mute.

Psello si tormentò le mani.

«Tu hai ragione... È tutta colpa mia... Ho mancato con te... con lei... voglio dire...» E poi, svelando la sua vera natura, l'inarrestabile curiosità dell'uomo di studi: «Non c'è traccia di magie simili nei trattati di demonologia che ho studiato! Mi devi spiegare cosa ti è successo!».

Teofanès s'indignò.

«Questa notte siamo stati di nuovo felici e uniti come da ragazzi. Ho sentito chiaramente che puoi essere felice solo con me e tu mi chiedi di magie e dèmoni?!»

Michele si alzò, si sedette di nuovo, si passò le dita fra i capelli e sul viso.

«Io non capisco! Giuro che non capisco!»

Il poeta sogghignò: «Tu non capisci? Io è da quando sono in questo Ducato che non mi faccio più domande! Qui le donne, monache e mogli, sono tutte maghe, e l'acqua che bevi ti porta più lontano di una nave o di un carro, e se la tocchi... Santa Patrizia, io ho solo messo la mano in una fontana!».

Michele prese a passeggiare per lo stretto spazio della cabina avanti e indietro, i pugni serrati dietro la schiena. «Ormai bisogna portare la figlia del Duca a Costantinopoli quanto prima. Ma tu non puoi sposarla per procura in queste condizioni!»

«È di questo che ti preoccupi? Che io non possa portare a termine la mia missione?» La voce di Teofànu scoppiò acuta e furiosa: «Dovevo ucciderti quando ne avevo la forza, ieri mattina, strangolarti! Ma sì, porta la piccola Morfisa dalle Imperatrici: vedrai se non si troveranno bene! Ti ricordi le Gorgoni di cui parlavamo a scuola? Quelle che diventano pesci, cinghiali, aquila?».

«Lei?»

«Lei! Corre senza piedi, viene in sogno, succhia il sangue!»

«Erano storie per far paura ai bambini...»

«... Sua zia invece di giorno è una badessa, ha l'aspetto di una dea, la più bella delle donne, la più seducente. E di notte diventa vecchia, va in una bottega e rimpicciolisce i nemici, li mette in bottiglia e li lascia morire! Ecco!» si batté la mano sulla fronte Teofanès. «A lei dovevo chiedere...»

«Che cosa?»

«Di imbottigliarti!»

S'affacciò bussando alla porta Barda.

«Tutto bene? Hai bisogno d'aiuto, fiorellino? Il vostro battibecco si sente fin in coperta...»

Teofanès fece cenno al cretese di svanire con una mossetta femminea così vezzosa che l'altro le mandò un bacio uscendo. «E ho incontrato anche una Bella dei boschi» riprese a dire.

Non c'era argomento che appassionasse di più il suo antico compagno di scuola. E infatti: «Esistono?» chiese Psello, vorace.

«Ne ho vista una che cacciava coi molossi, con questi occhi!»

L'entusiasmo di Psello parve svanire veloce come s'era infiammato. Altri pensieri l'affliggevano. Si poggiò a una parete.

«Chi può aiutarti, insomma?»

«La Custode, Euplea, forse...» si strinse nelle spalle Teofanès.

«E perché non l'ha ancora fatto?»

«E cosa ne so!» sbottò il poeta, sconsolato.

«A giorni farò celebrare il matrimonio e tu assisterai. Dopo di che, con la ragazzina a bordo ce ne torneremo in patria.»

Teofànu batté le mani ma Teofanès domandò: «Cosa farai di me, una volta a Costantinopoli?».

Psello allargò le braccia.

«Sono già sposato... Io vorrei, credimi, ma...»

Teofanès toccò con mano che se prima non gli era lecito, da uomo, esser sposato al suo amato, ora non gli era possibile averlo accanto nemmeno da donna.

Rubò un bacio al suo visitatore, che lo scostò imbarazzato, non sapendo chi o cosa stesse tradendo con quel gesto, e rimpianse amaramente che la vita non fosse tutta una sequela di notti nella torre della Beccaia.

10

«Sii il benvenuto» mormorò Basilissa, accogliendo Eughènio nelle stanze private di Donnaromita.

Eughènio non aveva visto in vita sua altra casa che la chiesa sul Monte Virgilio e già l'aula del Pretorio, dove Morfisa aveva rischiato di partorire, gli era parsa favolosa con i suoi mosaici, i tappeti, la folla variopinta della corte.

Le stanze di Basilissa erano la quintessenza di un sogno proibito: a macchie verdastre una luna, dipinta sulla stoffa che foderava le pareti, cesellava cespugli di mirto che nascondevano cani e cervi cacciati da una bionda Diana. Civette, falchi e lupi animavano la notte simulata intorno al letto.

«Mi aspettavo di vedere nella vostra stanza solo immagini sacre» disse, esitante.

Non riusciva a guardare dritto negli occhi questa sua sconosciuta parente: era bella, più bella di qualunque sogno avesse mai fatto.

Eppure non poteva dimenticare di averla vista armata e in vesti di assassina, nelle terme.

«Queste non ti piacciono?» sorrise Basilissa.

«Moltissimo... ma Morfisa dov'è?»

«La vedrai presto» promise la zia, quieta, materna.

E gli versò da bere in una coppa preziosa.

Eughènio annegò lo sguardo nel bagliore dei granati.

«Ti piace il vino?» domandò lei, premurosa.

«Lo bevo di rado.»

«Questo è speciale: abbonda. Dobbiamo far la pace, io e te. Credo tu abbia male interpretato quel che il conte Drengot e io cercavamo di fare...», e gliene versò ancora. «Sei giovane... Sei bello» sussurrò carezzandogli i capelli. Eughènio la lasciò fare. «Chissà quante fanciulle hai avuto già...»

Eughènio arrossì.

«Solo una. E intendo sposarla.»

«E perché non l'hai già fatto?»

«Non so... il tempo si è avvolto... un errore...»

«Certo, certo» proseguì melliflua Basilissa e gli sfiorò prima le braccia, poi le mani. «Hai fatto bene. Le donne devono sposarsi presto ma tu hai tempo, che fretta c'è?»

La veste di Basilissa si allargò mostrando l'attaccatura dei seni e al collo un'aquila identica a quella raffigurata sull'anello che il ragazzo portava al medio sin da bambino: Eughènio ingoiò a fatica un altro sorso di vino.

Basilissa gli prese la mano, il suo sorriso brillava come brace nel buio della stanza.

«Credevo non avrei mai rivisto quest'anello...»

Nella luce obliqua delle lanterne balenò una caviglia nuda. Eughènio chiuse gli occhi. Basilissa tornò al punto: «L'amore va bene ma bisogna anche provare il mondo, se lo si vuol comandare...».

«Io... non desidero comandare...» balbettò il ragazzo.

Basilissa rise, un tintinnio di cristallo.

«Eppure, Eughènio, è il tuo destino.»

E prima le spalle si svelarono, poi un seno sfuggì alla veste.

Eughènio arretrò, spaventato, confuso: l'amore per Morfisa gli tirò la manica. L'abito di Basilissa piombò sul pavimento.

Il desiderio è un rampicante. Si avviticchia alle ginocchia, è un'ortica che non si debella né si estirpa, pulsa nello stomaco e affiora sulle labbra. Lunghe gambe, piedi perfetti, pelle chiara: Basilissa trasse a sé il nipote, il vino lo legò, il letto li accolse.

Per giorni l'amorosa cura della badessa proseguì.

Invano il ragazzo chiedeva di Morfisa, e del figlio che doveva nel frattempo per forza essere nato: subito gli dicevano che c'era tempo ancora e che tutto andava per il meglio, insomma si accontentava di blande rassicurazioni.

Quando la coscienza si risvegliava, di nuovo le membra di Basilissa si richiudevano setose intorno a lui. E quando non era sottoposto alle cure di Basilissa, era nelle mani di Fileno Matacena.

«Che tempo, che tempo... Dicono che ci sarà un'eclissi... Altro che eclissi...» borbottava il bizantino, poiché il tempo peggiorava sul Ducato e, là dove la primavera avrebbe dovuto mutarsi in estate, un lento addensare di nubi minacciava l'inverno.

Intanto, con il braccio tintinnante di bracciali avvolgeva le spalle bianche della sua preda sussurrando all'orecchio: «Vedi, ragazzo... Ma che ragazzo! Da oggi tu ormai sei un uomo! Quale che sia il modo assurdo con cui questo si è verificato, tu sei il solo figlio maschio del Duca. Che importa questa storia dell'incesto... Non è una cosa bella da far sapere ma non è la prima volta che capita, né sarà l'ultima... Tu sei l'erede di questa città: per di più hai messo incinta la figlia adottiva del Duca. È tua zia? Pazienza! Però, diciamo la verità, non vorrai restare legato a una storpia... Mai restare legati al passato, il futuro è ciò che conta e il nostro futuro sono i nostri alleati, i Normanni. Presto il vescovo di Roma li riconoscerà signori di Napoli e grazie a loro tu erediterai il tuo regno».

A Eughènio della politica non importava affatto.

«Non voglio che capiti qualcosa di male a Morfisa» protestava. E Matacena lo rassicurava: «Non accadrà. E nemmeno a tuo figlio. Prima o poi le donne giovani e belle prendono il posto del primo amore. Del resto, non te ne si può fare una colpa: sei così giovane, non hai mai visto il mondo e la badessa Basilissa... è molto bella».

Eughènio si afferrava le tempie tormentato dalla colpa.

Matacena lo abbracciava.

«Su, su, non disperarti, è un peccato veniale... Certo, il mio consiglio è di smettere di andare a letto con le tue parenti ma a questo si pone rimedio, stai tranquillo... Quel che conta, dammi retta, è che tu prenda il comando delle truppe normanne quando queste attaccheranno la città. E bada che è questione di giorni, vedrai! Allora, farai il bene di tutti, anche di Morfisa, seguendo tua zia nel campo fuori le porte...»

Ora dopo ora le forze di Eughènio cedevano, la sua anima si lasciava corrompere. Più fissava gli occhi astuti del protospatario, gli scuri calamari, le pietre che gli baluginavano al collo, più si sentiva perso: ebbe una lontana visione di sé bambino sui prati del Monte Virgilio che pascolava le sirene, poi si vide poco più grande, mentre causava la pioggia e Nilo lo applaudiva, quindi ragazzo, i piedi nella neve, che contemplava l'orizzonte nascosto dai nembi, le cime incappottate dal gelo e il sentimento di ignoto che il bianco gli causava.

Ricordava bene la solitudine: la forra blu con le volpi argentate che correvano in coppia, in coppia anche le lepri e mai sole le pecore, a grappoli le capre, in folla i pellegrini di cui spiava le famiglie. «Dio è con te» diceva Nilo, per compensarlo d'essere orfano, ma solo fra le braccia di Morfisa per la prima volta si era sentito completo, felice. «Ti amerò per sempre», così le aveva detto.

Adesso, contemplava il ricordo dell'eternità posseduta per un istante e subito persa; piangeva, si malediceva ma, al risveglio, il suo corpo ritrovava i seni di Basilissa e le false promesse di Matacena. Poco alla volta la disperazione lasciò il passo all'insensibilità finché un mattino si alzò, si lasciò vestire da cavaliere, si lasciò trasportare nella piazza del Pretorio su uno scranno accanto a Basilissa e guardò senza comprendere la scena che si svolgeva sotto i suoi occhi: il ministro dell'Impero, Michele Psello, seduto accanto alla figlia del Duca, Morfisa – sì, era proprio lei: e dov'era il loro bambino? –, infilava due dita nel taglio dell'abito sul fianco della Ducissa, a simulare lo sverginamento della sposa, mentre Oderisio monaco pronunziava formule sponsali.

Scattò in piedi, gelido come un morto.

Morfisa andava sposa. Andava a Costantinopoli.

Non mi ama più, pensò, non mi ama più.

Basilissa lo prese per un braccio e gentilmente lo costrinse a sedere. Poiché Eughènio smaniava, gli prese una mano e gliela tenne stretta perché tutti potessero vederli.

11

Dal canto suo, anche Morfisa aveva sopportato a lungo in attesa di rivedere l'amato.

Su di lei s'erano esercitati, senza esito, il Duca e Oderisio, impedendole d'incontrare Euplea, Blactu o una qualsiasi delle sue devote. Oderisio voleva l'uovo rosso che brillava fra le braccia del neonato che Morfisa allattava: da quando Drengot gli aveva detto che con la spada aveva fatto una frittata del simulacro di san Virgilio era in grandi ambasce.

«Se la città non è ancora caduta è perché la Teotokòs ha dato alla luce un nuovo uovo: è un grave segno, da secoli non ne nasceva uno!»

«Date importanza a ridicole superstizioni, abbiamo altre urgenze, adesso» si stringeva nelle spalle Matacena.

«La Ducissa deve partire subito» ribadiva Psello.

A sera, a bordo della Calipso, Michele confabulava con Teofanès, tenendosi alla larga da Coniata, che, del resto, era spesso a casa di Blactu.

«Ecco perché Morfisa produce storie in quantità! Lei è la madre dell'uovo! Lei è la madre di tutte le storie!»

Alla reazione esaltata di Teofanès, resa ancor più sospetta dalla natura femminile che l'avvolgeva, Psello ebbe timore.

«Sembri invasato, amico mio, calmati.»

Ma Teofanès era così agitato che per un istante la barba gli rispuntò, e anche i peli sulle braccia.

Michele arretrò.

«Io devo avere l'uovo, capisci? Lo devo avere!»

«Lo capisco, ma...» l'assecondò il ministro.

Esitò nel raccontargli che al vescovo Oderisio era andato ripetutamente male il furto dell'uovo: ogni volta che un suo sgherro o una delle donne al suo soldo entravano con la scusa di recare cibo o fasciare il neonato, incubi e visioni li assalivano non appena sfioravano l'uovo, costringendoli a fuggire terrorizzati.

«Sono disposto a tutto! Dimmi cosa devo fare e lo farò!»

Psello, pur preoccupato per l'amato, si carezzò il mento, meditabondo. La follia, se ben direzionata, può dar luogo a vittorie sul campo di battaglia più difficile.

Proprio quel giorno aveva reso visita e omaggio a Morfisa per convincerla a collaborare esibendosi nel meglio della sua arte retorica ma Morfisa, senza smettere di allattare il bambino, aveva tagliato corto: «Tu sei quello che balbetta, l'amante del poeta, è vero?».

Psello era arrossito ma non aveva demorso: «E tu custodisci il grande potere di san Virgilio, Anàssa. Io ti venero poiché l'Eneide è un capolavoro...» si era inchinato.

«In verità mi chiedo, ministro delle Imperatrici, come puoi parlarmi del pio Enea, che fugge con in braccio suo figlio, e insieme negare a me e alla mia creatura di vedere suo padre...»

Psello aveva balbettato qualcosa, Morfisa gli aveva sorriso, implacabile.

«Correggimi, ministro: a Enea muore la moglie, per Enea si ammazza Didone. Con Enea si sposa Lavinia per ordine del padre, quando poteva essere lei regina. Dove passa il tuo pio eroe le donne muoiono, o sono infelici, o diminuite di valore. Sai, preferisco Ulisse che con Calipso resta dieci anni, con Circe è generoso benché lei lo tenga prigioniero, con Nausicaa gentile, poiché è solo una ragazza, e torna alla fine da Penelope. È un bugiardo, come te, come tutti i mariti e i padri, ma a Ulisse le donne piacciono, a Enea non tanto.»

Aveva lasciato la reggia dove era custodita la Teotokòs certo che così sarebbe andato ogni altro futuro colloquio.

«Faresti davvero qualunque cosa?» chiese allora, tornando al presente e alla cabina della Calipso, al suo amico Teofanès.

Gli occhi allucinati del poeta annuirono.

12

La risata plateale di Morfisa echeggiò per la sala facendo tintinnare bicchieri e brocche.

«Come sei bella, Teofànu! Ma come sei graziosa! Lo sai che ti preferisco, e molto, così?»

Era dal suo ingresso che la Teotokòs sghignazzava.

Teofanès prese un'aria contegnosa e intanto spiava il rosso uovo fra le mani paffute del neonato.

«Sono contento di trovarti di umore così buono e contribuire alla tua ilarità. Non ti manca Eughènio?»

Morfisa era tornata seria.

«Hai sue notizie?»

«So che sta bene. Ma tu che viaggi la notte come mai non gli fai visita? Anche se siete separati...»

Morfisa si rabbuiò.

«Lo cerco in sogno e lo trovo ma mi appare opaco, di spalle, non risponde ai richiami.»

«Avrà dei dubbi, dei ripensamenti... Del resto, ha scoperto le sue origini, devi capire...»

Morfisa si strinse al figlio.

«È un bel bambino, posso carezzarlo?»

Morfisa lasciò che Teofanès si avvicinasse. Il poeta carezzò il bambino, poi con un dito sfiorò, voglioso, l'uovo. E subito le Gorgoni apparvero a fauci spalancate, pronte a divorarlo. Urlò e cadde a terra.

«Dovevo avvisarti... Evita di toccare l'uovo», alzò un sopracciglio Morfisa.

Teofanès si alzò dolorante.

«Mi è concesso restare poco, Anàssa, ma sarei felice di brindare con te a questa nascita, sia pur avvenuta in tempi tanto strani.»

«Se tu non avessi ficcato il naso nei barili di Nilo...»

«Lo so, dispiace anche a me. E vorrei tanto liberarmi di quest'aspetto.»

Versò il vino che era su un tavolo vicino. Brindarono. Bevvero. «Un po' amaro» disse Morfisa.

«Dicono che la vendemmia è stata cattiva quest'anno e che sarà migliore la prossima, grazie alla tua protezione.»

«Dicono, dicono... Una città di chiacchieroni, ecco cosa è Napoli...» replicò sbadigliando Morfisa.

Poi, poco alla volta, poggiò la schiena, quindi il collo e poi il capo.

«Cosa mi hai dato, biz...»

Teofanès uscì che Morfisa era profondamente addormentata. In corridoio trovò ad aspettarlo Psello.

«Ora mi devi l'uovo!»

«Oh, sai anche tu che non possiamo toccarlo. Lo avrai quando saremo in mare.» E spinse fuori dal Palazzo l'infuriato poeta.

Al mattino Morfisa si risvegliò vestita da sposa, trasportata in lettiga, le gambe e le braccia legate da invisibili corde sotto gli abiti da cerimonia, fra due ali di folla rombanti, indignate e tenute a stento dai soldati del Duca.

Stentava a ridestarsi.

Aveva in grembo bambino e uovo: l'avevano drogata ma non erano riusciti a separarli. Trascinata su un trono con la forza, levò disperata gli occhi al cielo, al vulcano che dominava la città, alle nuvole.

Fu così che vide sugli scranni più alti della piazza, addobbati per la festa, Basilissa e, accanto a lei, Eughènio. Eccolo, finalmente, il suo amato, la sua unica ragione di vita. Perché non veniva a salvarla? Perché non la sottraeva a quell'odioso rituale?

La mano di Basilissa scivolò su quella bianca di Eughènio, che sembrava drogato. Tradita! Era stata tradita.

Un urlo altissimo le fuggì di bocca, la folla pregò, le nuvole raddensarono e tuonò.

Michele Psello, alquanto ansioso, prese posto accanto a lei. Oderisio monaco era di fronte a entrambi. Iniziò a recitare le formule di rito per gli sponsali. Prese un paio di grandi forbici d'oro e tagliò un angolo dell'abito sul fianco di Morfisa.

Psello vi inserì due dita.

Così era stata sverginata per la legge, così partiva sposa del lontano parente della Sclerena.

Morfisa tremava, preda di una rabbia mostruosa.

«Noooo!» urlò e digrignò i denti. I canini le si trasformarono in zanne di cinghiale; alzò i pugni e dalle scapole le fiottarono piume d'aquila mentre i moncherini delle gambe, sotto l'abito da sposa, si squamarono per farsi pesce.

«Ciorta a nuie!» urlarono le donne mentre Morfisa era biscia e belva, foresta e oceano, si mutava in tutte le sue forme contemporaneamente, il corpo incerto fra il volo, la corsa e il nuoto, e Psello si metteva a distanza, ipnotizzato dal tremendo spettacolo.

Una serva di Oderisio, profittando della confusione, di nuovo tentò di prenderle neonato e uovo ma fu colpita da un fulmine.

«È asciuta pazza 'a Maronna! Apocalissi, apocalissi!» urlavano le pescivendole e le monache, le ricche e le povere, le mercantesse e le lavannare.

Eughènio era balzato in piedi per raggiungerla ma subito l'aveva trascinato via Basilissa con l'aiuto dei Normanni.

Psello, Matacena e il Duca si erano ritratti dietro gli armati.

Coniata aveva afferrato Teofanès, che assisteva alla scena come fosse di sale, e Blactu, che le guardie avevano abbandonato, ed era corso trascinando entrambi verso la Calipso.

Fra la folla si era fatto largo Nilo che, a fatica, aveva raggiunto la Teotokòs.

«Scètati, Morfì, scètati!»

Due schiaffoni per darle colore e le mani tornarono ad avere dita, le squame si ritirarono dai piedi.

Ora la ragazza piangeva a dirotto.

«Tradita...» mormorava. «Tradita...»

Nilo l'abbracciò ma lei pianse così forte che le nuvole formarono un gorgo sopra di loro.

Il monaco avvisò: «Asciùttete ll'uocchie, piccerè, o nce vuoi affuca' a tutte quante?».

Ma Morfisa non gli dava ascolto: più piangeva, più si moltiplicavano i tuoni e i fulmini, l'acqua sgrondava, fitta, continua e pesante.

Fuggivano a ripararsi i Napoletani sotto tettoie e tende, nelle case; e chi si gettava dentro le ceste, chi nelle giare o nelle botti temendo di dover navigare per le strade e intanto l'acqua risaliva nei cortili, esondavano i torrenti, s'ingrossava il Sebeto; singhiozzavano perfino i pozzi e le latrine, ribollivano i fusari dove si lavava il lino e anche il mare, con un singhiozzo, invase la spiaggia e gli orti, lambì i pini e le torri.

E Morfisa ancora non smetteva, che maledizione essere donna, e anche il suo bambino appena nato piangeva, infelice, dannata la sua famiglia di stupratori e assassini. Pensò che voleva morire, e non l'aveva mai pensato prima: che cadesse la città con lei, che sprofondasse il mondo, che tutto diluviasse.

Iniziò così l'apocalissi a lungo temuta.

I linaioli usarono i lini per impiccare le mogli, i ricamatori cucirono le bocche ai bambini, i fabbri tagliarono mani e piedi ai forestieri sulle incudini. Poi la follia prese le mercantesse, che si vendevano e squartavano i clienti nei letti. Quindi impazzirono i monaci, che buttarono dalle finestre tutti i manoscritti che stavano dipingendo; e infine toccò ai vecchi, che se ne andavano nudi per la città chiedendo di bere latte dai seni delle donne.

«La gente, la folla è infetta» gridavano gli igùmeni. «Le orge di Bacco!» strillavano i diaconi.

A passi calzati di ferro entrarono poi in città i Normanni, che sgozzavano, stupravano, uccidevano.

Mentre la città cadeva, come era stato anticamente annunciato, Nilo portò Morfisa, suo figlio e il rosso uovo che aveva partorito fra banchi di merce rovesciati, cesti impilati, telai divelti, fra imprecazioni e capitomboli di fronte all'isola di Megaride, dove sorgeva il convento del Salvatore.

Con l'aiuto di un monaco, imbarcò madre e figlio e con loro traversò il mare verde e spumoso fino al Salvatore.

Sbattuta dalle onde, Morfisa si quietò ma i suoi occhi, se qualcuno li avesse osservati, erano quelli antichi della balena.

13

Quando l'attacco dei Normanni culminò era ormai l'alba, dopo una notte inesausta di pioggia.

Le porte di Napoli erano dissigillate.

«È araputo, è araputo!» gridarono i bambini, gli unici a non essere impazziti. Allora i capomastri più anziani, accortisi dell'inganno, portarono assi e bancali e le donne mobilia e stoviglie e stracci, così le porte furono ostruite.

«Guardate 'e puzze!» urlarono di nuovo i bambini che di solito tiravano sassi alle monache, e tutti corsero a spiare pozzi e fontane, per timore che altri Normanni risalissero le acque come i Bizantini molti secoli prima. Poi, dal campanile della Pietrasanta suonò un allarme: il monaco che dava le ore aveva visto al largo una peluria di navi, fitte come se il mare avesse messo setole. Salernitani, Capuani, Romani: le flotte dei ducati e dei principati si erano schierate in bell'ordine a coprire gli spazi rimasti fra Sorrento e Capri, fra Ischia e Capo Miseno.

Artemio Coniata, Barda, Ghiòrghe e il povero Teofanès tramutato in Teofànu videro le navi e le videro gli strategòi dei venticinque mercantili di Blactu Sparano, che da mesi segretamente si armavano. Blactu aveva lasciato la Calipso e guidava di persona la sua flotta.

Ma la battaglia non scoppiava.

Padre Mitreo e Nilo insieme a tutti i monaci del Salvatore, schierati sulla terrazza più alta del monastero, guardarono le picche, le spade e le vele assediare, mute e immobili, Napoli.

Poi, Nilo levò gli occhi al cielo mentre una nuvola bianca lo tagliava, il grido di un falco squarciò l'aria e qualcuno da terra ordinò: «*Jetez!*».

Piovvero dentro le mura a centinaia le frecce, partirono le navi a scontrarsi le une con le altre. I pochi soldati del Duca che non avevano tradito caddero uno a uno, furono incendiate le case e le tende, arse vive le famiglie, sgozzati i diaconi, abbattute le colonne, sfregiate le statue, divelte le insegne.

Come un'orda di insetti i Normanni risalirono il Pretorio, rosicchiarono le torri, addentarono i palazzi, invasero lo stadio, gettarono bambini e vecchi dalle finestre, stuprarono, rubarono, distrussero.

Teofanès, che non era mai stato – salvo che in sogno o nei suoi poemi – dentro una battaglia, si strinse all'albero del dromone e invocò i santi. I Bizantini di Artemio diedero battaglia col fuoco greco contro i Capuani e i Salernitani, mentre il dromone manovrava così veloce che Teofanès non sentì nemmeno mal di mare. Si alzò un vento potente che rianimò e diffuse le fiamme: la città ardeva tutta; anche le navi di Blactu arsero. I Normanni occupavano ormai vincitori ogni strada, quando si udì un fischio: lungo, acuto, assordante.

Un'aquila volava in cielo più alta dei falchi normanni. Sola, immensa. Come per magia, ai trivi sventolarono vessilli mai visti: invece delle bandiere c'erano pesci spatola, il sole spaccò le nuvole e dal mare, che ribolliva, saltarono spigole, dentici, calamari, palamidi, granchi e capitoni, saraghi, alici e pesci spada. Si volsero i Napoletani a guardare il Salvatore: Mitreo e Nilo se ne stavano quieti sul tetto del convento e accanto a loro atterrò su un trono l'aquila, che si mutò in Morfisa, il bambino sulle gambe e l'uovo rosso in mano.

La Teotokòs dava ordini con un semplice gesto delle mani.

A un suo cenno si alzarono in cielo a decine dai tetti delle laure le monache: i Normanni le guardavano increduli.

Presto il cielo fu colmo di monache che ridevano, i soldati confusi guardavano le gonne aperte: e quando tutti furono con la faccia all'insù, le monache pisciarono sulla testa dei soldati. E tanto pisciarono che gli incendi si fermarono.

Invano Drengot ordinò di abbatterle.

Quindi, Morfisa fece cenno alle Virgiliane, che emersero inferocite dalle botole delle case, armate di forconi e caccavelle. Inutilmente si opposero loro le Sangennare, sobillate da Oderisio, perché subito Morfisa alzò una mano e chi fra loro perdeva le scarpe, chi si trovò con le mani cionche.

Infine, irruppero dalla porta Cumana su un branco di asini i Vergini, liberatisi dalle carceri normanne e guidati da Eufemia e Gorg, brandendo bastoni fioriti. Il popolo, risvegliatosi dalla paura, chiamò in aiuto sant'Atanasio e gli altri trecento santi che proteggevano Napoli e tutti dicevano: «Nun v' 'a lassammo 'sta città, nun v' 'a lassammo!».

Da ogni finestra, da ogni feritoia piovve olio bollente sui soldati e le femmine calarono panari colmi di coltelli e mannaie; i diaconi fuori le mura sciolsero le campane e le attaccarono agli alberi più robusti: così, quando un normanno si avvicinava troppo, la campana gli batteva in testa e lo disarcionava. Ma i Normanni e i Salernitani e i Capuani ormai erano sbarcati, diretti verso l'isola di Megaride, dove era nascosta l'ultima protezione della città.

Allora dal tetto del Salvatore Nilo sbandierò l'icona della Madonna delle Ombre; l'oro brillò, riflesso dal sole che fendeva le nuvole fra le strida dei gabbiani, e poi mostrò alto il nuovo uovo partorito da Morfisa: e qui accadde la cosa più straordinaria che Teofanès avesse mai visto, perché i pescatori calarono le barche in mare e a forza di remi fecero leva per spingere al largo l'isola del Salvatore.

«Ma sono pazzi... Cosa fanno?» chiese imbambolato Teofanès ad Artemio, che pure aveva smesso di combattere e così gli avversari, tutti intenti a guardare il popolo che voleva staccare l'isola da terra.

«Jàmme, jàmme!» gridavano i conciatori, gli ebrei del lino, le mercantesse dell'olio e dei profumi.

«Jàmme, jàmme!» gridavano i parulàni, i fabbri, i vignaioli, gli operai, i linaiuoli, i ricamatori e le parenti di Virgilio e, a sorpresa, perfino le parenti di san Gennaro.

E arrivarono gli argentieri con certe mosche d'oro, tali e quali a quelle che Virgilio aveva fabbricato per difendere Napoli dalle epidemie, che volavano come mosche vere e, afferrando con le zampette le corde che i monaci dal convento lanciavano verso il cielo, tiravano al largo l'isola con l'uovo sopra. Con strabiliato stupore di Teofanès, arrivarono in volo dal Monte Virgilio persino le sirene con la faccia di femmina e pure loro, a forza di ali di gallina, spinsero l'isola verso il largo.

Infine, dal mare, emerse la balena, con la coda diede l'ultima spinta e l'isola del Salvatore si staccò da Napoli, veleggiando verso Capri, lasciando con un palmo di naso i Normanni, i Longobardi e i Salernitani.

«E mo' venite a nce piglia'!» urlavano invasati i monaci del Salvatore.

La balena girava intorno al convento, s'inabissava e spruzzava, riemergeva e saltava, tutta contenta.

«Quant'è bello lu pistrice immane!» gridavano le donne da terra. «Vide, vide: tene la faccia della Maronna nostra!» dicevano, perché davvero a tutti, persino a Teofanès, sembrava di vedere la faccia di Morfisa dentro la balena.

Ormai, all'orizzonte, le isole del golfo si erano moltiplicate, Capri, Pitecusa, Procida, la balena e l'isola del Salvatore, e quando tutte si furono allineate nello sguardo dei Napoletani rimasti a terra che facevano gesti osceni con il braccio agli invasori, ecco che la terra tremò e il vulcano, che da anni era quieto e azzurro, esplose.

«San Gennà!» gridavano tutti mentre la lava scendeva a fiotti e il vento portava lapilli e le torri ruzzolavano e i palazzi oscillavano. Il mare si fece nero e schiumoso e il cielo buio.

«Nun putimmo sta senza ll'Ovo! Facitelo turna'!» gridavano in molti, subito seguiti dai più.

Come se il grido di aiuto fosse arrivato anche all'isola del Salvatore, che ormai veleggiava come un dromone, libera nel golfo, ecco che Megaride piano piano si riavvicinò.

«Abbiccànna, abbiccànna!» gridavano i Napoletani, mentre i Normanni si erano dati alla fuga e i cavalli imbizzarriti li buttavano a terra a decine.

Lenta, l'isola tornò, si ricongiunse alla città e il vulcano smise di eruttare. Il cielo si schiarì, il mare tornò al silenzio.

A questo punto, portato a braccia dai senatori e dai soldati, spinto a forza mentre cercava di fuggire, comparve il Duca, tramortito, su una lettiga, e intorno il popolo furioso gli fece largo, perché nessuno voleva contaminarsi con la sua presenza o respirare la sua stessa aria.

«Guarda ch' 'e fatto!» gli gridavano i popolani e intanto gli tiravano addosso uova marce, bucce di frutta, verdura.

«Figlia mia, scendi» implorò il Duca rivolto a Morfisa che, intanto, non era più balena e se ne stava davanti al convento, seduta su una roccia.

«E perché?» chiese lei, la voce tonante, che si udì fin sulle colline.

«Devi sposarti e partire per Bisanzio...»

Di nuovo il Duca fu coperto di munnezza e contumelie.

«Tu non deciderai mai più di me o delle mie sorelle o della mia città. Uccidetelo» ordinò, «e gettatelo fuori dalle mura.»

Teofanès alla vista del popolo che sbranava il Duca svenne fra le braccia di Barda e Ghiòrghe. I Napoletani gettarono il cadavere nell'acqua torbida dei fusari, oltre le fortificazioni.

«E ora» annunciò Morfisa, «catturate i congiurati!»

Ma di questi molti erano già fuggiti, salvo Fileno Matacena e Amalia Capece. Chissà dov'era Michele, si chiese Teofanès.

«E liberate i prigionieri dalle carceri!» ordinò ancora Morfisa.

Vennero fuori in breve Maria Merenda e Pietro Cènnamo, arrivarono sulla spiaggia Pitru, Euplea e tutte le donne del Ducato, povere e ricche. Blactu lasciò le sue navi e andò ad abbracciare le vecchie.

«Popolo mio, si inizia oggi un'epoca senza inganni e senza compromessi» annunciò Morfisa. «Inizia il Ducato delle Femmine!»

E la città applaudì, mentre le monache filavano veloci per il cielo, intrecciate ai gabbiani e ai falchi, e le nuvole s'irraggiavano di luce sul golfo color del lapislazzulo.

IL DUCATO DELLE FEMMINE

1

Molte cose accadono nei sogni.

Nel buio, cadono gocce.

Le donne, sedute in cerchio, cantano.

Efisia, dai denti di rana.

Irene, che sa a memoria Agostino.

Morfisa, che benedice con la mano.

Crisorroé, dai capelli d'oro.

Blactu, che tiene la spada e la clessidra.

Basilissa, che si contempla allo specchio.

Maria Merenda, che intreccia un cesto.

In un angolo c'è Costantino, monaco e sposo, che in petto reca scritto: Michele.

Teofànu, vestita d'oro, si guarda le dita: sua madre la rimprovera. La smetti di sporcarti con l'inchiostro?

La smetti di leggere libri?

Non cuci, non fili, non preghi.

Leggi e basta.

Teofànu si alza la gonna e si guarda fra le gambe: il pavimento diventa trasparente e lei stessa prende le forme detestate e spaventose della Medusa. I peli come serpenti, gli occhi di brace, la bocca rossa come una ferita. Lascia andare la gonna e si porta le mani alle guance per lo spavento e qui trova i peli della barba.

La carpa le passa fra i piedi, sinuosa.

«Sveglia!»

Qualcuno la chiama: «Aìzate, bizantì».

Teofanès aprì gli occhi: di fronte aveva corpi oblunghi, ondeggianti. Schiuse la bocca per respirare e gli entrò acqua dal naso. Impiegò lunghi, impanicati istanti a capire d'esser steso in una vasca. Nilo monaco gli bussò due volte sulla faccia con il palmo grinzoso.

«Jàmme, ca sì turnato masculo. Morfisa ha ditto che non te lo meriti di restare femmina.»

«A me piaceva più con le poppe» sogghignò Barda.

«Ma perché, quando mai è stato maschio?» rise allegro Ghiòrghe.

I marinai della Calipso erano seduti intorno alla Pietra del Pesce e si battevano le mani sulle cosce dal divertimento. Artemio Coniata comparve accanto a loro e fu subito avvisato: «Attento, strategòs, non ti bagnare, o avremo una generalessa!».

«E ci starebbe bene nel Ducato delle Femmine!»

Drungario e timoniere finsero di spingere in acqua il comandante, stando bene attenti, in realtà, a non schizzarsi nemmeno un'unghia con l'acqua magica della fontana.

Un gabbiano tagliò il cielo gridando.

La Pietra del Pesce era insolitamente animata.

I Napoletani in festa ballavano e cantavano; una teoria di vergini danzerine e asini bardati di bandiere capeggiata da Eufemia e Gorg porgeva corone di fiori ai passanti.

In cima alle case i segni della recente battaglia erano ancora visibili: fumavano i tetti incendiati, giacevano spezzate lapidi e statue. Portati dai muli, arrivavano fango e calce per sanare i muri. Dalle feritoie e dalle monofore sventolavano lenzuola e drappi, la città spandeva profumo di pesce arrosto e acqua di fiori, le donne baciavano la veste dei monaci, icone grandi e piccole erano esposte in improvvisate processioni e i numerosi funerali causati dalla follia dell'apocalisse si svolgevano in sereno silenzio.

Nilo gli posò una mano scura e grinzosa sulla spalla fradicia.

«Mo' puoi tornare dall'Imperatore e dall'Imperatrice e dire che a Napoli se fanno 'e miracoli...»

Teofanès uscì dalla fontana con l'aiuto del siriano.

«L'uovo...?» domandò.

«Bizantì, tu tieni una fissazione co' quest'uovo, già sei stato avvisato... La Teotokòs ti ha perdonato che l'hai drogata e l'ha messo nelle celle di Santa Patrizia, sotto al monastero del Salvatore, dove deve sempre stare. Adesso Napoli non cadrà più.»

«Ma non siete ancora al sicuro...» osservò Artemio. «Qui si festeggia come se il Ducato fosse salvo...»

«Generà» rispose Nilo, «quella, l'apocalissi, è tutti i giorni. 'O paraviso s'adda fatica', mica se ne scenne 'nterra isso sulo...»

Lo strategòs si strinse nelle spalle.

«A ogni modo, ho scritto al generale Maniace che è a Bari. Sono certo che sarà lieto di annettere Napoli all'Impero. La Reggente è d'accordo.»

«Reggente?» chiese Teofanès.

«Blactu. I Normanni ci assediano e hanno in ostaggio quel ragazzo che è tornato con voi...»

Il volto di Nilo si oscurò.

«Eughènio... E dire che l'avevo cresciuto con tanta cura, lontano dal mondo...»

«E Michele Psello?» chiese abbassando subito gli occhi Teofanès.

Coniata lo scrutò: «Non s'è trovato, sarà coi Normanni, come Oderisio e Basilissa. In compenso abbiamo Matacena, agli arresti a Donnaromita, in compagnia di Amalia Capece, che pare abbia sobillato tutte le famiglie napoletane».

«Morfisa, dunque, governa?»

«Le donne governano!» urlò felice Eufemia, passando al galoppo su un ciuccio e salutando.

«È venuto il momento che tu scriva alle Auguste, amico mio, dobbiamo chiedere aiuto» disse Artemio. «Andiamo, torna sulla nave con me.»

Poco dopo, Teofanès era armato di calamo e pergamena.

Attaccò, incerto: "Alle Auguste Imperatrici Zoe e Teodora, Spade degli Apostoli, Signore della Seconda Roma, l'umile messo Teofanès Arghìli".

Ah, fin qui era facile. E adesso? Da dove cominciare?

"Auguste, nella speranza che questa lettera vi arrivi nel più breve tempo possibile la consegno al comandante della nave napoletana Epoché, secondo il volere della Reggente del Ducato, la nobilissima Blactu Sparano degli Isauri, al governo per conto della Ducissa Morfisa. Vi annuncio che il Duca Giovanni è morto, linciato per i suoi crimini dallo stesso popolo di Napoli."

Ecco qua: chiedeva aiuto per una città ribelle.

Si morse il labbro e proseguì: "La Ducissa Morfisa ha scacciato suo padre Giovanni a causa di un patto scellerato che questi aveva stretto con i Normanni, il vescovo di Roma, i Longobardi di Capua e Salerno. Ora, la seconda moglie longobarda del Duca e la figlia ancora in fasce sono nel campo che assedia il Ducato, colpevole solo di voler restare fedele all'Unico Impero e al vostro comando. Con loro è anche un ragazzo, ch'io conobbi sul Monte Virgilio dopo esser stato rapito dai Saraceni, dagli Amalfitani e da un mercenario longobardo...".

Teofanès si fermò. Chi avrebbe mai creduto alla sua storia?

Cosa doveva scrivere alla vecchia Zoe: "... Augusta, questo non è uno dei miei romanzi". Oppure: "Augusta, questo è proprio come uno dei miei cattivi romanzi: la trama è pencolante e l'esito incerto...".

Doveva scrivere dell'incesto, delle carpe che mostrano luoghi lontani, dell'acqua che viaggia?

Già doveva spiegare che la sposa promessa era morta...

Ricominciò: "Ero partito per portarvi una sposa, ma la trovai decapitata dai Normanni, che fingono di essere vassalli di Napoli e dell'Impero, ma sono nostri acerrimi nemici, e sottraggo alle Vostre Orecchie e alla Vostra Pazienza gli innumerevoli e incredibili eventi magici che qui mi hanno coinvolto".

Sudò. Magari questa lettera gli sarebbe venuta meglio quand'era Teofànu.

"La Ducissa e il suo Ducato necessitano del supporto di Costantinopoli, senza il quale Napoli, è questione di poco, cadrà. Nessuno quanto Voi sa che un governo di donna non maritata è fragile. C'è qui un protospatario, un tal Fileno Matacena, che dice d'essere inviato dall'Imperatore Monomaco, e che ha partecipato alla congiura. È qui con lui anche il ministro Michele Psello, anche lui convinto che Napoli sia una causa persa per l'Impero. La Ducissa, sua zia la Reggente e molte famiglie napoletane, nonché il valoroso popolo del Ducato, sono, al contrario, ansiosi di tornare Greci, di essere parte della Storia che Voi rappresentate. Lo strategòs Artemio Coniata con cui partii mesi fa ha appena scritto al generale Giorgio Maniace, sperando che possa raggiungerci in breve: ma ciò non accadrà, Auguste, senza il Vostro Consenso. Sappiamo che il generale ha già il suo da fare con gli indigeni e con i cugini normanni dei conti d'Aversa, uno dei quali porta il terribile nome di Braccio di Ferro e che si dice stenda a testate i cavalli."

Era davvero entusiasta di aver avuto a che fare solo con Drengot e non con suo cugino. Sospirò.

"Sappiamo che la Sicilia è persa, le Calabrie anche, e che poco resta della Puglia, che ormai sola chiamate Italia, perché è l'unica parte degli antichi esarcati che resti fedele all'Impero. Ma anche Napoli vuol essere Italia!"

Guardò le nuove monete coniate in onore di Morfisa che giacevano sul tavolo da cui scriveva: da un lato la sirena Partenope, dall'altro la Teotokòs. San Gennaro e il Duca erano stati immediatamente cancellati.

"Morfisa è giovane, Auguste, ma decisa e intelligente: ha

un figlio, che da grande sarà di certo saggio e potente come sua madre. Mandate a Napoli Giorgio Maniace, Ve ne scongiuro, non lasciateci soli!"

Si firmò "umile e devoto". Diede la pergamena ad Artemio e si stese a riflettere sul futuro.

Michele, l'uovo, la casa lontana.

Nei giorni seguenti, assisté al nuovo stile di governo: Morfisa non si fermava certo a gesti simbolici. In breve, i matrimoni combinati e, in generale, i matrimoni sotto il sedicesimo anno di età furono vietati. Fu convocata un'adunanza in cui erano tutte le madri sotto i dodici anni: grappoli di bambine che reggevano fra le braccia bambini che avrebbero potuto essere i loro fratelli minori. A tutte la Ducissa donò un libro e due monete d'oro, quindi ordinò ai monaci dello scriptorium di istruirle. Mise in fila i mariti, di ogni età e levatura, anche alcuni vecchi senatori, e stabilì che fossero presi a pedate.

Si parlava ora di un'università aperta anche alle donne, come a Salerno per le medichesse, e, intanto, a capo delle starite e delle confraternite erano state poste solo donne. Tutti gli averi delle famiglie che avevano congiurato con i Normanni e il vescovo Oderisio erano stati sequestrati e una napoletana, nota a tutti per i suoi eccessi lussuriosi, Amalia Capece, aveva subìto una punizione esemplare: Morfisa aveva fatto sparire il fuoco dalla città, sicché era impossibile accendere un forno o un braciere, e l'aveva fatto apparire come una fiamma inestinguibile fra le gambe della Capece. Chi voleva fiamma per la casa o per lavoro doveva recarsi con un ramo e metterlo fra le cosce della disgraziata.

Teofanès si dispiacque di non aver potuto scrivere alle Auguste questi dettagli, Zoe e Teodora si sarebbero di sicuro divertite.

2

«Tu 'e capito, mo'? Io avessa suppurta' a cheste quattro zoccole ca si credono Imperatrici! Vengono da Costantinopoli? E pure l'avo mio, Anfrigio, stava sotto l'Imperatore Comneno e fondaje la nuova città di Capua... Che umiliazione, che umiliazione!»

Amalia Capece consumava il chiostro quadrato di Donnaromita mentre un afflitto Fileno Matacena si teneva la testa con una mano e intanto con l'altra compulsava le carte di recente venute di moda a Costantinopoli, i tarocchi. Aveva estratto proprio adesso l'Imperatore e l'Imperatrice. Imprecò e pescò una nuova carta: in cima a una torre diruta, due gambe di donna mandavano una vampa. Pronto, la coprì agli occhi di Amalia.

«Via, via... Brucia ancora?» chiese.

Dopo giorni in cui tutta Napoli era venuta ridendo a prendere il fuoco fra le sue cosce, finalmente la magia sembrava risolta. La magia, però, non certo la rinnovata rabbia di Amalia.

Matacena scartò un quarto tarocco che raffigurava la Luna.

«Confinati, 'e capito? Confinati int' a 'stu munastero... E a me m'ha trattato comm' 'a na Messalina! Chella strega!»

Matacena evitò cauto ogni ulteriore commento circa la disdicevole vicenda che aveva visto protagonista la sua alleata. Si limitò a constatare: «La Ducissa Morfisa non ha alcuna autorità: non s'è mai visto che una donna governi questa città. Per di più ha condannato a morte suo padre, che era invece Duca per volontà divina e legge. I nostri alleati arriveranno e aiuteranno Drengot che ha il ragazzo con sé, il futuro e vero duca».

«S' 'o fa 'ndorato e fritto 'o guaglione! Comm'a l'alice!» inveì la Capece, tutt'altro che disposta ad ammansirsi con ragionamenti e strategie.

Matacena, sentendola parlare di frittura di pesce, sospirò, massaggiandosi lo stomaco.

«Mangiare... Ecco una cosa che non mi dispiacerebbe... Se si deve aspettare, aspettiamo sazi, no?»

«E tène pure chesta panza...» sibilò fra i denti Amalia, battendo le mani perché si portasse cibo, con l'autorità scontata che di solito esercitava.

Apparve sulla soglia la rumena Alessia. Scrutò sospettosa il mazzo di tarocchi.

«Cosa vuoi, perché batti le mani? Non sei mica a casa tua, puttana» disse con manifesto disprezzo.

Amalia ringhiò: «Abbiamo fame. Il protospatario ha fame».

«Aspetterà il pasto, come tutti» sentenziò la serva.

Matacena alzò stancamente gli occhi cerchiati, lucidi come biglie.

«Attenderemo, certo. Grazie.»

Rimescolò le carte e poggiò di nuovo a bella posta la Torre sul tavolino. Alessia svanì e Amalia si sventolò, infastidita.

«Ah... Ma che d' è... Sto 'nfucata...»

E da una delle piccole finestre sopra il chiostro, strette come occhi abbacinati dal sole, una voce femminile, seguita da echi di risatine, le rispose: «E sùsciate!».

3

«Dici che l'Epoché arriverà a Bisanzio?»

«La domanda è: arriverà per tempo?»

Teofanès e Artemio se ne stavano affacciati alla terrazza in casa del cartofilace Pietro Cènnamo e di sua moglie, Maria Merenda.

L'orizzonte era composto di strati di azzurro e di blu che formavano tanti sipari quanti erano i monti e le colline lungo la costa. L'Epoché era svanita oltre il capo di Sorrento già da tre giorni. Erano davanti a loro almeno tre settimane di attesa, sperando nel vento favorevole e nell'assenza di incursioni piratesche – Mori, Salernitani, Amalfitani, Ravellesi, Macedoni e, risalendo fino a Costantinopoli, persino i Russi, da sempre ostili al predominio dell'Imperatore – e poi altrettante settimane perché l'ordine delle Imperatrici, se prontamente emanato, raggiungesse Bari e il generale Maniace. Infine, altri cinque giorni, a tappe serrate lungo l'Appennino, perché le truppe imperiali arrivassero a Napoli, senza considerare gli ostacoli frapposti da Pandolfo Capodiferro tra Benevento e Capua. Per recapitare la lettera a Maniace Artemio aveva scelto Gorg, proprio perché noto come mercenario ai Longobardi: se fosse stato furbo e fortunato, forse...

«Fra Capodiferro a Benevento e Braccio di Ferro in Puglia...» mormorò sconsolato Teofanès.

Artemio non replicò.

Anche via terra, supponendo che Maniace si muovesse senza un ordine diretto dalla capitale, bisognava calcolare almeno dieci giorni. Napoli avrebbe con certezza capitolato prima.

«Mi preoccupa la Ducissa. Pare si sia chiusa in una melanconia improvvisa, rifiuta anche di allattare il figlio.»

«Come l'ha chiamato?»

«Atanasio. Forse dovresti parlarle...»

Teofanès sobbalzò: «Io? E perché io? L'ultima volta che le ho fatto visita l'ho ingannata. Tutta colpa di Michele!».

Artemio si strinse nelle spalle.

«Sì, sei un idiota e un traditore...» Teofanès arrossì. «Ma hai viaggiato con lei e conosci quel ragazzo...» Lo strategòs s'interruppe e con il suo immenso volto di maschera severa e antica si avvicinò alla faccia pallida del poeta: «Ma non ti sembra strano che in questo posto succedano fatti tanto singolari? Il patriarca di Costantinopoli farebbe segregare e condannare le arti magiche di queste donne...».

«Immagino» sospirò Teofanès «che della vita tu ti sia fatto un'idea, Artemio, anzi sono certo che tu ne sappia decisamente più di me. Eppure mi sembra di capire che ognuno di noi sa cose diverse e che tutte siano rispettabili o in certi casi utili...»

«Non so niente di filosofia, poeta» tagliò corto Coniata.

«Ma anche tu» lo provocò l'altro «sai qualcosa di poesia... Non dedichi versi alla bella Reggente?», e abbassando le palpebre sorrise. Gli parve che sotto la pelle brunita da anni di sole e di mare il generale arrossisse. «Va bene. Andrò a parlare con Morfisa, come tu suggerisci, sperando non mi fulmini. Ti dirò se ci sono già notizie dell'Epoché.»

E lasciato il comandante a scrutare il golfo, salì verso il Pretorio e piegò verso Santa Restituta.

Da giorni Morfisa risiedeva in una stanza dietro l'atrio, la stessa dove era stata cresciuta e dove le converse prendevano la tonsura prima di entrare nelle laure.

La piccola casa era arredata come una sontuosa dimora: le volte, da cui guardavano incurvati angeli e ingobbiti patriarchi, erano illuminate da bracieri a testa di leone e da lampade d'alabastro. Il pavimento era rivestito del più sontuoso tappeto che Teofanès avesse mai visto: nemmeno nella Grande Città, dove pure ne arrivavano di magnifici dalla Persia, ce n'era uno capace di gareggiare in dimensioni e fattura con quello, pur assai vecchio, su cui era seduta Morfisa.

Fili di seta di ogni colore, inclusi i più rari, s'intrecciavano a fili d'oro e d'argento; pietre preziose erano cucite nella trama. Raffigurava il giardino del Paradiso e, dove erano fontane, le tessitrici avevano inserito riverberi di quarzo; dove erano belve, alla seta era mescolata autentica pelliccia; dove spuntavano piante e alberi tutto era filato a nodi così stretti e invisibili da creare la perfetta illusione che, in quella stanza, fiorisse un'eterna primavera.

Morfisa sedeva nel suo giardino come una campanula capovolta, il calice era un abito di porpora, oro e indaco, la testa per metà rasata, il volto triste e stanco, gli occhi invecchiati.

Accanto ai moncherini un libro se ne stava mezzo squadernato. *Historia Regis Alexandri*, lesse Teofanès.

Uno stilo e dell'inchiostro giacevano abbandonati di lato al volume.

Sedette di fronte alla Teotokòs e aspettò che gli venisse concesso di parlare. Morfisa lo ignorava.

Trascorsero lunghi minuti durante i quali Teofanès pensò a un nuovo romanzo da scrivere: le vicende di un giovane partito suo malgrado per una terra straniera. L'idea stentava ma, guardando Morfisa immersa in profonda meditazione, vide di colpo squarci di storie, come già gli era capitato fissando l'uovo sul Monte Virgilio. Un mondo popolato di automi, assai meno umani di quelli che si ammiravano alla corte dell'Imperatore, governava un regno da cui erano banditi gli uomini. Un re vedeva avanzare un bosco. Un sognatore sognava sotto un tempio abbandonato la nascita di un allievo perfetto. Una guerra spaventosa in un regno ghiacciato avanzava mentre le città bruciavano.

La paura delle visioni lo afferrò alla gola. Le desiderava, famelico, e al tempo stesso le temeva. Le storie venivano da Morfisa come un vortice. Navi nel cielo. Regni sotterranei. L'angoscia di un uomo condannato senza sapere perché. Anche lui non sapeva perché fosse capitato nella più strana delle avventure.

Le storie erano pericolose, aveva ragione Tertulliano; le storie erano peccato e lui sarebbe morto per questo.

Gli prese una convulsione, si portò una mano alla gola, voleva urlare e non poteva, allungò verso Morfisa una mano e...

Morfisa levò verso di lui lo sguardo.

Teofanès aprì gli occhi: all'improvviso non era angosciato, non era sudato, niente era mai accaduto. Aveva immaginato tutto?

La Teotokòs, molto calma e con sguardo melanconico, disse: «È un bel tappeto, vero? Ero neonata quando mi ci posero sopra».

Teofanès aprì la bocca. La richiuse. La ragione per cui era venuto? Ah, sì.

«Anàssa, mi dicono che sei triste, ultimamente. Che hai? Stai male? Ti sei fatta radere... Temi di morire?»

Ricordava bene le Imperatrici rasate per ordine dei maschi al trono: per sfregio, per imposta devozione, per malattia procurata. La tonsura era anche uno dei preparativi della sepoltura.

«Ora ti preoccupi per me, poeta?» Gli occhi le brillavano, il tono era tornato strafottente. «L'ultima volta che mi hai fatto visita eri una femmina bugiarda, mi pare...»

Teofanès arrossì. Balbettò senza esito una giustificazione ma Morfisa era di nuovo triste.

«Io sono già morta» sussurrò. Sembrava una bambina vecchissima, all'improvviso.

«Che dici!» insorse Teofanès. «Hai un figlio, sei giovane, governi! Altro che morta! Il futuro Duca Atanasio piange perché non lo allatti.»

«Questo bambino non sarà mai duca, il mio è latte di balena, lo farà crescere pesce come me, condannato a fare meraviglie. E poi sono molto stanca...»

Il poeta si grattò la testa: era possibile che, alla fine, la magia l'avesse fatta impazzire.

«E ne hai motivo: hai partorito, hai condotto una battaglia, hai, che i santi mi proteggano, staccato un convento da terra e l'hai fatto navigare come una barca...»

Morfisa lo guardò, questa volta con l'espressione lucida e sarcastica che le era consueta.

«La prima volta che abbiamo davvero parlato, io e te, eravamo su una nave, deportati. E ora siamo qui, dove è iniziata la mia prigionia. Avvicinati.»

Teofanès avanzò sul tappeto gattoni.

Sembravano ora, seduti uno accanto all'altra come per un gioco, due bambini troppo cresciuti con indosso gli abiti dei genitori.

«Vedi quel fiore? Lì sotto ho immaginato gli amori di Enea e Didone. E quella tigre? È stata lei a uccidere Tisbe e a causare la morte di Piramo. E quella fontana laggiù ha mutato Narciso. Ma ci hanno anche navigato gli Argonauti. Quella macchia rossa è il sangue dei figli di Medea... Anche se, in realtà, la causò del vino novello quando avevo sei anni e non c'è mai stato niente da fare...»

Morfisa indicava con il dito e il tappeto si animava di descrizioni.

«È come un giardino pieno di storie» sorrise Teofanès. «Anche nel mio facevo lo stesso, sai? Solo che era un giardino vero, un piccolo orto... Sotto i cespi di zucchine molti miei eroi sono stati concepiti, nella mia casa sul Bosforo.»

«Penso spesso a Didone e Medea, in questi giorni.»

Teofanès annuì. «La regina fenicia fu abbandonata per una superiore missione...»

«E la maga straniera che aveva tradito suo padre e abbandonato suo fratello per amore, che aveva ammansito mostri per Giasone, fu lasciata per un matrimonio più conveniente... Non ho mai creduto che abbia ucciso lei i suoi figli. Scommetto che fu il padre, per diffamarla.»

Teofanès alzò le sopracciglia.

«Be'... Non saprei...»

«E poi penso ad Arianna...»

«Anche lei, è vero, fu lasciata per un matrimonio più promettente... Gli uomini, Anàssa, hanno una missione nella vita.»

Morfisa l'interrogò con aria sinceramente ingenua: «E le donne?».

Teofanès tentennò.

«Certo, anche loro... essere fedeli ai mariti, essere buone madri...»

«Io sono fedele. E sarò anche una buona madre, prima o poi... Ma la missione degli uomini, a ben guardare, sembra quella di abbandonare le donne. O di scegliersene di adatte alle evenienze...»

«Anàssa, io ho competenza di donne solo come poeta, perdonami...»

«Degli uomini, invece, sai dirmi. Dimmi perché succedono certe cose. Perché si tradisce.»

Il sole fuori tramontava e braccia invisibili rialimentarono le lampade d'alabastro. La figura bianca di Michele gli abbagliò i ricordi. Il corpo amato scomparì dietro la porta della scuola di Niceta, dov'erano cresciuti insieme. Una fitta alle costole lo costrinse a cambiare posizione. Scosse il capo e ammise: «Hai ragione, Anàssa, gli uomini sposano secondo convenienza e non importa loro nulla dell'amore».

Morfisa gli sorrise. Era sorta la luna e dalle bifore della

stanza i raggi rossi ancora bassi sul golfo disegnarono laghi sul tappeto e fecero scintillare i fiori di rubino e peridoto.

«Sai, quando inventavo storie da bambina era perché avrei voluto camminare e non potevo, essere bella e mi era negato, avere una madre ma mi era stata strappata. Oh, sì, le mie zie facevano di tutto per rallegrarmi, tuttavia sapevo che il mio destino era d'essere esposta: nella grotta per i miracoli, in una teca come un mostro di natura, additata per il colore della mia pelle, per i miei brutti piedi. Invece io sognavo d'essere libera, veloce, potente... L'ho sognato con così tanta intensità che una parte di me lo è diventata. Avevo nove anni quando ho mutato natura. Così ero felice, anche se solo di notte, sognando. Non avrei mai creduto di poter essere felice da sveglia, di giorno. Di essere amata proprio per come sono. Eughènio mi ha amata così. Mi ha fatto sentire ben più potente della magia che produco.»

Teofanès si tormentò le mani. Non era stato così anche per lui? Non era forse stato felice e completo solo in compagnia di Michele? Cercò parole di consolazione che gli mancarono.

Poi, Morfisa cambiò di colpo argomento: «Nel tuo paese ci sono maghi che fanno camminare in cielo tappeti come questo, è vero?».

«Mah... So di maghi dell'Anatolia... e di maghi mori... Credo siano solo leggende» rispose distratto, la mente ancora all'amico.

«Ti faccio vedere una cosa...»

Teofanès provò un inatteso capogiro: i lumi di alabastro si erano affievoliti – come mai? –, i bracieri languivano.

Il tappeto con i loro corpi seduti fluttuò.

All'improvviso le mura della stanza erano svanite, si ritrovarono in cielo, nella notte stellata. E subito furono sul mare aperto: l'ombra rettangolare che proiettavano si disegnava sulle onde. Adesso erano in vista di una terra, il mare aveva termine e iniziavano colline e boschi, e monti. Poi, videro una villa, immensa, illuminata, presidiata da soldati saraceni. Subito furono nelle stanze, correndo in volo su pavimenti decorati da magnifici mosaici pagani: teorie di caccia, pavoni, pantere, leoni, amorini in barca, divinità, ciclopi, eroi, sposi, schiavi, foreste e torce.

Tanto il tappeto su cui volavano era decorato, quanto la sua trama era trasparente e i pavimenti della villa ondeggiavano di battaglie navali e continenti lontani, elefanti, zebre, antilopi.

Sui pavimenti camminavano anche in carne e ossa soldati, serve, cuoche, lavandaie. La sala maggiore era tutta un mosaico di marmo e sul trono, circondato da fenici e segni dei passati Imperi, era – Teofanès sussultò – Ibn-ath-Tumna, vivo e vegeto.

«Tuo padre... Il Quaid di Siracusa! È vivo, quindi! Non l'hanno preso gli Amalfitani!» bisbigliò sorpreso Teofanès ma Morfisa, al suo fianco, non l'udiva. Pareva sognasse, seduta, a occhi chiusi.

Davanti al Quaid era un generale le cui fattezze erano note in tutto il Mediterraneo, sicché Teofanès non dubitò un istante che quello fosse Giorgio Maniace.

«... Se la mia azione avrà l'esito sperato l'Impero cadrà e noi dovremo per forza trovare un accordo» stava dicendo.

«Non tratto coi Rum, generale, dovresti saperlo.»

«Ti lascerei la Sicilia.»

Il Quaid rise: «Te l'ho già presa...».

Sul volto serio di Maniace la bocca piegò gli angoli verso il basso.

Teofanès si strappò i capelli, si tormentò la barba.

«Per i Santi Medici! Ma allora è qui! Non a Bari! E noi che gli abbiamo scritto...»

«E poi come intendi prendere il trono dei Porfirogeniti?»

«L'Imperatore non si fida di me, le Imperatrici sì. Un uomo nuovo può governare l'Impero, come nella prima Roma. Bisogna liberarsi dell'influsso troppo pressante dell'eparca. Bisogna che...»

«Siete così religiosi a parole... E invece... Raccontami i dettagli del tuo piano, strategòs...»

Teofanès, agitato, tese l'orecchio: era così vicino ai due capi eppure per loro era invisibile. Ma il tappeto proprio in quel momento si alzò verso il tetto («No, no! Aspetta!!! Fammi sentire!» gridò Teofanès), lo attraversò, danzò incerto per un istante sulla villa siciliana, quindi traversò veloce il buio bosco rilucente di lucciole e fuochi fatui senza incappare nei rami dai quali Teofanès cercava di proteggersi levando le braccia. Una vigna buia, la fuggevole apparizione di un cervo, il mare aperto, le onde, Napoli, la stanza di Santa Restituta.

Teofanès riaprì gli occhi e gridò: «Hai visto... hai sentito... hai sentito anche tu?».

Morfisa al suo fianco era quieta e immersa nell'ombra. La scosse per un braccio. Lei lo guardò senza riconoscerlo.

«Anàssa, ma allora le lettere... tutto inutile... Maniace vuol fare un colpo di Stato... Le Auguste...»

Morfisa era immobile. Teofanès si alzò in piedi di scatto, inciampò nel libro che aveva notato sedendosi, all'arrivo.

Una pagina si spalancò, fitta di scrittura porporina: "Istruzioni per...". E più giù lesse: "Se volete viaggiare nell'acqua sappiate che...".

Un'idea fulminea lo attraversò. Scrutò Morfisa imbambolata e prese il libro. La Teotokòs non sembrò accorgersi delle sue manovre.

«Vado ad avvisare Coniata!» balbettò. «Sì, devo avvisarlo...», e corse fuori che era ormai notte.

4

Nel campo normanno fuori le mura di Napoli, intanto, la notte era nervosa.

In una tenda, a voce bassa, dimessa, i lunghi capelli color dell'atrabile in disordine sulle spalle, Basilissa parlava a un sordo Drengot.

«... Una figlia minore ha il destino segnato. Alla maggiore dai la casa, le cerchi un buon marito, alla media basta un marito decente, alla terza non resta che la vocazione. Me lo spiegò mio cognato Giovanni una notte, prendendomi con la forza. Avevo nove anni. Ti faccio una cortesia, mi disse, o non saprai mai com'è... Invece mi aveva insegnato tutto a cinque anni mia nonna, con le sue stesse mani. Lo faceva per farmi dormire meglio, diceva. Istruiva tutte le bambine e così io ho fatto con altre monache e con mia nipote. L'amavo ma sono stata felice che tu l'abbia uccisa. Non sopportavo che Giovanni facesse con lei quel che aveva fatto con me. E non volevo che si sposasse, che avesse lei quel che a me era negato, che vivesse la vita che avrebbe dovuto essere la mia.»

Drengot si voltò nel letto grattandosi le palle, sbuffò, si alzò a versarsi vino, bevve, ruttò.

«Sei complicata. E parli troppo. A letto però vai bene. Mia moglie non parla altro che dei figli.»

S'avvicinò e fece per strizzarle un seno. Basilissa si scostò.

«Tu invece sei un mulo.»

«I muli ce l'hanno grosso» rise quello, e se lo maneggiò. «Andiamo...» si avviò per ricominciare. Basilissa si alzò invece dal letto, indossò la camicia. Aveva gli occhi segnati, sembrava ammalata. «Che c'è? Hai la febbre?» chiese il normanno. «Vedi di non impestarmi, allora... Si stanno ammalando tutti. Assediare questa fottuta città è una penitenza...»

Basilissa si pettinò.

«Non l'ha mai presa nessuno, non lo sai?»

«A parte il generale bizantino... Dall'acquedotto.»

Basilissa poggiò il pettine di corno a forma di fagiano.

«È inutile. Se lo ricordano bene tutti da dove entrò Belisario. Nessun pozzo e nessuna casa sarà un varco per te e i tuoi uomini.»

«*Merde!*» imprecò Drengot e gettò a terra la coppa da cui aveva bevuto. Il vino rimasto fece una piccola pozza scura nel terreno. «E da questi laghi lerci vengono zanzare. I miei uomini sono tutti infebbrati...»

Basilissa indossò la veste rossa sopra la camicia, avanzò fino a fissarlo bene in volto.

«Raul, ho fatto molto per te, ho tradito la mia famiglia. Tu ora cosa farai per me?»

L'altro fissò dall'apertura della tenda il cielo. «E cosa vorresti mai? Un regalo?» sogghignò.

Basilissa avanzò piano, come un'ombra.

«Sposami.»

Drengot si voltò di scatto. Lo stupore era dipinto sul suo viso e lo rendeva ridicolo poiché era ancora nudo, il barbone a fare un'ombra rossiccia sul corpo immenso e tozzo, sfregiato di cicatrici.

«Ho già moglie. E una caterva di figli.»

«E questo è un problema, secondo te?» suggerì la badessa. Gli si avvicinò. «Una parentela con la famiglia ducale ti renderà legittimo come nuovo re. Se non ti sbrighi lo farà quello strategòs venuto da Bisanzio che la mia sorella maggiore si porta a letto...»

«Coniata?» ringhiò Drengot. «Non ha un esercito, non ha un popolo, l'Impero è assente. Tua sorella conta più di lui... Sputo su un uomo che deve dipendere da una femmina... Una femmina vecchia che non può nemmeno più figliare!», e sputò davvero. Poi strinse gli occhi e le puntò contro il dito: «Perché vuoi sposarmi?».

«Te l'ho detto, sono stata monacata a forza. Voglio un marito.»

«Sposa quel ragazzo che abbiamo catturato, allora. A letto te lo sei già portato...»

«È mio nipote. Eseguivo un ordine.»

«Non mi pare che questo sia stato per te un problema, finora... Eseguire gli ordini, intendo» la derise Raul.

Basilissa fece un passo indietro. Ora sembrava una lama nella luce notturna. Era furiosa.

«Sposami. O te ne pentirai.»

Drengot la scrutò.

«Chi minacci, donna?»

«Non volano solo le mie monache... Ai tuoi poderosi soldati non è piaciuto che pisciassero loro in testa, vero? E non solo mia nipote o le mie zie hanno la conoscenza dell'acqua e dell'aria, lo sai. Ti facevo comodo quando si trattava di ridurre in bottiglia le vecchie Sibille... Forse dovrei imbottigliare anche te...»

«Strega» digrignò i denti il normanno.

«Sposami e ti farò ricco e famoso» promise la badessa.

La luna traversò una nuvola, la tenda s'illuminò come fosse trasparente.

«È un'offerta allettante... Quasi quanto quella del vescovo di Roma...»

Basilissa sorrise.

«Bisogna brindare, allora, a questa decisione», e si avvicinò alla tavola su cui erano altre coppe e il vino. Ne versò per Basilissa, gliela porse, la baciò prima che bevesse e alzò a sua volta un calice.

«... Ma io non ho bisogno né di lui né di te per prendermi questo regno!»

E con la spada, che aveva nascosto dietro la schiena, la passò da parte a parte. Basilissa, a occhi sgranati, ebbe appena il tempo di schiudere la bocca. Il calice rotolò accanto all'altro, per terra. Un lugubre stridio di metallo e ossa, un liquido sgorgare di visceri, silenzio.

Drengot la contemplò, spenta sulla sua spada: non era mai stata così bella come nella sorpresa della morte. Lasciò cadere il cadavere a terra, ripulì l'arma e con calma si rivestì.

5

«Cosa fanno?» chiese Teofanès a Nilo, ansimando per la salita.

«Cercano spiegazioni alle nuvole» rispose il monaco, la testa levata verso il cielo, le mani dietro la schiena.

Su Caponapoli, la collina sacra a Sant'Agnello, oltre il Palazzo del Pretorio, in un boschetto illuminato dalle ultime luci del giorno, Pitru ed Euplea scrutavano il cielo passandosi con le mani un filo, che ogni tanto una di loro smezzava.

Azzurrissimi cirri, immensi nembi, candidi e turriti, nuvole color indaco e venate di rosa, come sipari di pallido corallo, le più vicine già color del fumo, rarefatte e sgranate, sembravano effettivamente disposte in corteo per rispondere alle domande delle vecchie mentre alcune Virgiliane suonavano piccole campane di metallo.

«E cosa dicono le nuvole?»

«Parlano del nuovo uovo» rispose Nilo distrattamente e tornò a concentrarsi sul cielo.

Teofanès aveva dormito poco e niente: aveva letto.

L'*Historia Regis Alexandri* era sul retro di ogni pagina colma della fitta grafia di Morfisa, stentata e infantile all'inizio, poi sempre più precisa. Nel volume era spiegato il segreto dell'Arte dell'Acqua. La lettura, frammentaria e concitata a causa dei molti messaggi da consegnare correndo da una casa all'altra, era ancora incompleta ma a ogni pagina Teofanès sembrava cogliere meglio il segreto che gli era sempre sfuggito e la misteriosa magia dei barili.

Avrebbe molto desiderato appartarsi e studiare tutto: ormai furto e inganno erano entrati come un veleno a inquinare il suo personale fiumicello. Solo un residuo di coscienza lo aveva costretto a far visita prima ad Artemio Coniata, spiegandogli che non poteva contare su Maniace e perché ogni speranza era persa: tuttavia, stentò a farsi credere quando dovette dire che era stato in Sicilia quella stessa notte a bordo di un tappeto volante.

A quel punto, scusato dallo scetticismo dello strategòs, Teofanès sarebbe stato ben lieto di tornare a leggere inseguendo la sua ossessione, ma Coniata si era, infine, convinto a parlare con Blactu, che si aggirava sveglia nel suo giardino in attesa dell'amante.

Poiché Blactu aveva invece subito creduto al racconto del poeta conoscendo la magia di Morfisa, tutti e tre erano corsi a riferire la notizia alle vecchie, che si erano ritirate in vico Triafata per consultare libri, artifici, visceri e chissà cos'altro.

Quindi, Teofanès era stato finalmente libero di poggiarsi su un letto e di leggere ma il sonno lo aveva colto improvviso, sicché si era svegliato solo all'alba, quando Coniata lo aveva trascinato alle consultazioni con i senatori e con le rappresentanti delle starite, con igùmeni, diaconi e diaconesse.

A metà giornata era arrivato un messo da Roma, cui s'erano aperte le porte con mille precauzioni, nel dubbio che fosse un normanno travestito. Portava una lettera del papa romano, assai ambigua, in cui si prometteva sostegno al Ducato a patto che rientrasse in città il suo vescovo designato, Oderisio.

Il sostegno consisteva nel richiamare il conte di Ruenna e Altavilla alle sue responsabilità ad Aversa, ordinandogli di togliere l'assedio a Napoli. Si chiedeva una risposta immediata e alcune ore erano trascorse nella complessa stesura condivisa con cartofilaci e senatori. Quindi, tutti erano andati da Morfisa, che era ancora nello stato ipnotico della sera avanti: la trovarono però che almeno allattava Atanasio, intento a succhiare felice. Teofanès aveva aspettato fuori, non sia mai Morfisa si fosse accorta del furto e lo incolpasse. Ebbe fortuna: la Ducissa non si era ancora avveduta di nulla. Di concerto con lei la lettera aveva infine preso una certa forma e rispondeva a Roma: "No, grazie". Il messo del papa era stato rispedito senza troppi complimenti a casa.

A quel punto Teofanès, su richiesta personale di Blactu, era stato mandato a Caponapoli per ascoltare e riportare i vaticini delle vecchie. Di leggere ancora un po' del libro, quindi, non c'era stato verso.

«Così avevo sempre immaginato le Parche» sussurrò Teofanès a Nilo.

La cerimonia sembrava conclusa e anche le nuvole si erano dileguate.

Pitru ed Euplea sedettero, stanche, sulle pietre antiche che disegnavano le rovine di un tempio.

«E allora?» domandò Nilo.

«Sarà colpa di un greco» sospirò Euplea.

«È sempre colpa di un greco» sorrise Teofanès, e tutti lo guardarono storto. «Che c'è? Che ho detto?»

«Nun ci bada', venerata signora, lo bizzantino è poeta, bisogna portare pazienza» disse Nilo. «Per il resto, invece? Quanto tempo abbiamo?»

«Le nuvole sono confuse. Ogni ciclo si ripete. Siamo troppo vecchie, fratello, non siamo più capaci. L'importante è che l'uovo resti custodito nel convento.»

Teofanès avrebbe voluto sapere, capire. Un'idea gli passò rapida per la testa: e se fosse rimasto per sempre a Napoli? Ormai s'era affezionato, conosceva la città. Soprattutto: se l'uovo restava sempre nel convento, gli sarebbe bastato rimanere accanto alle mura per riceverne felici influssi narrativi. O nei pressi di Morfisa. Ripensò a come erano andate le cose: la verità era che le storie si distinguevano meglio e gli sembrava di conoscerle nei minimi dettagli solo quando Morfisa teneva in mano l'uovo.

O forse la questione era tenerlo in mano e poiché non gli era ancora riuscito... Un dubbio l'attanagliò: e se questo uovo non avesse avuto su di lui lo stesso effetto del precedente? In fondo, il primo era un uovo antichissimo, questo era appena nato!

Di nuovo si rincorsero dentro di lui l'uovo, il poema e Michele: sarebbe di certo potuto diventare il più grande poeta di Napoli. Sì, avrebbe preferito esserlo della Grande Città ma, in fondo, i poeti che ammirava non erano quasi tutti vissuti in quei luoghi? E Michele, che era in campo avverso, si sarebbe mai più preoccupato di lui? Voleva tornare a casa con Michele!

Nemmeno si accorse che intorno a lui il consesso delle Virgiliane si scioglieva e che, poco alla volta, Caponapoli restava deserto.

«Va' dalla Reggente, bizzantì, muoviti!» l'esortò Nilo allontanandosi.

6

«Accampano diritti sul Ducato perché questo ragazzo che ti sei portata dietro è nato da tua sorella...»

Le belle stanze di Santa Restituta risuonavano di due sole voci. Blactu Sparano vagava pensierosa parlando, le mani incrociate dietro la schiena; sul trono mobile che era stato del Duca sedeva Morfisa, intenta ad allattare il figlio.

«Dovreste essere voi, Zia Anziana, a governare dopo la morte di Giovanni... Io non desidero essere Ducissa.»

«Ma se c'è un erede maschio tocca a lui. E poi a tuo figlio», e fece un gesto con il palmo verso la creatura che ciucciava e parlottava indistintamente.

«Che cosa mi chiedete?» sospirò Morfisa.

«Tu hai il potere di entrare nei sogni...»

«Sì.»

«Il ragazzo ti ha tradita in ogni modo, come donna, come madre e come parente. E si è alleato con i nostri nemici. Dorme nel campo fuori dalla porta Cumana. Entra nel suo sogno e uccidilo.»

Morfisa tremò. Il bambino scoppiò a piangere.

«Come potete chiedermelo?»

«Se non farai così questa guerra è persa. Dobbiamo spaventarli.»

Morfisa chiuse gli occhi e scosse il capo. Strinse di più il neonato.

«Mi chiedete cose impossibili. È il padre di mio figlio.»

Blactu incrociò le braccia e si piantò al centro della sala. «Se non l'uccidi tu, lui ucciderà tutte noi.»

Teofanès, tenendosi le mani sulla bocca e trattenendo il fiato, scivolò via dal cortile. Aveva udito per sbaglio, era lì per parlare con Blactu. Corse alla nave, si chiuse in cabina e compulsò furioso le Istruzioni di Morfisa. Penetrare nel sogno dell'amato. Poteva anche lui? Si stese, chiuse gli occhi, provò a eseguire l'arte magica. Per un istante, dopo i soliti, inutili pensieri, gli parve di vedere un volto femminile, una bambina. E sentì una voce che la chiamava, la voce di Michele. «Stiliane» ripeteva. «Stiliane.»

Vide una casa, il suo giardino: in una stanza lontana la voce di una donna cantava. Dalle finestre si vedeva il mare. Il profumo del Bosforo lo stordì.

Quindi, con un balzo fu in una tenda d'accampamento.

Armi, piscio, cavalli e puzzo. Michele, su una branda, la testa fra le mani, di nuovo ripeteva: «Stiliane, Stiliane».

Si destò nauseato: era alla figlia che pensava, non a lui!

Si levò a sedere, afferrò il libro e lo scagliò lontano, furioso.

7

Fa' silenzio, fa' silenzio.

E fatti piccola, fatti piccola.

Sei pinne e ventre, sei bocca e testa.

Gli occhi ai lati per vedere chi arriva e ti trafigge, non le bastano.

E allora si fa più sottile, esile, lisca. Si scioglie e scorre, lungo le tubature. Dalla fontana entra nella vasca sotterranea e da lì nelle condotte. Acqua, acquedotto, acquitrino.

Sotto questa casa, sotto questa torre, sotto il monastero.

Sente le voci degli abitanti: le liti, i discorsi, gli amori, i pianti, i sussurri. Si depositano sotto le dimore i rifiuti, i panni vecchi, le bucce, le feci; e poi gli aborti, i morti, i cani e i gatti, i topi; e poi i pensieri, i ricordi, i giochi. Una bambola di terracotta, il vecchio lare che la nonna si conservava per scaramanzia insieme ai santi, il vaso da notte, le anfore dell'olio, botti rotte di vino, le scarde delle tazze, dei piatti, delle pentole, l'eco lontana della rabbia: «Scarda 'e cess'...».

Morfisa nuotò, multipla e sola, si acquattò e incontrò vecchi insetti, ciechi ratti, rane e bisce. Sotto la città scorreva anche il fiume, pulito, limpido, come lo avevano lasciato gli antichi.

Entrò nell'acqua che si beve, nell'acqua per cucinare, nell'acqua per le puerpere e i bambini, l'acqua che saggia il gatto e che fa fare le pipì dorate; fu acqua santa, per i bagni lustrali, per le vacche, le pecore, le capre, per i cavalli e gli asini, acqua per la Madonna, acqua per le fontane, quelle magiche e quelle della sete quotidiana.

Stava arrivando, era arrivata.

L'acquedotto della città mai espugnata spuntava dietro la collina, fra le paludi, dentro l'acquitrino.

Dall'abbeveratoio, dall'ultimo fusaro dei linaioli vide l'accampamento: passò fra i lini che maceravano, puzzolenti, risalì i vasi comunicanti disegnati dai Greci e sboccò. Ecco le tende gialle dei Normanni, le aquile degli stendardi, il rumore delle armature, il puzzo animale degli umani che non si lavano e mangiano altri animali.

E ora che l'acqua era finita, come avrebbe fatto a raggiungere la tenda di Eughènio? Poi una tazza di legno la raccolse, la versò dentro un otre, seguita da altre tazze. Al buio, sciabordando, attese che i passi la portassero lì, dove era destino andare.

Versata in una nuova tazza vide la luna che brillava oltre le tende: le nuvole bianche anche nel buio, colpa della città che non si spegne, e i grandi pini a ombrello illuminati dai fuochi sembravano vene di enormi mani protese verso l'alto.

Si ritrovò, quindi, fra le mani tremanti dell'amato.

Altre gocce piovevano nella tazza: Eughènio piangeva.

Nel suo cuore di microscopica balena, Morfisa si commosse. Eughènio piangeva il suo nome: «Morfisa, Morfisa mia...». Com'era bello il suo innamorato, com'era caro. Vestito da soldato stava come un bambino nell'abito del nonno. La spada al fianco, una punta che brillava.

Bevimi, amore mio, fammi sparire dentro di te, pregò Morfisa.

Eughènio bevve Morfisa e subito si ammalò: gli salì la febbre, ebbe le visioni, sudò e tremò. Guardò nel bicchiere: cos'era, vino?

O l'acqua era avvelenata? O era malata, per via della palude insana?

Ma sì, meglio morire. Si lasciò andare sul letto, dormì, sognò.

La balena enorme lo divorava: a brano, a brano, lo masticava, lo straziava. Morfisa nel suo stomaco s'agitò, struggendosi.

No, non poteva farlo, non lo avrebbe fatto.

Eughènio si risvegliò d'un balzo e corse a vomitare fuori dalla tenda. Era solo acqua. Gli parve di vedere un verme, o un girino, o forse era un pesciolino che fuggiva nella faglia del terreno, nell'erba, scomparendo.

Dove andava quel rivolo? Tornava alla palude, alla fontana, all'acquedotto, a Napoli.

8

«L'ho vista, l'ho vista!» gridò Eughènio.

Corsero nella tenda Oderisio e Michele Psello.

«Chi hai visto, la strega?» chiese Oderisio.

«Lasciaci soli» ordinò Psello.

«Ma...» protestò Oderisio.

«Non insistere» concluse il ministro e si andò a sedere accanto al ragazzo che annaspava, pallido, lacrimoso.

«Io torno da lei» disse Eughènio. «Sono stato un vigliacco.»

«Tu sai che non ti lasceremo tornare in città vivo» disse quieto Psello. «Io potrei, ma i Normanni non lo permetteranno.»

Eughènio lo guardò speranzoso: «Aiutami, ti prego. Non voglio comandare, non voglio governare. Voglio tornare da lei e da mio figlio. Non l'ho nemmeno visto...».

Michele s'immalinconì.

«Anche io ho una figlia. E mi manca molto.»

«E allora, per pietà, lasciami andare. Ti giuro che non farò niente per avere il trono. Non so nemmeno cosa sia un trono. Sono cresciuto in una chiesa di montagna...»

Psello meditò, le dita a capanna sotto il naso, i gomiti sulle ginocchia. Un consiglio o un coltello? Era entrato per ucciderlo, come gli era stato detto. Sentì l'arma urtargli la coscia, sotto il mantello. No, non era per lui. Non era un assassino. Il suo destino era scrivere di Imperatori e Imperatrici, di generali, di politica. Doveva tornare a casa e tornare presto, perché il resto della sua vita lo attendeva.

Il cielo rischiarò, la notte in lotta con il mattino. I due si guardarono. Infine, Michele disse: «Se ti lascio andare nelle campagne, libero, tu prometti che sparirai? Non posso farti entrare in città».

Eughènio valutò l'eventualità e poi deciso assentì.

«Va bene. Ti giuro che svanirò. Svanirò come l'acqua.»

9

Era stata una notte insonne.

Poi, la decisione era arrivata.

Teofanès con il buio era sceso al Salvatore, aveva colpito col martello della campana il monaco addetto alla lavanderia, si era infilato la sua veste nera, era passato per la chiesa, dove regnava imbronciata l'icona dorata di santa Patrizia, ed era sceso nella cripta, fra i confratelli in preghiera dinanzi alla teca che custodiva l'uovo.

Le luci delle candele infiammavano il guscio rosso e traslucido. Immediate, le immagini lo attraversarono: due amanti si uccidevano credendosi a turno morti, un giovanotto partiva alla ricerca di un tesoro nascosto su un'isola, un uomo concionava di Cristo e del diavolo, dèmoni in volo con un maestro e una ragazza bionda.

Un attimo, un attimo, implorò Teofanès nella sua mente, così veloce non vi ricordo. Ma la danza delle immagini proseguiva serrata, come una sarabanda: una donna leggeva troppi libri e aveva troppi amanti, un vecchio pazzo caricava con la lancia una fila di mulini, un'epidemia di cecità sconvolgeva un intero paese, la Spagna si staccava dalle terre e navigava nell'oceano...

La ridda di storie fece quasi esplodere la testa di Teofanès.

L'uovo raccontava, sì, l'uovo raccontava come lui sperava!

E non c'era bisogno di Morfisa: l'uovo parlava a lui e solo a lui. Guardò i monaci al suo fianco: in estasi meditativa, quieti come fossero morti, non sembravano affatto accesi dalla violenza inventiva che arrossava le guance di Teofanès.

Faticò a restare calmo fino al termine della preghiera: quando i monaci si levarono e, poco alla volta, uscirono dalla cripta, si recò alla teca. Né serrature, né trucchi, nessuna protezione: con assoluta facilità sollevò l'uovo dal treppiedi di bronzo su cui era poggiato. Mentre sfilava l'uovo dalla teca si accorse, però, che i tre lunghi piedi di leone terminavano in tre esili Gorgoni: in un vortice rivide la Cisterna Basilica, l'ombra della follia di suo padre si rianimò. Chiuse gli occhi, strinse i denti, portò l'uovo al petto e l'infilò in una sporta.

E adesso?

Dall'alto del monastero udì venire voci: passi si affrettavano, forse qualcuno si avvicinava. Il panico lo catturò. Idiota, ecco cos'era, un idiota: i monaci l'avrebbero fermato, non sarebbe riuscito a scappare o a salpare. Del resto, dove mai poteva fuggire? Aveva rubato per niente. Aveva di nuovo peccato senza scopo. Cos'era, alla fine? Un avido, un invidioso, un ladro, un traditore. L'inferno l'attendeva.

Si abbatté in un canto, la testa fra le mani, aspettando i suoi giustizieri. Tuttavia, i passi si persero e le voci si estinsero mentre il tempo trascorreva consumato dalla paura e dal rimorso. Aveva ormai deciso di restituire l'uovo e riportare il libro a Morfisa accettando ogni condanna, quando nel buio un familiare lucore perlaceo l'attrasse. Veniva dal fondo della cripta, come aveva fatto a non notarlo prima? Era come se nella pietra fosse nascosta la luna piena.

Si alzò stentando a tenere l'equilibrio e si avvicinò, titubante: erano proprio i barili di Nilo. Sfiorò un coperchio: venne via senza sforzo. No, non doveva nemmeno guardare. Si stava di nuovo perdendo.

«Va' via!» si disse da solo, a voce alta.

La solita carpa occhieggiò, fece bollicine, scodò lenta, lo schizzò.

Ogni onesto proposito a fatica ertosi in baluardo alla tentazione, ogni immagine di sua madre Irene che l'implorava d'essere un buon letterato e un fedele funzionario imperiale, s'eclissò: dove era meglio andare? Lontano. Lontano da Napoli dove l'avrebbero ucciso, da Costantinopoli dove l'avrebbero perseguitato. Lontano da Michele, che l'aveva tradito. In un luogo dove trionfare con la sua arte. Sì, un luogo dove nessuno avesse mai scritto romanzi. Un paese dove i romanzi non fossero ancora nati. Esisteva?

Ma certo, doveva esistere. Un luogo dove magari a scrivere erano solo esseri insulsi, ignorati dai potenti. Chi erano gli esseri più insulsi e ignorati? Chi non avrebbe mai scritto romanzi?

Le donne, di certo. Un brivido l'attraversò: e Morfisa?

Maledisse lei e tutte le donne che conosceva: sua madre, le Auguste, le femmine del Ducato, la moglie e la figlia di Michele! Sì, che l'acqua lo portasse in un reame lontano dove solo le donne scrivevano e nessuno le leggeva!

Portami, acqua, ordinò, portami adesso!

E, come un indemoniato, saltò nei barili.

10

La luna era ancora alta quando Morfisa si risvegliò.

Gli occhi subito tornarono, però, a chiudersi e a vedere il campo dei Normanni. L'acquitrino giaceva, immenso, il fiume scorreva verso il mare. I soldati riposavano.

Fece un fischio e le zanzare le obbedirono.

«In città» disse loro. «Non potete entrare, le mosche d'oro di Virgilio l'impediscono, ma i Normanni li dovete pungere. Tutti. Tutti tranne uno.»

Le zanzare, sibilando, obbedirono.

E poi cercò Eughènio, ma nella tenda non lo vide.

Così, s'alzò in volo e vide la campagna intorno alla città, che si stendeva verde fino al vulcano. In due stavano uscendo dal campo, un adulto e un ragazzo. L'adulto gli faceva cenno e il ragazzo correva via. Eccolo Eughènio: fuggiva. Sentì l'eco dei suoi pensieri: vengo da te, anima mia, vengo da te e da nostro figlio.

Eughènio raggiunse un pozzo abbandonato, si fece il segno della croce e si gettò nell'acqua cheta e senza fondo.

Si risvegliò sudata: che ha fatto! Crede di viaggiare, così? S'ammazzerà! Devo raggiungerlo, subito!

Ma le lenzuola annodate alle sue ginocchia la trattenevano e dai bacili, dalle brocche, dai fontanili, dalle piscine e persino dal mare l'acqua mormorava: cosa fai, lasci la città, tradisci l'arte.

Non andare, dicevano le onde, e fra di loro l'imploravano sua madre e Crisorroé e le vecchie morte.

Non andare, pregavano, o la città è perduta.

Pianse Morfisa, dilaniata, ma non c'era consolazione nel pianto perché anche le sue lacrime sussurravano: non andare, non andare, questa via è senza ritorno.

Liberatemi, urlava lei. Vi lascio l'uovo, vi lascio anche mio figlio – e intanto tentava invano di districarsi dal letto –, penseranno loro al Ducato, a Eughènio solo io posso pensare.

Rovesciò a terra una bottiglia dov'era l'olio di rosa mescolato all'acqua: l'acqua sul pavimento si liberò dell'olio e di nuovo una voce l'ammonì: maledetta, l'arte con te muore.

Non è vero, ho lasciato tutto scritto, altre sorelle prenderanno il mio posto, ma l'acqua sotto le lampade rispose: distratta, distratta, le parole ti hanno rubato...

Solo allora Morfisa si ridestò, furiosa, si lasciò cadere sul pavimento, si sciolse dai lini e dalle coperte e cercò a tastoni il suo quaderno scritto sul retro della storia d'Alessandro Magno.

Non era nei bauli, non era negli scrigni, strisciò fino al grande tappeto volante, non era neanche lì.

La trovò carponi la vecchia Euplea, non annunciata.

«Bambina, cosa fai?»

Morfisa sobbalzò.

«Voglio andare!»

«Ti hanno rubato l'uovo, questa notte, non te ne sei accorta?»

«No...»

Euplea la fissò con grave intensità.

«Sai che se andrai via dovrai tornare: il tuo compito è rimettere l'uovo al suo posto. La città dipende da te. E se ti perdi...»

«Ma Eughènio... Nell'acqua! Lui non sa...»

Euplea scosse il capo.

«Lui andrà sempre dove sei tu e tu sarai sempre dove è l'uovo.»

«Chi ha preso l'uovo?»

«Lo sai, è stato il greco. È sempre un greco...»

«Quanto tempo ho?»

«Più tempo impieghi, più Napoli si perderà e a ogni tuo ritorno corrisponderanno mali maggiori. Se torni in fretta riporti l'ordine, se tardi ogni volta sarai anticipata dalla distruzione.»

Morfisa tremò.

«Ho paura.»

«Devi averne» sorrise la vecchia e uscì dalla stanza.

Rimasta sola esitò.

Poi il pensiero di Eughènio la mutò in aquila, sbatté le ali spazzando la stanza, che non aveva finestre.

«Cada Sansone!» cantò con la sua gola piumata e a colpi di rostro sfasciò la bella porta scolpita, sventrò i tendaggi, tagliò i corridoi, finché irruppe nel giardino di Santa Restituta.

La bella fontana antica costruita sui capitelli capovolti del tempio, dove i delfini dentati si mescolavano alle facce dei santi, gorgogliava. L'aquila vi atterrò. Fermati, fermati, gracidarono le raganelle, ma Morfisa, tornata femmina, si lasciò cadere, per sempre, nell'acqua.

11

Una settimana dopo la scomparsa di Morfisa e dell'uovo, da tutti invano disperatamente ricercati, e dopo quella assai meno importante di Teofanès Arghìli, poeta di corte e messo delle Auguste, un cavallo in carne e ossa, bardato di porpora e sulle cui gualdrappe erano ricamate aquile color del ferro, con una cassetta d'oro e avorio legata sopra il dorso, aspettava ai piedi dell'antico cavallo di bronzo del Pretorio.

«Manderemo solo questo a Roma?» sbuffò a voce bassa l'esattrice ducale Gemma Erario, coperta da capo a piedi di ogni sua collana e fermaglio, i capelli acconciati alla Teodora.

Il marito si strinse appena nelle spalle: l'abito rituale gli copriva a stento la camicia e il collo, era stato cucito quando era assai più magro. Anche lui tintinnava di oro e pietre e perle.

«Il papa dovrà accontentarsi. Ora che lo scisma è avvenuto, può vantare tutti i diritti che vuole sul patrimonio dell'apostolo Pietro... Forse credeva che i Normanni glielo avrebbero regalato.»

«E con loro come ci comporteremo?»

Sergio Erario s'aggiustò le insegne della sua casa, Maria Gemma Erario gli anelli alle mani. Di fronte a loro Amalia Capece e la famiglia Minutolo fecero altrettanto.

«Convincendoli che la città sia loro.»

I Pappansogna, i Farricelli, gli Spadari, i linaioli e i mercanti, gli Ebrei e gli Egizi: tutta Napoli era composta in due ali elegantissime e formali, come se le Auguste in persona stessero per entrare dalle porte.

Maria Merenda e il marito, Pietro Cènnamo, imperscrutabili in volto come la Madonna delle Ombre, erano dietro gli Erario.

«Sarete contenti, adesso» bisbigliò Maria. «Senza uovo, senza Teotokòs, senza libri sacri e senza Sibille... Il Ducato è perso per sempre.»

L'esercito normanno entrò, in sincero imbarazzo per la pompa formale che veniva riservata a quelli che fino a poco prima erano stati vassalli e ritenuti invasori. Nessuno fiatò vedendo Drengot aprire la fila, nonostante i senatori e la città intera avessero negli occhi il ricordo della sua freccia che aveva ucciso Teodonanda.

«Qui le monache non voleranno più, cara cognata» si vendicò a voce bassa Gemma Erario senza voltarsi né muovere un muscolo. «Basta sfizi, basta magia, basta pazzarie... Quelle vecchie non le rimpiangerà nessuno!»

Sergio Erario aggiunse mormorando, anche lui immobile come una statua di sale: «Inoltre, amati parenti, mi sembra che la città non sia affatto crollata come voleva la leggenda. Perché solo di una leggenda si trattava. È solo passata di mano...».

«Per perdere ogni cosa non c'è bisogno che cadano le mura. D'ora in poi saremo ospiti in una città straniera» sussurrò Pietro Cènnamo, guardando afflitto sfilare la soldataglia bionda.

Le trombe suonarono, la colonna normanna s'arrestò occupando intera la via del Sole.

Monaci, monache, igùmeni, diaconi, Oderisio in testa accompagnavano Drengot in chiesa per l'incoronazione.

Dalle braccia dei soldati si levarono alti in volo i falchi da caccia sui campanili e sulle torri, fino a controllare l'orizzonte curvo del mare, dove, ormai lontano, veleggiava rapido verso la Sicilia il dromone Calipso.

Dal ponte della nave anche Blactu Sparano li vide roteare sopra Napoli mentre la sua terra spariva.

Due lacrime le traversarono come perle il viso.

Artemio Coniata le strinse le spalle: «Nessun rimpianto, su. Vivremo liberi nell'Impero».

Blactu chinò il capo, muta.

Ad alta voce, invece, salutò il Ducato ormai trasformato in Regno il piccolo Atanasio, strillando per la fame nella cesta che, con la sua nuova famiglia, lo portava a Costantinopoli.

LA CODA DELLA BALENA

A Heian, cinquant'anni prima

Dal diario di una dama di corte

(...)

Alla mia Signora e Imperatrice, mentre riordino i suoi libri, ormai prossima alla morte.

La Regina Akiko ricorderà i giorni in cui le donne scrivevano solo diari, motti per ventagli e ridicole poesie e che, proprio in occasione del suo parto, tutto mutò: il segreto è difficile a spiegarsi e gli eventi restano misteriosi, sicché io stessa scrivo queste mie pagine nel dubbio che quanto accaduto sia reale o piuttosto un'illusione prodotta dal Mondo della Luna.

Ecco, dunque, il racconto di come appresi a scrivere un romanzo.

Due giorni prima della nascita del Principino la Luna era velata, segno di chiusura e silenzio, e le dame di corte erano fuori con le barche, mentre io mi trovavo a Heian, nella capitale.

Dama Noshi mi riferì in seguito che era una giornata ventosa e fredda e il mare si arricciava di schiume, come se tutti i pesci fossero convenuti a formare le onde. I monti lontani erano vestiti di viola e velati di bianco. A un tratto i pescatori di perle fecero voci: nelle loro nasse era stato preso un grosso pesce.

Le dame eccitate insistettero per vederlo, ma i pescatori giuravano e spergiuravano che, quando l'avevano ferito, il pesce era enorme, una vera balena, un mostro, ma appena pescato ecco che si era fatto minuto e una barca bastava a contenerlo.

Le dame si affacciarono alla barca: dinanzi ai loro occhi la balena si dissolse e al suo posto apparve una piccola donna.

Aveva i capelli ricci, simili alle onde del mare, i piedi storpi, come se ne vedono, disse poi il Reverendo Gyochoi, nei villaggi più poveri nei bambini nati da madri malate, ed era nera, come il colore che si dà ai denti nei giorni di festa.

Il prodigio aprì gli occhi e parlò in un idioma sconosciuto.

Subito le dame inorridirono e vociarono che il Popolo della Luna doveva aver esiliato sulla Terra uno dei suoi abitanti: bisognava subito portarlo a un tempio vicino, perché fosse presto ritrovato.

Tuttavia, era ormai imminente il vostro parto, o Regina, e le dame corsero alla residenza del Ministro Michinaga, vostro padre, sicché anche il prodigio fu portato con loro sulle barche per essere sottoposto allo sguardo dei reverendi, non sia mai inimicarsi gli dèi proprio in quei giorni fausti.

Deposero la piccola donna nera nella stanza della Dama Nutrice del ministro e si ordinò alle cameriere di lavarla, vestirla e nutrirla. Le cameriere, spaventate, sulle prime si rifiutarono, invece la donnapesce accettò ogni cura di buon grado.

Intanto, poiché soffrivate, nella stanza del parto iniziò l'incessante recitazione dei Sutra e le pareti, le cortine, i paraventi furono foderati di bianco.

Anch'io mutai il mio *hagi* viola e azzurro e lo *shion* purpureo con una camicia candida.

Pregavano le Cameriere d'onore, i Reverendi dei Cinque Altari, l'Abate del Tempio di Kanonin: entrarono le sostitute che dovevano soffrire al vostro posto. Qualcuno disse che la pesca miracolosa del mattino portava disgrazia e allora tutta la dimora risuonò ancor più forte di to-do-ro.

Io fremevo, però: temevo per te, Regina, ma ero curiosa di vedere la donnapesce. Con la scusa di recare notizie alla Dama Nutrice anziana, mi allontanai, raggiunsi la stanza, mi intrufolai e la vidi.

Non so riferire l'impressione che ne ricevetti: era come se di colpo fossi gravida di idee e di immagini e l'intera esistenza che avevo condotto fino a quel giorno prendesse improvvisamente forma, si articolasse in vicende degne d'essere raccontate e in personaggi vivi di una vita più intensa di quella che attribuivo alle persone reali, sicché era come se li avessi sempre conosciuti, con loro avessi mangiato e dormito, e temessi per la loro morte più che per quella dei miei cari.

Avevo talvolta sognato di scrivere ma erano sogni incompleti e deboli, che sparivano all'alba, fantasmi ingannevoli.

Quel che invece vedevo in presenza della donnapesce era solido e forte, la mia mente produceva pietre preziose, sicché mi disperai di non avere a portata di mano una scatola per la scrittura.

Quindi, la donna nera e aggraziata che mi sorrideva mi raccontò la sua storia. Si chiamava Mor-fi-san e mi spiegò che se qualcuno soffriva lei poteva dare aiuto: per dimostrarlo mi fece passare, non so dire come, un dolore al polso, che avevo ormai da tre lune.

Mi affrettai allora a parlare con il Gran Ciambellano, con il Tenente Generale della Guardia del Corpo di Sinistra, con il Maggiore Generale della Guardia del Corpo e Governatore di Mino e soprattutto con il Reverendo Gyochoi, perché la donnapesce fosse unita alle sostitute della Regina in sollievo del suo male.

La sofferenza durava già da tutta la notte e si prospettava lunga due giorni o forse di più: era stato invocato il Budda dei Tre Mondi e convocati anche tutti i Maghi della Terra attorno al capezzale; il Reverendo Ingen aveva recitato la preghiera scritta dal Primo Ministro, il Prete di Ninna e il Prete della Corte del Tempio di Mii avevano esercitato i loro sacri poteri; dame, nutrici e sorelle attendevano amplificando i Sutra, le vecchie piangevano in segreto.

Il reverendo parve disposto a tentare.

Così Mor-fi-san fu sistemata accanto al letto e in un batter d'occhio venne fuori il Principino.

La moglie del Primo Ministro tagliò il cordone e quelle che avevano il rossetto striato di lacrime se lo pulirono festanti, i reverendi fecero esorcismi, i dignitari ordinarono che si vuotassero i ruscelli dal fango in onore della Felicità della Regina. Tutte indossammo strascichi di madreperla.

Mor-fi-san fu portata in grande onore e, sorridendo senza vergogna per i suoi denti bianchi, rese a tutti grazie, chinando delicatamente il capo.

Solo io seppi che da poco anche lei aveva avuto un figlio ma che l'aveva abbandonato, poiché cercava disperatamente il suo amato.

La storia mi riempì di commozione, chiesi il permesso di farle visita nei giorni seguenti.

Ma non erano passate due notti dai fatti sopra narrati che, in occasione del Bagno Rituale della Regina, mentre le dame assistevano al rito in vestaglia, un nuovo prodigio si manifestò.

Dall'acqua del vostro bagno, o Regina, saltò fuori un uomo dalla pelle bianca. Le dame si diedero alla fuga, urlando che di certo l'intera Isola della Luna si stava rovesciando sulla Terra, segno davvero nefasto; io sola restai, per curiosità invincibile e, nonostante il timore, domandai al dèmone chi fosse, allora egli parlò di nuovo in un idioma sconosciuto.

Mentre arrivavano i reverendi, suggerii di portare Mor-fi-san nella Stanza del Bagno, che forse avrebbe potuto intendersi con questo nuovo abitante degli Altri Mondi, e quale fu lo stupore quando Mor-fi-san e il secondo prodigio si riconobbero, si abbracciarono e si baciarono: quello era proprio il suo amato, perduto e invano cercato. Grande felicità e scompiglio seguirono nei giorni successivi: la cerimonia del Bagno fu rinnovata e questa volta portata a termine senza inattese apparizioni.

(...)

Seguirono sette notti di cerimonia senza nubi, durante le quali le dame, festose, anche quelle di cui si risapevano gelosie e invidie, sfoggiarono sontuosi vestiti e ventagli fitti di poesie. Maniche ricamate furono fatte indossare anche alla Mor-fi-san, cui invano spiegavo che il riso va coperto con la mano: sulla Luna, o nel mondo da cui veniva, l'uso era ignoto. Frusciavano i ventagli come montagne nevose sotto la Luna sfolgorante, come specchi penduli di metallo lustro: la terza notte, durante la Festa del Maggiordomo allestita nella sala da pranzo di legno d'aloe, mentre mangiavamo da lucidi piatti d'argento e le dame si prodigavano in doni per il Principino e i nobili, ubriachi di sakè, ci obbligavano a rispondere alle loro volgari poesie, dai pozzi che le cameriere sorvegliavano venne fuori un terzo dèmone.

Un secondo uomo bianco, come l'amato di Mor-fi-san, saltò fuori in pieno banchetto camminando sui tavoli.

Sulle prime quasi non lo notammo, finché, vagando con occhi sgranati di pesce, il terzo prodigio non capitombolò fra i doni e si rialzò confuso, coperto di kimoni e gonne. Si danzavano I Piaceri di Diecimila Età e Il Palazzo Felice, Le Gioie di Diecimila Anni e I Piaceri di Diecimila Autunni, e questo dèmone sbraitante e spaventato mi cascò addosso.

Arrestatelo, disse Mor-fi-san, è un falso poeta e mi ha rubato un uovo magico. Fu preso mentre si dibatteva e lamentava e recluso in una stanza lontana, in attesa di decisioni. Dell'uovo però non c'era traccia.

(...)

Da quel giorno iniziai la lunga storia del Principe Genji.

Scrivevo pagine su pagine e, quando non attendevo al mio romanzo, sistemavo le fiabe in forma di libro per voi, Regina, che eravate ormai tornata al Palazzo Reale.

Di continuo mostravo a Mor-fi-san il mio lavoro e me ne venivano sempre intuizioni e idee. La donnapesce era felice con il suo Eu-ghè-nio e solo quando il suo amato era a caccia dagli uomini, che lo consideravano un Porta Fortuna, si lamentava di non aver con sé il loro figlio, A-tan-asìo.

Ogni giorno mi chiedeva del terzo dèmone, Teo-fa-nès, e io le rispondevo: perché ti preoccupi di un ladro? Lei ribatteva saggiamente che bisogna essere generosi con tutti e che gli portassero una scatola da scrivere. Allora io stessa ne preparai una di lacca rossa assai bella e andai da Teo-fa-nès.

Lo trovai depresso e lacrimoso, così gli mostrai come si tritano le bacchette d'inchiostro e come si sciolgono nell'acqua, quindi gli diedi lezioni sull'uso del pennello e sulla scelta della carta da poesia. Apprezzò in particolare che ogni colore della carta corrispondesse a uno stato d'animo, secondo il nostro uso, e che le poesie si consegnassero avvolte in ramoscelli fioriti. Tuttavia, dalla soglia mi avvidi che di gran furia si dava a scrivere, come se da tempo ne aspettasse l'occasione. Lo spiai: riempiva la carta come un pazzo, sicché mi allontanai pregando gli dèi.

(...)

Trascorse un intero anno e tutti i nostri prodigi comprendevano ormai la lingua che parliamo e che scriviamo, ma Teo-fa-nès, nella sua prigione, componeva nella lingua del suo reame una storia segreta e monumentale.

I fogli non bastavano mai e il rifornimento era continuo.

Curiosa del suo ostinarsi al lavoro e trovandovi somiglianze con la mia personale ossessione, osai un giorno confessargli che mi sentivo a lui vicina in quanto scrivevo romanzi e fiabe e che il mio romanzo, iniziato da un anno e già letto a corte, era molto celebre e apprezzato. Di certo, aggiunsi, era merito anche di una prodigiosa donna, venuta come lui dal Mondo della Luna e che di nome faceva Mor-fi-san.

Mai ebbi tanta paura di fronte a un uomo come quel giorno dinanzi a Teo-fa-nès: ho conosciuto nella mia vita guerrieri lestofanti e assassini che, travolti da collera improvvisa, chiedevano con gli occhi e le mani il sangue altrui; ebbene, nessuno mi era apparso tanto spaventoso quanto il dèmone che, digrignando i denti e artigliando l'aria con le dita, disse una frase per me priva di senso, che però ancora ricordo: «E avevo chiesto un regno dove le donne non scrivessero!».

Mi ritirai tremante, temendo per la mia vita, e quando riferii a Mor-fi-san questa reazione, lei rise così allegramente che anche io mi rallegrai e dimenticai persino di mettere la mano davanti alla bocca.

(...)

Circa l'uovo che Mor-fi-san aveva perso indagai.

Le guardie mi riferirono che, effettivamente, di notte, quando credeva che nessuno lo spiasse, Teo-fa-nès tirava fuori da una borsa consumata quello che sembrava essere un grosso uovo per metà rosso. Mor-fi-san mi aveva spiegato che doveva riportarlo sul Mondo della Luna e finché non l'avesse fatto, gli dèi sarebbero stati in collera. Sicché ordinai alle guardie di sottrarre l'uovo al prigioniero, cosa che subito eseguirono non senza incontrare l'ostile resistenza di Teo-fa-nès che aveva per protesta smesso di mangiare, aveva avuto crisi di furia, aveva persino tentato di togliersi la vita e, soprattutto, aveva distrutto la bella scatola laccata con l'inchiostro che gli avevo donato. Andai a interrogarlo, preoccupata di aver recato danno a un Uomo della Luna, non volevo la disgrazia mi colpisse. Lo trovai furibondo.

«Avevi già lei, volevi anche l'uovo, eh?»

Parlava come un ceffo da galera.

«L'hai finito quel tuo romanzo o no? Ma adesso la vedrai... Non lo finirai mai! Le hai dato l'uovo e quella se ne andrà! E io sono qui rinchiuso!»

Non riuscii a farmi spiegare meglio dal dèmone le sue illazioni perché nel momento della furia egli parlava nella sua lingua antica, imprecando e bestemmiando, io credo, tanto che afferrai i grani da preghiera per difendermi. Me ne andai carica di colpe, perché l'inquietudine ch'egli mi aveva comunicato era grande e io davvero dubitavo delle mie forze per terminare la storia del Principe Genji.

Crebbe in me il malessere finché, il ventesimo giorno del Mese del Gelo, durante la danza Gosechi tutto precipitò, come vostra Maestà di certo rammenta. In fondo, c'era da aspettarselo: Mor-fi-san e il suo sposo desideravano tornare sul Mondo della Luna, ora che avevano il loro uovo, e la Festa del ventesimo giorno celebra proprio il re Temmu, che nel suo Palazzo di Yoshino vide un giorno apparire fanciulle celesti venute dal Mondo della Luna. Ricordo bene la giornata perché avevo trovato, guarda caso, un insormontabile inceppo nel mio romanzo e non sapevo come venirne fuori.

Le danzatrici si erano preparate da mesi per esibirsi di fronte a tutta la corte e in onore del Principino fu lanciato il riso per scacciare gli spiriti maligni.

Mor-fi-san ed Eu-ghè-nio erano stati sistemati nei posti d'onore, come due statue viventi del Budda. Mor-fi-san esibiva l'uovo rosso, che i reverendi avevano onorato con grande rispetto.

Le dame con velleità di poesia cercavano di sederle accanto: di certo non solo io ricevevo i benefici di quel grande emanare di immagini, versi e storie, però, come credo accada a chi non ha l'anima aperta, non tutte ricevevano gli stessi benefici, sicché lo sventolare di ventagli scritti non corrispondeva a liriche gradevoli all'orecchio.

I prigionieri, per gentile concessione del Re, partecipavano e vidi seduto fra di loro anche Teo-fa-nès, torvo e smagrito.

La Fonte Sacra che alimenta il Palazzo rumoreggiava alle nostre spalle.

Le danzatrici iniziarono la loro bella esecuzione ma alcune avevano fra loro antichi dissapori: una si sentì male, le altre accorsero, altre ancora continuarono a danzare. In quel momento, già confuso, la terra tremò. I terremoti sono frequenti a Heian ma gli animi eccitati della folla cavalcarono l'onda che scuoteva le porte e i pavimenti e abbatteva le pareti di carta.

Come si fossero allentate le corde, come le guardie lo avessero perso di vista, non so: so però che nel marasma vidi Teo-fa-nès scattare in avanti, mentre tutti gridavano e agitavano le braccia.

Scansò maniche svolazzanti e saltò gli altari, raggiunse Mor-fi-san e, a sorpresa, le strappò l'uovo. Quindi, si diresse verso la Fonte Sacra, vi si tuffò e svanì.

All'istante Eu-ghè-nio prese fra le braccia l'amata e si tuffarono anche loro nella Fonte, senza che potessi dir loro addio.

Spariti i prodigi, tutto di colpo tornò tranquillo e il terremoto cessò. I reverendi sentenziarono che la Luna era passata vicina alla Terra, l'aveva scossa e ripreso con sé i figli dispersi. Si pregò e ringraziarono gli dèi a lungo.

Mia Sovrana, questa è la storia, che del resto la Regina conosce per avervi assistito. E sa anche che ormai finirò i miei giorni in ritiro al convento, come ho sempre sperato. Ho scritto quel che gli dèi volevano e l'eco delle risate, degli amori, delle invidie, persino i bei momenti di festa mi paiono lontani. Porto con me solo uno scrigno d'argento per romanzi, uno specchio, un pettine di legno. Passo il giorno a recitare i Sutra e a contemplare le meraviglie delle stagioni ma, a volte, mi domando se taluni eventi della mia lunga vita siano mai accaduti e se davvero tutti abbiamo visto Mor-fi-san, e dove sarà adesso. So che se a lungo ho goduto del dono della poesia, è stato grazie al suo arrivo.

Ora il mondo è molto cambiato, un'era va a finire, scoppiano guerre. Regina Akiko, grazie di avermi accolto e di aver dato lustro alle mie parole. Il sole si spegne e io sorrido alle gru che dimorano fuori, nel giardino.

Costantinopoli, 1204

1

«Questi sconsacrati che si dicono cristiani fanno incetta di reliquie! E il vescovo di Roma, che la Teotokòs lo fulmini, la chiama Crociata! Ladri, malfattori, assassini! E presto, lo vedrai, avremo un Imperatore francese! Qui! A Costantinopoli!»

«Calmati, fratellino, hai ancora la testa sulle spalle. E bevi.»

Basilacio porse un intruglio al piccolo diacono e si grattò le pulci, sue inquiline da quando era iniziato l'assedio della città: l'acqua mancava da tutti i pozzi, era impossibile prendere un bagno, per Basilacio il fastidio maggiore, peggio della fame e della sete.

Il piccolo diacono prese la tazza ma continuò: «... Il volto di Cristo impresso nella stoffa, i capelli di san Giovanni il Battista, un pezzo della Vera Croce, la canna e la lancia che trafissero Nostro Signore, i capelli di Maria, un braccio dell'apostolo Simeone, la testa di san Giacomo...».

«Prendi fiato, Tzetze... Ti darei anche da mangiare ma qui di carne non ce n'è, né di santi né di capra... Mi sarei dovuto conservare un po' di quella dell'Imperatore Andronico quando le donne lo macellarono vent'anni fa...» sospirò Basilacio e gettò un'occhiata sconsolata al suo covo, ai libri dei morti, agli erbari, ai papiri vergati in copto, alle fiale e ai mortai di ogni dimensione che si ammucchiavano fra piatti, alambicchi e storte. Il soffitto era mezzo sfondato a causa del fuoco crociato.

«L'assedio ti porta via i clienti? E le donne, quelle a cui ti piaceva tastare i seni...?» sogghignò il diacono, ch'era tutto un fremito di nervi.

«L'amore, il tradimento, la seduzione, il furto dei figli scendono di prezzo quando c'è la guerra, fratellino. Vengono da me solo per fuggire.»

«Fuggire? E come!» strepitò l'altro, strofinando le mani sudate. «Tu puoi? Fammi fuggire, Basilacio! Non ho oro da darti ma te ne scongiuro!»

Basilacio si stropicciò la fronte unta.

«Vecchi sistemi ce ne sarebbero...» e si alzò a vagare fra i suoi vecchi volumi, le ampolle e i vasi: «Ci sarebbe il trucco di Eliodoro... Un mago catanese condannato a morte da san Leone Taumaturgo ai tempi dell'Imperatore Leone III l'Isaurico...».

«Per San Pantaleone, roba stravecchia...» si accasciò deluso Tzetze.

«Era un mago capace di animare le statue e cavalcarle.»

«Questa ci sarebbe voluta contro i crociati: a statue la nostra città è ben messa e quelli le stanno spezzando e rubando tutte! Ho visto impacchettare i cavalli dell'Ippodromo!» ruggì il diacono.

«Dove li portano? Disgraziati!»

«A Venezia, pare...»

Basilacio s'abbatté su uno scranno e si prese la testa fra le mani.

«Va' avanti, fratello» l'implorò Tzezte. «Dammi una droga o distraimi da tutta questa morte...»

Basilacio proseguì, senza togliere la testa dalle mani.

«Insomma, una volta, l'Imperatore mandò da Eliodoro un generale e i suoi soldati. Avevano fatto un lungo viaggio fino alla Sicilia per arrestarlo: lui li ricevette in casa sua, li convinse a prendere un bagno e, appena entrati nell'acqua, tutti si ritrovarono di colpo nel bagno di Costantino V, qui, nella Grande Città.»

Nella fioca luce del covo, per non farsi stanare dai Veneziani e dai Francesi, gli occhi del diacono si dilatarono come laghi.

«E come è possibile?»

Basilacio sogghignò: era tutta la vita che le sparava grosse e se c'era uno bravo a raccontare storie quello era lui. Si divertiva a farlo anche mentre stavano per morire e non si tratteneva dall'assecondare la propria natura.

«Eliodoro immerse la testa in un catino d'acqua e disse: "Se mi cercate, sono a Catania". E sparì di nuovo.»

Tzetze si stropicciò una guancia lurida e si diede due colpetti in testa per esser certo di aver ben compreso.

«Vuoi dire che attraverso l'acqua...»

«Esatto» confermò Basilacio, stendendo la schiena sulla spalliera e lasciando cadere le braccia oltre i fianchi, come se fosse sfinito per una lunga corsa.

«Scemenze!» saltò su il diacono. «E tu sai farlo? Voglio dire, senza affogarmi nel tuo bagno, qualora avessi ancora dell'acqua: un viaggio fra i morti sarebbe certo definitivo...»

Basilacio scosse la testa ciondoloni con le braccia a significare tutta la sua delusione: «Sei un cattivo prete: pensi male di me e ti meriti che il vescovo di Roma ti rubi le reliquie. Non credi forse nella Vita Eterna?».

Tzetze si alzò a fatica e guardò fuori da uno spiraglio di finestra: in strada le urla e un gran scalpitare di cavalli si alternavano a lunghi e inquietanti silenzi.

«Basta sciocchezze. Vado in chiesa» dichiarò rabbrividendo. «Ormai avranno finito di prendere tutto.»

«Sta' attento che non ti rubino anche i vestiti...» gli augurò il mago.

Tzetze imprecò a voce bassa, schiuse la porta, sogguardò a destra e a manca, quindi infilò una via secondaria.

Per qualche istante Basilacio confuse il gorgogliare del suo stomaco con il rumore che veniva dal cortile.

Ho davvero fame, disse fra sé e sé. Se fossi più bravo e credessi alle mie fandonie, farei apparire una tavola imbandita. E invece, pensò sconfortato, perché l'esperienza gli aveva già insegnato cosa fosse un assedio, finirò con l'uccidere e affettare quella carogna di Tzetze alla sua prossima vita. Mi ci sostenterò un paio di settimane se i crociati non mi trovano, si disse.

Il rumore, però, non smetteva: non era il suo stomaco. Basilacio s'affacciò fra le travi e le colonne bruciate.

Il pozzo era asciutto da tempo. Qualcuno che vuole risalire, pensò. Una strada fra le case. E si armò di un pestello di marmo con cui sbriciolava i gusci di tartaruga per i filtri d'amore, per accogliere l'invasore, greco o straniero che fosse. All'improvviso un'ondata d'acqua sboccò con tale violenza che dovette farsi indietro.

«Per Aronne!» squittì.

Acqua, acqua quanta non ne vedeva da mesi! E con l'acqua risalirono dal pozzo pesci e anguille di mare, alghe e granchi. L'acqua l'investì, lo gettò a terra, gli finì in bocca. Era salata.

Non ebbe il tempo di raccapezzarsi che quattro mani, due bianche e due nere, si aggrapparono al bordo di pietra del pozzo.

Due teste, una maschile e una femminea, spuntarono guardandosi intorno.

«Dove siamo?» chiese il ragazzo.

Basilacio aprì e chiuse la bocca due volte prima di rispondere: «E dove credete d'essere? A Costantinopoli, in casa mia...» disse. «Questa è casa mia! Come osate... E tutta quest'acqua...»

«Molto bene!» sorrise la ragazza, ch'era mora.

Anche i Turchi oltre ai cristiani vengono a prendersi la nostra città, pensò Basilacio. Subdoli, penetrano di sotterra e mandano le donne! Che tempi bui! E levò il pestello di marmo per colpire: il gesto gli venne debole, nessuno dei suoi ospiti si spaventò.

Il ragazzo fradicio scavalcò il pozzo: indossava un abito di foggia sconosciuta ma prezioso, elegante, tutto seta e broccato. Un principe straniero, pensò Basilacio. Tirò su la ragazza, riccia e minuta, il volto preciso identico a quello delle madonne nere: Basilacio d'istinto si segnò tre volte. Anche lei indossava abiti fradici e sgargianti mai visti prima. La veste le scoprì i piedi storpi: il ragazzo la prese in braccio e cercò un posto dove stenderla. Basilacio esitò, poi, alzatosi, fece strada.

«Di qua...», e li portò nella stanza dove aveva ricevuto Tzetze. Sulla stessa sedia del diacono il giovanotto posò la fanciulla nera.

«Chi... chi siete?» domandò il mago.

«Viaggiatori» rispose la giovane mora.

«Cerchiamo nostro figlio» aggiunse il ragazzo. «Si chiama Atanasio. Lo conoscete?»

«Cercate vostro figlio a casa mia? Di Atanasi ne conosco mille...» balbettò confuso Basilacio.

E poi, subito riavendosi: ecco i clienti che da tempo gli mancavano. Un figlio scomparso! Intravide l'affare, spiò di nuovo le vesti preziose degli stranieri e riprese un contegno professionale. Scrutò i pesci ch'erano risaliti dal pozzo con i ragazzi: in fondo, avevano anche già pagato. Quelli li avrebbe cucinati e messi sotto sale.

«Volete bere?» disse, frugando in un mobile e trovando quel che si era guardato bene dall'offrire a Tzetze, un'impolverata bottiglia di vino di Rodi. I due bevvero.

«Vedo che avete fatto un lungo viaggio... Da dove, se posso chiederlo? Da quando la città è assediata non è facile vedere stranieri, salvo Veneziani e Francesi...»

La notizia dell'assedio sorprese i due visitatori.

«Non conosciamo il nome del paese da cui veniamo. Sono isole... molto lontane.»

Che curioso accento greco, pensava intanto Basilacio. Questi due vengono dall'Italia. Forse dalla Sicilia o dalla Puglia, rifletté. Sono Latini invasori anche loro?

«Nostro figlio potrebbe chiamarsi Isaurico o Coniata, fuggì con due... zii di questo nome» soggiunse la donna mora.

Basilacio imprecò e fece un curioso balletto per la stanza.

«Coniata! Coniata, dici?», e poi, con aria feroce: «Voi intendete forse quel disgraziato, miscredente, impostore, rompiscatole e fastidiosissimo diffamatore di Niceta Coniata? Quel prolisso scribacchino, quel delinquente che crede di fare lo storico? Quel dispregiatore dell'onesto mestiere di mago?».

I giovani si guardarono perplessi, il ragazzo prese la parola: «Il mio nome è Eughènio, il suo è Morfisa, e non sappiamo affatto chi sia questo Niceta che vi arreca tanto fastidio. Noi cerchiamo lo strategòs Artemio...».

Basilacio s'arrestò in una smorfia.

«Artemio? Non conosco nessun...», quindi ebbe una strana idea: «Un momento. Artemio Coniata, che io sappia, era un avo di Niceta. Ma parliamo di oltre cento anni fa, forse di più...».

La donna mutò il bel viso in un'espressione afflitta: Basilacio pensò che era proprio il ritratto di una glicofilùsa, la Madonna della Dolcezza.

«Abbiamo sbagliato tempo, è colpa mia...» mormorò a Eughènio. «Non governo più l'acqua.»

Basilacio drizzò le orecchie.

«Vuoi dire che non potrai mai portarci da lui?» le chiese Eughènio. «Allora andiamo via. Nostro figlio ormai è morto.»

«Via?» chiese Basilacio. «Via... E come credete di andarvene con i Latini in città?»

Eughènio mormorò: «Vi prego, lasciateci passare». Sollevò la compagna e si diresse verso il pozzo.

«Aspettate! Aspettate!» urlò Basilacio. «Andate via dal pozzo? Dove porta la strada sotto la mia casa?»

«Nessuna strada» rispose Eughènio. «Addio.»

«Affatto!» gridò il mago, quindi slacciò una corda e fece cadere sui due una rete, che aveva sistemato sul tetto affumicato, caso mai qualche crociato volesse saccheggiarlo. «Prima di partire dovrete spiegarmi come...»

E si strofinò le mani unte.

2

Teofanès, intanto, era emerso in una chiesa al cui centro sorgeva una grande fonte. La Zoodochòs, la grande chiesa della Fonte della Vita dove mille volte era venuto in pellegrinaggio da bambino!

Un'emozione incontenibile lo travolse: questa volta era davvero tornato a casa, era di nuovo, finalmente, a Costantinopoli! E aveva l'uovo con sé!

Con le lacrime gli sgorgò dalla gola una canzone dell'infanzia, batté le mani e scalpicciò felice i piedi nell'acqua. Gli fuggirono fra le gambe numerosi pesci rossi. Ai bordi della piscina un vecchio monaco lo vide e l'apostrofò.

«Cosa fai lì dentro, sconsiderato! Sei pazzo?»

Teofanès cercò di contenersi, quindi uscì dalla fonte e s'avviò verso il monaco a grandi passi. Il vecchio era davanti a un fornello improvvisato e friggeva pesci in una padella. Una strana attività, dentro la chiesa, ma non ci badò, era troppo felice.

«Padre... Che felicità! Sono tornato!»

«Va', va', balordo!» lo rimbrottò l'altro.

Tutto contento, Teofanès si aggirò fra le antiche colonne: la chiesa era come la ricordava. Oh, certo, qualcosa di nuovo c'era, probabile frutto delle frenesie delle Auguste o di Maria Sclerena. Si fermò di fronte a un'arca che non rammentava: il volto del morto gli sembrò familiare. Soddisfatto d'essere vivo e di poter presto rivedere sua madre, s'avvicinò per leggere la lunga iscrizione.

«Ah, poverino» si deliziò di commiserare lo sconosciuto ad alta voce. «Tu sei nella pietra e io a casa! "Illustre Mich..."»

Si bloccò. Lesse, rilesse. "Illustre Michele Psello."

Un errore. Un'omonimia. Era l'arca di un suo antenato. Sì, doveva essere così: un suo antenato cui aveva preso il nome una volta diventato monaco. Le date: nato nel 1018, morto nel 1097.

Tentò di ricordare la data della sua partenza da Costantinopoli: l'acqua lo confondeva.

Cos'altro c'era scritto? "Filosofo, scrittore di encomi per la morte della Sebasté Maria Sclerena, per la morte dell'Imperatrice Zoe e dell'Imperatore Monomaco..."

Teofanès distolse lo sguardo, che però gli cadde accanto, su una piccola tomba completamente rivestita di un unico, lungo epitaffio. Lesse saltando le righe a causa delle lacrime: "... Ella era da parte di madre molto nobile... anzi in verità i suoi antenati erano imparentati a basilèis... perle e pietre preziose e l'oro intessuto nel chitone, vinti dalla bellezza di Stiliane, diventavano inutili... il suo corpo era plasmato in un bianco puro e perfetto al punto da pensare che neve da poco caduta avesse ricoperto ciò che si trovava sotto... per dote naturale apprendeva ciò che le veniva insegnato tanto rapidamente da sembrare che l'avesse innato...".

Teofanès annaspò: da quanto era morta la figlia di Michele? E da quanto Michele? E quanto aveva scritto lui, al posto suo. E quanto aveva amato la moglie e la figlia invece del suo antico compagno.

"... Le sue dita bianche come l'avorio producevano insaziabile ammirazione... Omero, giudicando le dee degli Elleni, come avrebbe potuto non considerarla migliore di quelle... è morta intatta da passioni fisiche, non adulterata dai contatti umani, perché la sua purezza non coinvolgesse la sua gioventù in brutture carnali..."

Si piegò in due leggendo l'età della defunta, nove anni.

Le ultime parole dell'epitaffio recitavano: "Dignità, decoro e pudore si addicono alle donne".

Lo diceva sempre Irene, pensò Teofanès. E a lui, che non era né donna né uomo, che non era mai stato così amato come quella bambina, cosa si addiceva?

«Michele, Michele!»

Una voce estranea urlò alle sue spalle: «Michele, Costantinopoli è caduta! Scappa, scappa! I Latini stanno entrando!».

Un giovane monaco, scapigliato e confuso, correva verso l'anziano che friggeva. Per un istante Teofanès guardò l'anziano: era lui che rispondeva al nome di Michele.

Un rombo di cavalieri e grida veniva dalla strada.

«Ci crederò, fratello, quando questi pesci salteranno di nuovo nell'acqua!» rispose il vecchio continuando a friggere.

In quell'istante, le porte della chiesa si spalancarono, lungo la navata galopparono cavalieri con insegne sconosciute, dalla padella del monaco i pesci saltarono, di nuovo vivi, nella Fonte della Vita, mezzo rossi e mezzo neri per la cottura interrotta.

Teofanès si aggrappò alla manica del giovane monaco: «Per san Basilio e i Santi Medici, che anno è questo, fratello?».

«È il 1204, non lo s...», e non finì la frase perché una lancia lo trafisse. Subito una seconda lancia uccise anche il vecchio monaco, la pentola si rivoltò e le braci del fornello si sparsero sul pavimento della chiesa.

Teofanès, a velocità tripla di come era uscito dalla Fonte, tenendo stretto l'Uovo di Virgilio, sgattaiolò da una porta secondaria scomparendo fra le vie di Costantinopoli.

3

Morto, Michele era morto. Da oltre cento anni.

La porta di Pege era caduta, le mura di Teodosio scavalcate, quelle di Costantino diroccate. Tutto il giorno Teofanès camminò in lacrime, scansando ora una spada, ora la morte per crollo. La città bruciava e i crociati la saccheggiavano. Ovunque erano donne e bambini in larghe pozze di sangue; agli angoli delle strade le prostitute cantavano in una lingua sconosciuta; pezzi di altari, icone, reliquie venivano trascinati fuori dagli invasori.

Ma chi è questa gente? chiedeva Teofanès. Latini. Quali Latini? Francesi e Veneziani. Non è la prima volta, gli rispondevano. Non te lo ricordi? E l'Imperatore, dov'è l'Imperatore? In carcere, piangevano le vecchie. Ecco l'apocalissi, pensava Teofanès scansando i corpi, prima Napoli e ora Costantinopoli!

Qualcuno urlò che aveva visto fondere lo zoccolo di Pegaso che fermava i nemici sulle mura: dentro lo zoccolo era la statuetta che fermava i Bulgari e i Latini. I crociati fondevano le antiche protezioni della città. Chissà come arrivò al Grande Ippodromo, dove i Latini, come tutti dicevano, stavano distruggendo le statue dei grandi artisti antichi, una dopo l'altra, anche quella che raffigurava Romolo e Remo con la lupa: crogiuoli ribollivano di bronzo e di oro fusi.

Idioti, urlava camminando Teofanès. Assassini!

Ma nessuno gli badava. Questa era la fine del mondo, del suo mondo.

Arrivò al porto di Teodosio e il mare brulicava di navi nemiche mentre la flotta imperiale bruciava. E il Gran Palazzo? E le Blacherne? I capi francesi s'erano installati sulle sedie degli Imperatori, dormivano nei loro letti, sputavano nelle loro cappelle. Nel foro giaceva abbattuta Atena: gli stessi abitanti della città, luridi popolani, l'avevano distrutta temendo che attirasse i Latini. Lunghe lacrime bagnarono il viso ormai devastato di Teofanès: la bellissima Atena! Alla chiesa dei Santi Apostoli Teofanès entrò sperando che almeno le sepolture di Giustiniano e degli Imperatori fossero rimaste intatte, ma i sarcofagi di porfido egizio erano spalancati e spezzati, i cadaveri e i resti esposti, i gioielli rubati.

La città dove era cresciuto, i ricordi della vita con Michele, sua madre, morta e sepolta da lunghissimo tempo: ogni pensiero gli spezzava il cuore. Una fitta al petto lo abbatté e a lungo giacque fra i cadaveri senza che alcuno badasse a lui.

4

Si risvegliò che gli frugavano nella veste. L'uovo, pensò. E sgranò gli occhi. Chi lo frugava credendolo morto sussultò, l'uovo gli sfuggì di mano e Teofanès lo afferrò al volo con una mano, con l'altra prese il bavero dello sconosciuto. Un diacono. Ora anche i preti rubavano.

«Chi sei?!» urlò. «Chi sei, maledetto?»

Il diacono tremando cercò di strapparsi ma la presa di Teofanès era disperata.

«Parli greco?»

«Certo, ladro! Sono nato qui!»

«Sia lodata la Teotokòs! Perdonami, ho fame e cercavo da mangiare... Tu hai un uovo...»

«Non è commestibile. Come ti chiami?»

«Tzetze...»

«Portami a casa tua, Tzetze, te lo ordino!»

Tzetze tremando ubbidì ma, incrocio dopo incrocio, non sapendo Teofanès dove veniva accompagnato, lo sviò verso la casa di Basilacio. Il mago di certo aveva un veleno o un sonnifero per togliergli di dosso questo guaio e si sarebbero divisi l'uovo.

«Eccoci, siamo arrivati.»

Bussarono. Nessuno rispose. Tzezte chiamò, in sordina: «Basilacio, sono io... Sono Tzezte...».

«E chi c'è con te?» chiese una voce che sembrava venire dai tubi. «Un latino?»

«No, no, è un greco, è uno della città... Chiede riparo e io te l'ho portato...»

Basilacio aprì uno spioncino.

«Bel regalo, fratellino. Ora non ho tempo.»

«Ti dico che è giusto dargli riparo...» fece smorfie Tzetzte e si portò una mano alla bocca per indicare il cibo.

Basilacio sospirò e gli aprì: «Avanti, fate in fretta».

Una volta entrati, il mago e il diacono si scambiarono gesti. Uno afferrò un attizzatoio, l'altro un coltello: «Ce lo dai con le buone, non è vero?» attaccò Tzezte.

«Non so cosa tu abbia, amico, ma farai bene a darcelo» rincarò Basilacio.

Teofanès, vistosi perso e scrutando la stanza piena di oggetti magici, polvere e vecchi libri, si acquattò intorno al suo tesoro.

«Dacci l'uovo» tuonò il mingherlino Tzetze.

«Ah, è un uovo? Buono!» si rallegrò Basilacio, che già pensava a come mangiarselo tutto senza darne a Tzetze.

Scoppiò la baruffa ma al rumore nessuno dalla strada poteva badare a causa del saccheggio. Teofanès si disperava di essere caduto in una simile trappola e già era certo di morire nella sua città ma in un tempo maledetto e in una casa sconosciuta, che sul più bello la porta si spalancò e un latino entrò davvero, armato e con una donna stretta a sé.

«*Vaque!* Ho sbagliato casa!» imprecò e vedendo la zuffa fra Greci sogghignò: «Non sono affari miei, datemi un letto».

La donna piangeva e si dibatteva. Basilacio la guardò: uno stupro dei Latini in casa sua? Non se ne parlava nemmeno. Ma non era trascorso qualche istante che sulla porta, rimasta spalancata e ora illuminata dalla luna, comparve un altro uomo.

«Lasciala subito» disse questi.

«Niceta!» esclamò Basilacio, e subito imprecò.

«Lascia questa donna e vattene» ordinò l'uomo. «È della mia famiglia.»

Basilacio e Tzetze si guardarono. In due tirarono il tappeto su cui poggiavano i piedi del latino. Contemporaneamente Niceta tirò un pugno sul naso del soldato latino e questi, vistosi aggredito e circondato, mollò la presa e sgattaiolò in strada. Niceta abbracciò la donna che piangeva.

«Ora hai un debito con me, illustre Coniata!» mormorò scivoloso e festante il mago.

Niceta Coniata si guardò intorno.

«Le bestie vanno in casa delle bestie, eh? Salute a te, Basilacio...»

«Stai fuggendo con la tua famiglia, illustre?»

Coniata abbassò gli occhi.

«Cerco di metterli al riparo. Vedi cosa accade con questi rifiuti umani che il papa ci ha mandato.»

«Ho un mezzo sicuro se hai da pagarmi...»

«Che mezzo?» chiese sospettoso Coniata. «Una nave, un carro?»

«L'acqua!» esclamò Basilacio.

E Teofanès, che fino a quel momento aveva solo cercato un'occasione per uscire da quella casa profittando della baruffa notturna con il soldato latino, si arrestò paralizzato.

«Non ho tempo per le tue sciocchezze, mago» disse svelto Coniata prendendo la porta.

«Aspetta! Non sono sciocchezze, ti faccio vedere...»

Il mago s'addentrò in casa seguito con prudenza da Coniata e dalla sua parente e con febbrile curiosità da Tzetze e Teofanès.

Nell'ultima stanza giacevano legati due corpi.

Teofanès sgranò gli occhi: Morfisa ed Eughènio! Anche i due, svegliati dal tafferuglio, lo fissarono esterrefatti e gridarono il suo nome. Basilacio assisté stupito e sospettoso al riconoscimento.

Teofanès fece subito per scappare, temendo per il suo uovo, il diacono e il mago lo afferrarono.

«Aspetta, dove vai? Li conosci?»

«Lasciatemi, lasciatemi... quella è una strega...» implorò Teofanès.

Intanto Morfisa fissava Coniata, che stava pensando se non fosse il caso di liberare quei due giovani che il mago teneva segregati: Morfisa lo guardava e lo riguardava, c'era qualcosa nel suo viso che davvero le ricordava Atanasio, una somiglianza con Eughènio. Quindi, chiuse gli occhi, scorse l'acqua con la mente e ne fu certa. E mentre gli altri discutevano disse, a voce alta: «Noi siamo i tuoi antenati. Noi abbiamo generato il tuo bisnonno, Atanasio».

Niceta pensò d'essere impazzito e che occorresse uscire subito da quella casa.

«Atanasio era mio figlio» insisté la donna mora. «Liberaci.»

Coniata si piegò a tagliare le corde e a Basilacio che si frapponeva mostrò la spada. Le mani sciolte, Morfisa gli carezzò il volto. Niceta ebbe un fremito.

«Vedi, amore mio» disse Morfisa a Eughènio, «non è poi stato inutile questo viaggio: guarda nel volto del suo discendente nostro figlio. L'abbiamo creato ed egli dura nel tempo.»

I due uomini si guardarono per un lungo istante. Quindi, Morfisa fece cenno a Eughènio e i due si alzarono e avvicinarono al pozzo.

«Nooo! Non farli andare!!!» gridò Basilacio.

«Buona fortuna» dissero i suoi bisnonni a Coniata e con un salto furono nell'acqua.

Quando tutti vi si affacciarono, il pozzo era secco, come lo era da settimane. Basilacio imprecò. Teofanès, profittando che tutti guardavano nel buco, infilò la porta e corse, a gambe levate. Per ore corse, scansando gli incendi, i gruppi di ubriachi, le ronde. Quando le gambe gli si spezzarono dal dolore, cadde bocconi.

Era all'ingresso della Cisterna Basilica. La porta era spalancata, le scale che scendevano nell'acqua dove era entrato con suo padre ormai secoli prima erano lì, ancora intatte. Si trascinò, si affacciò. Le Meduse, le Gorgoni, i mostri dell'antichità che Cristo vi aveva seppellito senza ucciderli lo chiamarono.

Meglio loro dei cristiani, pensò per la prima volta da che era nato.

Scese i gradini poco alla volta. Pregò e con un coraggio che non si conosceva si gettò nell'acqua della Cisterna Basilica e scomparve.

Troyes, 1176

1

«Quindi, fratello, hai peccato di dismisura.»

Teofanès scrutò il piccolo uomo che lo stava confessando. Era quasi cieco e usava per leggere due lenti tenute da un ponticello di legno.

«Ma le tue storie sono mirabili e non ho mai conosciuto prima qualcuno che venisse dal Grande Impero. Sei fortunato ch'io parli anche un po' il greco. Ti serve un tetto per la notte?»

Il tetto dell'Hôtel-Dieu era una graticciata di legno dipinto a forti colori che i fuochi animavano di ombre.

In basso, mucchi di paglia, lenzuolacci, pecore, galline e decine di mendicanti, storpi, malati e moribondi.

«Sì» disse convinto Teofanès.

«Bene, bene! Così mi racconterai qualche altra storia! Anche io te ne dirò di nuove se è la prima volta che visiti la Francia...»

Il chierico si avviò a passetti saltellanti, assai più sicuri di quanto la sua cecità lasciasse supporre, verso l'uscita.

Le strade erano piene di neve. Teofanès non l'aveva mai vista in questa quantità, salvo che sul Monte Virgilio, ma qui cadeva da più tempo e con maggiore intensità, sicché le strade erano state scavate nei banchi ghiacciati e i passanti vi scomparivano all'interno, come in cunicoli di grotte.

Le case, in compenso, erano alte e avevano graticci di legno sulle facciate e tetti spioventi coperti anch'essi di neve. Il cielo era basso e bianco. Gettò un'occhiata al fiume da dove era spuntato due notti avanti, fra lastre di ghiaccio in movimento, assiderato e terrorizzato. La Senna era adesso un ammasso grigio, il ghiaccio s'era sciolto in fango. Una splapita ombra di sole, come la parvenza di una lucciola nel latte, li riscaldò.

«Eccoci arrivati.»

La casa dell'uomo che aveva detto di chiamarsi Chrétien era minuscola ma profumava di erbe mediche. Proprio in casa di un latino, proprio nel paese di questi assassini, e chissà che anno era! Su una mensola a parete Teofanès trovò libri ben sistemati.

«Se sei un poeta come mi hai detto, di sicuro conosci Ovidio. L'ho riscritto in francese.»

Mentre il suo ospite si prodigava, lesto Teofanès cercò un nascondiglio per l'uovo. Saltare nell'acqua iniziava a confondergli le idee e i ricordi: era stato in un regno sconosciuto e chiaramente lontanissimo, aveva visto la caduta di Costantinopoli per mano dei Veneziani e dei Francesi, il suo amato Michele era morto da duecento anni e ora era in Francia.

Chrétien attizzò il fuoco e si tolse il mantello. Poteva avere quaranta o cinquant'anni. Senza capelli, il ventre tondo, la schiena arcuata, somigliava a un calvo porcello.

«E cos'altro hai scritto, padre?» chiese Teofanès, sempre saettando con gli occhi nella stanza alla ricerca di un foro o di un mobile in cui nascondere il suo prezioso uovo.

«Oh, sono storie di cavalieri e di dame. Una s'intitola *Erec e Enide*» rispose il chierico.

Teofanès smosse i libri sulla mensola mostrandosi interessato alla lettura.

«Ti piacciono?» chiese l'altro. «Ah, hai preso proprio l'*Ars amandi*!»

Dietro il volume era un mattone fesso: Teofanès, fingendo di riporre il libro, vi infilò due dita. Ecco un luogo cavo e sicuro dove avrebbe tenuto i suoi segreti.

«Ho preparato il tuo letto!» disse intanto Chrétien e indicò un corto cassetto di legno che aveva riempito di paglia e coperto con una fodera. Teofanès lo saggiò con la mano pensando malinconicamente ai grandi letti di piume di Napoli e Costantinopoli.

«Grazie.»

«Vedi, fratello Teofanès, quando un cavaliere va oltre le sue forze e dimentica i suoi doveri, si macchia di sentimenti vergognosi, insomma compie peccato, ha perso la misura della sua lealtà a Dio e al re. O alla regina. E da quel che mi raccontavi, la tua è una storia di peccati. Però molto interessante... Conosci le storie di Artù?»

Poiché Teofanès non le conosceva, lungamente il suo ospite lo rese edotto sulle vicende della Tavola Rotonda e gli narrò di aver scritto anche la storia di Tristano e Isotta e di aver in animo di comporre anche quella di Lancillotto, e quella di Perceval, e numerose altre.

Più Chrétien parlava – e intanto aveva dato da mangiare e da bere a Teofanès – più la notte s'inoltrava e il sonno stentava a venire.

«Non so come mai, fratello Teofanès, queste storie che racconto da sempre stasera mi sembrano più belle che in passato... Dovrei cascare dal sonno ma non riesco a smettere. Tu sarai stanco, invece...»

Per colpa dell'uovo, che spandeva il suo influsso nella piccola casa a graticcio di Troyes, nemmeno Teofanès aveva sonno. Sicché il suo ospite gli chiese di narrargli la vita di Costantinopoli e le bellezze del suo regno e anche il bizantino fu come invasato – e di nuovo pensò che avrebbe dovuto scrivere subito quel che l'uovo gli dettava così bene, prima di perdere di nuovo l'ispirazione – e si prodigò in mille dettagli.

Narrò del suo amore per Psello, della vita delle Auguste, delle cerimonie di corte, dei palazzi e dell'Ippodromo, della Cisterna Basilica e delle mille chiese, dell'esercito, dei mercati. Narrò anche di Napoli, delle magie che aveva visto, delle vicende del Ducato. Strinse i denti quando Chrétien narrò che la Chiesa di Roma, in combutta con i sovrani d'Europa, stava cercando di recuperare il Santo Sepolcro e anche Costantinopoli. Ecco, dunque: la Grande Città non era ancora caduta ma era iniziata già la decadenza del Grande Impero.

Chrétien sorrise: «Presto potrebbe esserci un Imperatore francese a Costantinopoli e la cristianità riunita se ne gioverebbe!».

Teofanès illividì e tacque. Intanto, il suo ospite aveva spillato una seconda botticella: il vino scorreva a fiumi, riscaldato con il miele e con il chiodo di garofano. Satollo di storie ed ebbro di vino, Teofanès si lasciò scivolare sul materasso di paglia. Avrebbe ucciso questo francese il giorno dopo, per vendicare la sua patria. Dall'altro lato della stanza anche Chrétien fece lo stesso e i due parlarono dal letto, come due bambini che ingannino la notte, fino a che il sole non li trovò che russavano della grossa.

2

Dopo qualche settimana la lingua francese gli era già abbastanza nota.

«Sei abile, amico mio. Del resto, padroneggi così bene latino e greco che questa lingua ti apparirà semplice...»

Teofanès trovava rozza quella lingua dove le declinazioni erano tutte identiche. Il mondo stava diventando così, finiva con poche vocali e con consonanti mute, e così erano i nuovi governanti, incapaci di sfumature. Anche la musica che si suonava in quella piccola città sembrava la declinazione di un'unica nota, il che giustificava l'eccesso del bere cui tutti si dedicavano per evidente noia; e sentendo raccontare da Chrétien le gesta dei suoi re e di quelli delle isole vicine aveva l'impressione di abitare in un'eco lontanissima e stonata dell'Impero. Questo mondo era una pallida caricatura della Grande Città, per di più un'eco gelida e inospitale.

Aveva letto, però, apprezzandoli e rodendosi d'invidia, i romanzi del suo padron di casa. Non solo questi Francesi gli avrebbero distrutto la città, ma gli rubavano anche la poesia! Spesso trascorrevano le giornate a scrivere, uno da un lato e l'altro al capo opposto del tavolaccio su cui mangiavano, salvo nelle ore in cui Chrétien assolveva ai suoi compiti ecclesiastici e Teofanès badava alla casa.

La vita, insomma, scorreva tranquilla.

La primavera e l'estate del Nord piacevano a Teofanès, che ormai non chiedeva nemmeno più notizie della politica del suo tempo. Una volta seppe dei re normanni di Napoli e di una grave rivolta in Sicilia; distrattamente seguì le vicende delle Crociate conoscendo, purtroppo, già il finale.

Però, nel tempo in cui Chrétien finiva un suo romanzo egli scriveva appena dieci pagine, poco più dei fogli scritti durante la prigionia a Heian, che teneva ripiegati contro il petto giorno e notte per timore che Chrétien glieli rubasse, e ormai puzzavano di bizantino, il bell'inchiostro della dama corroso dall'acqua, dal sudore e dal tempo.

Mentre Chrétien festeggiava dediche a Maria di Champagne, a Eleonora d'Aquitania – anche qui le donne leggevano, scrivevano, sapevano d'arte e comandavano – Teofanès lasciava in sospeso trame su trame, senza mai riuscire a concludere nulla.

Nessuno splendore di qualunque città francese poteva nemmeno lontanamente somigliare all'eco dorata della sua Costantinopoli: anno dopo anno, però, il ricordo in lui svaniva e attribuiva a questo il fatto che i suoi romanzi si interrassero come rigagnoli. Si ostinava comunque a narrare vicende orientali, le uniche, si ripeteva, che almeno Chrétien non avrebbe mai affrontato.

Era geloso, era invidioso, eppure si era affezionato al piccolo porcello che smaniava per cavalieri e matrimoni felici, pur riuscendo assai meglio a descrivere amanti e tradimenti.

Finché, un brutto mattino, Chrétien, levandosi, gli aveva detto che finalmente era pronto per scrivere un romanzo bizantino.

Teofanès era quasi svenuto dalla rabbia e dalla sorpresa.

«E cosa ne sai, tu, fratello, della Grande Città?»

«Oh, ma per inventare non occorre sapere... Quel che tu mi hai narrato in questi dieci anni basterà. E poi, fratello, ho pensato alla storia di un cavaliere dell'Impero alla corte di Artù! Quindi, vedi, tutto quel che abbiamo letto e riletto insieme, anche il romanzo di Enea, ti ricordi?, servirà a sostenere la mia immaginazione. Non sei contento? Per un po' scriveremo della stessa materia!»

E salutando allegramente era uscito per attendere ai suoi doveri all'Hôtel-Dieu.

Un dèmone scintoista, che era disegnato a ormai non più vivaci colori sulla carta di riso della sua antecedente prigionia, gli morse il cuore, simile ai dèmoni che ricordava da bambino risalire dai pozzi per rosicchiare l'anima ai contadini. L'uovo, quindi, stava ispirando entrambi e forse di più Chrétien. Ma l'uovo era suo e doveva ispirare solo lui! Come si permetteva quel piccolo pretastro di profittare di lui e di san Virgilio?

Per ore immaginò la soluzione: uccidere il suo ospite e bruciare la casa per simulare un incidente; fuggire con l'uovo e scrivere in altre città. Cosa era meglio?

Ma, al solito, dei molti progetti delittuosi e vili che ipotizzò nessuno trovò, come il suo romanzo, una degna trama e così venne la sera, Chrétien tornò e prese a narrargli la sua idea.

«Si tratta di un principe di nome Alessandro, venuto da

Costantinopoli con dodici cavalieri e che ama, riamato ma in silenzio, la bella Soredamor... Capisci? Colei che è stata fatta bionda dall'amore! Come la tua Crisorroé!»

Teofanès impallidì: nemmeno si vergognava di copiargli la vita, costui!

«Te ne dispiace?» chiese, avvertendo l'ostile silenzio, il cieco, ma non del tutto, chierico. «Credimi, è un omaggio! Una citazione...»

Teofanès si sforzò di apparire sereno.

«Capisco e ti ringrazio.»

«E allora devi sentire questa pagina, te la leggo subito: "Da qual parte ti ha raggiunto Amore? Attraverso l'occhio. L'occhio? E non te l'ha squarciato? All'occhio non mi ha recato danno ma è al cuore che provo grande dolore. L'occhio non si cura di desiderare nulla, né in nessun caso può fare alcunché, ma è lo specchio del cuore. Ed è per tale specchio che passa, senza romperlo né ferirlo, il sentimento di cui il cuore si accende. In verità, esso non è forse situato nel petto così come la candela accesa è posta nella lanterna?". Ecco... O giù di lì... Devo ancora tanto lavorarci...»

Il bizantino masticò amaro e si rose nervoso la nocca.

«Bello...»

«Ti piace? Il ragionamento d'amor cortese è il solito ma un giovanotto oggi me n'ha suggerito l'immagine...»

«Un giovanotto?» s'informò algido il poeta.

«Sì, un tale che viene da lontano, così innamorato, così preso dalla sua donna che m'ha parlato d'amore tutto il tempo... L'ha persa, poveretto, al fiume, se ho capito bene... Ci siamo intesi in latino e in greco, non parla il nostro idioma. Era appassionato come solo i cavalieri che invento sono... L'apparizione di un personaggio!»

E Chrétien prese tutto festoso a riporre le sue carte e a metter su la minestra della sera.

Faticosamente s'addormentarono, il francese perché continuavano a venirgli idee e scene e battute buone per i suoi eroi, il bizantino perché la rabbia lo pungeva e il dispetto lo pizzicava.

3

E così ogni mattina Chrétien gli raccontava, prima di andare all'Hôtel-Dieu, a che punto era la sua storia. Ora Alessandro e i suoi venivano fatti cavalieri da Artù; ora Soredamor e Alessandro si sposavano e dal loro matrimonio nasceva Cligès; ora tutta la famiglia partiva alla riconquista dell'Impero, usurpato dal fratello di Alessandro, Alis. E Cligès s'innamorava d'una bella greca di nome Fenice.

«Ho avuto un'altra idea!» saltò su Chretien che era quasi Natale e il freddo si fendeva con la spada. «Quella maga di cui tu mi parlasti, ti ricordi? Ne ho messa una nel mio romanzo ma è solo una nutrice... L'ho chiamata Tèssala, pensando a Medea. E il fatto che tu mi riferisti, che la maga si muoveva in sogno, ti ricordi? Ho pensato che Tèssala compone una pozione per il marito di Fenice, l'Imperatore, così ch'egli creda di possederla...»

Teofanès gettò a terra un piatto di metallo, stava per urlare ma non fece in tempo che l'altro, cieco e invasato, aggiunse: «C'è però una questione che m'assilla... Gli innamorati devono essere giovani e belli. Così giovani e così belli che risplendono come torce... È chiaro al mondo ch'essi siano destinati l'uno all'altra e che ogni diversa scelta appaia una vergogna...».

«E con ciò?» chiese isterico Teofanès.

«C'è che ieri ho visto quel ragazzo che incontro sempre all'Hôtel-Dieu finalmente in compagnia della donna che ama. È brutta! O meglio: è storpia! È anche mora. Una mora cristiana, Dio ci liberi, però...»

Teofanès fu attraversato da una scossa elettrica.

«Mora? Mora, hai detto?»

«Sicuro. E ha i piedi storti. Ma quello, il ragazzo, la guarda come se fosse una dea, una principessa, come se avesse i capelli color dell'oro e del rame... Allora, mi domando, non sarà che nei romanzi si esagera? Forse, bisognerebbe dire anche dell'amore che c'è fra gli esseri comuni, fra quelli che non sono stati baciati dal destino...»

Non aveva fatto in tempo a finire la frase che Teofanès era già in strada. L'Hôtel-Dieu era a pochi isolati di distanza, di fronte alla cattedrale. Ma nevicava fitto, sin da quella notte, e il freddo forte aveva gelato le strade, sicché ovunque era uno scivolone, e chi batteva la testa, chi batteva i gomiti, chi le ginocchia, le donne con le sporte erano stese a ridere e i bambini ruzzolavano come gatti. Teofanès, che con il freddo non aveva mai fatto amicizia, rotolò a sua volta e si fece male a un ginocchio. Lo riportarono a casa in tre, accolti da un dispiaciutissimo Chrétien, che consolò l'amico con il vin cotto e lo curò amorevolmente con erbe e infusi.

Di uscir di casa per Teofanès non se ne parlò fino al suo antico Natale ortodosso, ovvero l'Epifania.

4

«Per sfuggire all'Imperatore Fenice si fa credere morta!»

L'urlo di vittoria per la soluzione appena trovata da Chrétien fece sobbalzare nel letto Teofanès.

«Con l'aiuto di Tèssala, sì! Si farà seppellire per fuggire!»

Teofanès si alzò pallido e malconcio: o questo romanziere francese la piantava o l'avrebbe di certo ucciso.

«E Cligès prepara un rifugio sotterraneo per sé e l'amante, sotto una torre!»

Acidissimo, Teofanès sussurrò: «Stai copiando Piramo e Tisbe. Che ti venga Ovidio in sogno e ti faccia lo sgambetto...».

«Come? Cosa?»

Chrétien stava diventando anche sordo da qualche settimana a quella parte.

Teofanès si alzò e profittando della temperatura divenuta di colpo mite, benché si fosse a metà gennaio, disse, sdegnoso: «Esco, vado al mercato».

Tutto, anche fare la spesa, piuttosto che ascoltare i riusciti deliri di quel pennivendolo. Gli restava poi l'idea di andare all'Hôtel-Dieu e verificare chi fossero mai i due innamorati di cui il vecchio chierico gli aveva nei giorni precedenti parlato. Si era alla fine convinto che sarebbe stato troppo strano ritrovarli dopo così tanti anni. Le more convertite non mancavano, in fondo. E chissà, poi, cosa aveva visto Chrétien, mezzo cieco com'era.

Sicché, dopo aver riempito una sporta di cavoli, passò davanti all'ingresso dell'ospedale e si soffermò per lunghi istanti: la solita turba di mendicanti e malati mulinava lentamente nel freddo, assistita da preti e monaci, fra soldati e lavandaie. Il fiume, che girava intorno a Troyes facendone una perfetta roccaforte, alimentava il mulino dell'ospedale. Si compiacque per un po' pensando al destino dei luoghi e a quel poetastro francese che si beava d'abitare in una seconda Troia. Si fermò in una locanda a bere per far passare meglio il tempo, poi il freddo lo sconfisse e rientrò.

Trovò il coinquilino allegrotto e sul tavolo due boccali.

«Hai avuto visite?» s'informò.

«Visite! E nuove idee! Quel ragazzo, sai... Quello di cui ti parlai, che aveva l'amata storpia e mora...»

Teofanès drizzò le orecchie.

«Non so quante volte l'avevo invitato a bere qui, da noi. E oggi, mentre non c'eri, è finalmente venuto... Abbiamo parlato, mi ha raccontato... Ha una vita avventurosissima, quasi quanto la tua! Fin troppo, non si riesce quasi a credergli!»

Teofanès sedette spiandosi intorno.

«E... adesso... è andato via?»

«Poco fa! Poco prima che tu tornassi. Gli è venuta di colpo una fretta... Una furia... Aveva una sporta da consegnare, o che so io...»

L'idea lo attraversò come un fulmine: guardò la mensola dei libri. L'*Ars amandi* di Ovidio, che scrupolosamente scostava ogni giorno, era storta.

«Hai letto Ovidio, oggi?» chiese, teso.

«Ovidio? Macché, macché... Ho avuto di meglio da fare, ti assicuro!», e continuò a raccontare della visita ricevuta mentre Teofanès non gli badava più: si alzò e corse a controllare. Scostò il libro, aprì il mattone, frugò nel ripostiglio. Vuoto!

L'uovo se n'era andato. Da capo.

Afferrò per le spalle il povero chierico, che urlò: «Che fai, fratello?».

Lo scosse per benino: «Da che parte è andato?! Dimmi dov'è andato!».

«D-di là... All'Hôtel-Dieu...» balbettò quello, indicando con la mano tremante.

Corse in strada, arrivò all'ospedale, non trovò nessuno che somigliasse a Eughènio o a Morfisa. Chiese a una guardia, che li ricordava ma non li vedeva dal mattino.

Infine, si gettò in una *ruelle* che scendeva alla Senna, si affacciò al fiume, che emanava sentore dei liquami gettati dalle case vicine: non erano nemmeno lì.

Scoraggiato, stava per sedersi su un gradino quando sentì urla, corse in piazza e trovò le donne che piangevano.

«Cos'è accaduto?» chiese.

«Due... in due... si sono gettati fra le pale del mulino.»

Cercarono e cercarono i buoni abitanti di Troyes, ma tutto quel che trovarono furono solo due pescetti che, chissà come, erano arrivati nella vasca dal fiume.

Anche Chrétien cercò a lungo e per settimane il suo amico greco. Lo aspettò ancora dei mesi e sperò tornasse per diversi anni, mentre i suoi romanzi godevano di una fama sempre più estesa e solida.

Finché morì: l'ultimo sogno riguardava il bizantino.

Non fece in tempo a raccontarlo.

Napoli, 1370

«I sudditi vi amano, Maestà. Siete la prima regina degli Angiò.»

La stanza da letto rivestita di tendaggi decorati di gigli d'oro odorava di fogna. Dal giorno prima, a causa del terremoto, nessuno aveva svuotato i pitali. Il siniscalco se ne stava sulla soglia portando di tanto in tanto il guanto al naso.

La regina lo scrutò attraverso le profonde occhiaie: un cortigiano dallo stomaco debole. Raddrizzò sullo scranno il corpo affaticato dagli anni, la pesante acconciatura bordata di perle ondeggiò, la moda imponeva copricapi simili ai tetti delle case.

«Può darsi, ma se il popolo ha paura che la città cada a causa di un uovo il mio regno non durerà.»

«Maestà, con tutto il rispetto, sono altre le preoccupazioni e molte... Dopo la morte dell'Acciaiuoli, le casse del regno... Siamo senza banchieri e i Durazzo vogliono il trono, il porto è nelle mani dei Pisani e poi i vostri matrimoni... E adesso il terremoto...»

Il siniscalco inciampava nelle parole, che gli venivano fuori un po' in francese, un po' in ungherese. Il prossimo traditore, pensò la regina, posando lo sguardo distratta sulla sontuosa pala che aveva fatto trasferire nelle sue stanze in occasione del primo matrimonio. Raffigurava san Ludovico da Tolosa che incoronava il suo predecessore, Roberto. La cornice blu a gigli d'oro le apparve d'improvviso come una finestra da cui saltare per perdersi nel fondo d'oro.

«È proprio il terremoto di ieri la questione. Ha fatto cadere l'arco che legava questo Castello alla città e gira voce che il Castello prenderà il largo se l'uovo non torna nelle celle di Santa Patrizia.»

«Superstizioni, sciocchezze. Ci abitate voi, Maestà, come potrà staccarsi?»

«Non lo so, ma voi fate ricostruire il ponte. E fatelo solido e di pietra, che il mare non lo spezzi.»

«Sarà fatto. Intanto, potete andare nel nuovo Castello, Maestà» insinuò il siniscalco.

«No, credo che lì non andrò mai. Lasciatemi, adesso.»

Rimasta sola, la regina fece un cenno e da dietro un arazzo venne fuori un uomo, che aveva ascoltato la conversazione non visto. Giovanna lo guardò con desiderio. I lunghi capelli neri, il viso antico: perché si era fidato di quel visitatore vestito in modo stravagante? Poteva essere un sicario, un avvelenatore.

Erano già ventisette anni che regnava, era salita sul trono a sedici e da secoli ormai non credeva più alle favole. L'avevano data in moglie che aveva appena sei anni a un cugino ignorante che aveva presto tradito con un altro cugino, imparentato con una Valois erede dell'Impero di Costantinopoli. Il primo marito aspirava al suo trono, l'aveva ammazzato. Questo le aveva inimicato i suoi parenti e il re d'Ungheria e così, anche se aveva potuto sposare Luigi, il cugino da sempre amato, aveva anche perso la città e l'esercito, era finita in esilio ad Avignone, dal papa, mentre a Napoli scoppiava la peste nera.

Forse era per questo che la storia dell'uovo l'aveva così impressionata, specie la parte in cui si diceva che senza l'Uovo di Virgilio nessun regno sarebbe durato a lungo.

E c'era poi questo giovane uomo, persino più bello del

suo Luigi quand'era giovane, che di colpo le aveva ridato voglia di letto e di giochi: erano già otto anni ch'era vedova.

Tuttavia, una cosa è cedere ai sensi, un'altra farsi imbrogliare: perché mai aveva dato retta al suo consiglio e aveva creduto vero che una balena con l'uovo della città navigasse nel golfo?

In altri tempi, l'avrebbe messo a morte subito, non fosse stato che aveva visto la coda della balena con i suoi occhi dalla terrazza del Castello.

«L'uovo è al suo posto?» chiese, esitante.

«Lo è. Lunga vita e lungo regno, Maestà» aveva detto il giovane ed era uscito, mentre Giovanna pensava ancora che volentieri l'avrebbe trattenuto nel suo letto.

Le guardie avrebbero riferito poi che lo sconosciuto era penetrato nel Malpertugio ed era svanito negli angiporti della città, fra la babele di lingue della capitale. Giovanna, invece, era subito scesa nelle celle di Santa Patrizia e aveva contemplato stupefatta, incantata, un gigantesco uovo rosso galleggiare in una brocca di limpido cristallo colma d'acqua.

Le era parso che la sua mente si riempisse di voci, di storie, di ricordi. Non era portata per i racconti, era una donna concreta, così le venne sonno e si addormentò nella cripta.

Sognò di venire assassinata da suo nipote, un Durazzo di nome Carlo, nel chiostro di Santa Chiara, mentre tutti la credevano fra le montagne della Lucania.

Al risveglio tremava.

Dodici anni dopo, profittando della confusione per la morte della regina e della guerra in corso ai confini, una monaca piuttosto brutta fu vista entrare nella cripta.

Carlo Durazzo, che saliva al trono, volle vedere l'uovo ma non lo trovò. Un musico piuttosto ubriaco cantò al festino per l'incoronazione una strana canzone in cui una monaca spogliata che in realtà era un uomo, abbracciata all'uovo, si tuffava in mare senza più riemergere.

Napoli, 1656

1

«È un prodigio, è un prodigio!» ripeteva bavoso e famelico il libraio stampatore nell'oscura bottega di via San Biagio, nel cortile del Monte di Pietà. «Ne stamperemo a centinaia, va già a ruba e ci andrà sempre di più!»

Non era vecchio, Egidio Tarquinio, figlio del celebrato e religiosissimo Longo, che aveva lavorato per i gesuiti, ma una doppia gobba e il vestito di usurato cotone olandese, che per avarizia non cambiava mai, lo rassomigliavano al nodo di un albero d'olivo. Parlava e si riempiva le narici pelose di tabacco, ogni tanto faceva una pausa e se le sturava per terra, fra gli scaracchi vecchi e nuovi di densa materia verde che ornavano persino quel lato di pavimento destinato a ricevere visite, piastrellato alla vietrese invece d'esser coperto di terra battuta, ornato di agnelli e pastorelle. Sul tavolo, numerose copie del *Poeta smarrito*, seconda parte, sottotitolo "Romanzo bizantino", facevano bella mostra di sé, fresche di tiratura.

«Papà, mo' mi potrò accattare il collo di pelliccia nuovo?» chiese Nennella, la figlia grassa di Egidio, succhiandosi una a una le dita cicciute inanellate d'argento. Un cartoccio di franfellicchi al miele le faceva luccicare le labbra e i pizzi del corsetto, unti di sugna.

«Ma quale collo di pelliccia! Tu, al greco, te lo devi sposare! È una miniera d'oro! Vi devo vedere davanti all'altare di Santa Patrizia mo' mo'!»

Sul tavolo, accanto al romanzo, ordinate file di rotolini di monete da dieci pezzi, avvolti negli scampoli di carta della stamperia, denunciavano l'attività continua di padre e figlia, iniziata da ore: le caramelle di denaro spuntavano anche dai cassetti e siccome l'editore era specializzato in testi sacri, su un rotolino si vedevan il piatto con gli occhi di santa Lucia, su un altro un colombaccio a raffigurare lo Spirito Santo, su un altro ancora si leggevano le prime parole degli *Esercizi* di sant'Ignazio di Loyola.

Nennella protestò: «Io, a uno così 'nzevuso non me lo piglio, papà, denari e buono, non lo voglio».

Egidio guardò la figlia stranito: «'Nzevuso? Nennè, pare che pàteto addora di rose, tu di gelsomino... Nun fa vuommechi ca ti rienchio di mazzate! Qua fetiamo tutti quanti e ne andiamo pure orgogliosi! Due romanzi di successo, 'e capito? Due! E per il secondo nemmeno un mese di attesa! Lo devo andare a trovare subito e tu vieni con me, cambiati e lavati, che ti deve fare la proposta all'istante!».

Nennella protestò: «Papà, voi siete scemo: quello è strano! Dicono che ha proibito l'acqua a casa sua. Ha fatto stutare le fontane, appilare i pozzi e tagliare i tubi del giardino: le piante sue sono morte, ha vietato alle serve i secchi e le brocche, non si lava da anni e beve solo vino... Non va manco vicino al mare tanto che è fissato! E che mi sposo, a un orco?».

«E tiene ragione, a papà: quella l'acqua fa male! Solo vino s'adda vèvere!»

Nennella potestò debolmente, Egidio l'interruppe: «Zitta, ca viene lo Duca di Marigliano!».

Il Duca entrò spandendo odore di concia fresca, acqua di melagrana e tabacco delle Indie di qualità superiore. Egidio, d'istinto, seguì la scia tirando su col naso.

«Allora, questo nuovo favoloso romanzo di cui tutti parlano, dov'è?»

«Che onore, Eccellenza!» si sdilinquì il libraio, pulendosi le mani lerce di inchiostro sulla giacca in tutta fretta e porgendogli con due dita l'in folio caldo caldo, come fosse il neonato della santa grotta.

Il Duca mosse un guanto come spolverando l'aria della tipografia e un servo alle sue spalle prelevò con prudenza il romanzo, quindi soggiunse, guardandosi intorno senza vedere niente, come chi è già oltre questo mondo e contempla il paradiso della corte di Madrid come un martire le Urì del Profeta: «Bene, bene. E il poeta dov'è?».

Egidio si guardò a sua volta intorno, smarrito: fra le ombre della stamperia si muovevano solo quegli scarafaggi dei suoi dipendenti oliando le presse, mentre Nennella resisteva strenuamente piegata in faticosa riverenza da un tempo che doveva sembrarle eterno.

«Abita a vico dell'Olmo, Eccellenza...» si scusò.

Il Duca, sempre senza incontrare gli occhi del libraio ed evitando accuratamente anche il sospetto di un contatto fisico, gli fece cenno d'avvicinarsi e a voce bassa si confidò: «Don Egidio, favoritemi: mio nipote vuole a tutti i costi incontrare questo signore. Pare lo voglia introdurre in Accademia...».

Il libraio sorrise con tutti i denti, mancanti, sani e marci, e strofinandosi le mani s'inchinò: «Sarete servito all'istante, Eccellenza. Per mera coincidenza volevo appunto fargli vista oggi con mia figlia, accompagno io l'Eccellenza Vostro Nipote».

Il Duca fece un cauto cenno di ringraziamento con la fronte e svanì in una nuvola che ora sapeva di cedro e basilico: Nennella annusò, come il padre, la scia. Uno sentiva l'uòsimo dell'oro, l'altra quello di arrosto.

2

Intanto, in una stanza oscura di vico San Gennariello all'Olmo, Teofanès Arghìli da ore si strappava i capelli: l'uovo era stato trafugato.

La sera avanti c'era e durante la notte, mentre dormiva, qualcuno era penetrato in casa, aveva spalancato lo stipo di tartaruga ed ebano, aveva scovato il prezioso Uovo di Virgilio e se n'era impossessato, frantumando vetri e forzando serrature ma ignorando le mille altre cianfrusaglie che lo circondavano, zampe di scimmia, finte mummie fabbricate con le ossa degli Incurabili, sfere di cristallo, fiale di sangue miracoloso.

Il sonno pesante che mai aveva avuto in gioventù era forse un regalo dei troppi viaggi nell'acqua, un sonno profondo che rassomigliava alla morte e che molto spaventava Teofanès, denso di sogni inquieti: fatto sta che il ladro, senza dubbio maldestro, doveva conoscere questa sua abitudine, per cui non s'era peritato di nascondersi. Solo al risveglio Teofanès aveva rinvenuto il dolo e non aveva fatto in tempo a disperarsi che, a seguito dell'inopportuna visita mattutina di un pettegolo della sua cerchia, un nobilastro di paese, che tutti chiamavano 'a 'Nciucessa, aveva saputo anche del plagio del suo romanzo.

'A 'Nciucessa, trovando il poeta già prostrato per motivi che ignorava, aveva temuto d'essere in ritardo con l'inciucio, ma poi si era goduto moltissimo la faccia di Teofanès, che da cerea diventava livida, salvo scappare poi in strada per ripararsi dal lancio di vasellame e spazzature.

«Uh, che isterica!» aveva strillato, mentre fuggiva perdendo pizzi e pizzilli dalla giacca imbrattata.

La seconda parte del suo romanzo! E chi l'aveva scritta? E perché quel disgraziato dell'editore la stampava senza il suo permesso? Tradito, imbrogliato, plagiato! E derubato!

Nemmeno nel peggiore dei suoi incubi il bizantino aveva mai previsto una simile eventualità.

E dire che finalmente, dopo secoli – e nel suo caso non era una metafora –, si godeva fama e fortuna. Non era diventato l'aedo della Grande Città, certo, non era l'erede di Virgilio, ma era un noto romanziere del vicereame grazie al *Poeta smarrito*.

Era tornato a Napoli con l'uovo dopo innumerevoli salti nell'acqua qua e là, scoprendo che, dove arrivava, Morfisa c'era già stata.

A volte riusciva a tenersi l'uovo, altre volte lo perdeva, ma la cosa peggiore era che, ovunque arrivasse, la fortuna letteraria era già di altri, quasi sempre a causa di Morfisa.

Era spuntato nelle saline di Comacchio dopo che vi era stata ripescata una mora, tenuta dal cardinale d'Este per compagnia insieme a nani e donne barbute, sposata con un giovane mago che parlava il greco come un letterato e, in onore della Mora Balena, il poeta di casa, un martoriato che attendeva per il cardinale a tutto, dai vestiti ai cavalli alle sue beghe con il papa, aveva inventato un personaggio che si chiamava Marfisa e un altro che di nome faceva Bradamante, donne more e guerriere. L'opera in versi del martoriato godeva di immenso successo ancora adesso, dopo oltre un secolo.

Era spuntato in Inghilterra nella bagnarola d'un impresario il quale gli aveva offerto del montone e tutto il giorno gli aveva decantato la scrittura d'un certo suo drammaturgo a nome William, migliorata assai dopo che una notte aveva sognato una balena che si mutava in aquila e in cinghiale. «Questi teatranti, son tutti ubriaconi!» aveva riso l'impresario. Teofanès s'era gettato nel Tamigi.

Quindi s'era ritrovato a Napoli, dove l'uovo giaceva nuovamente nella cripta del Castello, l'aveva arraffato e se l'era portato in vico dell'Olmo e da allora, erano trascorsi quasi quindici anni, Morfisa non s'era più vista.

Per sicurezza, aveva vietato l'arrivo dell'acqua nella sua casa in ogni modo tanto che, come Cleopatra, faceva il bagno nel latte d'asina piuttosto che immergere i suoi magri polpacci in una bacinella.

E finalmente s'era messo a scrivere il suo romanzo.

Il secolo in cui era approdato gli era congeniale: uscire di galera significava entrare in politica, i patrimoni cambiavano di mano a gran velocità, le accademie avevano simpatie per gli stranieri, la lingua greca godeva di nuovissima fortuna e, insieme, si scriveva sempre più per gli incolti e gli arricchiti. Si preparava di certo una nuova stagione di fortuna per il romanzo, Teofanès lo sentiva: gli eroi erano quasi sempre spiantati che si perdevano in mille, improbabili avventure.

Insomma, per la prima volta da seicento anni a quella parte, non aveva bisogno di inventare nulla, gli bastava dire la sua vita, parola per parola, per quanto inverosimile essa fosse, aggiungendo dettagli che carezzavano le orecchie dei suoi nuovi contemporanei. Il *Poeta smarrito* lo aveva reso famoso nelle botteghe come nei palazzi, nei salotti e persino a corte: le sue fole erano alla moda, i pittori fiamminghi illustravano scene orientali ispirate alle sue storie, farcivano i quadri di tappeti persiani volanti, sirene e mostri marini, e anche gli artisti del presepe, altra nuova moda che imponeva a ogni dimora di possedere elaborate scene sacre composte da piccole statue, s'industriavano a edificare rovine greche popolate di magi e turchi.

Napoli, insomma, si era mutata per Teofanès nella grotta di Alì Babà e alla fortuna personale si univa il vantaggio che la perla vicereale non c'era vizio che non potesse soddisfare, perciò Teofanès aveva seppellito la dolorosa memoria di Michele Psello e si era finalmente fatto un amante giovane e bello, che vedeva in gran segreto per timore di finire condannato e ucciso per sodomia, don Francesco Antonio Saverio, nipote del Duca di Marigliano, per gli intimi Ciccillo.

Ciccillo era altezzoso, vestiva alla spagnola, posava malinconico e ombroso, portava una spada acuminata e l'unica scienza che possedeva riguardava cavalli e cani. Aveva altre doti, Teofanès lo riconosceva, le stesse che l'avevano sedotto al punto da non badare alla curiosità improvvisa e perniciosa di Ciccillo per le arti e la poesia – ciuccio com'era in latino e greco, tre libri in croce faticosamente letti in venticinque anni d'esistenza – e a tutte quelle domande fra le lenzuola: come scriveva, come inventava, come faceva un romanzo Teofanès? Rintontito dalla lussuria, buono buono, gli aveva sciorinato lezioncine e consigli ma, anche a insegnargli cose per duemila anni, Ciccillo era fesso, figurati se poteva...

Bussarono alla porta.

«Chi è?» strepitò Teofanès.

«Don Teofànio...» Così lo chiamavano a Napoli, adesso: Teofànio Bizantino. «Sono monsù Egidio, vi disturbo? Sono a complimentarmi per il vostro nuovo libro, ci sta pure mia figlia che vuole esprimervi la sua devozione... E poi una sorpresa speciale: niente di meno che il figlio del Duca di Marigliano, Sua Eccellenza don Francesco, che insiste per conoscervi!»

Teofanès avvampò: che faccia tosta! Che significava quella visita in pieno giorno? Ciccillo lo voleva svergognare davanti al suo editore! Spalancò la porta con violenza tale che i visitatori arretrarono per lo spavento.

«F-forse siamo arrivati in un momento inopportuno...» balbettò l'editore contemplando l'aspetto stravolto del suo autore.

«Non c'è mai stato un momento più opportuno, don Egidio. Vi trovo bene, ho saputo che state arrotolando monete nuove con un mio secondo romanzo... che non vi ho mai consegnato!»

Don Egidio impallidì.

«Ma cosa dite... Voi me l'avete fatto avere... Me l'ha portato quel vostro amico... come si chiama... 'Nciucessa...»

«Ah, quel disgraziato!!!»

«Scusate, don Teofa', ma forse ieri sera avete bevuto troppo vino? Eh, lo so che voi con l'acqua...», e diede di gomito a Nennella che continuava ad arretrare, così bianca in faccia che pareva addirittura magra.

Ciccillo intervenne, serafico e augusto, secondo il ruolo nobiliare che impersonava quel mattino: «Don Teofànio, il mio arrivo non annuciato, e dovuto solo alla vostra eccelsa gloria, di certo è inopportuno. Ritornerò...».

«Al contrario! Un momento giustissimo, trasite!» l'afferò il poeta per la veste tirandolo in casa.

Il libraio si preoccupò: «Signor Duca, siete sicuro che vi possiamo lasciare... Vi sembra prudente...».

Il bizantino lo guardò con occhi di brace.

«Su, su, don Egidio, che vi credete, che mi mangio il Duca? Andate, andate, fate come dice don Francesco...»

La porta si chiuse risucchiando l'abito elegante di Ciccillo Marigliano e lasciando padre e figlia terrorizzati tornare a passo tremolante verso la stamperia.

«Che ti è saltato in mente?!»

Teofanès prima aveva iniziato a menare pugni e poi a domandare.

Ciccillo, però, era più giovane, più agile, e per quanto viziato e molle, sfuggiva facilmente ai colpi e fra una mazzata e l'altra chiedeva: «Hai letto il libro? Com'è?».

«Tu vedi che faccia tosta!» urlava Teofanès. «Questo deve quasi firmare con la croce e mo' si mette a scrivere romanzi! A mio nome! Cajòtola, merdaiuolo!»

Se c'era una cosa che Teofanès aveva imparato a Napoli erano gli improperi: un po' gli scappavano in greco, un po' nella fastosa lingua locale.

Ciccillo institeva, ridendo: «Perché se è buono, chiedo a don Egidio di stampare la nuova tiratura a mio nome. E poi ho già un'altra idea. Pare che da quando ti conosco mi germoglino idee in testa come i fichi d'India in agosto».

«Cetruli e cocozzielli, questo ti germoglia in testa insieme ai pidocchi!»

Poi, mentre pronunziava questa frase, Teofanès si paralizzò.

Le idee mai avute che germogliavano: ma come, se non gliene aveva mai parlato...

«Ciccì, ma fossi stato tu... l'uovo?»

A questo Ciccillo non rispose a voce ma per lui parlarono gli occhi cupidi e voluttuosi.

Certo, l'aveva maneggiato insieme a tutte le fetenzie orientaleggianti della casa ma non aveva mai mostrato interesse, salvo una volta quando Teofanès gli aveva detto che si trattava di un banale uovo di struzzo.

«Ridammelo subito! Hai capito?» l'aggredì ma Ciccillo aveva estratto il suo elegante spadino dal fodero e glielo aveva puntava al petto.

«Io non lo so che ha quell'uovo ma sono sicuro che è lui a farmi poeta» disse.

Nel primo romanzo Teofanès aveva badato bene a non nominare mai l'Uovo di Virgilio, anche perché aveva scoperto, arrivando in quel secolo, che l'oggetto godeva di una dubbia fama, cronache, favolette, scemenze.

«Se non me lo restituisci...»

«Che fai? Mi ammazzi? Ricordati che posso farti arrestare e imprigionare a Sant'Elmo fino a che anche l'ultimo dei Napoletani si sarà dimenticato di te. Un sodomita che accusa di furto il figlio primogenito del Duca di Marigliano... Ti facevo meno scemo, Teofà!»

Ciccillo si avviò a marcia indietro verso la porta, badando che l'imbestialito poeta non gli saltasse al collo.

«Ti denuncio per plagio!» urlò l'altro, impotente.

«Bravo, denunciami, intanto io scrivo un altro romanzo», e si voltò per scomparire dietro l'uscio. Un attimo prima di scomparire aggiunse: «Però quando mi hai letto dimmi com'è, anima mia, mi raccomando, lo sai che al tuo parere ci tengo...», e svanì inseguito dai grugniti e dalle urla dell'amante che malediceva lui e i Marigliano per sette generazioni e ancora sette.

3

Nemmeno due giorni dopo scoppiò la peste.

In verità il morbo aveva incubato per qualche mese, gli stessi che erano serviti a Ciccillo per scrivere sotto dettatura dell'uovo magico il suo romanzo: due marinai sardi erano sbarcati a Napoli con la febbre, un medico aveva individuato il male e avvisato la corte ma gli spagnoli avevano creduto di evitare ogni allarme chiudendo medico e marinai nell'ospedale dell'Annunziata.

Erano morti tutti, compreso il povero dottore, e il contagio aveva iniziato ugualmente a diffondersi, più rapido di una maldicenza.

In una settimana si palesò in tre diverse ottine, i quartieri della città, in un mese aveva preso la capitale.

Morivano a mazzi i ricchi come i poveri, e inutile e tardivo fu l'impegno del viceré nel far edificare ospedali e lazzaretti.

Le maschere con il becco e i carri con i morti e gli agonizzanti trascinati dai seggiari, il campanello alla caviglia, erano diventati in breve l'unico spettacolo della perla imperiale spagnola.

Teofanès non si ammalò. Benché esposto a ogni rischio e incapace di evitare i pericoli, la peste non lo voleva. Ma nemmeno riusciva a ritrovare Ciccillo: il Palazzo dei Marigliano era stato sgomberato, la famiglia si era trasferita di gran carriera in campagna, dove da fonte sicura seppe che Ciccillo non c'era.

Intanto, era morta la povera Nennella, sopravviveva a stento don Egidio; dei letterati non ne era rimasto uno, anche 'Nciucessa era schiattato, e chi ancora respirava era fuggito sulle isole o in montagna. Si pubblicavano ancora funeste liriche sul morbo, con l'aggiunta di brevi poemi su eruzioni e terremoti, disgrazie affini e dunque assai richieste, ma soprattutto suppliche alla Madonna e ai santi. Le processioni tagliavano tristemente la città in agonia.

Venne agosto, il mese peggiore a causa del caldo infernale, l'epidemia era al culmine e la ricerca di Teofanès vana, quando all'improvviso da un lazzaretto di fresca edificazione, fuori le mura, sorto sullo scoglio che separava l'isola di Nisida da Napoli, venne la soffiata che Ciccillo Marigliano era lì, solo e moribondo.

Chiuppino, così si chiamava il lazzaretto, era composto a stento di quattro stanzette, separate da terra da un braccio d'acqua: Teofanès, procuratosi rasoio e straccio, si finse barbiere e si fece assumere dalle monache come volontario per quel rischioso mestiere, pur necessario in tempi di peste.

Fece la barba a un paio di moribondi e a diversi cadaveri che poi finivano in mare o sui roghi, e infine trovò Ciccillo.

Giallo, smangiato dalla febbre, ormai delirava, disidratato dalle diarree e dal vomito.

«Dove hai messo l'uovo?» chiese sottovoce.

Ciccillo sembrò ridestarsi dalla morte: gli occhi a mezzaluna ormai rivolti ai santi borbottò il nome dell'antico amante.

«Che ci fai tu qui?»

«Dove hai messo l'uovo?» grugnì ancora più deciso il bizantino premendogli il rasoio sulla gola.

E intanto tastava il pagliericcio. Abiti, spada, monete, ogni buona o bella cosa del Duca era stata sottratta al suo ingresso nell'anticamera del decesso. Teofanès, però, era certo che l'uovo fosse ancora lì: conosceva l'ossessione che l'oggetto produceva, sicuramente quel disgraziato non se ne voleva separare.

Infatti, dopo un po', dal pagliericcio puzzolente e lercio venne fuori, sporco ma non danneggiato, purpureo come sempre, l'amato oggetto. Le deboli proteste di Ciccillo vennero scambiate per un aggravamento, mentre Teofanès era già in barca, già a terra, già in fuga verso la casa di vico dell'Olmo. Per tornare nelle sue stanze, però, c'era da attraversare tutta la città. La lunga camminata che portava verso la collina di Pizzofalcone attraverso la spiaggia di Mergellina aveva come panorama il vecchio monastero del Salvatore che ormai tutti chiamavano Castel dell'Ovo.

La morte che attanagliava la città gli strinse la gola. E insomma, se per una volta si fosse comportato bene, pensando agli altri e non a sé? Se per una volta avesse fatto lui quel che di certo aveva tentato di fare Morfisa per secoli? Chissà che fine aveva fatto: magari era morta, magari era persa nelle acque del tempo...

Arrivato al Castello, un'intera esistenza di colpe aveva avuto la meglio sul desiderio di gloria del poeta. Vedi com'è la vita, pensava, è una ruota: tu hai rubato e tu sei stato derubato. Cosa hai imparato: niente. E tu che hai letto tanto, che ti fai passare per saggio, che stai combinando? Ti giochi la vita della città e la tua anima immortale per qualche complimento, perché ti dicano quanto sei bravo e come hai scritto bene? Non vali niente, tu: non sei Omero, non sei Virgilio, non sei un Sofocle e nemmeno uno di questi scrittori nuovi dei secoli recenti. Per quattro righe la vita di tante persone. In vista di Pizzofalcone era tornato ad avere dieci anni, immacolato come lo aveva concepito Irene, sua madre.

Penetrò nel Castello, cercò l'ingresso alla cripta di Santa Patrizia, ritrovò a naso il luogo dove un tempo era l'altare venerato dai monaci e depositò il fardello. Brillava, rosseggiava: attraverso il guscio roteavano di nuovo storie, personaggi, invenzioni...

Me ne devo andare adesso, s'impose, devo correre via.

Si voltò, imboccò il ponte che una regina aveva fatto costruire tre secoli prima e collegava il Castello alla terraferma, si fermò a guardare il mare: gli parve di vedere tra i flutti una cosa, la coda di una balena. Si affacciò per vedere meglio e in quell'istante un robusto bastone gli colpì la testa; svenne mentre quattro braccia lo spingevano in acqua.

I due delinquenti cui don Ciccillo Marigliano aveva promesso ricchissima ricompensa scrutarono il mare per assicurarsi che fosse affogato, quindi si diedero di gomito: sarebbero entrati nel Castello a recuperare l'uovo, ma i soldati spagnoli li videro e li arrestarono.

Il giorno dopo l'epidemia rallentava, dopo una settimana finiva.

Furono ringraziati san Gennaro, patrono della città, santa Patrizia, antica protettrice, san Rocco, signore delle epidemie, ma, soprattutto, san Virgilio. Le femmine, considerate bugiarde di natura, raccontarono in seguito che nelle vasche della lavanderia di san Gregorio Armeno le monache avevano in quei giorni rinvenuto due giovani, una donna e un uomo: una, dissero, era la Madonna Scura che riportava la salute a Napoli.

Napoli, 1973-1980

1

È con un certo stupore che il professore, riaffacciandosi nel bagno dopo aver lasciato scorrere l'acqua nella vasca, al termine di una lunga giornata di penosi incontri con intalpite colleghe nostalgiche, vede disteso sul fondo di porcellana uno sconosciuto.

Fa un salto indietro e chiude la porta a chiave: non è stata una giornata facile, dopo più di cento anni a Napoli è tornato il colera. Pare sia colpa delle cozze sequestrate ai pescivendoli; vietato *sine die* anche il proverbiale brodo di polpo che si vendeva ai mercati.

C'è la fila fuori dall'ospedale Cotugno, tutti corrono a comperare l'amuchina. Per di più nel vicolo dove abita il professore, San Gennariello all'Olmo, qualcuno se la prende con gli zingari di un circo passato da poco in città. Pare che gli zingari entrino nelle case aprendo le serrature con le lastre radiografiche, capace che abbiano portato pure il colera. Dunque, quel tizio che dorme nella sua vasca piena d'acqua forse è uno zingaro: del resto, indossa tre o quattro camicie, pantaloni alla zuava, un berretto orientale. Forse un siriano o un turco.

Il professore, senza perdere d'occhio la porta chiusa, cerca sul comò le pillole per il cuore, beve un bicchiere d'acqua e siede a prender fiato in poltrona, il suo spazio di consolazione da quando la moglie è morta, otto anni fa.

Chiamare la polizia? Avvisare un vicino? La prima cosa da fare, come quando si trova una blatta o entra in camera un piccione, sarebbe chiamare il portiere, ma oggi il portiere non c'è: è in ospedale, gli nasce un figlio.

Guarda l'orologio, decide di riaffacciarsi nel bagno, con prudenza. L'uomo nella vasca è ancora lì. Non ha le visioni, quindi. Ma com'è entrato nella vasca? Il professore controlla la porta di casa, per scrupolo. È vero che non si chiude mai dentro ma oggi, chissà perché, forse a causa delle intalpite che lo avevano fatto sentire più vecchio del necessario, forse per paura dei disordini e di questa storia degli zingari, ha girato la chiave due volte e l'ha anche lasciata nella toppa. Gira le mandate e rigira, apre e chiude.

No, no: l'uomo non è entrato dalla porta, non c'è traccia di scasso. Si affaccia ai balconi ma sa che quella è una via preclusa: non ci sono appigli. Nonostante i tetti s'incastrino a formare una ziggurat di epoche e di stili, sotto di lui c'è un salto di tre piani.

Dunque, è come se l'uomo fosse spuntato dal rubinetto o risalito dallo scarico della vasca. Il professore si avvicina: non ha l'aria di un delinquente, però sembra malato. Sta per andare a bussare al vicino, che è un medico in pensione, quando l'uomo nella vasca ha un sussulto e parla. È come se parlasse nel sonno, forse ha la febbre, forse il colera, ma è quel che dice a paralizzare il professore: le parole che pronunzia appartengono a una lingua che conosce, che ha studiato tutta la vita ma che non ha mai sentito parlare. Una lingua di carta. Tocca la fronte dell'uomo: scotta. Bisogna tirarlo fuori dall'acqua, portarlo su un letto. È pesante, ingombrante, per quanto sia molto più basso di lui, addirittura minuto. Gli viene in mente, chissà perché, la dimensione delle sepolture medievali, che somigliano più a dei lavabo che a delle tombe. Gli esseri umani erano piccoli, un tempo.

Alla fine, in qualche modo riesce a sollevarlo, la vasca trabocca, la stanza si allaga, il professore impreca. Chi la sente la signora di sotto, mo', quella capèra. Impiega un'ora, forse, a portare l'uomo sul letto e svestirlo, a metterlo sotto le coperte. Prende un'aspirina, riesce a fargliela ingoiare: lo straniero beve, reagisce.

E di nuovo parla nella sua lingua dimenticata.

Dice qualcosa a proposito di un uovo. O forse di un grande pesce. Il professore è emozionato. Si tiene ancora il cuore: il dubbio di dare ricetto a un appestato in casa sua lo tormenta ma non abbastanza da avvisare qualcuno. Per un momento pensa anche che gli toglierebbero la casa, che la disinfesterebbero: gente fra le sue cose, fra i suoi libri, fra i ricordi di sua moglie! Meglio il colera. Prende un quaderno e scrive le parole pronunziate dallo sconosciuto. L'intera giornata trascorre in ascolto e contemplazione dell'ospite. Fa buio e non ha ancora mangiato. Dalle case vicine salgono le voci del telegiornale, del presidente Leone, di Rumor, di Pertini, del medico del Cotugno.

Squilla il telefono: suo figlio, da Milano.

«Papà, stai bene? Qui siamo preoccupatissimi...»

Risponde distratto, dice sciocchezze. Il figlio penserà che si è rimbambito. Infine, apre il frigorifero, tira fuori un involto di prosciutto, ne mangia due fette con un po' di pane secco, beve l'acqua di bottiglia, si stende accanto all'uomo, dal lato che era di sua moglie. È la prima volta da quando lei è morta che si stende da quella parte del letto. Tiene a lungo gli occhi aperti e poi, mentre si odono stornelli e liti nei bassi, precipita in un sonno agitato.

2

Quando la febbre lo abbandona, Teofanès ode una voce.

È un uomo anziano al suo fianco che parla.

Dove si trova, chi è? Non riesce a ricordare niente.

Anche il suo stesso nome lo conosce ma come fosse quello di un estraneo.

L'uomo parla in una lingua che Teofanès comprende solo in parte, ha una voce calma e continua, sembra di ascoltare un ruscello.

Dice qualcosa a proposito di guerre ed epidemie, pronunzia parole ignote: automobile, televisione, film.

«... Quando si parlava la tua lingua si riusciva a uccidere solo quelli a portata di mano, invece ora radiazioni, bombe...»

Teofanès resta semi-incosciente durante il discorso: macchie fluide di arancio e rosa gli fanno ombra e lo rassicurano.

Suda, si riaddormenta. Più tardi si sveglia mentre il suo ospite lo imbocca, paziente. Gli bagna le labbra con acqua o con bevande dolci. Ripiomba nel sonno. Si risveglia con un attrezzo sotto il braccio, piccolo e sottile. Il vecchio lo estrae, lo guarda in controluce, lo sbatte agitando il polso.

«Come ti senti?» gli chiede in quella strana lingua.

Teofanès farfuglia e l'uomo lo ascolta farfugliare, intento.

«Non credevo si pronunziasse così!» esclama di tanto in tanto, esaltato.

Si alza e va a prendere un volume, torna e gli legge qualche riga.

«Quest'uomo scrive nella lingua che tu parli. Sai chi è Michele Psello?»

Teofanès dilata gli occhi, avverte una fitta, poi niente.

No, non ricorda.

Il vecchio prende un altro libro e legge: Teofanès riconosce i versi, questa volta. Sono in latino. Prende il libro dalle mani del professore, è il sesto dell'*Eneide*, legge correggendo la pronuncia. Il vecchio ascolta commosso.

Un pomeriggio che Teofanès è sfebbrato, il professore tira fuori da una scatola un proiettore, stende un telo alla parete e spegne tutte le luci. Monta le pizze sul marchingegno e dà corrente.

Teofanès, terrorizzato, grida: «Al fuoco».

Il professore ride.

Scorrono immagini e persone: Teofanès si avvicina per toccarle, domanda da dove vengano le voci. Il professore gli spiega che è una magia che accade in casa di tutti.

Teofanès guarda con sconcerto un uomo in equilibrio lungo un muro arrivare a una porta rettangolare, che sembra un grande specchio, e tuffarsi nello specchio come fosse una piscina: l'acqua schizza ovunque.

Poi vede un tale spegnere un mozzicone di sigaretta in un piatto di uova. E poi il filmato mostra uova sospese sotto volte, uova squarciate da cui escono dèmoni e mostri, un occhio umano tagliato da un rasoio.

Teofanès ha di nuovo l'impressione che dovrebbe ricordare qualcosa. Il professore gli fa un elenco di nomi sconosciuti: Alfred Hitchcock, Ettore Scola, Piero della Francesca, Hieronymus Bosch.

Quella sera, a tavola, avvolto in una coperta, Teofanès contempla la frittata che il professore ha cucinato.

«Con questa storia del colera bisogna lavare anche i gusci delle uova, dicono che portino la salmonella.»

Ormai Teofanès è un suo amico, di più, una vera ragione di vita.

È come innamorato: non risponde più al telefono, esce solo per fare la spesa. Le vicine gli ridono alle spalle, pensano sia ringalluzzito perché ha in casa una donna: «Stu femmenaro 'nzallanuto...».

Poco alla volta lo presenta agli amici, dice a tutti che è un nipote di Atene che non vedeva da bambino. Se lo porta in giro, a teatro, al cinema. Gli fa visitare i musei. Un giorno entrano nel Duomo, Teofanès alza la testa e riconosce i frammenti di mosaico sulla volta. Urla, addirittura. Da quel momento descrive al professore nel dettaglio la Napoli ducale.

Il professore a casa gli mostra libri, lo porta anche alla

Biblioteca Nazionale: Teofanès descrive con una precisione millimetrica, spesso in contrasto con le fonti, Santa Restituta, il monastero del Salvatore, il Pretorio.

Poco alla volta, il professore comincia a pensare di scrivere la vera storia del Ducato napoletano.

«Adesso vedranno chi sono! Mi hanno fatto andare in pensione da associato, questi corti di comprendonio, questi invidiosi!»

Il professore, anno dopo anno, prende appunti, registra la voce di Teofanès, disegna scalette di volumi ma non arriva mai a niente: inizia e non finisce. Teofanès ha pena del professore. Un brutto giorno, lo trova a terra, paralizzato, che sbava.

È ancora vivo, lo mettono in sedia a rotelle.

«Meno male che c'è quel suo nipote greco...» dicono ora le vicine.

«E il figlio a Milano che fa?»

Il figlio non ha mai più voluto vedere suo padre: una volta, è arrivato in casa senza preavviso e ha visto Teofanès dormire nel letto dei genitori, così ha pensato che il professore s'era trovato un amante, maschio e pure bruttarello. A Napoli è tornato solo il giorno del funerale. Dell'eredità non ha voluto sapere niente: la casa, i libri vecchi, ha lasciato tutto a quel greco equivoco, che gli ha rovinato il ricordo stimabile che aveva di suo padre.

Teofanès, invece, il giorno del funerale, ha pianto a dirotto. La vita con il professore era tutto quel che sapeva. Così ha deciso di restare nella sua casa, di vendere libri antichi.

3

È il 1980 e una notte, è il mese di novembre, a causa di un caldo improvviso e fuori stagione, nonché di un'indigestione di frittata, Teofanès sogna un uovo. Un uovo rosso, enorme.

È nella vetrina di un droghiere, sopra agli affettati.

Il giorno dopo l'immagine notturna lo tormenta: dov'è quella vetrina? Gli pare di conoscerla. Risale via Duomo affacciandosi a ogni decumano. Al terzo, l'Anticaglia, la trova. È incorniciata da due finte colonne, il bancone, di marmo avorio e giallo, a piede di drago; sugli scaffali sono mescolati cimeli della Seconda guerra, pasta Amato e pasta Rummo, buatte di pummarola, immagini della Madonna dell'Arco e di Pompei. A quell'ora, la salumeria è piena dei clienti abituali: vecchi professori discettano sul soffritto, vajasse cofecchiano a voce alta. Teofanès si fa spazio, domanda.

«Un uovo, dite?» risponde il salumiere, che racconta sempre di aver sparato ai tedeschi. «E qua ne teniamo assai e tutti freschi!»

Teofanès spiega meglio. Un uovo rosso, grande.

«Ah, ma voi dite l'uovo dell'ingegnere Contostefano!»

Il cognome è greco, ma a Napoli e in tutto il Sud Italia i cognomi greci abbondano.

Si fa dare l'indirizzo.

«Palazzo Bonifacio, Largo Regina Coeli... Qua dietro...»

Palazzo Bonifacio è incastrato fra i resti del grande anfiteatro romano di Nerone su cui sono cresciute casaroppole e chiese barocche. Il lercio cortile disseminato di boiler, infissi d'alluminio e panni stesi sembra deserto. Sotto una gabbietta per uccelli, lungo una parete, se ne sta, serio e afflitto, un cavaliere aragonese a guardia, ormai, solo di una caiòla, una gabbia per uccelli.

Teofanès ha imboccato le scale quando una voce gracchiante lo ferma: «Uè, addò jate?».

Si volta: la portiera lo scruta fra due ante, al piano ribassato. Chiede dell'ingegnere Contostefano.

«Non vuole essere addisturbato. La figlia sta malata.»

Teofanès annusa l'aria: profumo di caffè.

«Ne vulite nu poco?» chiede la portinaia e, senza alzarsi, si avvicina a un tavolino a rotelle con sopra una caffettiera, un fornello da campeggio e una guantiera con quattro tazzine scompagnate.

Alle sue spalle, il basso è incrostato di madonne e Padre Pio, cornicielli, annunciazioni, rami di olivo e palme secchi.

«Ecco qua» gli porge una tazzina, zuccheratissima.

Teofanès s'informa con cortesia circa la sua disabilità.

«Nu fetente ncopp' 'a 'na motocicletta» s'infervora la portinaia. «C' 'o pozzano 'mpennere! Primma tenevo 'o bene d' 'e cosce, mica comm' 'a signurina, 'a figlia adattata 'ell'ingenere...»

Forse intende dire adotatta?

«Eh! Tunisina, marocchina, che saccio... Dice ch' 'a facette 'o tiempo d' 'a guerra... L'ingegnere 'a vò bene assaie. Certi vvote me pareno duei fidanzate. Uh, ingegné! Site turnato primma? Stu signore cerca a vuie...»

Teofanès si volta di scatto per la sorpresa.

L'azzimato settantenne, vestito di blu, con un bel bastone di lacca, i capelli bianchi e il portamento giovanile, lo fissa con un'espressione incomprensibile: sembra proprio terrorizzato.

Teofanès gli spiega del sogno, della bottega di salumiere. Si scusa: è stata una sciocchezza venire fin lì. Era solo curioso di vedere quell'uovo.

«Sono un antiquario» aggiunge. «Mi hanno detto che avete una casa piena di oggetti interessanti. Forse ne vendete qualcuno?»

L'ingegnere sembra fare due calcoli. Davvero, sembra spaventato, Teofanès si domanda il perché.

«Non vendo. Ma se volete dare un'occhiata veloce, venite pure...»

Lungo le scale illuminate dai neon l'afrore di salsa genovese e ammoniaca si alterna al canto dei cardellini e alle voci della televisione. Ogni piano ha scale di forma e misura differenti. Arrivano a una mostra settecentesca in radica di noce.

«Questo Palazzo era dei miei antenati» dice Eughènio Contostefano aprendo la porta con la chiave. «Siamo gli eredi di Dragonetto Bonifacio. Qui, sa, ha abitato Carmosina Bonifacio, l'Amaranta di Sannazzaro...»

Teofanès avanza con una strana sensazione, come se dovesse ricordare qualcosa, ma cosa?

Dalle stanze fanno capolino una Madonna di ebano e avorio, un lampadario veneziano impolverato, candelabri liturgici, lampade Fortuny, un Guercino, un Battistello, bronzi romani. Un gatto, che sembra un soprammobile, salta all'improvviso.

Nell'ultima stanza compare luminoso il cielo, sotto un'enorme finestra c'è un letto napoleonico, fra le lenzuola siede una ragazza mora, avvolta in una vestaglia oro e blu. Venti o trent'anni al massimo. «Ah, mi scusi, non le ho presentato mia figlia...» fa l'ingegnere.

Dietro la ragazza è un armadio di legno di rosa intarsiato di madreperla. Dalle ante, un grosso uovo rosso brilla.

Teofanès ha un capogiro. Sente l'ingegnere mormorare alla ragazza: «Non si ricorda... Perché non si ricorda?».

Immagini su immagini si sovrappongono nella mente di Teofanès: Costantinopoli e Napoli, una grotta, la balena, i romanzi...

I padroni di casa si sono avvicinati, si sono presi per mano osservandolo, come si guarda una bestia feroce temendone l'attacco.

E di colpo tutti i ricordi tornano, anche i nomi. Teofanès ha un urlo belluino e come un automa si avventa sull'uovo.

«Prendi il catino!» ordina la ragazza all'ingegnere.

L'ingegnere, traballando, estrae da sotto al letto un catino d'acqua, la ragazza con un balzo che sembrava impossibile per le sue gambe malate afferra l'uovo dal mobile e lo lancia nell'acqua, dove svanisce del tutto.

Teofanès si affaccia al catino che anche i signori Contostefano sono saltati dentro: li vede farsi sempre più piccoli.

«Morfisa!» urla, impotente. «Eughènio!»

Li potrebbe seguire ma non ne ha il coraggio. Ormai è sera e proprio mentre i due svaniscono del tutto, la terra prende a tremare, forte, senza interruzioni, per minuti che sembrano secoli: Teofanès si afferra a uno stipite della porta e ascolta Napoli gridare di spavento.

INFINE

1

... la folla sbanda, in bilico sul lungomare: oltre gli scogli galleggiano cadaveri, lavatrici, automobili.

«Lascialo!» ordina la Madonna a Teofanès, ma il vecchio gnomo non molla.

Allora, puntando i gomiti, si spinge oltre le braccia che la mantengono, chiude gli occhi, prende un respiro e si tuffa in mare, la gabbia ancora infilata al polso.

«Nooo» grida Teofanès disperato. «Nooo.»

Dopo che Morfisa è scomparsa in mare, Teofanès vaga a lungo per la città.

I roghi fumano, il vulcano azzurro è coperto da una nuvola nera, l'intero abitato, dal Vomero a Castellammare, fin dove lo sguardo si perde nel blu, è bruciato e marcio. Pullula di corpi semivivi. I cadaveri delle navi crociera, dei mercantili, delle portaerei emergono, nel porto e fuori dal suo abbraccio, come nuovi scogli di sirena.

Dopo la scomparsa in mare di Morfisa la natura sembra aver concluso la sua ribellione, tutto è pacato, calmo. Teofanès si segna tre volte: così doveva essere lo sbarco dall'Arca alla fine del Diluvio. È stata sicuramente la volta peggiore da quando insegue l'uovo.

È assetato, febbricitante. A fatica, si dirige verso casa.

Le televisioni non sfasciate, recuperate dalle pire pubbliche, sono state rimesse in corrente e trasmettono di continuo cronache dell'Apocalisse da tutti i balconi.

«È scoppiata a Napoli» dice un mezzobusto, «ma l'attendiamo identica in altre grandi città del mondo.»

Chi dice che si è trattato di un virus sperimentale dell'esercito, chi denuncia un'epidemia di meningite, in ogni caso, le redazioni giornalistiche pompano infinite dirette televisive: uno sguardo sulle macerie, un altro sui morti, un altro ancora negli ospedali con gli agonizzanti e i feriti. Ai sopravvissuti, domande idiote: «Cosa prova adesso? Cosa provava prima?».

In via San Gregorio Armeno una troupe ha fermato anche lui, vedendolo così male in arnese: Teofanès ha sputato sulle scarpe lucide del giornalista che in diretta ha commentato lo stato mentale ancora instabile di molti Napoletani.

Finalmente al sicuro dentro casa, Teofanès contempla la sua immane collezione: mosche d'oro carolinge, mani fiche bizantine, spidocchiere spagnole, salsiere romane, un Caravaggio mai dipinto, l'unico Velázquez mai realizzato dal maestro a Napoli, il perduto affresco del pittore Apelle, un manoscritto originale della Biblioteca d'Alessandria, una copia della *Cronografia* di Michele Psello. Ha preso di recente l'abitudine di carezzare le pagine con la vita che Michele ha vissuto senza di lui, contempla l'esistenza millenaria che a lui è toccata da ignoto e che Michele sta attraversando da immortale autore.

Sprofondato in poltrona mentre il cuore gli batte violentemente in petto, guarda con malinconia i volumi di Niceta Coniata, bisnipote del suo vecchio amico Artemio, storico valoroso quanto lo era il suo avo strategòs. Piange a lungo, anche se il suo mondo è da secoli scomparso.

Sull'arte dello scrivere ha imparato suo malgrado che da giovane voleva cose stupide: voleva che la scrittura lo preservasse dalla vita, mettesse ordine dove lui non sapeva farlo, lo rendesse ricco, lo vendicasse. Un giorno si è persino presentato a un corso di scrittura, era il più vecchio dei corsisti. Entrando, ha ascoltato il docente dire: «... Molti di voi vengono da me per essere visti. Lo so, perché anche io da giovane volevo lo stesso. C'è qualcosa in me? Eppure, ognuno di noi sa bene cosa c'è nel profondo del suo cuore ma vorrebbe che la fatica e la responsabilità della scoperta toccassero ad altri. Vogliamo il miracolo senza spese».

Allora si è alzato, mentre piovevano domande, ha pagato per la lezione ed è uscito, più sconfortato che mai.

Alla fine, una certa combinazione di lettere, spesso casuale, compone il destino degli esseri umani, raccontare storie è come giocare ai dadi: con studio e metodo è possibile prevedere le combinazioni utili a vincere. Però vincere non è tutto.

Ha fatto molte volte i calcoli per l'arrivo di Morfisa anche se non ha più energie per scrivere poemi. Se avesse l'uovo lo seppellirebbe lì, in quella casa, accanto alla chiesa di Santa Patrizia, un'altra bizantina venuta scioccamente a Napoli a morire, sempre meglio di Castel dell'Ovo, dove oramai è tutto un passa e spassa di eventi e mostre.

Si alza a fatica, prende uno dei suoi libri preferiti, lo sfoglia, trova il punto e legge: "*Cligès* è il romanzo meno riuscito fra quelli di Chrétien de Troyes". Come gli vuole bene a questo critico.

Sogghigna. Almeno una volta al giorno deve rileggersi quella frase, è meglio di un antidolorifico. Gli ha anche messo vicino un'edizione completa di Shakespeare e di Ovidio, così che il suo vecchio amico, Chrétien de Troyes, sia in mezzo all'autore che ha copiato pur essendo già famoso e a quello che l'ha ricopiato rendendosi immortale. Una soddisfazione, mediocre, ma pur sempre una soddisfazione.

Tuttavia, almeno fra i filologi Chrétien non è dimenticato.

Quel che non è mai più riuscito a trovare, invece, è una copia del suo unico romanzo, *Il poeta smarrito*. E nemmeno una del seguito scritto da Ciccillo Marigliano.

Peggio: nei cataloghi secenteschi non c'è proprio più, nemmeno fra i libri forse mai scritti. Solo in uno Teofànio Bizantino era scambiato per l'immondo autore della *Peota smarrita*, fetenzia di tal Girolamo Brusoni, passato ai posteri come "legittimo discendente di Giuda". L'immortalità persa per un cambio di dittongo.

Voleva un pubblico. Ma cos'è poi il pubblico? Quel bordo senza connotati che in corona, mantello, gorgiera, giacca e cravatta, scollatura e scarpe da sera, guarda. Guarda lo spazio in cui altri vivono, muoiono, piangono, ricordano. E dopo aver visto gli autori spogliarsi, se ne torna a casa vestito.

Gente che non si vergogna mai d'essere ovunque tranne che nella propria vita. Come ha fatto anche lui.

Ha una fitta forte al petto, il braccio si paralizza, crolla di nuovo a sedere. Per un istante ode la voce folle di suo padre, quella noiosa e pia di sua madre lamentarsi, quella ingannevole di Michele, quella allegra di Morfisa.

Mentre il dolore cresce, gli cade dalla giacca il volume umido e consunto dell'*Historia* redatta da Pietro Cènnamo, pace all'anima sua. L'*Historia* cade e resta aperta all'ultima pagina, accanto alle pantofole, sul pavimento. Alla fine è venuto il momento di morire nella città dove muoiono gli Imperatori.

E, pensando a Romolo Augustolo e alle serve di casa sua, sorride e spira.

2

È notte quando la bambina si affaccia su via Caracciolo. Ha visto una cosa che sbatteva nell'acqua.

«Mamma!» ha chiamato.

La mamma era al bar di fronte, non le badava. Adesso che la città è stata riordinata, riprendono le abitudini, le sciocche serate, il traffico. Ma lei la coda l'ha vista, l'ha vista bene. Sarà un delfino. Dammi, pensa con tutte le sue forze, dammi una cosa bella, coda di balena!

E, oplà, dall'acqua, salta fuori una specie di pallone.

È un uovo, un uovo enorme, puzza di pesce.

Il fiato le va via: vorrebbe urlare ma sente che non deve, che deve stare zitta.

Dovrebbe posarlo nel Castello, le dice una vocina da dentro.

Ma è così bello, così bello...

Lo poserà domani, promesso.

Attraversa la strada, sua madre la vede.

«Ma sempre munnezza pigl' 'a terra!» urla.

E con uno schiaffo l'uovo vola, la bambina resta a bocca aperta, le braccia vuote.

Ringraziamenti

Il desiderio di ambientare un romanzo nell'unica epoca in cui Napoli non fu asservita a nessun conquistatore, ovvero durante il Ducato, detto bizantino ma di fatto indipendente, era un mio antico sogno. Mi trattenevano la rarità delle fonti e la scarsità di testimonianze visive, che per scrivere mi sono sempre quasi più necessarie delle parole.

Nel tempo si sono, però, accumulati viaggi e visite, talvolta sorprese: l'Italia bizantina, con rare e celebri eccezioni, come Ravenna, è stata cancellata dall'Italia papalina, eppure i segni di un'epoca tutt'altro che buia sono nascosti dentro chiese benedettine e carolinge, in sacche resistenti al mutamento voluto da Roma, come la Grecìa salentina e la Puglia tutta. Era necessario trovarle per integrare i resti di questa stagione napoletana presenti in San Giovanni in Fonte, dentro il Duomo, in San Giorgio Maggiore e San Giovanni Maggiore, nella chiesa di Sant'Aspreno nascosta dentro il Palazzo della Borsa, in qualche tomba, toponimo o colonna, che suggerisce appena lo splendore di una città molto diversa dall'attuale. Del resto, anche della città normanna, seguita alla caduta del Ducato, non resta che il campanile della Pietrasanta, e bisogna andare ad Aversa o a Cimitile per avere una pallida idea di secoli comunque lontani dall'anno Mille qui narrato.

Ma ho avuto curiosità e fortuna, così, passeggiando nel paradiso di chiese e monumenti che è il nostro Paese, mi sono venuti incontro in Molise la Pompei medievale di San Vincenzo al Volturno; in Puglia il palinsesto di molte epoche custodito a Casaranello, la piccola e perfetta San Pietro a Otranto, le molte lame affrescate della Puglia e il parco Rupestre di Lama d'Antico a Fasano, in particolare le sparse cattedrali del foggiano lungo la strada che porta a Siponto e congiunge la terra dove appaiano gli arcangeli in fiamme con San Giovanni Rotondo e la tomba di Rotari; in Campania l'invisibile Santa Maria Olearia fra Maiori e Amalfi e, ovviamente, Ravello; a Roma Santa Maria Antiqua; in Abruzzo numerose chiese segrete, da San Clemente a Casauria a San Clemente al Vomano, da Santa Maria di Propezzano a molte altre, sparse fra Teramo e Chieti; nelle Marche la valle del Chienti, visitata nelle settimane precedenti il terremoto: dalla straordinaria chiesa di San Lorenzo in Doliolo a San Severino Marche, con gli affreschi dei fratelli Salimbeni, a San Ginesio con il suo antico ospedale, dall'Abbadia di Fiastra a Tolentino, da Belforte del Chienti a Osimo e Camerino, lungo una strada che incanta per le doppie torri di San Claudio al Chienti e per i segreti carolingi di Santa Maria a Piè del Chienti, fino a San Giovanni in Venere e a una chiesa dove era un pulpito a forma di drago con rosse unghie femminee che è poi servito nel romanzo.
Forse a causa del continuo saltare fra epoche, dagli avori custoditi al Bargello ad antiche mappe, la mia immaginazione ha iniziato a ipotizzare i salti temporali cui è soggetto il povero Teofanès.
Di certo, grazie a Paolo, che mi accompagna con amore in ogni visita e nel viaggio della vita.
Sono state letture preziose, poi, fra le moltissime, Benedetto Croce e Bartolomeo Capasso, numi tutelari della Napoli scomparsa, Nicola Cilento, Giuseppe Galasso, l'appassionante e indispensabile *Il romanzo di Costantinopoli* di Silvia

Ronchey e Tommaso Braccini, *Né sole, né luna* di Eva Nardi, per ricostruire le figure femminili, *Il culto delle immagini* di Hans Belting, che ho avuto il piacere di intervistare a Napoli, *Ex voto* di Georges Didi-Huberman, *Morte e pianto rituale nel mondo antico* di Ernesto De Martino, citato e omaggiato nel romanzo, e *Costantino il vincitore* di Alessandro Barbero. Se poi Giuseppe Montesano non mi avesse costretto, con una sua splendida lezione, a ricomprare in nuova edizione *Storia di Genji* forse non sarebbe nata la balzana idea di dedicare un capitolo a Murasaki e alle dame di corte riscrivendone i magnifici diari.
In più, non avrebbe senso lo scrivere se non ci portasse a leggere dove non avevamo mai letto: la prosa travolgente di Michele Psello e quella appassionata di Niceta Coniata forse non le avrei mai incontrate senza questa occasione, che li ha portati a diventare, loro malgrado, personaggi del romanzo. Così come non avrei letto la *Biblioteca* di Fozio, mentre era da quando avevo vent'anni che aspettavo l'occasione di narrare Chrétien de Troyes, incontro indimenticabile che in molti dobbiamo ad Alberto Varvaro.
Infine, grazie a chi ha seguito e letto il manoscritto nel corso di quattro anni e troppe versioni: il romanzo è mutato nel tempo in modo proteiforme, assai peggio e con meno grazia, temo, di quanto non riesca a Morfisa.
Ad Antonio Franchini, che mi mandò fotocopiato un volume di Coniata introvabile e che ha detto per primo sì a questa follia; a Paolo e Iole che leggono sempre e da sempre, a Valentina Giannuzzi, che mi ha prestato i suoi ricordi d'università.
A Massimiliano Catoni, che in quest'ultimo anno mi ha spinto a riscrivere gran parte del libro e che ha infine letto e riletto con pazienza, attenzione e passione, mentre il romanzo continuava a cambiargli sotto il naso.
Del resto, questa è la natura delle storie: mutare sempre, svanire, rinascere.

Indice

Mondadori Libri S.p.A.

Questo volume è stato stampato
presso ELCOGRAF S.p.A.
Stabilimento - Cles (TN)

Stampato in Italia - Printed in Italy